朝鮮森林植物編

19輯

楡　科　ULMACEAE

桑　科　MORACEAE

目次 Contents

第19輯

頁 Page

楡　　科 ULMACEAE

桑　　科 MORACEAE

榆 科

ULMACEAE

(一) 主要ナル引用書類

著者名	書名
M. Adanson	1) *Castaneæ* in Familles des Plantes II p. 366-377 (1763).
J. G. Agardh	2) *Celtideæ & Ulmaceæ* in Theoria Systematis Plantarum p. 254 (1858).
Ed. Andrè	3) *Celtis Davidiana* in Revue Horticole LXVI, p. 97 (1894).
P. Ascherson & P. Græbner	4) *Ulmaceæ* in Synopsis der Mitteleuropaeischen Flora IV p. 545-574 (1911).
H. Bailon	5) *Ulmacées* in Histoire des plantes VI, p. 137-216 (1875).
F. T. Bartling	6) *Ulmaceæ* in Ordines Naturales Plantarum p. 100-102 (1830).
C. Bauhinus	7) *Pseudosantalum Creticum* in Pinax Theatri Botanici p. 393 (1623); *Ulmus* in p. 426-427; *Lotus* in p. 447-448.
J. Bauhinus	8) *Abelicea sive Santalus Aduterina Cretica* Cap. XXXVII in Historia Plantarum Universalis I p. 490 (1650).
G. Bentham	9) *Urticaceæ-Celtideæ* in Flora Australiensis VI, p. 155 (1873).
	10) *Aphananthe philippinensis* Pl. in Hooker, Icones Plantarum XII, p. 65-6, Pl. 1174 (1876).
G. Bentham & J. D. Hooker	11) *Urticaceæ* in Genera Plantarum III, p. 341-395 (1880).
C. L. Blume	12) *Celtideæ* in Musei Botanici Lugduno-Batavi II, p. 58-74, tab. XXXII-XXXVI (1856).
H. Boerhaave	13) *Ulmus* in Index alter plantarum II. p. 220 (1720); *Celtis* in p. 231.
Ed. Boissier	14) *Urticaceæ-Celtideæ & Ulmeæ* in Flora Orientalis IV, p. 1156-1159 (1879).
H. W. Buek	15) *Abelicea Davidii* in Index Generalis et Specialis ad A. P. de Candolle & Alp. de Candolle Prodromus systematis naturalis regni vegetabilis IV, p. 1 (1874).
E. A. Carrière	16) *Celtis Davidiana* in Revue Horticole LXVI, p. 97 (1894).

C. Clusius 17) *Abelicea* in Historia Plantarum II, p. 302 (1594).

J. Daveau 18) *Sur deux ormes nouveaux de la section Microptelea* in Bulletin de la Société Dendrologique de France XXXI, p. 21-30 (1914).

L. Diels 19) *Ulmaceæ* in Beiträge zur Flora des Tsin ling shan und andere Zusätze zur Flora von Central China in Beihefte zur den Botanischen Jahrbüchern no. 82 in Band XXXVI, Heft 5, p. 33 (1905).

P. Dioscorides 20) *De Vlmo* in Liber fol. 54 dext. interprete Virgilio (1518).

L. Dippel 21) *Ulmaceæ* in Handbuch der Laubholzkunde II, p. 21-49 (1892).

R. Dodonaeus 22) *Of the Elme* in A Nieuve Herball p. 751-752 cum fig. (1578); *Of Lotus or Nettle tree* (*Lotus, Celtis*) in p. 728-729.

23) *De Vlmo* in Stirpium Historiæ Pemptades VI, lib. IV, Cap. XV, p. 825-826 fig. (1583); *De Loto* in Cap. XXIV, p. 834-835.

A. W. Eichler 24) *Ulmaceæ* in Blutendiagramme II, p. 64-66 (1878).

S. Endlicher 25) *Ulmaceæ* in Genera Plantarum p. 275-276 (1836); *Celtideæ* in p. 276-277.

26) *Ulmaceæ* in Enchiridion Botanicon p. 162-163 (1841); *Celtideæ* in p. 163-164.

A. Engler 27) *Ulmaceæ* in Engler & Prantl, die Natürliche Pflanzenfamilien III, Abt, 1. p. 58-66 (1888).

F. B. Forbes & W. B. Hemsley

28) *Urticaceæ-Ulmeæ & Celtideæ* in the Journal of the Linnæan Society XXVI, p. 446-452 (1894).

A. Franchet 29) *Urticaceæ* (*Ulmus, Hemipteleia, Celtis*) in Nouvelles Archives du Muséum, Paris, 2 series VII, p. 76-79 (1884).

A Franchet & L. Savatier 30) *Ulmaceæ* in Enumeratio Plantarum Japonicarum I, p. 430-432 (1875).

J. Gærtner 31) *Ulmus* in De Fructibus & Seminibus Plantarum I, p. 224-225 t. 49, fig. 5 (1788); *Celtis* I, p. 374 t. 77 fig. 3.

C. Gaudichaud 32) *Celtideæ* in L. de Freycinet, Voyage autour du Monde p. 507 (1826).

J. Gerarde 33) *Of the Lote or Nettle tree* in Historie of Plantes p. 1308-1309 cum fig. (1597); *Of the Elme tree* in p. 1296-1298 cum figs.

P. D. Giseke 34) *Scabridæ* in Linnæus, Prælectiones ad Ordines Naturales Plantarum p. 593 (1792).

I. G. Gmelin 35) *Vlmus humilis* in Flora Sibirica III, p. 105 (1768).

H. F. Hance 36) *Ulmus macrocarpa & Planera Davidii* in Seemann's Journal of Botany VI, p. 332-333 (1868).

F. von Herder 37) *Ulmaceæ* in Plantæ Raddeanæ V, Apetalæ in Acta Horti Petropolitani XII, no. 3, p. 44-47 (1892).

N. J. Jacquin 38) *Ulmus parvifolia* in Plantarum rariorum Horti cæsarei Schoenbrunnensis descriptiones & Icones III, p. 6-7, t. 262 (1798).

A. L. de Jussieu 39) *Amentaceæ* in Genera Plantarum p. 407-411 (1789)

E. Koehne 40) *Ulmaceæ* in Deutsche Dendrologie p. 133-138 (1893).

V. Komarov 41) *Ulmaceæ* in Acta Horti Petropolitani XXII, p. 81-91 (1903).

S. Korschinsky 42) *Urticaceæ* in Plantas Amurenses in itinere anni 1891 collectas enumeravit novasque species describit in Acta Horti Petropolitani XII, no. 8, p. 386-387 (1892).

O. Kuntze 43) *Urticaceæ* in Revisio Generum Plantarum II, p 621-636 (1891).

W. Lauhe 44) *Ulmaceæ* in Deutsche Dendrologie p. 344-353 (1880).

H. Léveillé 45) *Celtis Mairi, C. Bodinieri* in Fedde, Repertorium specierum novarum regni vegetabilis XIII, p. 264-265 (1913).

J. Lindley 46) *Ulmaceæ* in A synopsis of the British Flora ed. 1, p. 225-227 (1829).

47) *Ulmaceæ* in An Introduction to the Botany p. 94-95 (1830).

48) *Ulmaceæ* in A natural system of Botany p. 178-179 (1836).

49) *Planera acuminata* in The Gardner's Chronicle and agricultural Gazette p. 428 (May 10, 1862).

C. a Linnæus 50) *Ulmus* in Genera Plantarum ed. 1, p. 68 (1737); *Celtis* in p. 337.

51) *Ulmus* in Species Plantarum ed. 1, p. 225-226 (1753) ; *Celtis* in p. 1043-1044.

52) *Ulmus* in Genera Plantarum ed. 5, p. 106, no. 281 (1754); *Celtis* in p. 467, no. 1012.

53) *Ulmus* in Genera Plantarum ed. 6, p. 123, no. 316 (1764); *Celtis* in p. 539, no. 1143.

J. L. A. Loiseleur-Deslongchamp.

54) *Ulmaceæ* in Flora Gallica ed. 2, I, p. XXVI (1828).

J. C. Loudon 55) *Ulmaceæ* in Arboretum & Fruticetum Britannicum III, p. 1371-1420 (1838).

R. Maack & F. J. Ruprecht.

56) *Ulmus pumila-Ulmus montana* in Mélanges Biologiques II, p. 556-558 (1858).

A. Matthioli 57) *Vlmvs* in Medici senenses Commentarii p. 91-92, cum fig. (1554); *Lotus arbor* in p. 139-140 cum fig.

C. J. Maximowicz 58) *Ulmaceæ* in Bulletin de l'Académie Impériale des Sciences de St. Pétersbourg XVIII, p. 287-296 (1873).

59) *Ulmaceæ* in Mélanges Biologiques IX, p. 21-30 (1873).

H. Mayr 60) *Celtis* in Fremdländische Wald-und Parkbäume für Europa p. 461, fig. 180; *Ulmus* in p. 522-525, fig. 242-244; *Zelkowa* in p. 525-529, fig. 246-249 (1906).

C. F. Meissner 61) *Celtideæ* in Plantarum Vascularium Genera I, p. 348; *Ulmaceæ* in p. 351 (1836).

F. A. G. Miquel 62) *Celtideæ* in Flora Indiæ Batavæ I, pars altera p. 214-224 (1859).

C. F. Brisseau Mirbel 63) *Ulmacées* (*Ulmaceeæ*) in Élémens de physiologie végétale et de botanique p. 905 (1815).

M. Miura 64) *Ulmaceæ* in List of Plants in Manchuria and Mangolia p. 109-111 (1925).

C. Moench 65) *Celtis* in Methodus ad plantas agri et horti botanici Marburgensis I, p. 344; *Ulmus* in p. 333-334 (1794).

T. Nakai 66) *Celtis koraiensis* in Tokyo Botanical Magazine XXIII, p. 191 (1909).

67) *Ulmaceæ* in Flora Koreana II in Journal of the College of Science, Tokyo Imperial University XXXI, p. 188-192, Tab. XVIII (1911).

68) *Celtis Bungeana & C. sinensis* in Matsumura, Icones Plantarum Koishikawenses I, p. 3, Pl. II (1913).

69) *Japanese Celtis* in Tokyo Botanical Magazine XXVIII, p. 261-269, fig. 1-2 (1914).

70) *Ulmaceæ* in Vegetation of Quelpaert Island p. 36-37 (1914).

71) *Ulmaceæ* in Vegetation of Chirisan Mountains p. 29-30 (1915).

72) *Ulmaceæ* in Vegetation of Diamond Mountains p. 169-170 (1918).

73) *Ulmaceæ* in Vegetation of Dagelet Island p. 17 (1919).

74) *Chosen no Enoki* (*Korean Celtis*) in Chosen Sanrin Kwaikô (Bulletin of Korean Forestry Society) no. 59, p, 19-28, Pl. 1-5 (1930).

I. W. Palibin 75) *Ulmaceæ* in Conspectus Floræ Koreæ II in Acta Horti Petropolitani XVIII, p. 44 (1900).

P. S. Pallas 76) *Ulmus lævis-Ulmus hollandica* in Flora Rossica I, p. 75-77 et Tab. XLVIII (1784).

R. Pampanini 77) *Ulmaceæ* in Le Plante Vascolari raccolte dal Rev. P. C. Silvestri nell' Hu-peh durante gli anni 1904-1907 in Nuovo Giornale Botanico Italiano, nuova serie XVII, p. 252-253, fig. 3 (1910).

C. H. Persoon 78) *Ulmus* in Synopsis Plantarum I, p. 290-291, *Planera* in p. 291, *Celtis* in p. 291-292 (1805).

E. Petzold & G. Kirchner 79) *Ulmaceæ* in Arboretum Muscaviense p. 550-570 (1864).

E. P. Planchon 80) *Sur les Ulmacées* in Annales des Sciences naturelles 2 sér. X, p. 244-341 (1848).

81) *Hemipteleia* in Comptes rendus hebdomadaires des séances de l'Académie des Sciences de Paris LXXIV, p. 131 (1872).

82) *Ulmaceæ* in Alp. de Candolle, Prodromus Systematis naturalis regni Vegetabilis XVII, p. 150-210 (1873).

G. Pona 83) *Abelicea di Candia* in Monte Baldo p. 112-113, cum fig. (1617).

Fr. Priemer 84) *Die anatomischen Verhältnisse der Laubblätter der Ulmaceen (inschl. Celtideen) und die Beziehungen zu ihrer Systematik*, in Engler, Botanische Jahrbücher XVII, p. 419-475 Tafel X-XI, (1873).

E. Pritzel 85) *Ulmaceæ* in L. Diels, Die Flora von Central-China in Engler, Botanische Jahrbücher XXIX, p. 296-297 (1900).

J. Raius 86) *De Ulmo* in Historiæ Plantarum II, p. 1425-1428; *Lotus arbor* in p. 1483; *Abelicea sive Santalum adulterina Cretica etc.* in p. 1805 (1688).

E. Regel 87) *Planera acuminata* in Gartenflora XII, p. 56 (1863).

A. Rehder 88) *Ulmaceæ* in The Ligneous Plants of Northern China in The Journal of the Arnold Arboretum IV, p. 163-173 (1923).

89) *Ulmaceæ* in The Ligneous Plants from Eastern Asia in The Journal of the Arnold Arboretum X, p. 122-123 (1929).

90) *Ulmaceæ* in Manual of Cultivated Trees & Shrubs hardy in North America p. 183-196 (1827).

J. St. Hilaire 91) *Amentaceæ* in Exposition des familles naturelles des plantes II, p, 315-324 (1805).

C. S. Sargent 92) *Ulmus japonica* in Trees & Shrubs II, p. 101 (1907).

93) *Ulmus campestris* in Garden & Forest VI, p. 327, fig. 50 (1893).

C. K. Schneider 94) *Ulmaceæ* in Illustriertes Handbuch der Laubholzkunde I, p. 211-234 (1904); *Ulmus-Zelkova* in p. 805-6.

95) *Ulmaceæ* in Sargent, Plantæ Wilsonianæ III, p. 238-291 (1916).

J. C. D. Schreber 96) *Ulmus* in Genera Plantarum p. 173; *Celtis* in p. 732 (1789).

J. A. Schultes 97) *Ulmus* in Systema Vegetabilium VI, p. 298-303; *Planera* in p. 304-305; *Celtis* in p. 305-311 (1820).

O. Seemen & Th. Loesner 98) *Ulmaceæ* in E. Gilg & Th. Loesner, Beiträge zu einer Flora von Kiautschau und einiger angrenzenden Gebiete, nach den Sammlungen von Nebel und Zimmermann in Botanische Jahrbücher Band XXXIV, Heft 1, Beiblatt no. 75, p. 29 (1904).

Th. Loesner 99) *Ulmaceæ* in Prodromus Floræ Tsingtauensis in Beihefte zum Botanischen Centralblatt XXXVII, p. 108-109 (1920).

Ph. Fr. de Siebold & J. G. Zuccarini.

100) *Celtideæ* in Floræ Japonicæ Familiæ Naturales sect. II in Abhandlung der Akademien von München IV, Abt. 3, p. 220-221; *Ulmaceæ* in p. 221 (1846).

J. Ed. Smith 101) *Ulmus* in J. Sibthorp, Floræ Græcæ Prodromus I, p. 171-172; *Celtis* in p. 172 (1806).

102) *An Inquiry into the Genus of the Tree called by* Pona

Abelicea cretica in Transaction of the Linnæan Society IX, p. 126-130 (1808).

E. Spach 103) *Revisio Celtidum geuuinarum* in Annales des Sciences Naturelles 2 sér. XVI, p. 34-42 (1841).

104) *Note sur les Ulmacées* in Annales des Sciences Naturelles 2 sér. XVI, p. 43-47 (1841).

105) *Ulmaceæ* in Histoire naturelle des végétaux XI, p. 95-137 (1842).

J. P. Tournefort 106) *Celtis* in Institutiones rei Herbariæ p. 612, t. 383; *Ulmus* in p. 601, t. 372 (1700).

E. P. Ventenat 107) *Amentaceæ* in Tableau du règn végêtale III, p. 550-573 (1779).

C. L. Willdenow 108) *Celtis* in Berlinische Baumzucht p. 56-57; *Ulmus* in p. 390-395 (1796).

109) *Celtis* in Die Wilde Baumzucht p. 80-82; *Ulmus* in p. 515-521 & 553 (1811).

Y. Yabe 110) *Ulmaceæ* in An Enumeration of Plants hitherto known from South Manchuria p. 37-38 (1913).

111) *Ulmaceæ* in A Preliminary Report on the Flora of Tsing-Tau-Region p. 41-42 (1919).

(二) 朝鮮産楡科植物研究ノ歴史

1894 年英國ノ F. B. Forbes ト W. B. Hemsley 兩氏ハ支那植物目錄第二部ヲ The Journal of the Linnæan Society 第二十六卷ニ記セル中ニ Zelkova acuminata Pl. (けやき)、Zelkova Davidii Benth. & Hook. (はりけやき)、Celtis sinensis Pers. (えのき)ノ三種ヲ載セタリ、之レ朝鮮産にれ科植物ノ世ニ紹介サレシ嚆矢トナス。

1900 年露國ノ J. W. Palibin 氏ガ朝鮮植物一覽ヲ Acta Horti Petropolitani XVIII 卷ニ揭ゲシ中ニモ同樣ノ三種ヲ擧ゲシニ過ギズ。

1903 年露國ノ V. Komarov 敎授ハ滿洲植物誌第二部ヲ Acta Horti Petropolitani 第XX卷ニ揭ゲシ中ニ新ニ北鮮ニ Ulmus macrocarpa Hance (おほみのにれ)、Ulmus pumila L. (のにれ)ノ産スル事ヲ記セリ。

1904 年墺國ノ C. K. Schneider 氏ハ其著 Illustriertes Handbuch der Laubholzkunde 第一卷ニ朝鮮産ノ楡科植物 Hemipteleia Davidi Pl. (はりげやき)、Abelicea hirta Schneider (けやき)、Celtis sinensis Pers. (えのき)ヲ載セタリ。

1909 年著者ハ東京植物學雜誌第二十三卷ニ始メテ Celtis koraiensis Nakai (てうせんえのき) ヲ新種トシテ發表セリ。

1911 年著者ハ Flora Koreana II ヲ東京帝國大學理科大學紀要第三十一卷ニテ發表セシ中ニハ Zelkova Keaki Sieb. (けやき)、Zelkova Davidii Benth. & Hook. (はりけやき)、Ulmus parvifolia Jacq. (あきにれ)、Ulmus pumila L. (のにれ)、Ulmus macrocarpa Hance (おほみにれ)、Ulmus montana var. laciniata Trautv. (おひようにれ)、Ulmus montana var. major Guercke (まるばおひよう)、Ulmus campestris L. (はるにれ)、Ulmus campestris var. suberosa Guercke (こぶにれ)、Celtis koraiensis Nakai (てうせんえのき)、Celtis sinensis Pers. (えのき)、Celtis Bungeana Pl. (えぞえのき)、Aphananthe aspera Pl. (むくえのき) 等ノ楡科植物ヲ記シ且ツてうせんえのきヲ圖解セリ。

1912 年佛國ノ H. Léveillé 氏ハ Fedde 氏ノ Repertorium 第 X 卷ニ Celtis Bungeana var. heterophylla Léveillé ヲ記セリ是レこばのてうせんえのきナリ。

1914 年著者ノ濟州島植物調査書ガ總督府ノ手ニテ出版サレ其中ニハ楡科植物 Abelicea hirta Schn. (けやき)、Aphananthe aspera Pl. (むくえのき)、Celtis sinensis Pers. (えのき)、Celtis Bungeana Pl. (えぞえのき)、Ulmus parvifolia Jacq. (あきにれ) 等アリ又同時ニ著者ノ莞島植物調査書ノ出版サレシ中ニハ Abelicea hirta Schn. (けやき)、Aphananthe aspera Pl. (むくえのき)、Celtis sinensis Pers. (えのき)、Ulmus parvifolia Jacq. (あきにれ) ノ諸種アリ。

同年著者ハ東京植物學雜誌ニ「日本產えのき」類ニツキ記シ其中朝鮮產トシテ Celtis sinensis Pers. var. japonica Nakai (えのき)、Celtis Bungeana Pl. (えぞえのき) Celtis koraiensis Nakai (てうせんえのき)、Celtis Leveillei Nakai (こばのてうせんえのき) ヲ擧ゲ且ツ各種ノ葉ト果實ト核トヲ圖示セリ。

1915 年著者ノ智異山植物調査書ハ總督府ヨリ出版サレ其中ニハ Aphananthe aspera Pl. (むくえのき)、Celtis Bungeana Pl. (えぞえのき)、Celtis sinensis Pers. (えのき)、Hemipteleia Davidii Pl. (はりげやき)、Ulmus montana With. (はるにれ)、Ulmus major Guercke (こぶにれ)、Ulmus Sieboldii var coreana Nakai (てうせんあきにれ) 等ノ楡科植物アリ。

1916 年墺國ノ C. K. Schneider 氏ハ滯米中東亞產ノ楡科植物全般ニツ

キ研究シ之ヲ Sargent 氏著 Plantæ Wilsonianæ 第三卷ニ揭ゲシガ其中ニアル朝鮮產ノモノハ Ulmus parvifolia Jacq. (あきにれ)、Ulmus japonica Sargent (はるにれ)、Ulmus japonica var. levigata Schneider (はるにれノ一變種)、Celtis Bungeana Pl. (こばのえぞえのき)、Celtis sinensis Pers. (えのき)、Celtis jessoensis Koidz. (えぞえのき)、Celtis Biondi var. heterophylla Schneider (こばのてうせんえのき)、Zelkova serrata Mak. (けやき)、Hemipteleia Davidii Pl. (はりげやき)、Aphananthe aspera Pl. (むくえのき)ノ各種ナリ。

1918 年總督府ハ著者ノ金剛山植物調査書ヲ上梓ス其中ニアル楡科植物ハ Abelicea serrata Mekino (けやき)、Celtis jessoensis Koidzumi (えぞえのき)、Hemipteleia Davidii Planchon (はりげやき)、Ulmus glabra Hudson (こぶにれ)、Ulmus japonica Sargent (はるにれ)、Ulmus laciniata Mayr (おひようにれ)等ナリ。

1919 年總督府ハ更ニ著者ノ欝陵島植物調査報告書ヲ出版セリ。其中ニ Abelicea serrata Makino (けやき)、Aphananthe aspera Pl. (むくえのき)、Celtis Bungeana Pl. (えぞえのき)、Ulmus laciniata Mayr (おひようにれ)等ノ楡科植物アリ。

1926年著者ハ東京植物學雜誌第四十卷ニ一新種 Celtis cordifolia Nakai (長壽えのき)ヲ記セリ。

1930 年著者ハ朝鮮山林會ノ依賴ニ依リ同會ノ會報第五十九號ニ朝鮮產ノえのき類ニ就イテ記述シ Celtis cordifolia Nakai (長壽えのき)、Celtis Bungenana Blume (こばのえぞえのき)、Celtis jessoensis Koidzumi (えぞえのき、Celtis jessoensis var. angustifolia Nakai (なかばえぞえのき)、Celtis choseniana Nakai (ながばてうせんえのき)、Celtis koraiensis Nakai (てうせんえのき)、Celtis koraiensis var. arguta Nakai (まるばてうせんえのき)、Celtis Leveillei Nakai (こばのてうせんえのき)、Celtis japonica Pl. (えのき)、Celtis japonica var. purpurascens Nakai (むらさきえのき)、Celtis japonica var. magnifica Nakai (おほばえのき)、Celtis japonica forma rotundata Nakai (まるばえのき)、Celtis aurantiaca Nakai (おひようえのき)、Celtis edulis Nakai (きみのえのき)ヲ記載シ且ツ其葉ト果實トヲ圖示セリ。

(三) 朝鮮産楡科植物ノ效用

材用トシテハけやきニ及ブモノナシ現時ハ產額ニ於テ黃海道ヲ第一トス、以前ハ濟州島、欝陵島ノ原始林ニモ多カリシガ今ハ材ラシキモノヲ出ス木サヘナシ、村落附近ニハ停止木ト謂ヒテ村人ノ休憩スル所ニ巨樹ヲ殘ス、其類ニけやきノ大木今猶ホ存ス。朝鮮產ノモノハ材質ニ於テ材木商ノ所謂つきけやき(槻)ニ當ル。

はりげやきハ材質ニ於テ遙カニけやきニ劣リ木モ亦大ナラズ。

はるにれ、こぶにれ、おひようにれ等ハ溫突用、橋梁材、薪材等ニ用キラル、比重重ク生材ハ海水中ニテモ沈ム。

えのきノ材ハ薪トシ又溫突家屋ニ用フルモむくえのき同樣材質劣ル。

食用トシテハえのき類ノ果實、むくえのきノ果實ハ兒童ノ口ニ上レドモ其以上ノ利用法ナシ。

(四) 朝鮮産楡科植物ノ分類

楡　科

灌木又ハ喬木、無刺又ハ短枝ノミ刺ト化ス、葉ハ互生、單葉、有柄、托葉アリ、一年生又ハ二年生、花ハ多性又ハ兩全又ハ雌雄同株、腋生ニシテ單獨又ハ集團又ハ岐繖花序又ハ圓錐花叢ヲナス。花被ハ一列 4-8 (3-8) 裂シ裂片ハ相重ル。雄蕋ハ花被ノ裂片ト同數ニシテ各其ト相對生ス。花絲ハ或ハ短ク或ハ長シ、葯ハ二室縱ニ側方ニ開ク、子房ハ單一、一室、一卵子アリ、卵子ハ下垂シ倒生、花柱ハ二岐又ハ二個內面ハ凡テ柱頭化ス、果實ハ翅果又ハ核果又ハ瘦果樣、核ハ堅ク且ツ厚シ。種子ニ胚乳ナシ、胚ハ眞直又ハ屈曲ス。子葉ハ扁平通例襞狀ニ折タヽム。

世界ニ十七屬アリ主トシテ北半球ノ產、其中五屬ハ朝鮮ニモアリ次ノ如ク分類ス。

果實ハ核果ナラズ。
- 果實ハ薄キ膜狀ノ翼アリ、胚ハ屈曲セズ ………… にれ屬
- 果實ハ瘦果樣、胚ハ屈曲ス。
  - 果實ニ翼ナシ、 ………… けやき屬
  - 果實ニハ一側ニ翼アリ、翼ハ膜質ナラズ ………… はりげやき屬

果實ハ核果、

{子葉ハ狹長、葉ノ基部ハ三脈、 .... むくえのき屬
{子葉ハ幅廣ク折疊ム、 .... えのき屬

Ulmaceæ Mirbel, Elém. p. 905 (1815)-Dumortier, Demonst. Bot. p. 54 (1822)-Loiseleur-Deslongchamps, Fl. Gall. ed. 2, I p. XXVI (1828)-Lindley, Syn. Brit. Fl. ed. 1, p. 225 (1829); Introd. Bot. p. 94 (1830)-Bartling, Ord. Nat. Pl. p. 100 (1830)-Meissner, Pl. Vasc. Gen. I, p. 351 (1836)-Endlicher, Gen. Pl. p. 275 (1836)-Lindley, Nat. Syst. Bot. p. 178 (1836)-Loudon, Arb. & Frutic. Brit. III, p. 1371 (1838)-Spach, Hist. Vég. XI, p. 95 (1842)-Agardh, Theor. p. 254 (1858)-Petzold & Kirchner, Arb. Musc. p. 550 (1864)-Koch, Dendrol. II, p. 404 (1872)-Planchon in Alph. de Candolle, Prodr. XVII, p. 151 (1873)-Baillon, Hist. Pl. XI, p. 137 (1875), pro parte-Eichler, Blutendiagr. II, p. 64 (1878)-Lauhe, Deutsch. Dendrol. p. 344 (1880)-Engler in Engler & Prantl, Nat. Pflanzenfam. III, Abt. I, p. 59 (1888)-Dippel, Handb. Laubholzk. II, p. 21 (1892)-Koehne, Deutsche Dendrol. p. 133 (1893)-Schneider, Illus. Handb. Laubholzk. I, p. 211 (1904)-Rehder, Manual p. 183 (1927).

Syn. *Statuminatae* Linnæus, Phil. Bot. p. 35 (1751), excl. *Bosea.*

Castaneae Adanson, Fam. Pl. II, p. 366 (1763), pro parte.

Amentaceae Durande, Notions élém. bot. p. 293 (1781), pro parte-Jussieu, Gen. Pl. p. 407 (1789), pro parte-Ventenat, Tab. Règ. Vég. III, p. 550 (1799), pro parte-J. St. Hilaire, Expos, II, p. 315 (1805), pro parte.

Scabrideae Linnæus ex Giseke, Prælect. p. 593 (1792), pro parte.

Celtideae Gaudichaud in Freycinet, Voy. p. 507 (1826)-Meissner, Pl. Vasc. Gen. I, p. 348 (1836)-Endlicher, Gen. Pl. p. 276 (1836)-Agardh, Théor. p. 254 tab. XX, fig. 7 (1858).

Ulmideae Dumortier, Analyse p. 17 (1829).

Urticeae-Celtidées Richard, Nouv. Élém. Bot. ed. 15, p. 228 (1833).

Urticaceae-Ulmaceae Planchon in Ann. Sci. Nat. 2 sér. X, p. 259 (1848).

Celtideae Richard apud Miquel, Fl. Ind. Bat. I, p. 214 (1859).

Urticaceae-Ulmeae Bentham & Hooker, Gen. Pl. III, p. 343 (1880).

Urticaceae-Celtideae Bentham & Hooker, l. c.

Frutices, arboreæ vel arbores, inermes vel ramuli breves aculeati. Folia alterna simplicia petiolata stipullata annua vel biennia. Flores polygami vel monoeci vel hermaphroditi, axillari-solitarii vel glomerati vel cymosi vel paniculati. Perigonium 1-seriale 4–5 (3–8) lobum aut partitum lobis imbricatis. Stamina lobis perigonii isomera eos opposita. Filamenta brevia aut elongata. Antheræ biloculares laterali longitudine fissæ. Ovarium solitarium uniloculare uniovulatum. Ovula pendula anatropa. Styli bifidi aut bini intus stigmatosi. Fructus samaræformis aut drupacea aut achenioides. Putamen sæpe incrassatum. Semen exalbuminosum. Embryo rectus aut curvatus. Cotyledones plani falcati vel conduplicati.

Genera 17 præcipue in hemisphærica boreali adsunt, quorum 5 in Korea etiam nascent.

- Fructus nunquam drupaceus.
  - Fructus margine in alis membranaceis expansus. Embryo recti .... *Ulmus.*
  - Fructus achenioides. Embryo curvatus.
    - Fructus exalatus. .... *Zelkova*
    - Fructus unilaterali-alatus, alis non membranaceis .. *Hemipteleia.*
- Fructus drupaceus. Embryo curvatus.
  - Cotyledones angusti. Folia basi trinervia. .... *Aphananthe* sect. *Homoioceltis.*
  - Cotyledones dilatati conduplicati .... *Celtis.*

第一屬 にれ 屬

喬木又ハ灌木、葉ハ互生、單葉一年生又ハ一部分二年生、有柄、有鋸歯、羽狀脈アリ、托葉ハ早落性、花ハ春、葉ニ先チテ生ズルモノト秋ニ生ズル種トアリ何レモ葉腋ニ集團シ多性、小花梗アリ、花被ハ 5 (4–8) 裂ス、雄蕋ハ 5 (4–8) 個花被ノ裂片ト同數ニシテ其レト對生ス。抽出ス、葯ハ二室、子房ハ有柄稀ニ無柄、花柱ハ二岐ス、卵子ハ倒生下垂ス、果實ハ扁平有柄翼アリ、種子ハ扁平胚乳ナシ、幼根ハ上向。

北半球ノ溫帶暖帶ニ亙リテ 25 種アリ、其中 6 種ハ朝鮮ニ自生ス。

第一節、**はるにれ**節、

葉ハ一年生、花ハ春期葉ニ先チテ生ズ、果實ハ有毛又ハ無毛。

次ノ各種ヲ有ス。

葉ハ大キク平均長サ 10 cm. 以上アリ。
  葉柄ハ長サ 6-11 mm. 葉身ニ複鋸歯アレドモ先端缺裂セズ、 …………おほばにれ
  葉柄ハ長サ 2-5 mm.
    葉身ノ先端ハ深ク 3-7 裂ス。 ………おひようにれ
    葉身ハ皆又ハ殆ンド皆缺裂セズ ……まるばおひよう
葉ハ最大ノモノヲ除ク外ハ長サ 10 cm. 以下ナリ。
  果實ハ大キク長サ 20 mm. 以上アリ、全部ニ粗毛アリ、葉身ノ表面ハ粗糙ナリ。 …………てうせんにれ
  果實ハ最大ノモノト雖モ長サ 17 mm. ヲ出デズ、無毛又ハ種子ノ上ニ當ル所ニノミ毛アリ。
    葉ハ長橢圓形又ハ廣披針形表面ハ無毛、末梢ハ纎弱ニシテ通例下垂ス、 ………………のにれ
    葉ハ倒卵形又ハ廣倒披針形多少歪形、末梢ハ太ク下垂セズ。
      果實ハ全ク無毛ナリ、
        葉身ノ表面ハ粗糙ナリ末梢ハ有毛、
          末梢ニハ木栓質ノ隆起ナシ …………はるにれ
          末梢ニハ木栓質ヨク發達シ通例翼狀ニ突起ス ..こぶにれ
        葉身ノ表面ハ無毛又ハ殆ンド無毛粗糙ナラズ、末梢ハ始メヨリ毛ナシ、 ……….てりはにれ
      果實ハ種子ノ上ニ當ル所ニノミ毛アリ、葉形ハはるにれニ同ジ、 …………たうにれ

Gn. 1) **Ulmus** [Plinius, Nat. Hist. ed. 1, liber XV, fol. 141 sin. (1469)-Discorides, Lib. I, fol. 54 dextr. (1518)-Matthioli, Med. Sen. Comm. p. 91 cum fig. (1554)-Dodonæus, Niuve Herb. p. 75 cum fig. (1578); Pempt. p. 825 cum fig. (1583)-Gerarde, Hist. p. 1297 cum fig. (1597)-Bauhinus, Pinax p. 426 (1623)-Raius, Hist. II, p. 1425 (1688)-Tournefort, Inst, p. 601 t. 372 (1700)-Boerhaave, Ind. II, p. 220 (1720)-Linnæus, Gen. Pl. ed. I, p. 68 no. 194 (1737)]; Sp. Pl. ed. 1, p. 225 (1753); Gen. Pl. ed. 5. p. 106 no. 281 (1754)-Adanson, Fam. Pl. II, p. 377 (1763)-Gærtner, Fruct. Sem. Pl. I, p. 224 t. 49 fig. 5 (1788)-Schreber, Gen. Pl. p. 173 no. 443 (1789)-Jussieu, Gen. Pl. p. 468 (1789)-Necker, Elem. Bot. II, p. 173 (1790)-Moench; Method. I, p. 333 (1794)-Ventenat, Tab. III, p.

553 (1799)-J. St. Hilaire, Expos. II, p. 316 (1805)-Lamarck & de Candolle, Syn. Fl. Gall. p. 183 (1806)-Loiseleur-Deslongchamp, Fl. Gall. ed. 2, I, p. 213 (1828)-Lindley, Syn. Brit. Fl. ed. 1, p. 226 (1829)-Reichenbach, Fl. Germ. Excurs. II, p. 180 (1831)-Meissner, Gen. I, p. 351(1836)-Endlicher, Gen. p. 267 no. 1850 (1836)-Loudon, Arb. & Frut. Brit. III, p. 1373 (1838)-Spach, Hist. Vég. XI, p. 99 (1842)-Endlicher, Suppl. II, p. 29 (1842)-Planchon in Ann. Sci. Nat. 2 sér. X, 259, 267 (1848)-Petzold & Kirchner, Arb. Musc. p. 550 (1864)-Koch, Dendrol. II, p. 405 (1872)-Planchon in Alp. de Candolle, Prodr. XVII, p. 154 (1873)-Baillon, Hist. Pl, p. 184 (1875)-Boissier, Fl. Orient. IV, p. 1157 (1879)-Lauhe, Deutsch. Dendrol. p. 345 (1880)-Bentham & Hooker, Gen. Pl. III, p. 351 (1880)-Engler in Engler & Prantl, Nat. Pflanzenfam. III, Abt. 1, p. 62 (1888)-Dippel, Handb. Lanbholzk. II p. 22. (1892)-Koehne, Deutsch. Dendrol. p. 134 (1893)-Schneider, Illus. Handb. Laubholzk. I, p. 212 (1904)-Rehder, Man. p. 183 (1927).

Syn. *Microptelea* Spach in Ann. Sci. Nat. 2 sér. XV, p. 368 (1841); Hist. Vég. XI, p. 113 (1842).-Endlicher, Suppl. II, p. 29 (1842).

Arbores vel frutices. Folia alterna simplicia annua vel partim biennia petiolata serrata penninervia. Stipulæ caducæ. Flores præcoci vel tarde in autumno patentes, fasciculati ad nodos, polygami pedicellati. Perigonium 5 (4–8) fidum. Stamina 5 (4–8) lobos perigonii opposita exerta, antheris bilocularibus. Ovarium stipitatum rarius sessile. Styli 2-partiti. Ovulum amphitropum pendulum. Fructus compressus alatus stipitatus. Semina pendula compressa exalbuminosa. Redicula supera.

Species 25 in regionibus temperatis et calidis borealis hemisphæricæ incola, quarum 5 in Korea sponte nascent et in sectiones duas dividuendæ.

{Flores præcoci vernales. .... *Madocarpus*
{Flores tardivi autumnales .... *Microptelea*

Ulmus sect. **Madocarpus** Dumortier, Prodr. Fl. Belg. p. 25 (1827). Folia annua. Flores præcoces. Fructus glabri vel pilosi.

In hac sectione sequentes species Koreanæ sunt.

{Folia magna mediana 10 cm. superantia.
{ {Petioli 6–11 mm. longi. Folia duplicato-serrulata apice non laciniata.

.... U. *macrophylla*.

Petioli 2–5 mm. longi.

Folia apice lociniato-3–7 fida. .... *U. laciniata*.

Folia omnia vel fere omnia elaciniata .... *U. laciniata* forma *holophylla*.

Folia mediocria, vulgo 10 cm. breviora.

Fructus 20 mm. superans toto hispidulo-hirtellus. Folia supra scabra. .... *U. macrocarpa*.

Fructus quam 17 mm. brevior glaber vel in parte seminitega pilosa.

Folia oblonga vel late lanceolata supra glabra. Ramuli graciles sæpe dependentes. .... *U. manshurica*.

Folia obovata vel late oblanceolata plus minus obliqua. Ramuli robusti haud dependentes.

Samara tota glaberrima.

Folia supra scabra. Ramuli pilosi. .... *U. Davidiana* var. *japonica*.

Folia supra glabra vel subglabra. Ramuli ab initio glabra. .... *U. Davidiana* var. *laevigata*.

Samara in parte seminitega erecto-pilosa ...... *U. Davidiana*.

1. **おほばにれ** (第壹圖)

小喬木、高サ 6-7 米突、末梢ハ帶灰褐色無毛、葉柄ハ長キ 6-11 ミリ無毛、葉身ハ廣楕圓倒卵形長サ 6,5-18, 5 センチ幅 4,4-9 センチ基脚ハ歪形先端ハ急ニ細ク尖ル、緣ニハ複鋸齒アリ、側脈ハ兩側ニ各 13-23 本單一叉ハ先端二叉ス。葉ノ表面ハ綠色粗糙、裏面ハ淡綠色葉脈上ニ剛毛アリ、未ダ花モ果實モ見ザレドモ顯著ナル一新種ナリ。

江原道平康郡社倉里ノ野村林業部所有ノ山林ニ生ズ。朝鮮特產ナリ。

1. **Ulmus macrophylla** Nakai.

(Tab. nostra I)

Ulmus macrophylla Nakai. sp nov.

Arborea 6–7 metralis alta. Ramuli cinereo-fusca glaberrimi. Petioli 6–11 mm. longi glabri. Lamina late elliptico-obovata 6,5–18,5 cm. longa 4,4–9 cm. lata basi inæqualis apice subito angustato-acuminata margine duplicato-serrata venis lateralibus utrinque 13–23 simplicibus vel apice bifurcatis, supra viridis scabra infra pallida supra venas scabro-pilosella. Flores atque fructus nostris ignoti, sed species distincta est.

Nom. Jap. Ôba-nire.

Hab.

Prov. Kôgen : in silvis Shasôri districtus Heikô (T. Nakai, no. 14068-type in Herb. Imp. Univ. Tokyo).

The general feature resembles most to *Ulmus laciniata f. holophylla* m. (vide infra), but is distinguished readily by the long glabrous petioles. I have seen only two individuals in the virgin forest of above cited locality.

2. **まるばおひようにれ** (一名**あつに**)
(朝鮮名) ナンテイナム、ナンチナム
(第貳圖。第參圖)

喬木、樹膚ハ帶褐灰色又ハ帶灰褐色不規則ニ深ク割ル、(第參圖參照) 一年生ノ枝ハ綠色、最初ハ微毛アレドモ後無毛トナリ淡褐色トナル、葉柄ハ長サ 2-5 ミリ微毛アリ、葉身ハ橫廣キ倒卵形ニシテ先端ニ深ク 3-7 個ノ缺刻アリ、(第貳圖參照) 葉緣ニハ尖レル複鋸齒アリ、基脚ハ左右不同形ニシテ一半ハ丸ク一半ハ耳狀ニ濶ク、長サ 7-20 センチ幅4, 5-13 センチ表面ハ綠色粗糙ニシテ裏面ハ淡綠色微毛アリ、花及ビ果實ハ朝鮮産ノモノニテハ不明ナリ。

京畿、江原、黃海、平南、平北、咸南、咸北、鬱陵島ノ山地樹林ニ生ジ大木トナル。

(分布) 支那 (直隷省)、滿洲、黑龍省、烏蘇利、樺太、北海道、本島、隱岐、九州北部。

葉身ノ先端ニ缺刻ヲ有セザルカ稀ニ缺刻アルモノヲ交フルヲまるばおひようにれ(第四圖) ト謂フ、鬱陵島、平北、咸北ニ分布ス。

2. **Ulmus laciniata** (Trautvetter) Mayr
(Tabulæ nostræ II & III)

Ulmus laciniata (Trautvetter) Mayr, Fremdl. Wald-u. Parkbäume p. 523, fig. 243 (1906), pro parte-Schneider in Sargent, Pl. Wils. III, p. 255 (1916)-Nakai, Veg. Diamond Mts. p. 170, no. 197 (1918); Veg. Dagelet Isl. p. 17, no 110 (1919); pro parte-Kudo, Nippon Yûyô Jumoku Bunruigaku p. 162 fig. 32 (1922)-Miura, List. Pl. Manchuria & Mongolia p. 110 (1925)-Makino & Nemoto, Fl. Jap. p. 1088 (1925)-Rehder, Manual

p. 186 (1927)-Nakai, Report Veget. Kamikôchi p. 16 no. 66 (1928) · Report Veget. Daisetsuzan Mts. p. 17, no. 46 (1930); Report Veg. Mt. Apoi p. 46, no. 79 (1930).

Syn. *Ulmus* K. Ito, Nihon Sanbutsushi, Prov. Ômi II fol. 19 verso cum tab. (1855).

Ulmus major var. *heterophylla* Ruprecht & Maximowicz in Bull. Phys.-Math. Acad. Sci. St. Pétersb. XV, p. 139 (1856); in Mél. Biol. II, p. 434 (1857).

Ulmus montana (non Stokes) Ruprecht in Bull. Phys.-Math. Acad. Sci. St. Pétersb. XV, p. 376 (1857); in Mél. Biol. II, p. 557 (1858)-Maximowicz in Bull. Acad. Sci. St. Pétersb. XXVII, p. 291 (1873); in Mél. Biol. IX, p. 25 (1873)-Planchon in Alp. de Candolle, Prodr. XVII, p. 159 (1873), pro parte-Franchet & Savatier, Enum. Pl. Jap. I, p. 431 (1875)-Herder in Acta Hort. Petrop. XII, p. 47 (1892), pro parte-Hemsley in Journ. Linn. Soc. XXVI, p. 448 (1895)-Komarov in Acta Hort. Petrop. XXII, p. 88 (1903).

Ulmus montana var. *laciniata* Trautvetter in Mém. Sav. étr. Acad. Sci. St. Pétersb. IX. p. 246 (1859)-Fr. Schmidt in Mém. Acad. Sci. St. Pétersb. sér. 7, XII no. 2, p. 174 (1868)-Miquel in Ann. Mus. Bot. Lugd. Bot. III, p. 65 (1867); Prol. Fl. Jap. p. 253 (1867)-Matsumura, Nippon Shokubutsu Meii p. 196 (1884); Shokubutsu Meii p. 302 (1895)-Shirasawa, Icon. Ess. Forest Trees. Jap. II, t. 15, fig. 1-9 (1908)-Nakai in Journ. Coll. Sci. Tokyo. XXXI, p. 190 (1911)-Matsumura, Ind. Pl. Jap. II, pt. 2, p. 33 (1912)-Henry in Elwes & Henry, Trees Great Brit. & Irel. VII, p. 1865 (1913)-Miyabe & Miyake, Fl. Saghal. p. 404 (1915).

Ulmus scabra var. *typica* forma *heterophylla* Schneider, Illus. Handb. I, p. 218 (1904), pro parte.-Ascherson & Græbner, Syn. Mitteleurop. Fl. IV, p. 564 (1911), quoad pl. ex Amur & Japonia.

Arbor. Cortex irregulariter crasse fissa (Tobula nostra III). Rami hornotini virides primo piloselli demum glabrescentes et fuscescentes. Petioli pilosi 2-5 mm. longi. Lamina foliorum latissime obovata apice laciniato-3-7 fida margine argute duplicato-serrata basi inæqualis uno latere obtusa alio subauriculata 7-20 cm. longa 4,5-13 cm. lata supra viridis scaberrima subtus pallida pilosa. Flores & fructus in speciminibus Koreanis adhuc ignoti.

Nom. Jap. O-hyô-nire.

Nom. Kor. Nam-tyei-nam, Nam-tschi-nam.

Hab.

Prov. Keiki: Mt. Kagakusan (T. Sawada).

Prov. Kôkai: Kokuzan Katomen (K. Takaichi).

Prov. Kôgen: Bôgundai montium Kongôsan (T. Nakai, no. 5359); Mt. Setsugakusan (T. Ishidoya no. 6295); Mt. Godaisan (T. Ishidoya no. 6573); Mt. Chigakusan (Teidaigen) Senpo (T. Ishidoya no. 1773).

Isl. Dagelet: Mt. Jôhô (T. Nakai, no. 4223, 4226, 4232); Dôdô (T. Ishidoya, no. 29); sine loco speciali (K. Okamoto).

Prov. Heinan: Mt. Rôrinsan (Iwasaki); inter Onsô & Rakuhori (T. Ishidoya, no. 4390); Mt. Shôhakusan (T. Ishidoya, no. 4398).

Prov. Heihoku: Mt. Jûseizan (T. Nakai no. 1957); Mt. Hinantokuzan (S. Fukubara).

Prov. Kannan: Sanbô (T. Nakai, no. 14066); inter Sanyô & Kôkô (T. Nakai); Mt. Gatokurei (T. Nakai); Mt. Shûaizan (S. Fukubara); Mt. Shisuizan (Teidaigen); Taichûri (T. Ishidoya).

Prov. Kanhoku: Shuotsuonmen Minmakudô districtus Kyôjyô (T. Nakai, no. 6932–3); ibidem (T. Sawada); Mt. Sôzan (Tei dai gen no. 776); Mt. Hichihôzan (C. Kondô no. 398); Kisshû Yôshamen (S. Fukubara no. 1744); Kyôjyô Shunanmen (S. Fukubara no. 1743); Mt. Shayusan (Tei dai gen no. 977).

Distr. China (Chili), Manshuria, Amur, Ussuri, Sachalin, Yeso, Hondo, Isl. Oki, Kiusiu.

Ulmus laciniata forma **holophylla** Nakai. (Tabula nostra IV).

Syn. *Ulmus laciniata* Mayr, l. c. fig. 243, pro parte.

Ulmus montana var. *major* (non Guercke) Nakai in Journ. Coll. Sci. Tokyo. XXXI, p. 196 (1911).

Ulmus laciniata Mayr. Nakai, Veg. Dagelet Ist. p. 17, no. 110 (1919), pro parte.

Folia omnia vel fere omnia elaciniata elliptica vel obovata.

Nom. Jap. Maruba-o-hyô-nire.

Hab.

Dagelet: Dôdô (T. Ishidoya no. 30).

Prov. Heihoku: Gyorairei distr. Kôkai (T. Nakai, no. 1955–6); Gyomenpô distr. Kôkai (T. Nakai, no. 1961).

Prov. Kanhoku: Shuotsuonmen-Minmakudô distr. Kyôjyô (T. Nakai, no. 6933).

3. てうせんにれ

(朝鮮名) ヌルップナム

(第 五 圖)

小喬木、小枝ニハ木栓質ヨク發達シ若キ時ハ綠色微毛アリ、葉柄ハ長サ 3–6 ミリ微毛アリ、葉身ハ廣倒卵形又ハ殆ンド圓ク基脚ハ左右不同形先端ハ急ニ尖ル、緣ニハ複鋸歯アリ。表面ハ綠色極メテ粗糙ニシテ裏面ハ淡綠色同ジク粗糙ナリ。葉身ノ長サ 3,5–7, 5 センチ幅 2–6 センチ、側脈ハ單一又ハ二叉ス。未ダ花ヲ見ズ。果實ハ廣倒卵形長サ 3 センチ幅 1,8–2,5 センチ全面ニ立毛アリ。

咸北、平北ノ山地ニ生ジ屢々純林トナル。

(分布)支那(直隷、山西)、滿洲。

3. **Ulmus macrocarpa** Hance.

(Tabula nostra V).

Ulmus macrocarpa Hance in Seemann, Journ. Bot. VI, p. 332 (1868)–Planchon in Compt. Rendu Acad. Sci. Paris LXXIV, p. 1498 (1872); in Alp. de Candolle, Prodr. XVII, p. 162 (1873)–Maximowicz in Bull. Acad. Sci. St. Pétersb. XVIII, p. 289 (1873), in Mél. Biol. IX, p. 22 (1873)–Franchet in Nouv. Arch. Mus. Paris 2 sér. VII, p. 78, t. 8, fig. c. (1884)–Hemsley in Journ. Linn. Soc. XXVI, p. 447 (1894)–Komarov in Acta Hort. Petrop. XXII, p. 81 (1903)–Nakai in Journ. Coll. Sci. Tokyo XXXI, p. 190 (1911)–Schneider, Illus. Handb. II, p. 904, fig. 566 h (1912); in Sargent, Pl. Wils. III, p. 251 (1916), excl. syn. *Ulmus rotundifolia*–Rehder, in Journ. Arnold Arboret. IV, p. 163 (1923).

Syn. *Ulmus sp. nova 2* Maximowicz in Mém. Sar. Étr. Acad. Sci. St. Pétersb. IX, p. 477 (Index Fl. Pekin.) (1859).

Arborea. Ramuli suberosi, juveniles virides pilosi. Petioli 3–6 mm.

longi piloselli. Lamina foliorum late obovata vel subrotundata basi inæqualis apice mucronato-acuminata margine duplicato-serrulata, supra viridis scaberrima infra pallida scabra 3,5–7,5 cm. longa 2–6 cm. lata, nervis lateralibus simplicibus vel bifidis. Flores in Korea nondum detecti. Fructus late obovati 3 cm. longi 1,8–2,5 cm. lati toto hirtelli.

Nom. Jap. Chôsen-nire.

Nom. Kor. Nurup-nam.

Hab.

Prov. Kanhoku: Mosan (T. Ishidoya no. 2769, fr.); Ryôzan (Murashina, fr.); Nansendô (T. Nakai, no. 1954); Kisshû Yôshamen (S. Fukubara, no. 1741–2); Mt. Shayusan (Tei dai gen, no. 978).

Prov. Heihoku: Shôjyô Yûmen (T. Sawada); Kôshô Nansha (S. Gotô).

Distr. China (Chili, Shansi), Manshuria.

4. の に れ

(朝鮮名) チヤムヌルップ、ピスルナム、ヌルンナム、キヤイヌル

(第 六 圖、第 七 圖)

喬木、樹膚ハ縱ニ深ク割ル。若木ハ屢々群生シ且ツ枝分レ多シ、若枝ハ綠色微毛アリ、老成スレバ無毛トナリ帶褐色、纖弱ナリ、芽ハ丸ク栗

のにれノ實生群生の狀——(Young bush of *Ulmus manshurica.*)

色長サ 1-2 ミリ、鱗片ニハ緣ニ白色ノ微毛アリ。葉柄ハ始メ微毛アリ後無毛トナリ長サ 2-8 ミリ、葉身ハ披針形又ハ長橢圓形又ハ橢圓形又ハ橢

のにれノ小喬木。忠北、丹陽郡丹陽、丹陽河畔(南漢江ノ上流)ニ於テ大正十年六月寫ス。
Arborescent *Ulmus manshurica* growing along the Tanyô river, Tanyô, in the Province of Chûhoku. Photographed in June 1921.

圓倒披針形、枝ノ最下部ノ小形ノモノハ殆ンド丸シ、長サ 7-76 ミリ幅 6-32 ミリ兩面ハ無毛、基脚ハ尖リ又ハ丸ク先端ハ尖リ又ハ鋭尖、緣ニハ複鋸歯アリ、表面ハ綠色、裏面ハ淡綠色、未ダ花ヲ見ズ、翅果ハ二年生、無毛、長サ 12-13 ミリ幅 15-17 ミリ全緣。

忠北、江原、平南、平北、咸南、咸北ノ原野、河畔、山麓地ニ生ズ。

(分布) 滿洲、黑龍省、東蒙古、支那(直隷)。

のにれノ大木。咸鏡北道、鏡城郡、朱乙溫面、城町ニ於テ大正八年七月寫ス。

A big. specimen of *Ulmus manshurica*, at Shiromachi, Kyôjyô county in the Province of Kanhoku. Photograph taken in July, 1919.

4. **Ulmus manshurica** Nakai.

(Tabula nostra VI & VII).

Ulmus manshurica Nakai, sp. nov.

Syn. *Ulmus pumila* (non Linnæus) Trautvetter in Mém. Sav. étr. Acad." Sci. St. Pétersb. IX, p. 248 (1859)–Planchon in Alp. de Candolle, Prodr. XVII, p. 159 (1873), quoad pl. ex China bor.–Franchet in Nouv. Arch. Mus. Paris 2 sér. VII, p. 78 (1884)–Palibin in Acta Hort. Petrop. XIV, p. 139 (1895)–Komarov in Acta Horti Petrop.

XXII, p. 85 (1903)-Nakai in Journ. Coll. Sci. Tokyo XXXI, p. 189 (1911)-Schneider in Sargent, Pl. Wils. III, p. 243 (1916)-Rehder in Journ. Arnold Arboretum IV, p. 167 (1923).

Ulmus campestris α. *vulgaris* lusus d. *pumila* Regel, Tent. Fl. Uss. in Mém. Acad. Sci. St. Pétersb. 7 sér. IV, p. 134 (1861)-Korschinsky in Acta Hort. Petrop. XII, p. 387 (1892).

Ulmus campestris δ. *pumila* Maximowicz in Bull. Acad. St. Pétersb. XVIII, p. 290 (1873), pro parte; in Mél. Biol. IX, p. 23 (1873), pro parte.

Ulmus campestris (non Linnæus) Hemsley in Journ. Linn. Soc. XXVI, p. 446 (1894), pro parte.

Differt ex *Ulmus pumila* quacum adhuc commixta, planta arborea nec frutescente, ramulis viridibus nec griseo-vitellinis, foliis duplicato-serratis nec simpliciter serratis, fructibus ab initio glaberrimis nec ciliatis latioribus quam longitudo. Etiam ex *U. pumila* var. *arborea*, colore ramulorum, foliorum et samaræ forma dignoscenda.

Arbor magna cortice longitudine fissa, sed planta juvenilis sæpe cæspitosa et basi virgata. Ramuli juveniles pilosi virides, adulti glabri fuscescentes graciles. Gemmæ rotundatæ castaneæ, 1–2 mm. longæ, squamis præter margines albo-pilosellas glabris. Petioli primo pilosi demum glabrescentes 2–8 mm. longi. Lamina foliorum lanceolata vel oblongo-lanceolata vel elliptica vel oblongo-oblanceolata vel infima minima subrotundata 7–76 mm. longa 6–32 mm. lata utrinque glaberrima, basi acuta vel obtusa, apice acuta vel acuminata, margine duplicato-serrulata, supra viridis, infra pallida. Flores nostris ignoti. Samara biennis glaberrima 12–13 mm. longa 15–17 mm. lata margine integerrima.

Nom. Jap. Nonire.

Nom. kor. Cham-nurupp; Kyai-nul, Pisul-nam, Nurun-nam.

Hab.

Prov. Chûhoku: Tanyô (T. Nakai, no. 7865).

Prov. Kôgen: Heishô (T. Ishidoya no. 5693).

Prov. Heinan: Neien (T. Mori); Neien Eirakumen (C. Kondo, no. 72).

Prov. Heihoku: Mt. Hiraihô (T. Nakai, no 1953); Shôjyô Yûmen (T. Sawada); Shôjyô Taikan (T. Ishidoya); Kôshô Nansha (S. Gotô).

Prov. Kannan: inter Hokusei & Chokudô (T. Ishidoya no. 5530–typus in Herb. Imp. Univ. Tokyo); Keizanchin (legitor?); Hôzan (T. Ishidoya); inter Shinshô & Keizanchin (S. Gotô).

Prov. Kanhoku: Gyodaishin (T. Nakai, no. 6904); Mt Shôshinzan (Tei dai gen no. 500); Shôzandô (Tei dai gen, no. 503, 1360); Mt. Sôzan (Tei dai gen, no. 779); Funei Fukyomen (Tei dai gen, no. 1364); Kisshû Chôhakumen (S. Fukubara, no. 1730).

Distr. China (Chili); Manshuria, Amur, Mongolia orient.

The type-locality of *Ulmus pumila* L. (Sp. Pl. ed. 1, p. 226, 1753) or *Ulmus humilis* Ammann (Stirp. rar. Ruth. p. 260, 1739) is Siberia where it becomes a shrub in the Transbaical Regions. The figures A, B, C of the plate XLVIII of Pallas' Flora Rossica I are this typical shrubby form as he explained in the text p. 77. Figures D and E are *Ulmus pumila* var. *arborea* Lituinow, commonly found in Caucasus and Turkestan. This variety, however, better represents a species *Ulmus pinnato-ramosa* Dieck.

5. **たうにれ**

(朝鮮名) ヌルンナム

(第　八　圖)

喬木、樹幹ハ直徑60–80センチニ達ス。樹膚ハ帶灰褐色不規則ニ割ル。若枝ハ綠色又ハ帶紅色短絨毛アリ、葉柄ハ長サ2–7ミリ短キ絨毛アリ多クハ帶紅色、若枝ノ葉柄ハ但シ長サ27ミリニ達スルアリ、葉身ハ倒卵楕圓形又ハ長楕圓倒卵形、緣ニ複鋸齒アリ、基脚ハ左右不同形先端ハ急ニ尖ル。表面ハ綠色粗糙裏面ハ無毛ナレドモ葉脈上ニハ剛毛アリ。側脈ハ中肋ノ兩側ニ各7–17本、葉身ノ長サ22–88ミリ幅10–50ミリ、未ダ花ヲ見ズ。翅果ハ無毛ナレドモ種子ノ上ニ當ル邊ニハ粗毛アリ。廣倒卵形又ハ倒卵形長サ10–16ミリ、幅9–15ミリ。

京畿道水原華山及ビ咸鏡北道朱乙溫面甫上洞ニ於テ著者自ラ採收セリ。

(分布) 支那 (直隸)、東蒙古、黑龍省。

本種ハにれ一名はるにれト外觀上全然相同ジク唯果實ノ中央部種子ノ上ニ當ル所ニ粗毛アルヲ異ニス。1872年佛國ノ大植物學者 Planchon (フランション) 氏ガ之ヲ新種ト考定シテ以來はるにれトハ常ニ別種トシテ取扱ハレ來リシモ著者ハ單ニはるにれノ毛アル果實ヲ有スル一形トシテ同一種ニ合一スルヲ正當ト考フ。

果實ニ毛ナキモノニ次ノ三形アリ。

1. **はるにれ** (朝鮮名) ヌルンナム (第九圖)。

枝ニ木栓質ノ突起ナシ。

咸北、咸南、平北、平南、黃海、京畿、江原、慶北、慶南ノ山地平野ニ普遍ス。

(分布) 北海道、本島、樺太、九州。

2. **こぶにれ** (朝鮮名) ヌルンナム (第拾圖)。

枝ニ木栓質ヨク發達シ種々ノ突起ヲナス。

咸北、咸南、平北、黃海、江原、京畿、慶北、慶南、全南ノ山地、平野ニはるにれト混生ス。分布ハはるにれニ同ジ。

3. **てりはにれ** (朝鮮名) ヌルンナム。

末梢ハ始メヨリ毛ナク、葉ノ表面ハ滑ナリ。

咸北、咸南ノ山野ニ生ズ。

(分布) 烏蘇利、滿洲、樺太、黑龍省。

5. **Ulmus Davidiana** Planchon.

(Tabula nostra VIII.)

Ulmus Davidiana Planchon in Compt Rendu Acad. Sci. Paris LXXIV, pt. 1, p. 1498 (1872), nom. nud.; in Alp. de Candolle, Prodr. XVII, p. 158 (1873)–Maximowicz in Bull. Acad. Sci. St. Pétersb. XVIII, p. 291 (1873); in Mél. Biol. IX, p. 24 (1873)–Franchet in Nouv. Arch. Mus. Paris 2 sér. VII, p. 76, t. 8, fig. B. (1884)–Hemsley in Journ. Linn. Soc. XXVI, p. 447 (1894)–Schneider, Illus. Handb. II, p. 904, fig. 565 i, 566 i (1912).

Syn. *Ulmus campestris* (non Linnæus) Komarov in Acta Horti Petropolitani XXII, p. 82 (1903), partim.

Arbor elata. Truncus diametro usque 60–80 cm. Cortex cinereo-fuscus irregulariter quadrate sed longitudine altius fissus. Ramuli hornotini virides vel rubescentes adpresse villosuli. Petioli 2–7 mm. longi, sed turionum sæpe usque 27 mm. longi, adpresse villosuli sæpe rubescentes Lamina foliorum obovato-elliptica vel oblongo-obovata duplicato-serrulata basi inæqualis apice mucronata vel acuminata vel cuspidata, supra viridis scabra vel glabra, infra supra venas scabro-pilosella, venis lateralibus utrinque 7–17, 22–88 mm. longa 10–50 mm. lata. Flores in Korea adhuc ignoti. Samara glabra sed supra seminitega scabro-pilosa, latissime obovata vel obovata 10–16 mm. longa 91–5 mm. lata.

Nom. Jap. Tô-nire.

Nom. Kor. Nurun-nam.

Hab.

Prov. Kanhoku: Kyôjyô Hojyôdô (T. Nakai, no. 6935).

Prov. Keiki: Mt. Kasan, Suigen (T. Nakai, no. 4766).

Distr. China (Chili), Mongolia orient., Amur.

Ulmus Davidiana var. **japonica** (Rehder) Nakai, comb. nov. (Tabula nostra IX).

Syn. *Ulmus glabra* (non Miller) Ruprecht & Maximonicz in Bull. Phys.-Math. Acad. Sci. St. Pétersb. XV, p. 138 (1856); in Mél. Biol. II, p. 434 (1857)-Ruprecht in Bull. Phys.-Math. Acad. Sci. St. Pétersb. p. 375 (1857); in Mél. Biol. II, p. 557 (1857)-Dippel, Handb. Laubholzk. II, p. 25 (1892), pro parte-Koehne, Deutsch. Dendr. p. 135 (1893), pro parte.

Ulmus campestris var. *lævis* (non Spach) Trautvetter in Mém. Sav. Étr. Acad. Sci. St. Pétersb. IX, p. 247 (1859)-Fr. Schmidt in Mém. Acad. Sci. St. Pétersb. 7 sér. XII, no. 2, p. 174 (1868)-Maximovicz in Bull. Acad. Sci. St. Pétersb. XVIII, p. 290 (1873), in Mél. Biol. IX, p. 23 (1873)-Franchet & Savatier, Enum. Pl. Jap. I, p. 431 (1875)-Herder in Acta Hort. Petrop. XII, p. 45 (1892), pro parte-Matsumura, Ind. Pl. Jap. II, pt. 2, p. 33 (1912).

Ulmus campestris var. *major* (non Walpers) Trautvetter in Mém. Sav. Étr. Acad. Sci. St. Pétersb IX, p. 248 (1859)-Maximowicz in Bull. Acad. Sci. St. Pétersb. XVIII, p. 290 (1873); in Mél. Biol. IX, p. 23 (1872)-Franchet & Savatier, l. c.-Matsumura, l. c. p. 32.

Ulmus campestris var. *vulgaris* (non Spach) Regel in Mém. Acad. Sci. St. Pétersb. 7 sér. IV, p. 133 (1861), excl. lusus *humilis*-Maximowicz in Bull. Acad. Sci. St. Pétersb. XVIII, p. 290 (1873); in Mél. Biol. IX, p. 22 (1873)-Franchet & Savatier, l. c. p. 430-Korschinsky in Acta Hort. Petrop. XII, p. 386 (1892), excl. 3 f. *pumila*-Shirasawa, Icon.

II t. 15, fig. 10–21 (1908).

Ulmus campestris (non Linnæus) Miyabe in Mem. Bot. Soc. Nat. Hist. Boston IV, p. 258 (1890)-Sargent in Garden & Forest VI, p. 323, fig. 50 (1893); Forest Fl. Jap. p. 57, t. 18 (1894)-Hemsley in Journ. Linn. Soc. XXVI, p, 446 (1894), pro parte-Komarov in Acta Hort. Petrop. XXII, p. 82 (1903), pro parte-Seemen & Loesner in Engler, Bot. Jahrb. XXXIV, Beiblatt. 75, p. 29 (1904).-Nakai in Journ. Coll. Sci. Tokyo XXXI, p. 190 (1911).

Ulmus campestris var. *japonica* Rehder in Bailey, Cyclop. IV, p. 1882 (1902)-Miyabe & Miyake, Fl. Saghal. p. 403 (1915).

Ulmvs japonica (non Siebold) Sargent, Trees & Shrubs II, pt. 1, t. 101 (1907)-Schneider, Illus. Handb. II, p. 906 (1912)-Henry in Elwes & Henry, Trees Great Brit. Irel. VII, p. 1923, t. 411, fig. 4 (1913)-Bean, Trees & Shrubs II, p. 675 (1914)-Nakai, Veg. Diamond Mts. p. 170, no. 197 (1918)-Makino & Nemoto, Fl. Jap. p. 1088 (1925)-Kudo, Nippon Yûyô Jumoku Bunrui Gaku p. 160 fig. 31 (1922)-Nakai, Report Veget. Kamikôchi p. 16, no. 64 (1928); Report Veg. Mt. Apoi, p. 46, no. 78 (1930).

Ulmus propinqua Koidzumi in Tokyo Bot. Mag. XLIV, p. 95 (1930).

Folia ut var. *typica*, sed samara toto glabra. Ramuli non suberosi.

Nom. Jap. Haru-nire vel Nire.

Nom. Kon Nurun-nam.

Hab.

Prov. Kanhoku: Mosan Sankamen (T. Ishidoya, no. 2820, fr.); Kyôjyô Hojyôdô (T. Nakai no. 6936). Mt. Mosanrei (T. Nakai).

Prov. Kannan: insula Takigishima circa Seikoshin (T. Nakai); inter Chokudô & Kôsuiin (T. Ishidoya, no. 2821, fr.).

Prov. Heihoku: Mt. Gatokurei (T. Nakai); Kôkai (R. G. Mills no. 1008).

Prov. Heinan: Heijyô (H. Imai, fr.); ibidem (T. Uchiyama); Yôtoku (T. Nakai, no. 12322).

Prov. Kôkai: Chôzankan (T. Nakai, no. 12659); Mt. Chôjusan (Tei dai gen, fr.); insl. Taiseitô (T. Nakai, no. 12660, 12658).

Prov. Kôgen: Makkiri (T. Nakai, no. 5352); inter Hyôkunji & Chô-

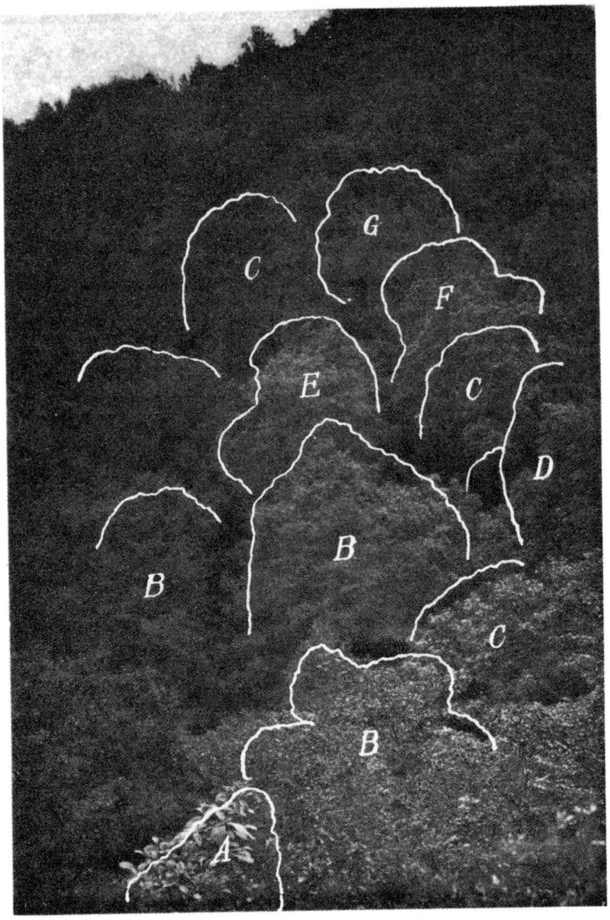

平安北道江界郡從西山ノ濶葉樹林ニはるにれノ混生スル狀。 大正三年七月寫ス。

The summer forest on Mt. Jyûseizan, Kôkai County, in the Province of Heihoku. Photograph was taken in July, 1914.

A. *Quercus variabilis.*
B. *Ulmus Davidiana.* var. *japonica.*
C. *Quercus mongolica.*
D. *Fraxinus rhynchophylla*
E. *Acer mandshuricum.*
F. *Tilia amurensis.*
G. *Betula Ermani.*

enri (T. Nakai, no. 5355).

Prov. Keiki: Insl. Hôtô (Y. Hanabusa); in silvis Kôryô (T. Nakai, no. 1963).

Prov. Keihoku: Kôkô (T. Nakai, no. 4722).

Prov. Keinan: Mt. Chiisan (T. Nakai, no. 449).

Distr. Yeso, Sachalin, Hondo, Kiusiu.

Ulmus Davidiana var. *japonica* forma **suberosa** Nakai. (Tabula nostra X).

Syn. *Ulmus suberosa* (non Moench) Maack & Ruprecht in Bull. Phys.-Math. Acad. Sci. St. Pétersb. XV, p. 375 (1857); in Mél. Biol. II, p. 557 (1858).

Ulmus campestris β. suberosa (non Wahlenberg) Regel in Mém. Acad. Sci. St. Pétersb. 7 sér. IV, p. 134 (1861)-Herder in Acta Horti Petrop. XII, p. 44 (1892), pro parte-Korschinsky in Acta Horti Petrop. XII, p. 387 (1892)-Nakai in Journ. Coll. Sci. Tokyo XXXI, p. 191 (1911).

Rami et ramuli subalato-suberosa.

Nom. Jap. Kobu-nire.

Nom. Kor. Nururi-nam.

Hab.

Prov. Kanhoku: Inter Sankamen & Kamenkôkô (T. Nakai, no. 1964); Funei (T. Nakai).

Prov. Kannan: Taikôri (T. Nakai, no. 1959); Mt. Bôzokuzan (T. Nakai); insl. Takigishima circa Seikoshin (T. Nakai).

Prov. Heihoku: Kôkai (R. G. Mills, no. 320, 497); inter Kôkai & Jyûhochin (T. Nakai, no. 1958).

Prov. Kôkai: insula Hakureitô (T. Nakai, no. 12656); Chôzankan (T. Nakai no. 12657).

Prov. Kôgen: Tsûsen (T. Nakai no 5354); Makkiri (T. Nakai, no. 5353); in silvis circa Kenfutsurô (T. Nakai, no. 14067).

Prov. Keiki: Suigen (H. Ueki).

Prov. Keihoku: Mt. Chôrei (T. Uchiyama).

Prov. Keinan: Mt. Chiisan (T. Mori, no. 97, 403).

Prov. Zennan: Mt. Chiisan (T. Nakai, no. 510).

Distr. ut var. *japonica*.

Practically, it is impossible to distinguish above two (corky and non-corky) types by the dried specimens, as the corky individvals put out no cork when they are very old. In the botanic gardens of Tokyo Imperial University, there is a row of Korean *Ulmus japonica* which was raised from the seeds gathered by T. Uchiyama in 1902. Two of them give no corky bark. Whether the cork develope or not depends on the individual nature likewise the wings of *Euonymus alatus* disapear in the variety *striatus*. The Korean *Ulmus japonica* seems to have always smaller leaves than the typical Hokkaido form.

Ulmus Davidiana var. **lævigata** Nakai, comb. nov.

Syn. *Ulmus japonica* var. *lævigata* Schneider in Sargent, Pl. Wils. III, p. 260 (1916), excl. syn.

Ramuli ab initio glabri. Folia superne lævia.

Nom. Jap. Teriha-nire.

Nom. Kor. Nurun-nam.

Hab.

Prov. Kannan: fluvium Jalu superior, vallis Samsumuri (V. Komarov); Mt. Saikarei (T. Mori, no. 342).

Prov. Kanhoku: Mt. Kapporei (T. Nakai, no. 1962).

Distr. Sachalin, Ussuri, Amur, Manshuria.

第二節 **あきにれ節**

葉ノ一部ハ二年生又ハ全部落葉、花ハ九月十月ノ候ニ開キ果實ハ十月ヨリ翌年一月迄ノ間ニ成熟ス。次ノ四種之ニ屬ス。

1. *Ulmus coreana* Nakai てうせんあきにれ
   朝鮮半島ノ中部以南、濟洲島。
2. *Ulmus crassifolia* Nuttall あめりかあきにれ 北米。
3. *Ulmus parvifolia* Jacquin たうあきにれ 支那、臺灣。
4. *Ulmus Sieboldii* Daveau (incl. *U. Shirasawana*). あきにれ日本。

Ulmus sect, **Microptelea** Bentham & Hooker, Gen. Pl. III, p. 352 (1883)-Henry in Elwes & Henry, Trees Great Brit. & Irel. VII, p. 1848 (1913)-Daveau in Bull. Soc. Dendr. France no. 31, p. 21 (1914)

Syn. *Microptelea* Spach in Ann. Sci. Nat. 2 sér. XV, p. 368 (1841); Hist. Véget. XI, p. 113 (1842).

Ulmus subgn. *Microptelea* Phanchon in Ann. Sci. Nat. 3 sér. X, p. 279 (1848), pro parte-Koch, Dendrol. II. pt. 1, p. 422 (1872)-Planchon in Alp. de Candolle, Prodr. XVII, p. 161 (1873), excl. *U. Hookeriana*-Engler in Engler & Prantl, Nat. Pflanzenfam. III, Abt. 1, p. 62 (1888), excl. *U. Hookeriana*-Dippel, Handb. Laubholzk. II, p.

34 (1892)–Koehne, Deutsch. Dendrol. p. 134 (1893)–Schneider, Illus. Handb. I, p. 221 (1904).

Folia vulgo partim biennia vel decidua. Flores in mensis Sept.–Oct. patentes. Fructus in mensis Oct.–Jan. maturantes. Continens sequentes quattuor species.

Ulmus coreana Nakai–Corea, Quelpært.
Ulmus crassifolia Nuttall–America bor.
Ulmus parvifolia Jacquin–China, Formosa.
Ulmus Sieboldii Daveau (incl. *U. Shirasawana*)–Japonia.

6. **てうせんあきにれ**

(朝鮮名) ドゥルックナム。ノルプナム。チャンヌルプ、コナム。

(第 拾 壹 圖)

小喬木通例高サ 5-6 米突、分岐多シ、樹皮ハ厚ク帶灰褐色不規則ニ割ル。小枝ハ帶黑灰色微毛アリ葉多シ。葉柄ハ長サ 1-7 ミリ微毛アリ。葉身ハ不正長橢圓形又ハ倒卵形又ハ倒卵披針形又ハ廣倒卵形秋ニハ肥厚シ表面ニ光澤アリ。葉裏ハ淡綠色兩面共無毛、基脚ハ左右不同、先端ハ漸次細マリテ丸キカ又ハ尖ル。緣ニハ一樣ノ鋸齒アリ。側脈ハ中肋ノ兩側ニ各 9-20 本宛アリ。花ハ多性葉腋ニ集團シ九月ニ開花ス。花被ハ 4-5 裂シ帶褐黃色長サ 2 ミリ、雄蕋ハ 4-5 本、殆ンド無柄、葯ハ橢圓形帶紫黃色、兩全花ニハ雄蕋ト無柄ノ子房トアリ。柱頭ハ二個、翅果ハ果梗ノ先ニツキ兩端ニ狹マリ柄アリ、長サ 8-11 ミリ幅 5-7 ミリ無毛光澤アリ晩秋紅化ス。

京畿道、水原郡、龍仁郡以南全南、慶南、群島、濟洲島ニ產シ朝鮮特產ナリ。最モ內地產ノあきにれニ類似スレドモあきにれ程大木トナラズシテ反對ニ樹皮ハ厚ク葉ハ全部落葉ス。

一種葉ノ狹披針形ナルヲ**ほそばてうせんあきにれ**ト謂フ。全南艾島、濟洲島ニアリ。

又一種翅果ノ丸ク長サ 7-10 ミリ幅 6-9 ミリナルアリ。忠南雞龍山ニ產ス。之ヲ**まるみてうせんあきにれ**ト謂フ。

6. **Ulmus coreana** Nakai.

(Tabula nostra XI).

Ulmus coreana Nakai, sp. nov.

Syn. *Ulmus parvifolia* (non Jacquin) Nakai in Journ. Coll. Sci. Tokyo XXXI, p. 189 (1911); Veget. Isl. Quelpaert p. 38, no. 507 (1914); Wangtô p. 6 (1914).

Ulmus Sieboldii var. *coreana* Nakai, Veget. Chirisan Mts. p. 30 no. 150 (1915), nom. nud.

Affinis *U. Sieboldii* Daveau precipue ejus forma *Shirasawana* (*Ulmus Shirasawana* Daveau), sed exqua arborea minore cortice trunci satis crassa irregulariter profunde rupsa foliis omnibus deciduis tenerioribus distat.

Arborea, maxima 5–6 metralis alta virgata. Cortex crassa cinereofusca irregulariter profunde rupsa. Ramuli atro-fusci piloselli foliosi. Petioli 1–7 mm. longi pilósi. Lamina oblique oblonga vel obovato-lanceolata vel late obovata in autumno subchartacea supra luciduscula infra pallida opaca utrinque glaberrima basi inæqualis apice cuspidato-obtusiuscula vel acuta margine æqualiter serrulata venis lateralibus utrinque 9–20. Flores polygami axillari-glomerati in mense Septembrio patentes. Perigonium 4–5 lobum fuscescenti-flavidum 2 mm. longum. Stamina 4–5 subsessilia. Antheræ ellipticæ purpurascenti-flavæ. Flores hermaphroditi cum staminibus et ovario sessile, stigmatibus bifidis. Samara pedicellata utrinque contracta stipitata 8–11 mm. longa 5–7 mm. lata glaberrima lucida in auctumno rubescens.

Nom. Jap. Chôsen-aki-nire.

Nom. Kor. Dourucknam, Norupnam, Chang-nurup, Ko-nam.

Hab.

Prov. Keiki: Ryûjin (T. Nakai no. 2685–type of flowers and bark); Suigen (T. Nakai, no. 2689).

Prov. Zenhoku: Jinjitsu (T. Mori, no. 95).

Prov. Keinan: Nankai insulæ Nankaitô (T. Nakai no. 11051); Ichiunmen Gakenri insulæ Kyosaitô (T. Nakai no. 11050); Santômen Hishidô insulæ Nankaitô (T. Nakai, no. 11049).

Prov. Zennan: Mokshi (T. Uchiyama, fr.); Mt. Hakuyôzan (T. Nakai no. 11053, 11060); Jinpo insulæ Totsuzantô (T. Nakai, no. 11051); in pinetum insulæ Seizantô (T. Nakai, no. 11047); Kôshû (T. Nakai); Mt. Chiisan (T. Nakai no. 55; type of *Ulmus Sieboldii* var. *coreana*).

Quelpært: Ikiri (T. Nakai, no 4980–type of fruits), in sepibus (E.

Taquet, no 6215, fr.); Saishû (T. Nakai, no. 4979); Hongno (T. Nakai); Mt. Hallasan (T. Nakai, no. 992); in parva insula Hiyôtô (T. Nakai); sine loco speciali (T. Ishidoya no. 268)

Planta endemica!

Ulmus coreana var. **lanceolata** Nakai.

Folia anguste lanceolata.

Nom. Jap. Hosoba-Chôsen-Aki-Nire.

Hab.

Prov. Zennan: Kaitô Shiyôri insulæ Gairarôtô (T. Nakai, no. 11048, type).

Quelpært: Hongno, ubi rara (U. Faurie, no. 2008).

Ulmus coreana var. **cycloptera** Nakai.

Samara rotundata 7–10 mm. longa 6–9 mm. lata.

Nom. Jap. Marumi-Chôsen-Aki-Nire.

Hab,

Prov. Chûnan: Mt. Keiryûzan (C. Kondo, type).

第二屬 けやき屬

喬木、葉ハ一年生又ハ一部分二年生、互生有柄、有鋸齒又ハ波狀羽狀脈ヲ有ス。托葉ハ早落性、花ハ雌雄同株、雄花ハ若枝ノ基部ニ集合シ無柄又ハ有柄花被ハ 4–5 裂シ雄蕋ハ 4–5 個花被ノ裂片ニ相對シ後抽出ス。雌花ハ葉腋ニ各一個宛出デ無柄、花被ハ 4–5 裂ス。雄蕋ナシ、子房ハ無柄一室一個ノ下垂スル卵子ヲ有ス。花柱ハ深ク二分シ分岐ノ内面全表面ガ柱頭トナル。果實ハ乾果斜卵形背部ニ角稜アリ。種子ハ屈曲ス。

歐亞兩陸ニノミアリテ次ノ各種アリ。

(1) Zelkova Abelicea Boissier. 希臘けやき....希臘、クリート島。

異名 {*Pseudosantalum creticum* Bauhinus.
Ulmus? Abelicea Smith
Zelkova cretica Spach.

(2) Zelkova formosana Hayata. 臺灣けやき....臺灣。

異名 *Zelkova tarokoensis* Hayata.

(3) Zelkova serrata Makino. けやき....支那(山東省)、臺灣、朝鮮、日本。

{*Corchorus serrata* Thunberg.

異名
Ulmus Keaki Siebold.
Planera acuminata Lindley.
Planera Kaki Kirchner.
Planera japonica Miquel.
Planera Keaki Koch.
Zelkova acuminata Planchon.
Zelkova Keaki Maximonicz.
Zelkova stipulacea Franchet & Savatier.
Abelicea acuminata O. Kuntze.
Abelicea Keaki Schneider.
Abelicea hirta Schneider.

(4) Zelkova sinica Schneider. たうけやき....支那。

(5) Zelkova ulmoides Schneider. 波斯けやき....高加索、波斯。

異名
Rhamnus ulmoides Gueldenstædt.
Rhamnus carpinifolia Pallas.
Zelkova crenata Spach.

7. けやき

(朝鮮名) カイモック、トウルミナム、ヌテナム、ヘェイホァナム、ケェーモック

(第拾貳圖)

大木トナリ高サ50米突、幹ノ直徑4米突以上トナルモノアリ。樹皮ハ不規則ナレドモ縱ニ割レ皮狀ニ剝グ、小枝ハ若キ時ニ微毛アリ、托葉ハ長橢圓形又ハ披針形薄ク早ク落ツ、葉柄ハ長サ 1-15 ミリ始メ毛アレドモ後毛ヲ失フ。葉身ハ長橢圓形又ハ帶卵長橢圓形又ハ橢圓形長サ 10-130 ミリ幅 6-71 ミリ基脚ハ斜ニシテ稍凹入シ或ハ丸ク或ハ截形、先端ハ或ハ長ク或ハ短ク尖ル緣ニ一樣ノ波狀ノ鋸齒アリ。側脈ハ中肋ノ左右ニ各 8-18 本アリ、葉ノ表面ハ綠色始メ微毛アレドモ後無毛トナリ、裏面ハ始メ中肋ト主葉脈上ニ微毛アレドモ後無毛トナル。花ハ雌雄同株、雄花ハ若枝ノ基部ニ 1-3 個宛集合シ小花梗ハ長サ1ミリ以下ニシテ微毛アリ。花被ハ椀狀帶黃綠色 4-5 裂ス裂片ハ橢圓形長サ 1,5 ミリ、雄蕋ハ 4-5 個花被ノ裂片ト相對シ抽出ス。葯ハ長サ1ミリ黃色、雌花ハ葉腋ニ一個宛出デ無柄又ハ短カキ柄アリ。花梗ニ微毛アリ、花被ハ 4-5 裂シ長サ 1-1,3 ミリ、雄蕋ナシ、子房ハ無柄花柱ハ基迄二分シ內面柱頭トナル。

果實ハ乾果斜卵形又ハ歪球形背面ニ角陵アリ長サ 3 ミリ幅 4 ミリ。

咸南ノ南部、平南以南濟州島、鬱陵島ニ至ル迄至ル所ニ產シ現時ハ黃海道ニ最モ多シ以前ハ濟州島、鬱陵島モ有名ナル產地ナリシモ今ハ殆ンドナシ。

(分布) 本島、四國、九州、對馬、臺灣、支那 (山東省)。

一種葉ハ廣披針形又ハ披針形ナルアリ。之ヲながばけやき(第拾參圖)ト謂フ大正五年始メテ江原道通川邑內ノ路傍ニ植エアルモノヲ見出セシガ後昭和三年慶南統營郡彌勒峯下ニ自生ヲ發見セリ。

Gn. 2. **Zelkova** Spach [nomen conservandum] in Ann. Sci. Nat. 2 sér. XV, p. 356 (1841); XVI. p. 47 (1841); Hist. Végét. XI, p. 117 (1842)-Endlicher, Suppl. II, p. 29 (1842)-Planchon in Alp. de Candolle, Prodr. XVII, p. 165 (1873)-Bentham & Hooker, Gen. Pl. III, p. 353 (1880)-Engler in Engler & Prantl, Nat. Pflanzenfam. III Abt. 1, p. 65 (1889).

Syn. *Abelicea* [Belli in Clusius, Hist. Pl. II, p. 302 (1594)-Pona, Monte Baldo p. 112 cum fig. (1617)-J. Bauhinus, Hist. Pl. Univ. I, p. 490 (1650)-Raius, Hist. II, p. 1805 (1688)]-Smith in Trans. Linn. Soc. IX, p. 126 (1808)-Reichenbach, Consp. Reg. Veg. p. 84 (1828)-Baillon, Hist. Vég. VI, p. 185 (1875)-Halacsy, Consp. Fl. Græc. III, p. 123 (1904)-Schneider, Illus. Handb. I, p. 224 (1904).

Pseudosantalum Bauhinus, Pinax p. 393 (1623).

Ulmus? Abelicea Smith in Sibthorp, Fl. Græc. Prodr. I, p. 172. (1806).

Planera a *Abelicea* Endlicher, Gen. Pl. p. 276 (1836).

Planera subgn. *Abelicea* Planchon in Ann. Sci. Nat. 2 sér. X, p. 261 (1848).

Planera (non Gmelin) Petzold & Kirchner, Arb. Musc. p. 567 (1864), pro parte-Koch, Dendrol. II, p. 423 (1872), pro parte-Lauhe, Deutsch. Dendrol. p. 349 (1880), pro parte.

Zelkoua Spach apud Boissier, Fl. Orient. IV, p. 1158 (1879).

Zelkowa Spach apud Dippel, Handb. Laubholzk. II, p. 38 (1892)-Koehne, Deutsch. Dendrol. p. 136 (1893).

Arbores. Folia annua vel partim biennia alterna petiolata serrata aut crenata penninervia. Stipulæ caducæ. Flores monœci, masculi in parte inferiore innovationum glomeratim 1-3 sessiles aut breviter pedicellati, perigonio 4–5-lobato, staminibus 4–5 lobos perigonii oppositis demum exertis. Flores faeminei in axillis foliorum solitarii sessiles, perigonio 4–5-lobo, ovario sessile, stylis alte bifidis intus toto stigmatosis. Fructus siccatus obliquus dorso carinatus. Semen curvatum.

Species 5 in Asia orientali, Caucasus, Persia bor., Creta et Grecia. In Korea solum unica indigena.

7. **Zelkova serrata** Makino
(Tabula nostra XII).

Zelkova serrata (Thunberg) Makino in Tokyo Bot. Mag. XVII, p. 13 (1903)-Matsumura, Ind. Pl. Jap. II pt. 2, p. 33 (1912)-Makino & Nemoto, Catalog. Jap. Pl. Herb. Imp. Mus. p. 302 (1914)-Nakai, Veget. Mt. Chirisan p. 29, no. 143 (1915)-Schneider in Sargent, Pl. Wils. III, p. 287 (1916)-Nakai, Veget. Diamond Mts. p. 170, no. 192 (1918); Veg. Dagelet Isl. p. 17, no. 107 (1919)-Rehder in Journ Arnold Arboret. I, p. 142 (1919)-Kudo, Nippon Yûyô Jumoku Bunrui Gaku p. 169 (1922)-Mori, Enum. Corean Pl. p. 121 (1922)-Makino & Nemoto, Fl. Jap. p. 1059 (1925)-Rehder, Manual p. 192 (1927).

Syn. *Corchorus hirtus* (non Linnæus) Thunberg, Fl. Jap. p. 228 (1784).

Corchorus serratus Thunberg in Trans. Linn. Soc. II, p. 335 (1794)-Willdenow, Sp. Pl. II pt. 2, p. 1217 (1800)-Dietrig, Vollst. Lexicon Gærtn. & Bot. III, p. 314 (1803)-Persoon, Syn. Pl. II, pt. 1 p. 67 (1806)-Thunberg, Pl. Jap. Nov. Sp. p. 8 (1824)-Sprengel, Syst. Veget. II, p. 584 (1825).

Ulmus Keaki Siebold in Verh. Bot. Genoot. p. 28 (1830); in Jaarb. Tuinb. 1844, t. II fig. e.

Planera acuminata Lindley in Gard. Chron. 1862, p. 428-Regel in Gartenfl, XII, p. 56 (1863).

Planera Kaki Kirchner in Petzold & Kirchner, Arb. Mus. p. 567 (1864).

Planera japonica Miquel in Ann. Mus. Bot. Lugd. Bat. III, p. 66 (1867); Prol. Fl. Jap. p. 254 (1867)-Dippel, Handb. II, p. 39, fig. 13 (1892).

Planera Keaki Koch, Dendrol. II pt. 1, p. 427 (1872)-Græbner in Gartenfl. XXXVII, p. 21 fig. 6-8 (1888).

Zelkova acuminata Planchon in Compt Rend. Acad. Paris LXXIV, p.

1496 (1872); in Alp. de Candolle, Prodr. XVII, p. 166 (1873)-Mouillefert, Traité Arb. & Arbr. II, p. 1206 (1898)-Engler in Engler & Prantl, Nat. Pflanzenfam. III, Abt. 1, p. 65 (1889)-Hemsley in Journ Linn. Soc. XXVI, p. 449 (1894)-Matsumura, Shokubutsu Meii p. 319 (1895)-Shirasawa, Icon. I, p. 65 t. 36 fig. 1-17 (1900)-Palibin in Acta Hort. Petrop. XVIII, p. 190 (1900)-Matsumura & Hayata in Journ. Coll. Sci. Tokyo XXII, p. 369 (1906), pro parte-Henry in Elwes & Henry, Trees Great Brit. & Irel. IV, p. 920, t. 267, fig. 7 (1909)-Bean, Trees & Shrubs Brit. Isl. II, p. 693 (1914)-Yabe, Prelim. Report Fl. Tsingtau Region p. 42 (1919).

Zelkova Keaki Maximowicz in Bull. Acad. St. Pétersb. XVIII, p. 288 (1873); in Mél. Biol. IX, p. 21 (1873)-Franchet & Savatier, Enum. Pl. Jap. I, p. 430 (1875)-Matsumura, Nippon Shokubutsu Meii p. 208 (1884)-Mayr, Fremdl. Wald-Parkb. p. 525 fig. 246-249 (1906)-Dippel, Handb II, p. 40, fig. 15 (1892)-Sargent in Gard. & Forest VI, p. 323, fig. 49 (1893); Forest Fl. Jap. p. 58, t. 19 (1894)-Kœhne, Deutsch. Dendrol. p. 137 (1893)-Nakai in Journ. Coll. Sci. Tokyo XXXI, p. 188 (1911)-Loesner, Prodr. Fl. Tsingtauensis in Beihefte Bot. Centralb. XXXVII, Abt. 2, p. 109 (1920).

Zelkova stipulacea Franchet & Savatier, Enum. Pl. Jap. I, p. 430 (1875), nom. nud. II, pt. 1, p. 484 (1876).

Abelicea acuminata O. Kuntze, Rev. Gen. Pl. II, p. 621 (1891).

Abelicea Keaki Schneider, Dendr. Winterst. p. 238 fig. 166 e-9, (1903).

Abelicea hirta Schneider, Illus, Handb. Laubholzk, I, p. 806 (1906)-Nakai, Veg. Isl. Quelpært p. 38, no. 503 (1914); Veget. Isl. Wangtô p. 6 (1914).

Arbor magna et alta, maxima in Korea in oppido Tôdôri districtus Heikô prov. Kôgen adest, cujus truncus 50 meter. alta et cujus truncus in 1, 5 m. supra terra 4 metralis diametiens. Cortex irregulariter sublongitudine fissa dura. Ramuli juveniles pilosi. Stipulæ oblongæ vel lanceolatæ membranceæ caducæ. Petioli 1-15 mm. longi primo pubescentes demum glabrescentes. Lamina foliorum oblonga vel ovato-oblonga 10-130 mm. longa 6-71 mm. lata basi obliqua subcordata vel obtusa vel truncata apice acuminata vel submucronata margine æqualiter crenato-serrata, nervis lateralibus parallelis utrinque 8–18, supra viridis demum subnitidula primo pilosella demum glabrescens, infra pallida primo costis et venis primariis pilosellis demum glabrescentibus. Flores monoeici. Flores masculi in parte inferiore innovationum glomerati in quoque glomerulis 1–3. Pedicelli vix 1 mm. longi piloselli. Perigonium cupulare flavido-virescens 4–5-lobatum, lobis ellipticis 1, 5 mm. longis. Stamina 4 vel 5 lobos perigonii opposita exerta. Antheræ 1 mm. longæ flavidæ. Flores fæminei in axillis foliorum sessiles vel brevissime pedicellati solitarii, pedicellis pilosis, perigonio ad medium 4 vel 5 lobato 1–1, 3 mm. longo, ovario sessile, stylo ad basin bifido intus toto stigmatoso. Fructus exsiccatus oblique subglobosus sed carinatus 3 mm. longus 4 mm. latus.

Nom. Jap. Keyaki.

Nom. Kor. Kai-mok, Teulminam, Neu-the-nam, Kœ-mok, Höhoa-nam.

Hab.

Quelpaert: in silvis Hallasan 1000 m. (E. Taquet no. 6214); secus vallis circa Kannonji (T. Nakai no. 4982); in silvis (E. Taquet no. 5979); Ikiri (T. Nakai no. 1391).

Dagelet: Dôdô (T. Nakai no. 4230); Chôyodô (T. Ishidoya no. 31).

Prov. Zennan: Insl. Daikokuzantô (T. Ishidoya & Tei dai gen no. 3428); Insul. Higashijima grecis Port Hamilton (T. Nakai, no. 11058); in silvis parvæ insulæ Kaitô (T. Nakai no. 11059); Mt. Hakuyôzan (T. Nakai, no. 1220); Insula Hokitsutô (T. Nakai no. 9582); Mt. Taitonzan (Tei dai gen); Muan Nirômen (T. Nakai, no. 9582); Insula Baikatô (T. Miwa); Mt. Mutôzan (S. Fukubara).

Prov. Keinan: Nankai insulæ Nankaitô (T. Nakai, no. 11054); Chinkai (T. Nakai, no. 11057); Gakenri insulæ Kyosaitô (T. Nakai, no. 11060); Mt. Chiisan (T; Nakai, no. 409); Mt. Seishûzan (T. Sawada); Mt. Kayasan (T. Ishidoya, no. 5030).

Prov. Keihoku: Taikyu (T. Nakai, no. 7861); Kaiganmen distr. Tatsujyô (T. Nakai, no. 7860), Mt. Jitsugetsusan (T. Sawada).

Prov. Zenhoku: Rorei (T. Nakai, no. 1221); Jinjitsu (T. Mori no. 96); Mt. Tokuyûzan (S. Fukubara).

Prov. Chûnan: Mt. Keiryuzan (T. Nakai, no. 7859); ibidem (C. Kondô).

Prov. Chûhoku: Mt. Zokurisan (S. Fukubara).

Prov. Keiki: in silvis Kôryô (T. Nakai); Kaijyô (R. G. Mills no. 843); Chôtan (T. Nakai no. 2581); Mt. Hokkanzan (T. Uchiyama); ibidem (A. Nishinoiri); Mt. Nansan (T. Uchiyama); Mt. Nankanzan (T. Uchiyama); Mt. Hôsuizan circa Jinsen (M. Enuma); Mt. Kagakusan (T. Sawada).

Prov. Kôgen: Kotei (T. Nakai); Mt. Setsugakusan (T. Ishidoya no. 6293); Mt. Chigakusan (Tei dai gen).

Prov. Kôkai: Chôzankan (T. Nakai, no. 12661); ibidem (Tei dai gen no. 183); Mt. Chôjusan (Tei dai gen); Zuikô Ryuhei (Tei & Bok); Mt. Shuyôzan (C. Muramatsu); Insula Shôtô (Tei dai gen); Mt. Kugetsusan (Tei dai gen); Mt. Metsuakusan (C. Muramatsu); Kaishû (legitor?).

Distr. Hondo, Shikoku, Kiusiu, Tsusima, Formosa, China (Shangtung).

Zelkova serrata var. **longifolia** Nakai, nom. nov. (Tabula nostra XIII).

Syn. *Abelicea serrata* var. *longifolia* Nakai ex Mori, Enum. Cor. Pl. p. 121 (1922), nom.

Cortex trunci longitudine elongato crasso fissa. Folia late lanceolata vel lanceolata basi oblique obtusa vel acuta apice attenuata 22–115 mm. longa 10–28 mm. lata.

Nom. Jap. Nagaba-Keyaki.

Hab.

Prov. Kôgen: Tsûsen (T. Nakai, no. 5358, type in Herb. Imp. Univ. Tokyo).

Prov. Keinan: in silvis montis Mirokusan perinsulæ Tôei (T. Nakai, no. 11055-6).

Planta endemica.

第三屬 はりげやき屬

喬木、小枝ハ屢々刺トナル、托葉ハ早ク落ツ、葉ハ互生、單葉、有柄、羽狀脈アリ一年生、花ハ雌雄同株叉ハ雜性、雄花ハ若枝ノ基部ニ集團シ有柄、花被ハ四裂ス。雄蕋ハ四個花被ノ裂片ト相對ス。葯ハ二室、兩全花ハ腋生シ 1-3 個宛出ヅ花梗アリ、花被ハ四裂ス。雄蕋ハ四個花被ノ裂片ニ相對生ス。子房ハ無柄、花柱ハ二分ス。果實ハ歪卵形一側ニ翼アリ。核ハ骨質彎曲ス。種皮ハ薄ク褐色。

唯一種はりげやきニテ代表サル。

8. **はりげやき**

(朝鮮名) シムナム、クヂナム、シエクナム。

(第 拾 四 圖)

喬木、樹皮ハ硬ク片々ニ割ル。若枝ノ長枝ハ刺ニ化シタル短枝ヲ有ス。若枝ニ微毛アリ、托葉ハ長楕圓形膜質早落性、葉柄ハ長サ 1-3 ミリ微毛アリ、葉身ハ長楕圓形又ハ楕圓形長サ 5-60 ミリ幅 2,5-37 ミリ縁ニ整一ノ波狀ノ鋸歯アリ先端ハ尖リ基脚ハ或ハ丸ク或ハ截形、側脈ハ互ニ相平行シ中肋ノ左右ニ各 3-15 本宛アリ。葉ノ表面ハ綠色裏面ハ淡綠色兩面共ニ毛ナシ。花ハ淡黃色、小花梗ハ長サ 1-1,5 ミリ無毛、花被ハ長サ 1-2 ミリ縁ニノミ微毛アリ。翅果ハ長サ 5-6 ミリ幅 4-5 ミリ基部ニ永存性ノ花被ヲ具フ。

濟州島、鬱陵島、咸北ヲ除キ殆ンド全道ニ亙リテ自生スレドモ高所ニハナシ。

(分布) 滿洲、支那ノ北部、東部。

Gn. 3. **Hemiptelea** Planchon in Compt. Rendu l'Acad. Sci. Paris LXXIV, p. 131 (1872); in Alp. de Candolle, Prodr. XVII, p. 164 (1873)–Bentham & Hooker, Gen. Pl. III, pt. 1, p. 353 in nota sub gen. *Zelkova* (1880)–Schneider, Illus. Handb. I, p. 224 (1904).

Syn. *Zelkova* (non Spach) Engler in Engler & Plantl, Nat. Pflanzenfam. III, Abt. 1, p. 65 (1889), pro parte.

Arbores. Ramuli sæpe spinas foliosas formantes. Stipulæ caducæ. Folia alterna petiolata simplicia annua penninervia. Flores monoico-polygami. Flores masculi ad basin innovationum axillares fasciculati pedicellati, perigonio 4-lobato, staminibus 4 lobis perigonii oppositis, antheris bilocularibus. Flores hermaphroditi in axillis innovationum axillare-1-3 pedicellati, perigonio 4-lobato, staminibus 4-lobis perigonii lobos oppositis, ovario sessile stylis bifidis coronato. Fructus oblique ovatus unilaterali-alatus. Putamen osseum curvatum. Testa seminum membranacea fusca.

Species unica.

8. **Hemiptelea Davidii** (Hance) Planchon.
(Tabula nostra XIV).

Hemiptelea Davidii (Hance) Planchon in Compt. Rend. Acad. Sci. Paris LXXIV, p. 131 (1872); in Alp. de Candolle, Prodr. XVII, p. 165 (1873)-Maximowicz in Bull. Acad. Sci. St. Pétersb. XVIII, p. 289 (1873); in Mél. Biol. IX, p. 22 (1873)-Franchet in Nouv. Arch. Mus. Paris 2 sér. VII, p. 78, t. 9 (1884)-Palibin in Acta Hort. Petrop. XVIII, p. 190 (1900)-Schneider, Illus. Handb. Laubholzk. I, p. 224, fig. 141 a-b (1904); in Sargent, Pl. Wils. III, p. 288 (1916)-Nakai, Veget. Mt. Chirisan p. 30, no. 147 (1915); Veget. Diamond Mts. p. 170, no 194 (1918)-Miura, List Pl. Manch. & Mongol. p. 111 (1925).

Syn. *Planera* (*Abelicea*) *Davidii* Hance in Seemann, Journ. Bot. VI, p. 333 (1868).

Abelicea Davidii Bueck in General Index DC. Prodr. IV p. 1 (1874).

Hemiptelea Davideana Planchon apud Priemer in Engler, Bot. Jahrb. XVII, p. 455 (1893).

Zelkova Davidii Hemsley in Journ. Linn. Soc. XXVI, p. 449 (1894)-Komarov in Acta Hort. Petrop. XXII, p. 90 (1903)-Nakai in Journ. Coll. Sci. Tokyo XXXI, p. 188 (1911)-Yabe, Enum. Pl. South Manch. p. 37 (1912); Prelim. Report Fl. Tsingtau Region p. 42 (1919)-Loesner, Prodr. Fl. Tsingtauensis in Beihefte Bot. Centralb. XXXVII, Abt. 2, p. 109 (1920).

Zelkova Davidii Franchet apud Bean, Trees & Shrubs II, p. 694 (1914).

Arbor. Cortex trunci dura lamelleo-fissa. Turiones sæpe ramulis aculeatis foliosis instructi. Ramuli juveniles pilosi. Stipulæ oblongæ membranaceæ caducæ. Petioli 1–3 mm. longi pilosi. Lamina foliorum oblonga vel elliptica 5–60 mm. longa 2, 5–37 mm. lata margine æqualiter mucronato-crenato-serrata apice acutiuscula vel acuta vel mucronata basi obtusa vel truncata venis lateralibus parallelis utrinque 3–15, supra viridis infra pallida utrinque glaberrima. Flores flavidi. Pedicelli 1–1, 5 mm. longi glabri. Perigonium 1–2 mm. longum lobis tantum margine pilosis. Samara 5–6 mm. longa 4–5 mm. lata basi perigonio persistente suffulta.

Nom. Jap. Harigeyaki.

Nom. Kor. Simu-nam, Kujinam, Shöknam.

Hab.

Prov. Kannan: Mt. Bôzokusan (T. Nakai); Shinpo (T. Nakai); Mt. Shisuizan (Tei dai gen); Kankô (Kin sô ken).

Prov. Heihoku: Shôjyô Yûmen (T. Sawada); Shôjyô Seizanri (T. Ishidoya no 1767-8).

Prov. Heinan: Heijyô (H. Imai); Mt. Myôkôzan (C. Kondo, no. 78).

Prov. Kôkai: Mt. Chôjusan (Tei dai gen); Kokuzan Katomen (K. Takaichi); Mt. Metsuaksan (C. Muramatsu); Zuikô Ryûhyômen (Tei & Boku); Heizan (legitor?).

Prov. Keiki: Mt. Nansan (T. Uchiyama); Keijyo (R. G. Mills no. 879); Nansan (M. Enuma); ibidem (N. Okada); Kôryô (T. Nakai); Mt. Ryûmonzan (T. Sawada); Kôryô (T. Ishidoya); Aken (Y. Yamashita).

Prov. Kôgen: Seizen (T. Ishidoya no. 5667); Shunsen (legitor?).

Prov. Chûhoku: Zokurisan (S. Fukubara).

Prov. Keihoku: Mt. Jitsugetsusan (T. Sawada); Mt. Hakkôzan (T. Sawada); Taikyû (Kin shaku tei).

Prov. Keinan: Santômen insulæ Nankaitô (T. Nakai); Shinshû (legitor ?).

Prov. Zenhoku: Rorei (T. Nakai no. 1236); Mt. Tokuyûzan (S. Fukubara).

Prov. Zennan: Katô Kakaimen (T. Nakai no. 709); Mt. Hakuyôzan (T. Nakai no. 1110, 11034); ibidem (S. Tate); Mt. Chiisan (T. Nakai no. 709 bis); Chôjyô (T. Nakai no. 1140).

Distr. Manshuria, China (Chili, Shantung, Shansi).

第四屬 むくえのき屬

喬木又ハ灌木雌雄同株、葉ハ一年生又ハ二年生、互生托葉アリ、有柄、羽狀脈又ハ準三脈アリ、雄花序ハ岐繖花序ヲナシ若枝ノ基部ニ出ヅ、雄花ハ有柄、花被ハ 5 (4) 裂、裂片ハ內凹又ハ杙狀先ハ丸ク又ハ尖ル。雄蕋ハ花被ノ裂片ト同數ニシテ其ニ對生ス。葯ハ長楕圓形、子房ハ退化消滅シ毛ノミアリ。雌花ハ通例一個稀ニ二個宛腋生ス。花被ハ 5 (4) 裂シ裂片ハ披針形、子房ハ無柄花柱ハ二分シ枝ノ全長ニ亙リ柱頭トナル。卵子ハ一個下垂ス。核果ハ丸ク外果皮ハ多肉内果皮ハ堅シ、種子ニ胚乳ナク種皮ハ膜質、子葉ハ細ク螺旋狀ニ曲ル。

東亞、馬來、濠洲ニ亙リ三種アリ分テ次ノ二節トス。

第一節、**ときはむくえのき**節

葉ハ二年生厚ク羽狀脈ヲ有ス鋸歯ハ通例刺狀ナリ。花序ハ花密ニシテ前年ノ枝ノ葉腋ニ出ヅ。雌花ノ花被ハ小サク細シ、葯ハ內向、Aphananthe negrosensis Elmer しまむくえのき（新稱）、Aphananthe philippinensis Planchon (A. rectinervis Pl.) ときはむくえのき(新稱)ノ二種之ニ屬シ皆國外ニ產ス。

第二節、**むくえのき**節

葉ハ一年生準三脈ヲ有ス。雄花序ハ花疎ニシテ今年ノ枝ノ基部ニ腋生ス。雌花ノ花被ハ大キク子房ヲ包ム。葯ハ側方ニ開ク。むくえのき之ニ屬ス。

9. **むくえのき**　一名**むくのき**

（朝鮮名）クンペンナム、ケーペンナム、クンポック、プジョナム

（第　拾　五　圖）

喬木、樹皮ハ灰色ニシテ縱ニ割ル。若枝ハ綠色粗毛アリ。托葉ハ細ク長サ約 1 センチ幅 1–1,5 ミリ始メ白ケレドモ後褐色トナリ早ク落ツ。葉柄ハ長サ 3–7 ミリ綠色丸ク疎毛アリ。葉身ハ卵形又ハ楕圓形基脚ハ或ハ尖リ或ハ準截形先端ハ鋭尖、緣ニ鋭鋸歯アリ基部ハホヾ三脈トナリ共レヨリ先ハ平行セル側脈アリ。葉身ノ長サハ 2–13 センチ幅ハ 1,2–6,3 センチ表面ハ綠色粗糙ニシテ裏面ハ淡綠色粗糙ナリ。（此アラキ葉ヲ乾シテ器物ヲ磨ク）。雄花序ハ若枝ノ基部ニ 1–3 個宛液生シ總狀花序又ハ岐繖花序ヲナシ花軸ニ粗毛アリ。稀ニ雄花ガ 1–2 個宛葉腋ニ生ズルコトアリ。小苞ハ極メテ細ク褐色ニシテ早ク落ツ。長サハ 0,5–1 ミリ。花被ハ分裂シ裂片ハ長楕圓舟形蕾ニアリテハ互ニ相重ナル、背面ハ綠色粗毛アリ。緣ハ膜質長サ 1,5 ミリ幅 1 ミリ。雄蕋ハ 5 個ニシテ蕚片ニ對生ス。葯ハ丸ク二室長サ 1 ミリ。雌花ハ上方ノ葉腋ニ 1–2 個宛生ズ。花梗ハ長サ 1–1,5 ミリ綠色、花被ハ分裂シ裂片ハ披針形ニシテ鋭尖背面ハ粗毛アリ。雄蕋ナシ。子房ハ無柄卵形、花柱ハ二分シ分岐ノ全長ニ亙リ柱頭トナル。卵子ハ一個子房ノ室ノ頂ヨリ下垂ス。核果ハ丸ク成熟スレバ黑ク多少白粉ヲ被ル長サ 12–13 ミリ果梗ハ長サ 8–10 ミリ。核ハ堅シ。

欝陵島、慶南、全南、南部ノ群島、濟州島ニ自生ス。

（分布）北海道、本島、四國、九州、對馬、臺灣、支那（江西、浙江、

四川、廣東)。

Gn. 4. **Aphananthe** Planchon in Ann. Sci. Nat. 2 sér. X, p. 265 (1848)-Miquel, Fl. Ind. Bat. I, p. 218 (1859)-Planchon in Alp. de Candolle, Prodr. XVII, p. 207 (1878)-Baillon, Hist. Pl. VI, p. 188 (1875)-Bentham & Hooker, Gen. Pl. III, p. 355 (1880)-Engler in Engler & Prantl, Nat. Pflanzenfam. III Abt. 1, p. 66 (1889)-Schneider, Illus, Handb. Laubholzk. I, p. 226 (1904)-Rehder, Manual p. 196 (1927).

Arbores vel frutices monoici. Folia annua vel biennia alterna stipulata petiolata penninervia vel subtrinervia. Cymæ masculæ ad basin innovationum evolutæ. Flos masculus pedicellatus perigonio 5 (4)-partito, segmentis concavis vel cucullatis obtusis aut acutis, staminibus tepalis isomeris et eis oppositis, antheris oblongis, ovario obsoleto piloso. Flos fæmineus in axillis foliorum superiorum axillaris solitarius vel binus, perigonio 5 (4)-partito, segmentis lanceolatis, ovario sessile, stylo 2-partito, ramis toto stigmatosis crassiusculis, ovulo solitario pendulo. Drupa subglobosa, exocarpio succulento, endocarpio duro. Semen cum testa membranacea exalbuminosum. Embryo cum cotyledonibus angustis spirali convolutis.

Species 3 in Asia orientali, Malaya et Australia indigenæ quæ in sectiones duas distinguendæ.

Sect. 1. **Eu-Aphananthe** Nakai.

Folia biennia coriacea penninervia dentibus sæpe spinosis. Inflorescentia mascula densiflora in axillis foliorum annotinorum gerit. Perigonium floris fæminei parvum angustum. Antheræ introrsæ.

Huc pertinent plantæ exoticæ *A. negrosensis* Elmer, *A. philippinensis* Planchon (*A. rectinervis* Pl.).

Sect. 2. **Homoioceltis** Nakai.

Syn. *Homoioceltis* Blume, Mus. Bot. Lugd. Bat. II, p. 64 (1852) t. XXXIV (1856).

Folia annua subtrinervia. Inflorescentia mascula laxiflora ad basin innovationum gerit. Perigonium floris fæminei ovarium clausum. Antheræ laterali dehiscentes. Huc pertinet *A. aspera* Planchon.

9. **Aphananthe aspera** (Thunberg) Planchon.
(Tabula nostra XV.).

Aphananthe aspera Planchon in Alp. de Candolle, Prodr. XVII, p. 208 (1873)-Franchet & Savatier, Enum. Pl. Jap. I, p. 432 (1875)-Matsumura, Nippon Shokubutsu Meii p. 16, no. 183 (1884); Cat. Pl. Herb. Coll. Sci. Imp. Univ. p. 172 (1886); Shokubutsu Meii p. 25 no. 253 (1895)-Hemsley in Journ. Linn. Soc. XXVI p. 452 (1894)-Shirasawa in Bull. Agric. Tokyo II, p. 265 t. 12 fig. 10 (1895); Icon. Ess. Forest Trees Jap. I. p. 67 t. 37 fig. 10–20 (1900)-Rehder in Bailey, Cyclop. Americ. Hortic. I, p. 75 (1900)-E. Pritzel in Diels, Fl. Centr. China in Engler, Bot. Jahrb. XXIX, p. 297 (1900)-Rehder in Mitteil. Deutsch. Dendrol. Gesells. no. 12, p. 118 (1903)-Schneider, Illus. Handb. Laubholzk. I, p. 227 fig. 145 (1904)-Matsumura & Hayata, Enum. Pl. Formos. in Journ. Coll. Sci. Tokyo XXII, p. 370 (1906)-Nakai, Fl. Kor. II in Journ. Coll. Sci. Tokyo XXXI, p. 192 (1911)-Matsumura, Ind. Pl. Jap. II pt. 2, p. 31 (1912)-Bean, Trees & Shrubs I, p. 196 (1914)-Schneider in Sargent, Pl. Wils. III pt. 2, p. 290 (1916)-Kudo, Nippon Yuyô Jumoku Bunrui Gaku p. 171 fig. 35 (1922)-Rehder in Journ. Arnold Arbor. IV, p. 173 (1925); Manual p. 196 (1927).

Syn. *Muknoki Prunus sylvestris, cortice fulvo* etc. Kæmpfer, Amoen. Exot. V, p. 799 (1712).

Prunus aspera Thunberg in Nova Acta Reg. Soc. Sci. Upsal. IV, p. 32 nom. nud.; p. 38 cum descript. (1783); Fl. Jap. p. 201 (1784)-Murray, Syst. Veg. ed. 14, p. 463 (1784)-Vitman, Summa Pl. III. 222 (1789)-Gmelin, Syst. Nat. II pt. 1, p. 796 (1791)-Persoon, Syst. Veget. ed. 15, p. 497 (1797)-Willdenow, Sp. Pl. II pt. 2, p. 993 (1800)-Poiret in Lamarck, Encyclop. V, p. 675 (1804)-Persoon, Syn. Pl. II, pt. 1, p. 35 (1906)-Steudel, Nomencl. Bot. I, p. 662 (1821)-Thunberg, Pl. Jap. Nov. Sp. p. 7 (1824)-Sprengel, Syst. Veget. II, p. 476 (1825).

Cerasus aspera Loiseleur-Deslongchamps in Du Hamel, Traité des Arb. & Arbustes V, p. 33 (18....)-A. P. de Candolle, Prodr. II, p. 537 (1825)-G. Don, Gen. Hist. Dichl. Pl. II, p. 513 (1832)-Loudon, Arb. & Frutic. Brit. II, p. 707 (1838).

Celtis muku Siebold, Syn. Pl. Oecon. Jap. in Verh. Bat. Genoots. XII, p. 28 (1830)-Siebold & Zuccarini, Fl. Jap. Fam. Nat. in Abh. Muench. Akad. IV, Abt. 3, p. 223 no. 783 (1846)-Planchon in Ann. Sci. Nat. 3 sér. X, p. 315 (1848).

Sponia nudiflora Siebold & Zuccarini in Abh. Muench. Akad. IV, Abt. 3, p. 223 no. 784 (1846)-Planchon, l. c. p. 337.

Homoioceltis aspera Blume, Mus. Bot. Lugd. Bot. II, p. 64 (1852) t. XXXIV (1856)-Miquel in Ann. Mus. Bot. Lugd. Bat. II, p. 197 (1866); Prol. Fl. Jap. p. 129 (1866)-Maximowicz in Bull. Acad. Sci. St. Pétersb. XVIII, p. 295 (1873); in Mél. Biol. IX, p. 28 (1873).

Celtis sinensis (non Persoon) Dunn & Tutcher, Fl. Kwangtung & Hongk. in Kew Bull. add. X, p. 243 (1912), pro parte.

Homoceltis japonica Hort. ex Rehder in Bailey, Stand. Cyclop. I, p. 308 (1914), pro syn.

Aphananthe aspera Engler in Engler & Prantl, Nat. Pflanzenfam. III Abt. 1, p. 66 (1889).

Arbor alta. Cortex trunci cinerea longitudine fissa. Ramuli hornotini virides hispidula. Stipulæ caducæ subulatæ circ. 1 cm. longæ 1–1,5 mm. latæ primo albidæ demum fuscescentes. Petioli 3–7 mm. longi virides hispidi teretes. Lamina ovata aut elliptica basi acuta aut subtruncata apice acuminata margine argute serrata basi subtrinervis nervis lateralibus parallelis et in serrulis terminantibus, 2–13 cm. longa 1,2–6,3 cm. lata supra viridissima aspera infra pallida et aspera. Racemus masculus in basi ramuli hornotini axillaris 1–3 simplex vel e basi cymoso-ramulosus, axis aspera tenuis, rarius flores in axillis foliorum superiorum solitarii. Bracteolæ lineares fuscæ deciduæ 0,5–1 mm. longæ. Perigonium 5-partitum segmentis oblongo-navicularibus æstivatione imbricatis dorso viridibus asperis margine membranaceis 1,5 mm. longis 1 mm. latis. Stamina 5 tepala opposita, antheræ subrotundatæ biloculares 1 mm. longæ. Flores fæminei in axillis foliorum partis superioribus ramuli solitarii vel bini. Pedicelli 1–1,5 mm. longi virides. Perigonium 5-partitum, tepalis lanceolato-acuminatis dorso asperis. Stamina nulla. Ovarium sessile ovoideum. Styli bipartiti ramis toto stigmatosis crassiusculis. Ovulum 1 ab apice pendulum. Drupa globosa atra subpruinosa perigonio persistente suffulta 12–13 mm. longa edulis, pedicello 8–10 mm. longo. Putamen durum. Embryo involutus. Cotyledones angusti.

Nom. Jap. Muku-enoki, Muku-no-ki.

Nom. Kor. Kê-pen-nam, Kun-pen-nam, Kun-pok, Pujo-nam.

Hab.

Dagelet: Dôdô (T. Nakai no 4225); Rarikol (T. Nakai, no. 4227); Tongimi (T. Nakai, no. 4228).

Prov. Keinan: Chinkai (T. Nakai, no. 11046, fl.); Nankai Insulæ Nankaitô (T. Nakai, no. 11042, fl.); Gakenri insl. Kyosaitô (T. Nakai, no. 11043); parva insula Mugishima circa Kyosaitô (T. Nakai, no. 11044); Kakaimen distr. Kôtô (T. Nakai, no. 707).

Prov. Zennan: Mokpo (T. Uchiyama, fr.); Kyobuntô (T. Nakai, no. 11040); Mt. Reishûzan distr. Reisui (T. Nakai, no. 11041); Mt. Hakuyôzan distr. Chôjyô (T. Nakai, no. 11045); Mt. Chiisan (T. Nakai, no. 138); in parva insula Gyokutô circa Wangtô (T. Nakai, no. 248).

Quelpært: in laterali australi montis Hallasan (T. Nakai, no. 4981); Hongno (T. Nakai, no. 858).

Distr. Yeso, Hondo, Shikoku, Kiusiu, Tsusima, Formosa, China (Kiangsi, Chekiang, Kwangtung, Szechuan).

第五屬 えのき屬

喬木又ハ灌木、葉ハ一年生又ハ二年生有柄單葉托葉アリ。花ハ雜性、岐繖花序ハ雄性又ハ兩全若枝ノ基部ニテ腋生スルカ又ハ前年ノ枝ニ腋生ス。花ニ小花梗アリ。雄花ハ五個又ハ四個ノ花被ト同數ノ對立セル雄蕋ト二室ノ葯ト無毛又ハ具毛ノ花盤トヲ有ス。兩全花ハ五個又ハ四個ノ花被ト同數ノ雄蕋ト一個ノ子房ト二分セル花柱トヲ有ス。雌花ハ若枝ノ上方ニ腋生シ一個又ハ二個宛出デ五個又ハ四個ノ花被ト一個ノ子房ト二分セル柱頭トヲ有シ皆實ノル。核果ハ有柄、黑色、黃色又ハ煉瓦紅色、內果皮ハ厚ク堅ク凹點又ハ網狀ノ皺アリ。胚ハ彎曲シ子葉ハ廣濶相折重ナル。

東亞、馬來、北米ニ亙リ六十餘種歐洲ニ一種ヲ產ス。其中朝鮮產ノモノハ左ノ如ク區別ス。

果實ハ成熟スレバ黑色トナリ多少白キ粉ヲフク。

{葉ハユガメル圓形又ハユガメル廣卵形ニシテ毛ナク。基脚ハ深ク彎入

シ縁ニ鋭鋸歯アリ。果實ハ直徑約 7 ミリ。............長壽えのき
葉ハ基脚ハ或ハ尖リ或ハ截形或ハ丸シ、但シ若キ長枝ノ葉ハ多少彎入スルモアリ。

果實ハ直徑 8 ミリ以下。果梗ハ長サ 15-25 ミリ。

若キ長枝ノ葉ハ縁ハ波狀、末梢ノ葉ノ縁ハ先端ノミ波狀又ハ全縁。 ....こばのえぞえのき

若キ長枝ノ葉ハ卵形鋭鋸歯アリ。末梢ノ葉ハ基部ヲ除キ縁ノ全長ニ内曲スル鋸歯アリ。

葉ハ卵形、廣卵形、帶楕圓卵形。 ....えぞえのき

葉ハ廣披針形又ハ長楕圓披針形又ハ長楕圓形 ながばえぞのき

果實ハ直徑 10-15 ミリ。果梗ハ長サ 15-30 ミリ。

葉縁ハ全長ニ亙リ内曲セル整一ノ鋸歯アリ。
......くろみえのき (ながばてうせんえのき)

葉ノ先端ハ種々ニ缺刻アルカ又ハ鋭キ鋸歯アリ。

葉ノ先端ハ深キ缺刻アリ。 ....てうせんえのき

葉ノ縁ハ單ニ大形ノ鋭鋸歯アリ。 ....まるばてうせんえのき

果實ハ成熟スレバ黄色又ハ煉瓦紅色ヲナス。

果實ノ直徑ハ 8 ミリヲ出デズ。

葉ノ先端ハ急ニ狹マリ其レヨリ尾ノ如ク細ク伸長ス。裏面ハ無毛又ハ白色ノ微毛アリ。 ....こばのてうせんえのき

葉ノ先端ハ徐々ニ細マリ裏面ニハ褐毛密生スルカ又ハ殆ンド毛ナシ。

葉ハ若キ時ハ紫色、老成スレバ帶褐色。........むらさきえのき

葉ハ若キ時ハ綠色又ハ淡褐綠色。

末梢ノ葉ハ長サ 8 センチ以上アリ。 ....おほばえのき

末梢ノ葉ハ通例長サ 7 センチ以下ナリ。

葉ハ圓形又ハユガメル圓形。 ....まるばえのき

葉ハ楕圓形又ハユガメル帶卵楕圓形。 ....えのき

果實ハ直徑 10-13 ミリ。

葉ハ楕圓形又ハ廣倒卵形又ハ廣楕圓形先端ハ種々ニ缺刻ス。若キ長枝ノ葉ハ密毛アリ。 ....おひようえのき

葉ハ長楕圓形又ハ長楕圓卵形先端ハトガリ縁ニハ基部ヲ除キ一様ノ内曲セル鋸歯アリ。 ....きみのえのき

Gn. 5. **Celtis** [Matthioli, Comm, p. 139 (1554)-Dodonœus, Nieuv Herb.

p. 729 cum fig. (1578); Pempt. p. 834 sub Loto, cum fig. (1583)-Gerarde, Hist. p. 1309 sub Loto (1597)-Tournefort, Instit. p. 612, t. 383 (1700)-Boerhaave, Ind. Pl. II, p. 231 (1720)-Linnæus, Gen. Pl. ed. 1, p. 337, no. 844 (1737)]; Sp. Pl. ed. 1, p. 1043 (1753); Gen. Pl. ed. 5, p. 467, no. 1012 (1754)-Adanson, Fam. Pl. II, p. 377 (1763)-Gærtner, Fruct. & Sem. Pl. I, p. 374, t. 77, fig. 3 (1788)- Schreber, Gen. Pl. p. 732, no. 1591 (1789)-Jussieu, Gen. Pl. p. 408 (1789)-Necker, Elem. Bot. II, p. 186 (1790)-Moench, Method. I, p. 344 (1794)-Ventenat, Tabl. Vég. III, p. 553 (1799)-J. St. Hilaire II, p. 316 (1805)-Lamarck & A. P. de Candolle, Syn. Fl. Gall. p. 183 (1806)-Schultes, Syst. Veg. VI, p. XXVII (1820)-Loiseleur-Deslongchamps, Fl. Gall. ed. 2, I, p. 213 (1828)-Reichenbach, Fl. Germ. Excurs. II, p. 179 (1831)-Loudon, Arb. & Fruct. Brit. III, p. 1413 (1838)-Meissner, Pl. Vasc. Gen. I, p. 348 (1836)-Endlicher, Gen. Pl. p. 276 no. 1851 (1836)-Spach, Hist. Vég. XI, p. 122 (1842); in Ann. Sci. Nat 2 sèr. XV p. 134 (1841)-Planchon in Ann. Sci. Nat. 2 sèr. X, p. 262 (1848), pro parte, in Alp. de Candolle, Prodr. XVII, p. 168 (1873), pro parte-Baillon, Hist. Pl. VI, p. 186 (1875)-Bentham & Hooker, Gen. Pl. III, p. 354 (1880), pro parte-Engler in Engler & Prantl, Nat. Pflanzenfam. III, Abt. 1, p. 63 (1889), pro parte-Petzold & Kirchner, Arb. Mus. p. 569 (1864)-Koch, Dendrol. II, p. 428 (1872)-Lauhe, Deutsch. Dendrol. p. 351 (1880)-Boissier, Fl. Orient. IV, p. 1156 (1879)-Dippel, Handb. Laubholzk. II, p. 41 (1892)-Koehne, Deutsch. Dendr. p. 136 & 137 (1893)-Schneider, Illus. Handb. Laubholzk. I, p. 228 (1904)-Rehder, Manual p. 192 (1927).

Syn. *Lotus arbor* Matthioli, Comm. p. 139 cum fig. (1554)-Gerarde, Hist. p. 1308 cum fig. (1597)-Raius, Hist. Pl. II, p. 1483 (1688).

Lotus Dodonœus, Nieuv Herb. p. 729 (1578); Pempt. p. 834 (1883)-Bauhinus, Pinax p. 447 (1623).

Arbores vel frutices. Folia annua vel biennia petiolata simplicia stipulata. Flores polygami. Cymus masculus vel hermaphroditi ad basin innovationum axillaris vel ad axillas ramulorum annotinorum evolutus. Flores pedicellati. Flores masculi perigonio 5 vel 4, segmentis imbricatis, staminibus segmentis oppositis exertis, antheris bilocularibus, toro glabro vel ciliato. Flores hermaphoditi partim steriles, segmentis perigonii 5 vel 4, staminibus 5 vel 4 segmentis fere æquilongis, ovario unico stylis bipartitis intus stigmatosis coronato. Flores fæminei ad axillas partim superioris innovationum solitarii vel bini fertiles, segmentis perigonii 5 vel 4, ovario unico stylis bipartitis intus stigmatosis coronato. Drupa pedunculata atra aut aurea aut lateritia, endocarpio duro sæpe foveolato vel rugoso-reticulato. Embryo curvatus. Cotyledones latissimi plicati.

Species supra 60 in Asia orientali, Malaya et America bor. et unica in Europa incola. Species Koreanæ omnes in sectione *Lotopsis* Spach (in Ann. Sci. nat. 2 sér. XV, p. 37, 1841) sunt, quæ in modo sequente inter sese distinguendæ.

Fructus maturi atri plus minus pruinosi.

- Folia oblique rotundata vel oblique latissime ovata basi alte sinuata margine argute serrata. Fructus diametro circ. 7 mm. latus. .... *C. cordifolia.*
- Folia basi acuta uel truncata vel rotundata, sed turionum interdum plus minus sinuata.
  - Fructus diametro quam 8 mm. angustior, pedicello 15–25 mm. longo.
    - Folia turionum margine crenata, ramorum vetustorum apice tantum crenatum vel omnia integerrima. .... *C. Bungeana.*
    - Folia turionum ovata argute serrata, ramorum adultorum præter basin incurvato-serrata.
      - Folia ovata vel late ovata vel elliptico-ovata. .... *C. jessoensis.*
      - Folia late lanceolata vel oblongo-lanceolata vel oblonga. .... *C. jessoensis* var. *angustifolia.*
  - Fructus diametro 10-15 mm. latus, pedicello 15–30 mm. longo.
    - Folia margine toto æqualiter incurvato-serrata. .. *C. choseniana.*
    - Folia apice lacerata aut tantum argute serrata.
      - Folia apice inciso-lacerata. .... *C. koraiensis.*
      - Folia margine præter basin æqualiter argute serrata. .... *C. koraiensis* var. *arguta.*

Fructus maturi aurantiaci vel lateritii.

- Fructus diametro quam 8 mm. augustior.

Folia apice contracta subito caudata vel subcaudato-attenuata, subtus glabra vel albo-pilosa. ....*C. Leveillei*

Folia apice sensim acuta subtus fusco-pilosa vel subglabra.

Folia juventute purpurea, adulta fuscescenti-viridia. ....*C. sinensis* var. *japonica* f. *purpurea.*

Folia juventute viridia vel fuscescentia.

Folia ramulorum vetustorum quam 8 cm. longiora. ....*C. sinensis* var. *japonica* f. *magnifica.*

Folia ramulorum vetustorum vulgo quam 7 cm. breviora.

Folia rotundata vel oblique rotundata. ....*C. sinensis* var. *japonica* f. *rotundata.*

Folia elliptica vel. oblique ovato-elliptica. ....*C. sinensis* var. *japonica.*

Fructus diametro 10–13 mm. latus.

Folia elliptica vel late obovata vel late elliptica apice varie incisa, turionum dense pubescentia. ....*C. aurantiaca.*

Folia oblonga vel oblongo-ovata apice acuta margine præter basin æqualiter incurvato-serrata. ....*C. edulis.*

10. 長 壽 え の き

(第 拾 六 圖)

小喬木、二年目ノ枝ハ黑褐色小サキ白キ皮目散點ス。一年目ノ枝ハ短カキ絨毛アレドモ先ニ進ム程ウス毛トナル。葉柄ハ長サ 3-7 ミリ絨毛アリ上側ニ溝アリ、葉身ハ歪心臟卵形兩面ニ毛ナシ表面ハ濃綠色裏面ハ淡綠色、基脚ハ心臟形緣ハ基部ヲ除キ內曲セル鋸齒アリ先端ハ丸シ長サ 2,5-5 センチ幅 1,4-4,6 センチ。未ダ花ヲ見ズ。果實ハ球形黑熟シ直徑 8 ミリ、花托ニ毛アリ。

黃海道長壽山ノ森林岩石地ニ自生ス。朝鮮特產ノ稀品ナリ。

10. **Celtis cordifolia** Nakai.

(Tabula nostra XVI.)

Celtis cordifolia Nakai in Tokyo Bot. Mag. XL, p. 168 (1926); in Chôsen Sanrin Kwaihô[1] no. 59, p. 21, fig. 1, b.b. (1930).

Arborea. Rami biennes atro-brunnei lenticellis albis minimis punc-

1 Chôsen Sanrin Kwaihô, or, Bulletin of Chôsen Forestry Society.

tulati; hornotini basi adpressissime velutini sed sensim ad apicem perfecte glabrescentes. Petioli 3-7 mm. longi velutini supra sulcati. Lamina foliorum oblique cordato-ovata utrinque glaberrima, supra intense infra pallide viridis, basi cordata, margine præter basin incurvato-serrata apice æqualiter serrata et ambitu obtusa 2, 5-5 cm. longa 1, 4-4, 6 cm. lata. Flores ignoti. Pedunculi fructiferi axillares solitarii 2, 5-3 cm. longi glaberrimi. Fructus globosus maturus niger 8 mm. longus et latus. Discus villosus.

Nom. Jap. Chôju-enoki.

Hab.

Prov. Kôkai: in silvis et rupibus Chôjusan (H. Ueki, C. Muramatsu & Tei dai gen, type in Herb. Imp. Univ. Tokyo, co-type in Herb. Forest Experiment Station, Keijyô).

11. こばのえぞえのき

(朝鮮名) ピエンナム

(第拾七圖)

喬木又ハ小喬木分岐多シ、樹皮ハ灰色。芽ノ鱗片ハ褐色、小枝ハ綠色又ハ帶褐綠色短カキ曲レル微毛アルカ又ハ無毛、托葉ハ狹長、早ク落ツ。長枝ノ葉ハ長サ 8-12 ミリノ微毛アル葉柄ヲ有ス。葉身ハ歪弱心臟形先端ハ曲リテ尖リ緣ニ大ナル波狀ノ齒アリ。長サ 7-12 センチ幅 3,4-5,7 センチ表面ハ深綠色粗糙ナリ中肋ハ毛アリ。裏面ハ淡綠色葉脈ニノミ微毛アリ。老樹ノ枝ノ葉ハ長サ 5-7 ミリノ葉柄ヲ有ス、葉柄ノ上面ニハ溝ト微毛トアリ裏面ニ毛ナシ。葉身ハユガメル卵形、長サ 2-7,5 センチ幅 1-4,5 センチ基脚ハ尖リ又ハ急ニ尖リ緣ハ半以下又ハ全部全緣半以上ハ波狀ノ葉鋸アルモノアリ。未ダ花ヲ見ズ。果實ハ成熟スレバ黑熟シ直徑 6-7 ミリ、基ニ白キ密毛アリ。果梗ハ下垂シ長サ 10-20 ミリ。

鬱陵島、咸南、平南、京畿、江原、黃海ノ諸道ニテ發見ス、平北ニモ產スベキモ未ダ採取セズ。

(分布) 南滿洲、支那 (直隸、山東、陝西、湖北、四川、雲南)。

11. **Celtis Bungeana** Blume

(Tabula nostra XVII.).

Celtis Bungeana Blume, Mus. Bot. Lugd. Bat. II no. 5, p. 71 (Jul. 1855)-Planchon in Alp. de Candolle, Prodr. XVII, p. 171 (1873)-

和蘭國ライデン國立臘葉館ニ藏スルこばのえぞのきノ原標本ノ一部ト Blume氏ノ手書トヲ大正十四年三月著者自ラ寫ス。

A part of type-specimen of *Celtis Bungeana* Blume preserved in the Rijks Herbarium at Leiden, Holland. This sketch was made by myself in March, 1924. The handwriting at the margine is the imitation of Blume's hand.

Franchet in Nouv. Arch. Mus. Paris. 2 sèr. VII, p. 79 (1884).-Dippel, Handb. Laubholzk. II, p. 47 fig. 19 sub nomine *Celtis chinensis* (1892)-Koehne, Deutsch. Dendrol. p. 137 (1893)-Forbes & Hemsley in Journ. Linn. Soc. XXVI, p. 449 (1894), excl. specimen Henry no. 5785.[1]-E. Pritzel in Diels, Fl. Centr. China in Bot. Jahrb. XXIX, p. 296 (1900)-Komarov, Fl. Mansh. II in Acta Hort. Petrop. XXII, p. 90 (1903)-Schneider, Illus. Handb. Laubholzk. I, p. 229, fig. 147 q. fig. 148 q. (1904)-Diels in Bot. Jahrb. XXXVI. Beiblatt 82, p. 33 (1905)-Pampanini in Nuov. Giorn. Bot. Ital. N. ser. XVII, p. 253 (1910)-Nakai, Fl. Kor. II in Journ. Coll. Sci. Tokyo XXXI, p. 192 (1911)-Yabe, Enum. Pl. South Manch. p. 37 (1913)-Nakai in Tokyo Bot. Mag. XXVIII p. 2 pro parte fig. 1 c_1 fig. 2 d, d_1 (1914); Veget. Dagelet Isl. p. 17 (1919)-Yabe, Prelim. Report Fl. Tsin-tau Region p. 41 (1914)-Schneider in Sargent, Pl. Wils. III p. 269 (1916)-Lœsner in Beihefte Bot. Centralb. XXXVII p. 109 (1920)-Miura, List Pl. Manch. & Mongol. p. 109 (1925)-Rehder in Journ. Arnold Arboret. IV, p. 169 (1923); X p. 123 (1929)-Nakai in Chosen Sanrin Kwaihô no. 59, p. 21 Pl. 4 fig. mm. (1930).

Syn. *Celtis chinensis* Pers. apud Bunge in Mém. Sav. Etr. Acad. Sci. St. Pétersb. II, p. 135 (1835), non *Celtis sinensis* Persoon.

Celtis sinensis (non Persoon) Planchon in Ann. Sci. Nat. 3 sér. X, p. 286 (1848)-Maximowicz in Bull. Acad. Sci. St. Pétersb. XVIII, p. 293 (1873). pro parte; in Mél. Biol. IX, p. 27 (1873), pro parte-Forbes & Hemsley in Journ. Linn. Soc. XXVI, p. 450 (1894), pro parte.

Celtis Davidiana Carrière in Rev. Hort. XL p. 300 (1868)-Planchon in Alp. de Candolle, Prodr. XVII. p. 172 (1873)-André in Rev. Hort. LXVI, p. 97 (1894)-Mouillefert, Traité des Arb. & Arbr. II, p. 1210 (1898)-Schneider, Illus. Handb. Laubholzk. I, p. 228, fig. 147 k (1904)-Henry in Elwes & Henry, Trees Great Brit. & Irel. IV p. 929 t. 267 fig. 11 (1909)-Bean, Trees & Shrubs I, p. 328 (1914).

Arbor vel arborea ramosisima. Cortex trunci cinereus. Squamæ gemmarum distichæ fuscæ. Ramuli virides vel fuscescenti-virides adpresse curvato-pilosi vel glabri. Stipulæ caducæ lineares. Folia turionum petiolis 8-12 mm. longis adpresse incurvato-pilosis, lamina ovata basi

(1) Henry's no 5785 is *Celtis Biondii* Pampanini fide C.K. Schneider.

oblique subcordata apice curvato-attenuata margine grosse repando-dentata 7–12 cm. longa 3, 4–5, 7 cm. late supra viridissima asperula costis pilosis infra pallida præter venas pilosellas glabra. Folia ramulorum vetustorum petiolis 5–7 mm. longis supra canaliculatis pilosellis dorso glabris, laminis oblique ovatis 2–7, 5 cm. longis 1–4,5 cm. longis basi acutis vel mucronatis margine infra medium vel toto integerrimis supra medium crenato-serratis. Flores in plantis Koreanis nondum vidi. Fructus sphæricus maturitate ater 6–7 mm. latus basi albo-barbatus, pedunculo declinato 10–20 mm longo.

Nom. Jap. Koba-no-Chôsen-enoki.

Nom. Kor. Pyeng-nam.

Hab.

Dagelet: in rupibus inter Sôdô & Moshige (T. Ishidoya no. 32); in silvis montis Jôhô (T. Nakai, no. 4221–2); in silvis Dôdô (T. Nakai no. 4231).

Prov. Kôgen: Umikongo (T. Nakai, no. 5356).

Prov. Keiki: Keijyô (U. Faurie no. 585).

Prov. Kôkai: Zuikô (T. Nakai no. 2601); insula Shôtô (T. Nakai, no. 12655).

Prov. Heinan: Kôtô (T. Nakai, no. 2627); Seisen Kyûryûmen (K. Takaichi).

Prov. Kannan: Shimpo (T. Nakai); Anpen (legitor?); Teihei (In sei kak); Kôgen Nanzankyô (Kin kai shun).

Distr. Manshuria (Shinking); China (Chili, Shantung, Shensi, Hupeh, Szechuan, Yunnan).

12. えぞえのき

(朝鮮名) ケーペンナム、ヒョンピョンナム、タンカムチュナム、ポングナム、ピエンナム。

(第 十 八 圖)

喬木又ハ小喬木、樹膚ハ灰色、一年生ノ枝ハ綠色又ハ綠褐色、長枝ノ葉ハ大形ニシテ葉柄ハ長サ 15–18 ミリ上ニ溝アリ微毛生ズ背面ハ毛ナシ葉身ハ歪帶卵長橢圓形又ハ帶卵橢圓形、長サ 10 センチ幅 5 センチニ達シ基部ノミハ全緣ニシテ其他ハ一樣ニ內曲セル鋸歯アリ基脚ハ歪尖形先端尖鋭表面ハ深綠色粗糙、裏面ハ淡綠色主脈上ニ粗毛アリ。老樹ノ枝ノ葉ハ長サ 2-7 ミリ粗毛アルカ叉ハナキ葉柄ト歪卵形基部截形叉ハ弱心臟形緣ハ基部ヲ除キ一樣ノ內曲セル鋸齒アリ先ハ尖鋭叉ハ殆ンド尾狀ニ尖リ尾部モ亦鋸齒アリ表面ハ深綠色主脈上ニノミ粗毛アリ裏面ハ淡綠色主脈上ニ微毛アル葉身トヲ有ス。未ダ朝鮮產ノモノヽ花ヲ見ズ。內地產ノ同種ニ依レバ雄花ハ岐繖花序ヲナシ若枝ノ基部ニ出デ花ハ毛ナキ細キ小花梗ヲ有シ萼片ハ長楕圓形、花托ハ毛アリ。雄蕋ハ萼片ヨリ少シ長シ。兩全花ハ若枝ノ葉腋ニ生ジ毛ナク長キ柄アリ。雄蕋ハ萼片ト同長、子房ハ卵形無柄無毛花柱ハ二分シ內面全長ニ亙リ柱頭トナル。核果ハ黑ク食シ得直徑 6-8 ミリ、果梗ハ長サ 2,3-2,5 センチ毛ナシ。核ハ表面ニ種々ノ凹ミアリ。

平南、黃海、京畿、江原、慶南、忠南、全南、鬱陵島、濟州島ニ產ス。

(分布) 九州、四國、本島、北海道。

一種葉ノ帶卵長楕圓形叉ハ披針形ナルアリ之ヲ

ながばえぞえのき

(第 拾 九 圖)

ト謂フ、濟州島ノ特產ナリ。

12. **Celtis jessoensis** Koidzumi.

(Tabula nostra XVIII).

Celtis jessoensis Koidzumi in Tokyo Bot. Mag. XXVII, p. 183 (1913)-Schneider in Sargent, Pl. Wils. III pt. 2, p. 281 (1916)-Rehder, Manual p. 195 (1927)-Nakai in Chôsen Sanrin Kwaihô no. 59 p. 21 Pl. 2, fig. f. f. f. Pl. 3. fig. f. (1930).

Syn. *Celtis Bungeana* (non Blume) Nakai in Tokyo Bot. Mag. XXIII, p. [45] (1909); Fl. Kor. II in Journ. Coll. Sci. Tokyo XXXI, p. 192 (1911), pro parte; in Matsumura, Icon. Pl. Koish. I p. 3 t. 2 fig. 1 (1911)-Matsumura, Ind. Pl. Jap. II pt. 2, p. 31 (1912)-Nakai, Veg. Isl. Quelpært p. 38 no. 506 (1914); Japanese Celtis in Tokyo Bot. Mag. XXVIII, p. [4] fig. 1 c (1914); Veget. Chirisan Mts p. 29 no. 145 (1915).

Celtis aphananthoides Koidzumi in Tokyo Bot. Mag. XXVII [563] (1913)-Nakai in Tokyo Bot. Mag. XXVIII, p. 266 Fig. 1 a (1914)-Makino & Nemoto, Fl. Jap. p. 1087 (1925).

Celtis Bungeana var. *jessoensis* Kudo, Nippon Yûyô Jumoku Bunruigaku p. 166. fig. 34 (1922).

Arbor vel arborescens. Cortex trunci cinereus. Ramuli hornotini virides vel viridescenti-fusci. Folia turionum majora, petiolis 15–18 mm. longis supra canaliculatis et pilosellis dorso glabris, laminis oblique ovato-oblongis vel ovato-ellipticis 10 cm. longis 5 cm. latis præter basin integrum incurvato-serratis basi oblique acutis apice attenuatis supra viridissimis scabris infra pallide viridibus supra venas primarias scabro-hispidulis. Folia ramorum vetustorum petiolis 2–7 mm. longis asperis vel subglabris, laminis oblique-ovatis basi subtruncatis vel subcordatis margine præter basin æqualiter incurvato-serratis apice attenuatis vel subcaudato-attenuatis caudis etiam serrulatis supra viridissimis præter venus primarias scabro-pilosas glabris infra viridulis venis primariis tantum pilosellis. Flores in speciminibus Koreanis ignoti. Descriptiones florum ex speciminibus Japonensibus depictæ. Cymi masculi ad basin innovationum axillares. Flores masculi pedicellis gracilibus glabris, tepalis oblongis, toro piloso, staminibus tepalis paulo longioribus. Flores hermaphroditi in axillis foliorum innovationum axillares longe pedicellati glabri, staminibus tepalis aequilongis, ovario ovoideo sessile glabro, stylis bifidis intus toto stigmatosis. Drupa nigra edulis diametro 6–7 mm. 7–8 mm. longa, pedicello 2,3–2,5 cm. longo glabro. Putamen læve facie varie depressum.

Nom. Jap. Ezo-enoki.

Nom. Kor. Kêpennam, Hyong-Pyong-Nam, Tankamchunam, Pongenam, Pyeng-nam.

Hab.

Prov. Heinan: Basan distr. Ryûkô (Li chin dai).

Prov. Kôkai: insula Shôtô (T. Nakai, no. 12643); Chôzankan (T. Nakai, no. 12653); insula Taiseitô (T. Nakai, no. 12652–3).

Prov. Keiki: in silvis Kôryô (T. Mori); Mt. Kagakusan (T. Sawada); Mt. Ryûmonzan (T. Sawada); Mt. Nansan (S. Kobayashi); Keijyô (U. Faurie, no. 585).

Prov. Kôgen: Mt. Setsugakusan (T. Ishidoya no. 6300); Mt. Taikisan (S. Fukubara).

Prov. Chûnan: Mt. Keiryûzan (T. Nakai, no. 7862).

Prov. Keinan: Mt. Mirokusan peninsulæ Tôei (T. Nakai, no. 11021-2); Insula Nankaitô (T. Nakai, no 11025); Mt. Kayasan (T. Ishidoya, no. 5026); Mt. Kachisan (T. Sawada); in silvis templi Tsûdoji (legitor?).

Prov. Zennan: Mt. Hakuyôzan (T. Nakai, no. 1113, 11023); Mt. Chii-san (T. Nakai, no. 51); insula Wangtô (T. Nakai, no. 11024); Mt. Reishûzan distr. Reisui (T. Nakai, no. 11020); Mt. Taitonzan (S. Fukubara); in plateis Mokpo (U. Faurie, no. 2004).

Dagelet: sine loco speciali (K. Okamoto); Mt. Jôhô (T. Nakai, no. 4221); ibidem (T. Ishidoya no. 33).

Quelpært: in silvis bor. lat. 1600 m. (E. Taquet, no. 4418); in pago Kankyeng (E. Taquet no. 1386).

Distr. Yeso, Hondo, Shikoku, Kiusiu.

Celtis jessoensis var. **angustifolia** Nakai in Chôsen Sanrin Kwaihô no. 59, p. 21 Pl. 3 fig. g. (1930). (Tabula nostra XIX).

Folia ovato-oblonga vel lanceolata.

Nom. Jap. Nagaba-Ezo-Enoki.

Hab.

Quelpært: in silvis lateralis borealis montis Hallasan 800 m. (T. Nakai, no. 4977, type in Herb. Imp. Univ. Tokyo).

13. くろみえのき
一名 ながばてうせんえのき

(第 貳 拾 圖)

喬木皮ハ灰色、末梢ハ無毛綠色又ハ褐色後栗色トナル白色ノ皮目アリ、芽ハ卵形又ハ帶卵長橢圓形長サ 3-7 ミリ無毛、長枝ノ葉ノ葉柄ハ長サ 13-23 ミリ無毛、葉身ハ卵形又ハ帶卵長橢圓形無毛表面ハ綠色裏面ハ淡綠色基脚ハ斜ニ截リタルガ如キカ又ハ尖ル葉緣ハ基脚ヲ除キ大型ノ整一ノ內曲セル鋸齒アリ先端ハ尾狀ニ長ク尖ル。果實ヲ附クル枝ノ葉ハ無毛、葉柄ハ長サ 7-15 ミリ、葉身ハ斜卵形又ハ斜卵橢圓形又ハ長橢圓形長サ 5-12 センチ幅 2,3-7 センチ緣ニハ基部ヲ除キ鋭キ鋸齒アリ先端ハ尾狀ニ尖ル、表面ハ綠色裏面ハ白シ、未ダ花ヲ見ズ、果實ハ黑色長サ 12 ミリ幅 10 ミリ長サ 2-2,5 センチノ果梗ヲ有ス。

慶南(加智山)、忠南(雞龍山)、京畿(揚州郡柴北面、光陵)、黃海(首陽山、九月山)等ニテ採ル。

朝鮮特產ナリ。

13. **Celtis choseniana** Nakai.

(Tabula nostra XX).

Celtis choseniana Nakai in Chôsen Sanrin Kwaihô no. 59, p. 21, Pl. 1, fig. a, a, a. (1930).

Syn. *Celtis koraiensis* var. *holophylla* Nakai in Tokyo Bot. Mag. XL, p. 167 (1926).

Arboreus cortice cinereo. Ramuli glabri virides vel fusci demum subcastanei lenticellis albis punctulati. Gemmæ ovatæ vel ovato-oblongæ 3–7mm. longæ glabræ. Folia turionum petiolis 13–23 mm. longis glabris, laminis ovatis vel ovato-oblongis glaberrimis supra viridissimis infra viridescentibus basi oblique truncatis vel acutis margine præter basin grosse æqualiter incurvato-serratis apice caudato-attenuatis. Folia ramulorum fructiferorum glabra petiolis 7–15 mm. longis, laminis oblique ovatis vel oblique ovato-oblongis vel oblongis 5–12 cm. longis 2,3–7 cm. latis margine præter basin argute serratis apice subcaudato-attenuatis supra viridissimis infra albescentibus. Flores adhuc ignoti. Drupa nigra 12 mm. longa 10 mm. lata, pedunculo 2–2,5 cm. longo.

Nom. Jap. Kuromi-enoki.

Hab.

Prov. Kôkai: Mt. Shuyôzan (C. Muramatsu & C. Kondo); Mt. Kugetsusan (Tei dai gen).

Prov. Keiki: Yôshû Saihokumen (T. Nakai, no. 2307–type of *Celtis koraiensis* var. *holophylla*); in silvis Kôryô (T. Nakai, no. 13281).

Prov. Chûnan: Mt. Keiryûzan (C. Kondô).

Prov. Keinan: Mt. Kachisan (T. Sawada).

Planta endemica!

14. てうせんえのき

(朝鮮名) ピエンナム (椑木)

(第貳拾壹圖)

小喬木凡テ毛ナシ、二年生ノ枝ハ紅褐色小サキ皮目アルモノトナキモノトアリ、葉柄ハ長サ 7-15 ミリ表面ニ溝アリ。葉身ハ廣倒卵形又ハ圓形又ハ廣斜卵形又ハ斜橢圓形、表面ハ綠色裏面ハ淡綠色又ハ淡白色基部ハ全緣斜截形又ハ鈍形又ハ弱心臟形，緣ニハ大型ノ鋭鋸齒又ハ内曲セル鋸齒アリ先端ハ急ニセバマリテ尾狀ニ尖ルカ又ハ截リタル如クナリテ種々ニ缺刻ス長サ 4,5-11,5 センチ幅 3,7-7,4 センチ、未ダ花ヲ見ズ。核果ハ黑色長サ 13 ミリ幅 10 ミリ、果梗ハ長サ 10-30 ミリ幅 1 ミリ。

咸南(望賊山)、黃海 (椒島)、慶北 (淸道、八肋峠、高則嶺)等ニテ發見ス。

(分布) 支那 (山東省)。

一種葉ハ廣卵形又ハ廣斜卵形緣ニ稍内曲セル鋭鋸齒アリテ先端ハ唯尾狀ニ尖ルモノアリ之ヲ

まるばてうせんえのき

(第貳拾貳圖)

ト謂フ、黃海道長壽山ニ產シ是亦朝鮮ノ特產ナリ。

14. **Celtis koraiensis** Nakai.

(Tabula nostra XXI)

Celtis koraiensis Nakai in Tokyo Bot. Mag. XXIII, p. 191 (1909); Fl. Kor. II in Journ. Coll. Sci. Tokyo XXXI, p. 191, Pl. XXIII (1911); in Tokyo Bot. Mag. XXVIII, p. [265] fig. 2, a, c (1914)–Mori, Enum. Corean Pl. p. 122 (1922), pro parte –Rehder in Mitt. Deutsch. Dendrol. Gesells. XXXVIII, p. 38 (1927), pro parte –Nakai in Chôsen Sanrin Kwaihô no. 59, p. 22, Pl. 5 (1930).

Syn. *Celtis spec., an nova?* Loesner in Beihefte Bot. Centralb. XXXVII, Abt. 2, p. 109 (1920), quoad specimen glaberrimum.

Arborescens toto glaberrima. Rami biennes rubro-fusci lenticellis minimis punctulati vel destituti. Folia petiolis 7–15 mm. longis supra canaliculatis, laminis late obovatis aut rotundatis aut late oblique ovatis aut oblique ellipticis supra viridissimis infra pallidis vel subalbescentibus basi integris oblique truncatis vel obtusis vel subcordatis margine grosse argute aut incurvato-serratis apice subito contractis et in caudam attenuatis vel truncatis et varie incisis 4,5–11,5 cm. longis 3,7–7,4 cm. latis. Flores ignoti. Drupa nigra 13 mm. longa 10 mm. lata, pedunculo 10–30 mm. longo 1 mm. lato.

Nom. Jap. Chôsen-enoki

Nom. Kor. Pyeng-nam.

Hab.

Prov. Kannan: Mt. Bôzokusan (T. Nakai).

Prov. Kôkai: Insula Shôtô (T. Nakai, no. 12651).

Prov. Keihoku: Seidô (T. Uchiyama fr.,–type in Herb. Imp. Univ. Tokyo); Mt. Hachirokutôge (T. Uchiyama); Mt. Kôsokurei (T. Ishidoya no. 5671, fr.).

Distr. China (Shantung).

Celtis koraiensis var. **arguta** Nakai.

(Tabula nostra XXII)

Syn. Celtis koraiensis var. arguta Nakai in Chôsen Sanrin Kwaihô no. 59, p. 22, Pl. 3, fig. i, i (1930).

Folia late ovata vel late oblique ovata margine argute subincurvato-serrata apice caudato-attenuata.

Nom. Jap. Maruba-Chosen-Enoki.

Hab.

Prov. Kôkai: in Mt. Chôjusan (Tei dai gen, fr., type in Herb. Imp. Univ. Tokyo; co-type in Herb. Forest Experiment Station, Keijyo).

15. こばのてうせんえのき

(朝鮮名) ポゴナム (南海島)

(第貳拾參圖)

小喬木、樹皮ハ灰色、一年生ノ枝ハ綠色微毛アリ、托葉ハ細ク褐色早ク落ツ、長サ 4–5 ミリ、葉柄ハ長サ 2–5 ミリ微毛アリ丸ク表面ニ溝アリ、葉身ハ斜倒卵形又ハ廣倒卵形先端ハ深キ鋸歯アリテ尾狀ニ尖ルカ又ハ缺刻アリ、表面ハ綠色粗毛生ズ裏面ハ淡綠色又淡白ク微毛アリ。雄花ハ若枝ノ基部ニ腋生シ少數アリ、小花梗ハ長サ 3 ミリ微毛アリテ細シ、花被ノ裂片ハ橢圓形又ハ倒卵長橢圓形長サ 3 ミリ幅 1 ミリ背面ハ栗色ニテ微毛アリ、雄蕋ハ 4 個花被ノ裂片ニ對生ス、葯ハ橢圓形長サ 1,5 ミリ、花絲ハ長サ 2 ミリ無毛、子房ハ殆ンド毛許リトナル。雌花ハ腋生シ 1 花梗ニ 1-2 個ノ花ヲ附ク 1 葉腋ニ 1-3 個ノ花アリ。小花梗ハ長サ 5-12 ミリ細ク且ツ微毛アリ。花被ハ雄花ニ同ジ、雄蕋ハ退化シ唯花絲ノミナルカ又ハ小サキ無性ノ葯アリ、子房ハ卵形密毛生ジ長サ 1,5-2 ミリ花柱ハ深ク二分ス、柱頭ハ毛生ズ、果梗ハ長サ 5-10 ミリ核果ハ球形長サモ幅サモ共ニ 6 ミリ許、核ハ點狀ノ凹點アリ。

濟州島、全南慶南ト共屬島、黃海、咸南ノ南部ニ產ス。

朝鮮特產ナリ。

15. **Celtis Leveillei** Nakai.
(Tabula nostra XXIII).

Celtis Leveillei Nakai in Tokyo Bot. Mag. XXVIII, p. [264] & [265] fig. 2, b, b, b, g, g, (1914); in Journ. Arnold Arboret. V, p. 73 (1924); in Chôsen Sanrin Kwaihô no. 59, p. 22, Pl. 3 fig. k. k (1930).

Syn. *Céltis Bungeana* var. *heterophylla* Léveillé in Fedde, Repert. X, p. 476 (1912).

Celtis Biondii var. *heterophylla* Schneider in Sargent, Pl. Wils. III, p. 282 (1916)-Rehder in Journ. Arnold Arboret. X, p. 123 (1929).

Arborea. Cortex trunci cinereus. Ramuli hornotini virides pilosi. Stipulæ lineares fuscæ caducæ 4-5 mm. longæ. Petioli 2-5 mm. longi pilosi teretes supra canaliculati. Lamina foliorum oblique obovata vel late obovata apice inciso-serrata et caudato-attenuata supra viridis scabro-pilosa infra pallida vel albescens et pilosa. Flores masculi e gemmis baseos rami evoluti pauci, pedicelli 3 mm. longi, pilosi, graciles; perianthii laciniæ ellipticæ aut obovato-oblongæ, 2 mm. longæ et 1 mm. latæ, dorso pilosellæ castaneæ: stamina 4, lacinis perianthii opposita, antheris ellipticis 1,5 mm. longis, filamentis 2 mm. longis glabris; ovarium abortivum subnullum barbatum. Flores fæminei axillares: pedunculi 1-3 uniflori vel solitarii et biflori: pedicelli 5-12 mm. longi, graciles pilosi; perianthii lacini ut in floribus masculis;

stamina abortiva, antheris nullis vel parvis; ovoideum, dense barbatum, 1,5–2,0 mm. longum; styli alte bifidi; stigmata dorso lineari glabra, cetera dense ciliata, recurva. Pedicelli fructiferi 5–10 mm. longi. Drupa sphærica 6 mm. longa et lata. Putamen punctulato-foveolatum.

Nom. Jap. Koba-no-Chosen-Enoki.

Nom. Kor. Pogo-nam.

Hab.

Prov. Kannan: Mt. Chinganhô, Chinkô (T. Nakai).

Prov. Kôkai: Insula Shôtô (Tei dai gen no. 54); Hôkai (Tei dai gen); Mt. Kugetsusan (Tei dai gen); Insula Sekitô (T. Nakai, no. 12642).

Prov. Keinan: Shindenri insulæ Nankaitô (T. Nakai, no. 11038); parva insula Botantô circa Kakeiri insulæ Nankaitô (T. Nakai, no. 11039); Gakenri insulæ Kyosaitô (T. Nakai, no. 11037); Chinkai (T. Nakai no. 11035).

Prov. Zennan: Moppo (T. Uchiyama, fr.–typus in Herb. Imp. Univ. Tokyo); ibidem (T. Ishidoya); Insula Hokitsutô (T. Nakai); Jinpo insulæ Totsuzantô (T. Nakai, no. 11027); Chinri insulæ Daikokuzantô (T. Ishidoya, no. 3426, 3429); Mt. Sensatsusan insulæ Chintô (T. Nakai, no. 9579–80); Insula Wangtô (T. Nakai, no. 794); ibidem (S. Kakeba); Mt. Hakuyôzan (S. Tate); Mt. Mutôzan (S. Fukubara); Mt. Nyokisan insulæ Chintô (T. Nakai, no. 7572); Mt. Chiisan (T. Nakai, no. 794); Shiyôri insulæ Kaitô (T. Nakai no. 11036).

Quelpært: in pago Tpyangmouini (E. Taquet, no. 3213, co-type of *Celtis Bungeana* var. *heterophylla* in Herb. Imp. Univ. Tokyo); Saishû (T. Nakai, no. 4978).

Planta endemica.

This species was reduced to *Celtis Biondii* by Schneider and Rehder, but is distinguished by the following characters as I have stated in the Journal of the Arnold Arboretum vol. 5. p. 72.

Celtis Biondii: Folia cum acumine 5–9 cm. longa, 3,5–5 cm. lata, adulta utrinque nervorum axillis infra barbatis exceptis glabra. Flores hermaphroditi; perianthii laciniæ 2,5 mm. longæ 0,5 mm. latæ. Bacca nigra. Putamen reticulatum.

Celtis Leveillei: Folia cum acumine 2–8 cm. longa, 1–3,5 cm. lata, adulta supra sparse scaberulo-ciliata, infra tota vel ad venas primarias pilosa. Flores monoeici; perianthii laciniæ 2 mm. longæ 1 mm. latæ. Bacca aurantiaca. Putamen foveolatum.

16. **え の き**

(朝鮮名) ピエンナム、ポクナム

(第 貳 拾 四 圖)

喬木、樹皮ハ灰色、二年目ノ枝ハ汚褐色皮目多シ、一年生ノ枝ハ綠色微毛アリ、葉柄ハ長サ 2–7 ミリ微毛生ズ、萠枝ノ葉ノ葉身ハ長サ 11,6 センチ幅 6,4 センチニ達スルアリ斜卵形又ハ斜長楕圓形、老成ノ枝ノ葉ノ葉身ハ斜卵形又ハ廣卵形又ハ楕圓形又ハ長楕圓形、葉柄ハ長サ 2–12 ミリ全體又ハ上面ニノミ毛アリ、朝鮮產ノモノニテハ未ダ花ヲ採收セズ、果梗ハ 1–3 個宛腋生スルカ又ハ一本ガ二分又ハ三分ス、長サ 6–15 ミリ短毛生ズ、核果ハ球形、煉瓦紅橙色幅 7–8 ミリ、食シ後。核ノ表面ハ網狀ナリ。

咸南ノ南部、平北、平南以南濟洲島ニ至ル迄アレドモ鬱陵島ニハナシ。

(分布) 支那。

一種葉ハ始メ紫色ニテ後帶褐紫綠色トナルアリ、之ヲ**むらさきえのき**ト謂フ、慶南統營郡彌勒峯ニテ採收ス。

又一種老成セル枝ノ葉ハ倒卵長楕圓形ニテ長サ 11 センチ幅 5 センチニ達シ葉柄ハ長サ 15–16 ミリニ達スルアリ之ヲ**おほばえのき**(第貳拾五圖A)ト謂フ全南高興郡外羅老島艾島ニテ發見ス。

又一種葉ハ歪圓形基脚ハ截形、先端ハ急ニ尖ルモノアリ、之ヲ**まるばえのき**(第貳拾五圖 B)ト謂フ、濟州島並ニ全南海南郡頭露峯ニテ發見セリ。

16. **Celtis sinensis** Persoon var. **japonica** Nakai.

(Tabula nostra XXIV).

Celtis sinensis Persoon, Syn. Pl. I, p. 292 (1805).

vrr. japonica Nakai in Tokyo Bot. Mag. XXVIII, p. [264], fig. 1 e e e, fig. 2 e e_1 (1914)–Kudo, Nippon Yûyô Jumoku Bunrui Gaku p. 165, fig. 33 (1922).

Syn. *Celtis sinensis* (non Persoon) Willdenow, Baumz. p. 81 (1811); Suppl. ad Enum. Pl. Hort. Berol. p. 68 (1813).–Miquel in Ann. Mus.

Bot. Lugd. Bat. II, p. 197 (1866); Prol. Fl. Jap. p. 129 (1866)-Maximowicz in Bull. Acad. Sci. St.Pétersb. XVIII, p. 293 (1873); in Mél. Biol. IX, p. 27 (1873), pro major. part.-Franchet & Savatier, Enum. Pl. Jap. I, p. 431 (1875)-Hemsley in Journ. Linn. Soc. XXVI, p. 450 (1894), pro parte-Palibin in Acta Hort. Petrop. XVIII, p. 190 (1900)-Nakai in Journ. Coll. Sci. Tokyo XXXI, p. 192 (1911); in Matsumura, Icon. Pl. Koishikawenses I, p. 3 Pl. 2, fig. II (1914)-Schneider in Sargent, Pl. Wils. III, pt. 2, p. 277 (1916), pro parte-Makino & Nemoto, Fl. Jap. p. 1087 (1925).

Celtis Willdenowiana J. A. Schultes, Syst. Veg. VI, p. 306 no. 6. (1820)-Loudon, Arb. & Frutic. Brit. III, p. 1416 (1838)-Siebold & Zuccarini in Abh. Muench. Akad. IV, Abt. 3, p. 222, no. 782 (1846)-Planchon in Ann. Sci. Nat. 2 sér. X, p. 287 (1848).

Celtis japonica Planchon in Alp. de Candolle, Prodr. XVII, p. 172 (1873)-Priemer in Engler, Bot. Jahrb. XVII, p. 464 & 466 (1893)-Mori, Enum. Corean Pl. p. 121 (1922)-Nakai in Chôsen Sanrin Kwaihô no. 59, p. 22, Pl. 2, fig. h. h. (1930).

Arbor. Cortex cinereus. Ramulus annotinus sordide fuscus lenticellis creberrime punctulatus, hornotinus viridis adpresse pilosus. Petioli 2–7 mm. longi adpresse pilosi. Lamina foliorum turionum usque 1,6 cm. longa 6,4 cm. lata oblique ovata vel oblique oblonga, ramorum adultorum oblique ovata vel late ovata vel elliptica vel oblonga, petiolis 2–12 mm. longis toto vel ventre tantum adpresse pilosis. Flores in plantis Koreanis adhuc non legi. Pedicelli fructiferi axillari-solitarii vel 2–3, vel bifidi vel subtrifidi, 6–15 mm. longi adpresse pilosi. Drupa sphærica laterico-aurantiaca 7–8 mm. lata edulis. Putamen facie reticulatum.

Nom. Jap. Enoki.

Nom. Kor. Pyeng-nam, Pok-nam.

Hab.

Prov. Kannan: Kankô Seppôzan (Sha Shô In); Kankô (Chô Hei Kyok); Mt. Banryûzan, Kankô (Kin Hei Ton).

Prov. Heihoku: Kôshô Nansha (S. Gotô).

Prov. Heinan: Seisen Kyûryûmen (K. Takaichi).

Prov. Kôkai: Insula Sekitô (T. Nakai, no. 12641, 12647); Mukimpo

(T. Nakai, no. 12650); Insula Taiseitô (T. Nakai, no. 12648-9); ibidem (Tei dai gen); Insula Shôtô (T. Nakai, no. 12646); Chôzankan (T. Nakai, no. 12644); ibidem (Tei dai gen); Mt. Chôjusan (Tei Dai Gen); En-an (legitor?).

Prov. Chûhoku: Mt. Zokurisan (S. Fukubara).

Prov. Chûnan: Mt. Keiryuzan (C. Kondô).

Prov. Keihoku: Kôkô (T. Nakai, no 4720).

Prov. Keinan: Seidô (T. Uchiyama); Fusan (T. Nakai); Mt. Mirokusan peninsulæ Tôei (T. Nakai, no. 11028); in declivitate Kaiundai oppidi Nanmen distr. Tôrai (T. Nakai, no. 11031); Chinkai (T. Nakai, no. 11026); Insula Chikutô oppidi Kichômen distr. Tôrai (T. Nakai, no. 11030); Mt. Shûseizan (T. Sawada); Insula Kyosaitô (G. Betsumiya); Shinshû (legitor?).

Prov. Zennan: Kainan (T. Nakai, no. 9575); Genkeimen (T. Nakai, no. 9569); Tokusan (T. Mori, no. 93); Insula Baikatô (Miwa); Muan Nirômen (T. Nakai, no. 9594); Muan Gaiyûmen (T. Nakai, no. 9569 bis); Mt. Mutôsan (S. Fukubara); Mt. Hakuyôzan (S. Tate); Kainan Kôzanmen (T. Nakai, no. 9575 bis); Mt. Taitonzan (T. Nakai, no. 9568); Insula Chitô (T. Nakai, no. 9576, 9578); Mt. Rosekizan, Moppo (T. Nakai, no. 9574); Insula Chintô (T. Nakai, no. 9573); Shiyôri insulæ Gairarôtô (T. Nakai, no. 11032); Insula Nishijima, Port Hamilton (T. Nakai no. 11026 bis); Insula Wangtô (T. Ishidoya no. 1764).

Quelpært: Hallasan 750 m. (T. Ishidoya, no. 262); Hongno (T. Nakai); Hallasan (T. Nakai, no. 1056); in parva insula Hiyôtô (T. Nakai).

Distr. China.

Celtis sinensis var. *japonica* forma **purpurascens** Nakai.

Syn. *Celtis japonica* forma *purpurascens* Nakai in Chôsen Sanrin Kwaihô no. 59, p. 23 (1930).

Arbor. Folia initio purpurea, adulta fuscescenti-purpureo-viridia.

Nom. Jap. Murasaki-Enoki.

Hab.

Prov. Keinan: Mt. Mirokusan peninsulæ Tôei (T. Nakai, no. 11029–type in Herb. Imp. Univ. Tokyo).

Celtis sinensis var. *japonica* forma **magnifica** Nakai. (Tabula nostra XXV, A).

Syn. *Celtis japonica* forma *magnifica* Nakai in Chôsen Sanrin Kwaihô no. 59, p. 23, Pl. 2, fig. d. d. (1930).

Arbor. Folia ramorum adultorum obovato-oblonga usque 11 cm. longa 5 cm. lata, petiolis usque 15–16 mm. longis.

Nom. Jap. Ôba-Enoki.

Hab.

Prov. Zennan: in silva protecta insulæ Kaitô (T. Nakai, type in Herb. Imp. Univ. Tokyo).

Celtis sinensis var. *japonica* forma **rotundata** Nakai. (Tabula nostra XXV, B.).

Syn. *Celtis japonica* forma *rotundata* Nakai in Chôsen Sanrin Kwaihô no. 59, p. 23, Pl. 1, fig. c. c. (1930).

Arbor. Folia omnia oblique rotundata basi truncata apice mucronata.

Nom. Jap. Maruba-Enoki.

Hab.

Prov. Zennan: Mt. Tôrohô distr. Kainan (T. Nakai, no. 9568, type in Herb. Imp. Univ. Tokyo).

Quelpaert: in pagis (E. Taquet, no. 344).

Though there are many forms of *Celtis sinensis*, it is more reasonable to distinguish the typical form of this Chinese *Celtis* from the Japanese type. These two types can be separable as follows.

Celtis sinensis var. *typica*.

Leaves not scabrous when young, later rather shining on the upper surface. Petiole glabrous. Fruits ellipsoid. Putamen tapering on both ends.

Celtis sinensis var. *japonica* (*C. Willdenowiana*, *C. japonica*).

Leaves scabrous when young, not shining. Petiole generally very short velvety. Fruits round. Putamen acute but not tapering at the upper end and rounded at the base.

Schultes first distinguished the latter form from the former by the scabrous oblong leaves, and Planchon by the leaves and the fruits. The shape of the leaves are so variable as it can not be used for the classification of this species, but the fruits and putamen are not variable individually. We have the specimens of typical form from China, Hongkong and Formosa, and I saw many specimens of Chinese *Celtis sinensis* both in Europæan and American Herbaria. A living tree is in the back ground of the garden of the laboratoire de culture of Paris Natural History Museum. This was raised from the seed collected in China, and it agrees perfectly with Formosan and South-Chinese typical form of *Celtis sinensis*. Heinrich Mayr in his 'Fremdländische Wald-und Parkbäume für Europa' says that *Celtis sinensis* does not grow wild in Japan, but is cultivated. This is a great mistake, and I wonder why he came to such a conclusion.

17. **おひようえのき**

(第 貳 拾 六 圖)

喬木、樹皮ハ灰色、萠枝ハ帶紅褐色毛アリ、大ナル葉ヲ附ケ葉柄ハ長サ 10–14 ミリ毛アリ、葉身ハ丸ク緣ニハ基部ヲ除キ急ニ尖レル鋸歯アリ、基脚ハ急ニ尖リ先端ハ截斷狀ヨリ內凹トナリ中央ニ尾狀ノ突起ニ移ル、長サ 12–20 センチ幅 9–16 センチ表面ハ綠色軟カキ毛アリ裏面ニハ絨毛アリ、果實ヲ附クル枝ハ無色栗色光澤アリ、葉柄ハ長サ 8–15 ミリ上面ニ微毛生ジ背面ハ無毛、葉身ハ頗ル廣キ倒卵形又ハ廣橢圓形又ハ橢圓形中央ノ尾狀ノ突起ト併セテ基ヨリ 3,5–13,7 センチアリ幅ハ 2,2–9,3 センチ、表面ハ深綠色無色、裏面ハ微毛アリテ且淡白シ、未ダ花ヲ見ズ、果梗ハ葉腋ニ一本宛出デ長サ 20–24 ミリ太サ 1–1,5 ミリ、核果ハ長サ 13 ミリ幅 10 ミリ橙色ニ熟シ食シ得。

平南、黃海、咸南、慶北ニ產ス。

(分布) 支那、南滿州。

17. **Celtis aurantiaca** Nakai.

(Tabula nostra XXVI).

Cettis aurantiaca Nakai in Chôsen Sanrin Kwaihô no. 59, p. 23, Pl. 4, fig. 1. l. l. (1930).

Syn. *Celtis koraiensis* (non Nakai) Yabe, Enum. Pl. South Manchuria p. 37, Pl. II, fig. 4 (1912)–Rehder, Ligneous Pl. North China in Journ. Arnold Arboret. IV, p. 168 (1923)–Miura, List. Pl. Manchuria

& Mongolia p. 109 (1925).

Celtis spec., an nova? Loesner in Beihefte Bot. Centralblatt XXXVII, Abt. 2, p. 109 (1920), pro parte, quoad specimen pubescens.

Arbor cortice cinereo. Turiones rubro-fusci pubescentes, foliis magnis instructi, petiolis 10–14 mm. longis pubescentibus, laminis foliorum ambitu rotundatis margine præter basin integrum mucronato-serratis basi mucronatis apice in caudam subtruncato-emarginatis 10–20 cm. longis 9–16 cm. latis supra viridibus molliter pilosis subtus velutinis. Ramuli fructiferi glabri castanei lucidi, petiolis 8–15 mm. longis supra pilosis dorso glaberrimis, laminis latissime obovatis vel oblique late ellipticis vel ellipticis cum cauda 3,5–13,7 cm. longis 2,2–9,3 cm. latis supra viridissimis glabris infra pilosulis et glaucescentibus, basi obliquis integris ad apicem argute serratis, serris ad apicem laminarum magnitudine auctis, sæpe laminis apice subtruncatis vel emarginatis varie incisis. Flores nostris ignoti. Pedicelli fructiferi axillari-solitarii 20–24 mm. longi 1,–1,5 mm. lati. Drupa 13 mm. longi 10 mm. lata matura aurantiaca edulis.

Nom. Jap. Ohyô-Enoki.

Hab.

Prov. Heinan: Kôtô (T. Nakai, no. 2353, type of fruits and incised leaves in Herb. Imp. Univ. Tokyo); ibidem (T. Nakai, no. 2625, 2352).

Prov. Kôkai: Mt. Metsuakusan (C. Muramatsu); Mt Chôjusan (Tei dai gen).

Prov. Keinan: Taiyô (T. Nakai); Taikyû (T. Nakai); Kôkô (T. Nakai, no. 4704).

Prov. Kannan: 8 km. borealem ex Genzan (T. Nakai).

Distr. Manshuria (Shinking); China (Shantung, Chili, Honan).

This species is most closely allied to *Celtis koraiensis;* from which it is distinguished by having pubescent shoots and foliages, and orange fruits when matured.

18. **きみのえのき**

(第 貳 拾 七 圖)

喬木、枝ハ帶紅褐色又ハ栗色始メ微毛アレドモ後無毛トナル、若木ノ葉ノ葉柄ハ長サ 5-14 センチ密毛アリ、葉身ハ斜長橢圓形基脚ハ弱心臟形又ハ斜ニ截形、緣ニハ同形同大ノ內曲セル鋸齒アリ、先端ハ急ニ尖リ長サ 5-9 センチ幅 3-6,7 センチ表面ハ綠色粗糙脈ハ凹ミ裏面ニハ微毛アリ、果實ヲ附クル枝ハ無毛栗色、葉柄ハ長サ 5-13 ミリ無毛上面ニ溝アリ、葉身ハ長橢圓形基脚ハ丸キカ又ハ尖リ緣ニハ內曲セル鋸齒アリ、先端ハ尾狀ニ突起シ長サ 4,5-11 センチ幅ハ 2-5 センチ表面ハ無毛光澤アリ裏面ハ淡白ク無毛、未ダ花ヲ見ズ、果梗ハ長サ 22-27 ミリ核果ハ橙色ニ熟シ長サ 13 ミリ、幅 10 ミリ食シ得。

江原道(泰岐山)、咸北(明川郡上古面)ニテ發見ス。

朝鮮ノ特産種ナリ。

18. **Celtis edulis** Nakai.
(Tabula nostra XXVII).

Celtis edulis Nakai in Chosen Sanrin Kwahô no. 59, p. 23, Pl. 2, fig. e. e. (1930).

Arbor. Ramuli rubro-fusci vel castanei primo pilosi demum glabrescentes. Folia plantarum juvenilium, petiolis 5-14 cm. longis pubescentibus, laminis oblique oblongis basi subcordatis vel oblique truncatis margine æqualiter incurvato-serratis apice subito attenuatis 5-9 cm. longis 3-6, 7 cm. latis supra viridibus scaberulis venis impressis infra pilosellis. Rami fructiferi glabri castanei, petiolis 5-13 mm. longis glaberrimis supra canaliculatis, laminis foliorum oblongis basi oblique rotundatis vel acutis margine incurvato-serratis apice subcaudato-attenuatis 4, 5-11 cm. longis 2-5 cm. latis supra glaberrimis lucidusculis infra glaucinis glabris. Flores nostris ignoti. Pedicelli fructiferi 22-27 mm. longi. Drupa aurantiaca 13 mm. longa 10 mm. lata, edulis.

Nom. Jap. Kimi-no-Enoki.

Hab.

Prov. Kôgen: Mt. Taikisan (S. Fukubara & K. Takaichi, type in Herb. Imp. Univ. Tokyo; co-type in Herb. Forest Experiment Station, Keijyô).

Prov. Kanhoku: Meisen Jôkomen (C. Kondô & Ro Chô Gen, no. 399 a, 399 b.).

Planta endemica!

(五) 朝鮮産楡科植物ノ和名、朝鮮名、學名對稱表

和　　名	朝　鮮　名	學　　名
おほばにれ		Ulmus macrophylla Nakai.
おひようにれ，あつに	ナムテイナム，ナムチナム.	Ulmus laciniata Mayr.
まるばおひようにれ		Ulmus laciniata f. holophylla Nakai.
てうせんにれ	ヌルップナム.	Ulmus macrocarpa Hance.
のにれ	チャム ヌルップナム，ピスルナム，ヌルンナム，キャイヌル.	Ulmus mandshurica Nakai.
たうにれ	ヌルンナム.	Ulmus Davidiana Planchon.
はるにれ，にれ	ヌルンナム.	Ulmus Davidiana var. japonica Nakai.
こぶにれ	ヌルンナム.	Ulmus Davidiana var. japonica f. suberosa Nakai.
てりはにれ	ヌルンナム.	Ulmus Davidiana var. lævigata Nakai.
てうせんあきにれ	ドゥルックナム，ノルップナム，チャンヌルク，コナム.	Ulmus coreana Nakai.
ほそばてうせんあきにれ		Ulmus coreana var. lanceolata Nakai.
まるみてうせんあきにれ		Ulmus coreana var. cycloptera Nakai.
けやき	テウルミナム，ヌテナム，クェーモック，カイモック，ヒェーホァナム.	Zelkova serrata Makino.
ながばけやき		Zelkova serrata var. longifolia Nakai.
はりげやき	シムナム. クヂナム，シェクナム.	Hemiptelea Davidii Planchon.
むくえのき	クンペンナム，ケーペンナム，クンポック，プジョナム.	Aphananthe aspera Planchon.
長壽えのき		Celtis cordifolia Nakai.
こばのえぞえのき	ピェンナム.	Celtis Bungeana Blume.
えぞえのき	ケーペンナム、ヒョンピョンナム，タンカムチュナム，ポンゲナム.	Celtis jessoensis Koidzumi.
ながばえぞえのき		Celtis jessoensis var. angustifolia Nakai.
くろみえのき，ながばてうせんえのき		Celtis choseniana Nakai
てうせんえのき	ピエンナム.	Celtis koraiensis Nakai.
まるばてうせんえのき		Celtis koraiensis var. arguta Nakai.
こばのてうせんえのき	ポゴナム.	Celtis Leveillei Nakai.
えのき	ピェンナム，ポックナム，	Celtis sinensis Persoon var. japonica Nakai.
むらさきえのき		Celtis sinensis var. japonica f. purpurascens Nakai.
おほばえのき		Celtis sinensis var. japonica f. magnifica Nakai.
まるばえのき		Celtis sinensis var. japonica f. rotundata Nakai.
おひようえのき		Celtis aurantiaca Nakai.
きみのえのき		Celtis edulis Nakai.

(六) 朝鮮產楡科植物ノ分布

朝鮮產本科植物ノ最暖分子ハむくえのきニシテ慶南洛東江以西、智異山彙、白羊山以南ノ本土ト慶南、全南ノ屬島並ニ濟州島ニ產シ又日本海中ニ孤立セル鬱陵島ニモアリテ戶澤中井共著朝鮮樹木類分布圖ノ第三圖ニ示ス樹種ニ該當ス、(地圖１參照) 朝鮮外ニテハ北海道ノ南部、本島、四國、九州、對馬、臺灣、支那 (江西、浙江、四川、廣東) ニ迄分布ス。

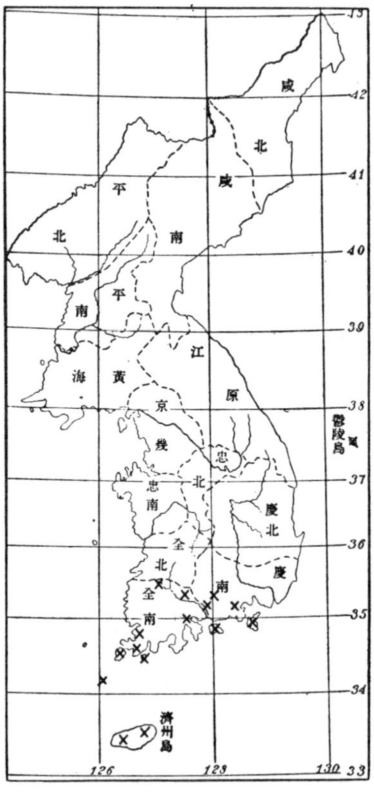

地圖 1.
むくえのき
Aphananthe aspera.

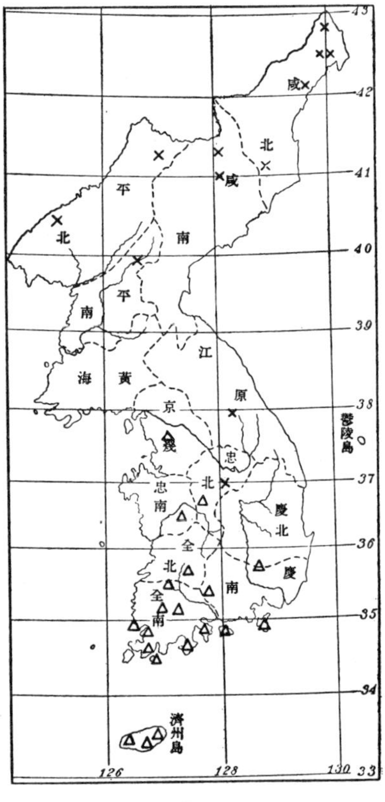

地圖 2.
× のにれ Ulmus manshurica.
△ てうせんあきにれ Ulmus coreana.

之ニ次デ暖地性ナルハてうせんあきにれニシテ濟州島、全南、慶南、忠南、忠北ノ西部、京畿ノ南部 (地圖２參照) ニ分布ス、戶澤中井朝鮮樹木分布圖第五圖ニ列記スル種類トホボ同性質ノモノナレドモ鬱陵島ニハ產セズ。

之ニ次グハえぞえのきニシテ黃海道椒島、長山串。京畿道華岳山、龍門山。江原道雪岳山、泰岐山。鬱陵島以南濟州島迄廣ク分布ス。就中平南龍岡郡內ニテ李鎭台氏ノ採收セルハ最北ノ分布地ト謂フベシ、朝鮮外ニテハ本種ハ北海道、本島、四國、九州ニアリ（第 3 圖參照）。

こばのてうせんえのきモホボえぞえのきニ類似シ西側ニテハ黃海道椒島、席島、松禾郡等ニ生ジ東側ニテハ咸南永興郡鎭興ニ生ズルガ今日迄知ラルヽ北限ニシテ其レヨリ以南ハ江原、京畿、忠北、忠南、慶北、全北ノ諸道ニハ未發見ニシテ慶南、全南ニ至ツテ大ニ之ヲ產ス。斯ク南北ニ相離レ居ル故其間形態上ニ相違アルベキ筈ナルモ北部產ハ花モ實モナキ若木ノミニテ南部產ノモノト判然タル區別ヲナシ得ズ（第 4 圖參照）。

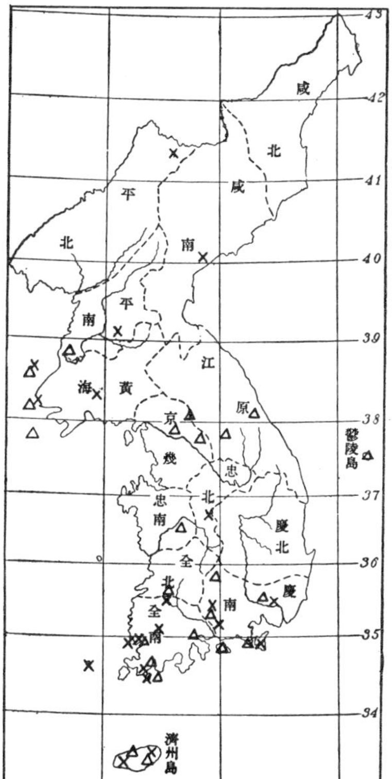

地圖 3.

× えのき Celtis sinensis var. japonica.

△ えぞえのき Celtis jessoensis.

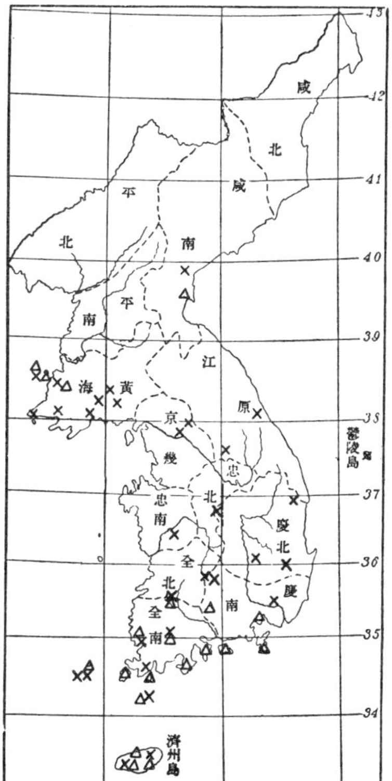

地圖 4.

× けやき Zelkova serrata.

△ こばのてうせんえのき Celtis Leveillei.

けやきハ咸南、咸北、平南、平北ヲ除ク外ハ至ル所ニ生ジ以前ハ大木ニ乏シカラザリシモ無統制ノ伐採ニ依リ殆ンド大木ノ跡ヲ絕チシハ惜ムベシ濟州島、欝陵島等ニテハ椽側ノ如キ又公立ノ建築物ノ如キ概ネけやきノ一枚板ヲ用キ居レドモ今ハ然ル樹ナシ、けやきハ朝鮮外ニテハ對馬、九州、四國、本島、臺灣、支那山東省ニアレドモ支那本部ニ至レバ別種たうけやきノミトナル（第 4 圖參照）。

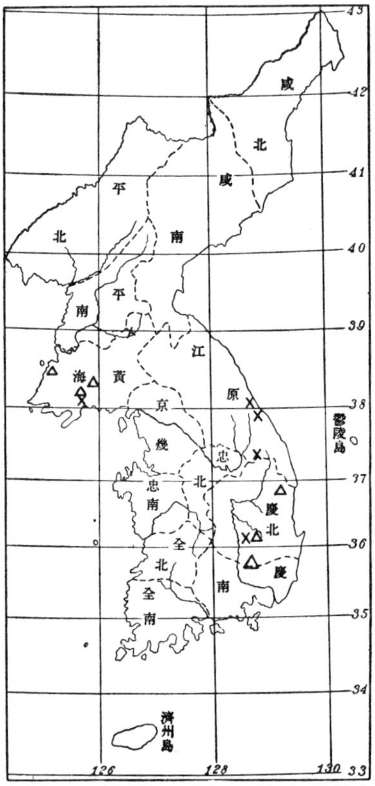

地圖 5.

× てうせんえのき Celtis koraiensis.
△ まるばてうせんえのき
Celtis koraiensis var arguta.

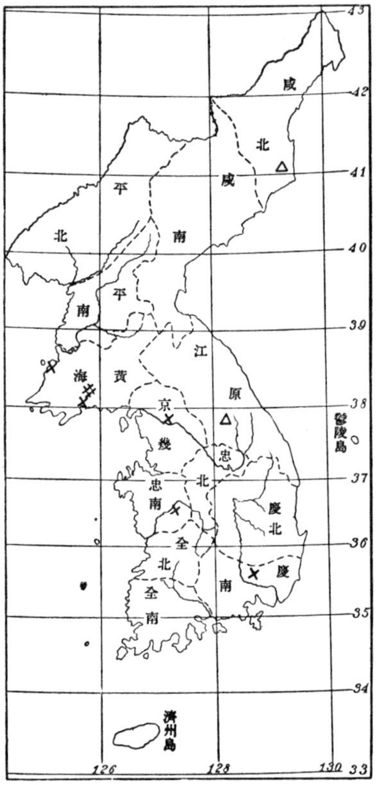

地圖 6.

× くろみえのき Celtis choseniana
△ きみのえのき Celtis edulis.
長壽えのき Celtis cordifolia.

くろみえのき、てうせんえのき、まるばてうせんえのき、きみのえのき、長壽えのきハ皆朝鮮ノ特產種ニシテ其分布ハ地圖 5, 6 ニ示スガ如シ。

えのきハ內地、朝鮮ニ共通ノ樹木ニシテ黃海道以南殊ニ全南、慶南方面ニ多ク稀ニ咸南、平南ノ暖地ニモアリ。支那ニテハ *Celtis sinensis* Persoon ト混ゼラレ居ル故果シテ支那ノ何處迄分布シ居ルヤ明カナラズ、恐ラク山東、直隷、河南方面ニ限ラルヽモノナラン。

おひようえのきハ通例てうせんえのきト見誤ラルヽ種ニシテ殊ニ東亞ノ植物ニ暗キ西人ハ全ク兩者ヲ混同ス。朝鮮內ニテハ慶南、黃海、咸南、平南ニアリテ國外ニテハ南滿洲、支那山東直隷河南ノ各省ニ分布ス。

こばのえぞえのきハ支那ノ西南部即チ雲南省ニ始マリ四川、湖北、陝西ノ各省ヲ經テ直隷、山東ニ至リ其レヨリ滿洲ヲ經テ朝鮮ニ及ビ南ハ京畿、江原、鬱陵島ニ入レドモ未ダ咸北ニ產スルヲ知ラズ、其鮮內分布圖ハ地圖8ニ示スガ如シ。

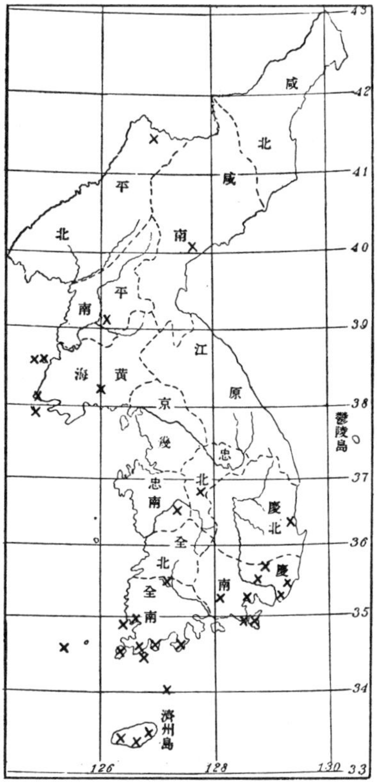

地圖 7.
× えのき Celtis sinensis var. japonica.

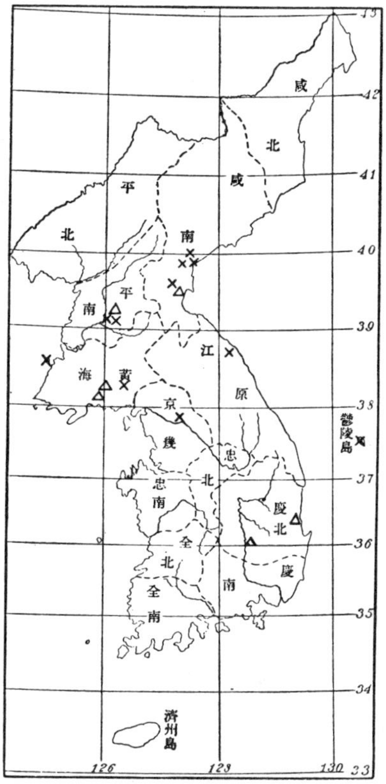

地圖 8.
× こばのえぞえのき Celtis Bungeana.
△ おひようえのき Celtis aurantiaca.

はるにれトこぶにれトハ濟州島ト全南、慶南ノ南部ヲ除キ殆ンド全道ニ分布シ滿洲、烏蘇利ヲ通ジテ樺太、北海道、本州、四國、九州ニモ產ス。其一形ニシテ翅果ニ毛アルモノハたうにれニシテ黑龍省ヨリ東蒙古ヲ經テ支那ノ直隷省ニ至ル方面ニ廣ク分布シ朝鮮ニテハ咸北、京畿、兩省ニテ發見セシモ其眞ノ分布ヲ知ルハ向後ノ調査ニ俟タザルベカラズ如何トナレバ果實ニ毛ノ有無ガたうにれトはるにれノ區別ニシテ果實ナキモノニテハ絕對ニ區別シ得ザレバナリ。

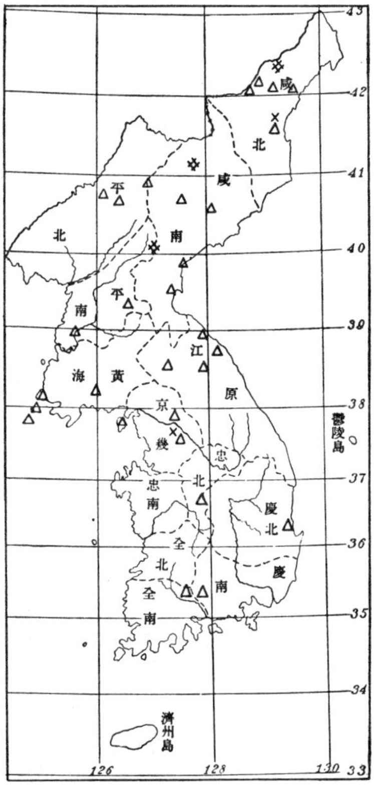

地圖 9.

× たうにれ Ulmus Davidiana.
△ はるにれ、こふにれ Ulmus Davidiana var. japonica.
てりはにれ Ulmus Davidiana var. lævigata.

又其一種ニテ小枝ニ始メヨリ毛ナク葉ノ表面ノ滑ナルてりはにれハ北部ニ限リ生ジ烏蘇利、樺太、北滿洲ニ分布ス。

おひようにれハ江原京畿以北ハ至ル所ニアリテ支那ノ直隷省、北滿洲、黑龍省、烏蘇利ヲ經テ樺太、北海道、本島、隱岐、九州ノ北部ニ分布ス。

のにれハ滿蒙ノ樹ニシテ西ハ東蒙古、支那ノ直隷省ヨリ滿洲、黑龍省ヲ經テ朝鮮ニ及ビ朝鮮ニテハ忠北丹陽ニ迄分布ス。河原ノ植物トモ謂フベク頗ル速ニ純叢ヲナス。

てうせんにれハ北支那直隷省山西省ヨリ北滿洲ヲ經テ平北、咸北ニ侵入ス其大ナル果實ハ殊ニ著シ。

はりげやきハ朝鮮內ニテハ殆ンド全道ニ分布シ其南限ハ慶南ノ南海島ナリ殊ニ北部ニ多ク國外ニテハ滿洲ヲ經テ支那ノ北部、東部ニ分布ス。

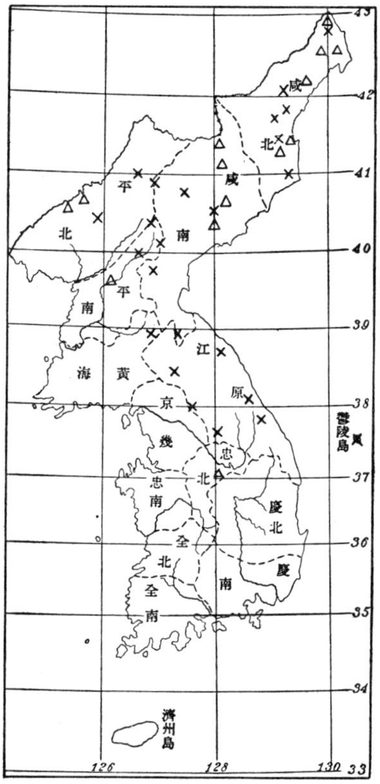

地圖 10.

× おひようにれ Ulmus laciniata.

△ のにれ Ulmus manshurica.

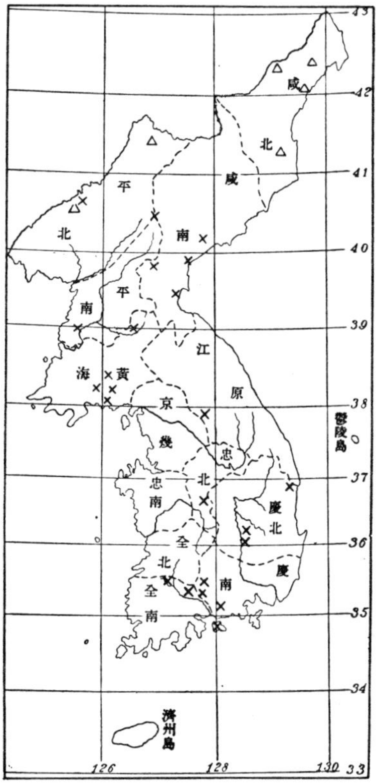

地圖 11.

× はりげやき Hemiptelea Davidii.

△ てうせんにれ Ulmus macrocarpa.

桑　科

MORACEAE

(一) 主ナル引用書名

著者名	書名
M. Adanson	1) *Castaneæ* in Familles des plantes II, p. 366-377 (1763).
J.G. Agardh	2) *Artocarpeæ* in Theoria Systematis Plantarum p. 244 (1858). Moreæ, l.c. p. 253.
W.T. Aiton	3) *Broussonetia* in Hortus Kewensis ed. 2, V, 372 (1813); *Morus* in p. 266-267; *Ficus* in p. 483-489.
H. Andrews	4) *Broussonetia papyrifera* in Botanists Repository VII, t. 488 (1807).
P.Ascherson & P. Gra ner	5) *Moraceæ* in Synopsis der Mitteleuropäischen Flora IV, p. 575-601 (1911).
H. Baillon	6) *Ulmacées* in Histoire des plantes VI, p. 137-216 (1877).
J. Banks	7) *Ficus erecta* in Icones Selectæ Plantarum quas in Japonica collegit et delineavit Engelbertus Kæmpfer p. 1, pl. 4 (1791).
F.T. Bartling	8) *Artocarpeæ* in Ordines Naturales Plantarum p. 104-105 (1830).
C. Bauhinus	9) *Ficus* in Pinax Theatri Botanici p. 456-458 (1623); *Sycomorus* l.c. p. 459; *Morus*, l. c. p. 459.
G. Bentham	10) *Urticeæ* in Flora Hongkongensis p. 323-333 (1861).
	11) *Urticeæ-Artocarpeæ* in Flora Australiensis VI, p. 160-180 (1873); *Moreæ* l.c. p. 180-182.
G. Bentham & J.D. Hooker	12) *Urticaceæ* in Genera Plantarum III, p. 341-395 (1880).
C.L. Blume	13) *Ficus* in Bijdragen tot de Flora van Nederlandsche Indie 9 de stuk p. 436-479 (1825).
	14) *Artocarpeæ* in Museum Botanicum Lugduno-Batavum II, no. 6, p. 81-88 (1851).
H. Bœrhaav	15) *Morus* in Index alter Plantarum II, p. 209 (1702); *Ficus*, l.c. p. 258.
A. Bunge	16) *Urticeæ* in Enumeratio Plantarum quas in China boreali Collegit p. 60-61 (1833).
E. Bureau	17) *Moraceæ* in Alp. de Candolle, Prodromus Systematis Naturalis Regni Vegetablis XVII, p. 211-279 (1873); *Artocarpaceæ* l.c. p. 280-288.

E.A. Carrière 18) *Le Maclura tricuspidata* in Revue Horticole (1864), p. 390, fig. 37.

18) *Maclura tricuspidata* in Revue Horticole XLIV, p. 55-57, fig. 6-7 (1872).

C. Commelin 19) *Arbor malabarica baccifera, cortice albicante* etc. in Flora Malabarica p. 28 (1696).

Alp. de Candolle 20) *Artocarpaceæ* in Prodromus Systematis Naturalis Regni Vegetabilis XVII, p. 280 (1873).

F.G. Dietrig 21) *Ficus* in Nachtrag zum vollständigen Lexicon der Gärtnerei und Botanik III, p. 344-377 (1817).

L. Dippel 22) *Moraceæ* in Handbuch der Laubholzkunde II, p. 6-21 (1892).

R. Dodoens 23) *Morus* in A Nieuve Herball p. 715-716 (1578); *Sycomorus* l.c. p. 716-717 ; *Ficus*, l.c. p. 717-719.

24) *De Moro* in Stirpium Historiæ Pemptades VI, lib. III, p. 797-799 (1583) ; *De Sycomoro* l.c. p. 799 ; *De Ficu* l.c. p. 799-801.

D. Don 25) *Urticeæ* in Prodomus Floræ Nepalensis p. 59-61 (1825).

Duhamel du Monceau 26) *Morus* in Traité des Arbres & Arbustes II p. 23-42 pl. 8 (1755).

A.W. Eichler 27) *Moraceæ & Artocarpaceæ* in Blütendiagramme II. p. 55-59 (1878).

S. Endlicher 28) *Moreæ* in Genera Plantarum p. 277-279 (1836); *Artocarpeæ* l. c. p. 279-282.

29) *Moreæ* in Enchiridion Botanicon p. 164-167 (1841); *Artocarpeæ* l.c. p. 167-169.

30) *Moreæ* in Genera Plantarum, Supplementum IV, p. 33-36 (1847).

A. Engler 31) *Moraceæ* in Engler & Prantle, Die Natürliche Pflanzenfamilien III Abt. 1, p. 66-98 (1889).

F.B. Forbes & W.B. Hemsley

32) *Urticaceæ-Moreæ* in the Journal of the Linnæan Society XXVI, p. 454-456 (1894) ; *Urticaceæ-Artocarpeæ* l.c. p. 457-471.

A. Franchet 33) *Broussonetia-Cudrania* in Plantæ Davidianæ in Nouvelles Archives du Muséum 2 sér. VII p. 79-80 (1884).

A. Franchet & L. Savatier 34) *Moreæ* in Enumeratio Plantarum Japonicarum I, p. 432-434 (1875); *Artocarpeæ* l.c. p. 434-436.

35) *Ficus Sieboldii-Ficus nipponica* in Enumeratio

Plantarum Japonicarum II pt. 1, p. 490-491 (1876).

J. Gœrtner 36) *Morus* in De Fructibus & Seminibus Plantarum II, p. 199, t. 126 fig. 6 (1791); *Ficus* l.c. p. 66-67 t. 91 fig. 7.

G. Gasparrini 37) Nova Genera quæ super nonnullis Fici speciebus p. 1-11 (1844).

38) *Ricerche sulla natura del Caprifico e del Fico, e sulla Caprificazione* in Rendiconte delle adunanze e de'lavori della Reale accademia delle scienze, IV, p. 321-412 Tav. I-VII (1845).

C. Gaudichaud 39) *Urticeœ* in L. de Freycinet, Voyage autour du Monde p. 492-514 (1826).

J. Gerarde 40) *Of the Mulberie tree* in the Herball p. 1324-1326 cum figs. (1597); *of the Sycomore tree* l.c. p. 1326-1327; *Of the Fig tree* l.c. p. 1327-1329.

P.D. Giseke 41) *Scabridœ* in Linnæus, Praelectiones in Ordines Naturales Plantarum p. 593 (1792).

J.D. Hooker 42) *Urticaceœ* in Flora of British India V, p. 477-593 (1888).

A.L. de Jussieu 43) *Urticœ* in Genera Plantarum p. 400-407 (1789).

E. Kœmpfer 44) *Chartopœia japonica* in Amœnitatum Exoticarum fasc. II, p. 466-474 (1712).

45) *Papyrus fructu Mori Celsa, Papyrus legitima & Papyrus procumbens lactescens folio longo lanceato cortice chartaceo, Papyrus spuria* in Histoire du Japon I, t. 40 (1729);

46) Des Manufactures de Papier du Japon in Histoire du Japon II, p. 19-25 (excl. 25-26)(1729).

C. Koch 47) *Moraceœ* in Dendrologie II, p. 436-450 (1872).

E. Koehne 48) *Moraceœ* in Deutsche Dendrologie p. 138-140 (1893).

G. Koidzumi 49) Kuwazoku Shokubutsukô in Bulletin of the Imperial Sericultural Experiment Station III no. 1 (1917).

50) Revision of the genus Morus p. 1-62, Pl. 1-XI (1917).

51) Yamaguwagata-no-Saibaihin (or Cultivated forms of Japanese Mountain Mulberry) in Bulletin of the Imperial Sericultural Experiment Station VI no. 3 (1922).

52) Synopsis specirum Generis Mori, in Bulletin of the

Imperial Sericultural Experiment Station Vol. II. no. 1, p. 1–45, Pl. I–XI (1923).

V. Komarov 53) *Moraceæ* in Flora Manshuriæ II, p. 91-94 (1903).

P.M. de Lamarck & J.L.M.Poiret

54) *Morus* et *Papyrius* in Recueil de Planches de Botanique de l'encyclopédie IV, t. 754 (1798).

P.M. de Lamarck & A.P. de Candolle

55) *Urticeæ trib. Artocarpeæ* in Synopsis Plantarum in Flora Gallica Descriptarum p. 183–184 (1806).

W. Lauhe 56) *Artocarpeæ* in Flore Française, III éd. III, p. 318–321 (1815).

57) *Moraceæ* in Deutsche Dendrologie p. 337–344 (1880).

A. Lavallée 58) *Moreæ* in Arboretum Segrezianum p. 239–242 (1877); *Artocarpeæ* l.c. p. 242–243.

H. Léveillé 59) *Morus calva-Cudrania Bodinieri* in Fedde, Repertorium Specierum Novarum Regni Vegetabilis XIII, p. 265 (1914).

J. Lindley 60) *Artocarpeæ* in An Introduction to the Botany p. 95–96 (1830).

61) *Urticaceæ* in A Natural System of Botany p. 175–178 (1836).

62) *Moraceæ* in Vegetable Kingdom ed. 3, p. 266–268 (1853); *Artocarpeæ* l.c. p. 269–271.

H.F. Link 63) *Amentaceæ* in Enumeratio Plantarum Horti Regii Berolinensis II, p. 387 (1822); *Caricæ* l.c. p. 448–451.

C. a Linnæus 64) *Morus* in Genera Plantarum ed. 1, p. 283 no. 711 (1737); *Ficus* in p. 321.

65) *Morus* in Hortus Cliffortianus p. 441 (1737); *Ficus* in 471.

66) *Morus* in Flora Zeylanica p. 160 no. 337 (1747); Ficus in p. 177.

67) *Morus* in Hortus Upsaliensis p. 283 (1748).

68) *Scabridæ* in Philosophia Botanica ed. 1, p. 29 (1751)

69) *Morus* in Species Plantarum ed. 1, p. 986 (1753); *Ficus* in p. 1059–1060.

70) *Morus* in Genera Plantraum ed. 5, p. 424 (1754); *Ficus* in p. 482.

71) *Morus* in Genera Plantarum ed. 6, p. 487 no. 1055 (1764); *Ficus* in p. 555, no. 1168.

72) *Morus* in Systema Naturæ ed. 13, II, p. 623 (1770);

Ficus in p. 681.

73) *Ficus Sycomor-F. religiosa* in Mantissa Plantarum p. 504 (1771).

Th. Loesner

74) *Moraceæ* in Prodromus Floræ Tsingtauensis in Beihefte zum Botanischen Centralblatte XXXVII, p. 109-110 (1920).

J.C. Loudon

75) *Urticaceæ* in Arboretum & Fruticetum Britannicum III, p. 1342-1371 (1838).

J. de Loureiro

76) *Vanieria* in Flora Cochinchinensis p. 564-565 (1790).

77) *Vanieria* in Flora Cochinchinensis ed. 2, p. 690-691 (1793).

T. Makino & K. Nemoto

78) *Moraceæ* in Flora Japonica p, 1075-1086 (1925).

J. Matsumura

79) *Moraceæ* in Index Plantarum Japonicarum II pt. 2, p. 34-41 (1912).

C.J. Maximowicz

80) *Ficus* in Bulletin de l'Académie Impériale des Sciences de St. Pétersbourg XXVII, p. 540-556 (1881).

81) *Ficus* in Mélanges Biologiques XI, p. 322-345 (1881).

A. Matthioli

82) *Morus* in Medici Senenses Commentarii p. 149-150 (1554); *Sycomorus* p. 150 ; *Fici* p. 151-152.

C.F. Meissner

83) *Artocarpeæ* in Plantarum Vascularium Genera I, p. 349-350 (1836); *Moreæ* in p. 350-351.

E.D. Merrill

84) *Vanieria* et *V. cochinchinensis* in Commentary on Loureiro's Flora Cochinchinensis II.

F.A.G. Miquel

85) Prodromus Monographiæ Ficum in Hooker, London Journal of Botany VI, p. 514-588, t. XXI-XXIII (1847) ; VII, p. 64-78, 109-116, 221-236, 425-442, 451-471, t. II-III (1848).

86) *Urticineæ* in Martius, Flora Brasiliensis IV pt. 1, p. 78-170 (1852).

87) *Artocarpeæ* in Flora Indiæ Batavæ I, p. 276-353, tab. XIX-XXIV (1859).

88) *Artocarpeæ* in Floræ Indiæ Batavæ Supplementum I, p. 414-441 (1861).

89) *Artocarpeæ* in Annales Musei Botanici Lugduno-Batavi III, p. 197-200 (1866).

90) *Artocarpeæ* in Prolusio Floræ Japonicæ p. 129-132 (1866).

91) *Artocarpeæ* in Catalogus Musei Botanici Lugduno-Batavi p. 91-92 (1870).

C.F.B. Mirbel 92) *Urticæ* in Histoire naturelle, generale et particulier, des plantes X p. 60–139, pl. XLIV–XLVI (1813).

93) *Urticées* (*Urticeæ*) in Elémens de physiologie végétable et de Botanique p. 904–905 (1915).

C. Moench 94) *Morus* in Methodus ad plantas horti et agri Marburgensis I, p. 342 (1794).

T. Mori 95) *Moraceæ* in An Enumeration of Corean Plants. p. 123–124 (1922)

T. Nakai 96) *Moraceæ* in Flora Koreana II, p. 192–194 (1911).

97) *Moraceæ* in Vegetation of the Island Quelpaert p. 38–39 (1914).

98) *Broussonetia*–*Morus* in Vegetation of Chirisan Mountains p. 30 (1915).

99) *Morus alba* and its allies in the Herbaria of Linnæus, Thunberg and others in the Journal of the Arnold Arboretum VIII, p. 234–238 (1927).

G. Nicholson 100) *Maclura tricuspidata* in the Illustrated Dictionary of Gardening II, p. 312, fig. 496–7 (1887).

P.S. Pallas 101) *Morus tatarica, M. nigra* et *M. alba* in Flora Rossica I pt. 2, p. 9–10 t. LII (1788).

R. Pampanini 102) *Moraceæ* in Le Piante Vascolari raccolte dal Rev. P.C. Silvestri nell' Hupeh etc. in Nuovo Giornale Botanico Italiano, nuova serie XVII, p. 253–254 (1910).

G.S. Perrottet 103) Observations sur le Morus Multicaulis, et sur une nouvelle espèce voisine in Guillemin, Archives de Botanique I, p. 228–238 (1833).

C.H. Persoon 104) *Morus* in Systema Vegetabilium ed. 15, p. 895–896 (1797); *Ficus* in p. 962–963.

105) *Urticeæ* in Synopsis Plantarum II, p. 552–558 (1807); *Ficus* in p. 608–612; *Broussonetia* in p. 612.

E. Petzold & G. Kirchner 106) *Urticaceæ* in Arboretum Muscaviense p. 542–550 (1864).

J.L.M. Poiret 107) *Papyrius japonica* in P.M. Lemarck, Encyclopédie Méthodique V, p. 3–6 (1804).

E. Pritzel 107) *Moraceæ* in L. Diels : Die Flora von Central-China in Engler, Botanische Jahrbücher XXIX, p. 297–300 (1900).

J. Raius 109) *De Ficu* etc. in Historia Plantarum II, p. 1431–1439 (1688); *De Sycomoro* in p. 1439–1440; *De*

Moro in p. 1429–1430.

A. Rehder 110) *Moraecæ* in The Journal of the Arnold Arboretum IV, p. 173–177 (1923).

111) *Moraceæ* in Manual of Cultivated Trees & Shrubs p. 196–200 (1927).

112) *Moraceæ* in The Journal of the Arnold Arboretum X, p. 123–131 (1929).

L. Reichenbach 113) *Urticaceæ–Artocarpeæ* in Flora Germanica Excursoria I p. 178–179 (1830).

H. van Rheede 114) *Tuida–Pama* in Horti Malabarici pars prima p. 87–88, t. 48 (1686).

J.J. Roemer & J.A. Schultes

115) *Ficus* in Systema Vegetabilium I, p. 498–520 (1817).

G.E. Rumphius 116) *Cudranus* in Herbarium Amboinense V, p. 22–25, t. 15–16 (1747).

C.K. Schneider 117) *Moraceæ* in Illustriertes Handbuch der Laubholzkunde I, p. 234–245 (1904).

118) *Moraceæ* in Sargent, Plantæ Wilsonianæ III, p. 292–311 (1916).

N.C. Seringe 119) Description culture et Taille des Mu'riers, leurs espéces et leurs variétes p. 1–336 (1855).

120) Atlas p. 1–15, pl. I–XXVII (1855).

Ph. Fr. de Siebold & J.G. Zuccarini

121) *Moreæ* in Abhandlung der Academien von Muenchen IV, Abt. 2, Sect. 2 p. 219–221 (1846).

E. Spach 122) *Artocarpeæ* in Histoire naturelle des Végétaux XI, p. 35–91 (1842).

C. Sprengel 123) *Ficus* in Systema Vegetabilium III, p. 778–785 (1826); *Procris* in p. 846–847.

J. Stokes 124) *Ficus* in A Botanical Materia Medica p. 352–363 (1812); *Morus* in p. 376–378; *Vanieria* in p. 381.

C.P. Thunberg 125) *Ficus* in Flora Japonica p. 32–33 (1784); *Morus* in p. 71–76.

126) *Ficus genus* in Dissertation e Botanica cons. Exper. Facultat. Med. Upsal. præside p. 4–14 (1786)

G.H.K. Thwaites 127) *Urticaceæ–Artocarpeæ* in Enumeratio Plantarum Zeylaniæ p. 262–267 (1864).

J.P. Tournefort 128) *Morus* in Institutiones rei Herbariæ p. 589 t. 562 (1700); *Ficus* in p. 662–663, t. 420.

H. Tragus 129) *De Moro* in De Stirpium Historia Commentariorum, interprete D. Kybero III p. 1047–1049 cum fig. (1552); *de Ficu* p. 1049-1052 cum fig.

A. Trécul 130) *Mémoire sur la Famille des Artocarpées* in Annales des Sciences Naturelles 3 sér. VIII, p. 38-157. Pl. I-VII (1847).

E.P. Ventenat 131) *Urticeæ* in Tableau du règne végétale III, p. 524-550 (1799).

M. Virgilius 132) *De Moro* in Dioscorides liber I. fol. 75-76 (1518); *De Fico* p. 76-77; *De Ficis* p. 77-78.

F. Vitaman 133) *Ficus* in Svmma Plantarum VI, p. 62-67 (1792); *Morus* in V, p. 319-320.

C.L. Willdenow 134) *Morus* in Berlinische Baumzucht p. 195-198 (1796).

135) *Ficus* in Species Plantarum IV pt. 2, p. 1131-1153 (1806); *Morus* in p. 368-372.

136) Morus in Enumeratio Plantarum Horti Regii Berolinensis p. 967-968 (1809); *Broussonetia* in p. 1010 ; *Ficus* in p. 1062-1064.

137) *Broussonetia* in Die Wilde Baumzucht p. 571 (1811); *Morus* in p. 567, 250-253.

Y. Yabe 138) *Moraceæ* in An Enumeration of Plants hitherto known from South Manchuria p. 38 (1912).

139) *Moraceæ* in A Preliminary Report on the Flora of Tsingtau Region p. 42 (1919).

(二) 朝鮮產桑科植物研究ノ歷史

1899 年十二月英國ノ Francis Blackwell Forbes, William Botting Hemsley 兩氏ハ其著支那植物目錄第二部ニいぬびは (Ficus erecta, 巨文島產)、はりぐは (Cudrania triloba, 朝鮮群島產)、かぢのき (Broussonetia papyrifera 朝鮮群島產); くは (Morus alba, 仁川產) ヲ記セリ。

1900 年露國ノ J. W. Palibin 氏ハ Acta Horti Petropolitani 第十八卷ニ朝鮮植物所見第二部ヲ載セやまぐは (Morus alba var. indica, 仁川、京城產); かぢのき、いぬびは、はりぐは等ノ桑科植物ヲ載セタリ。

1908 年佛國ノ H. Léveillé, Vaniot 兩氏ハ Fedde 氏ノ Repertorium novarum specierum 第五卷ニ朝鮮產ノ三新植物トシテ Ficus Fauriei, Ficus pseudo-pyriformis, Ficus Taquetii ヲ記述セシモ Ficus Fauriei ハ ひめいたび Ficus stipulata Thunberg, Ficus pseudo-pyriformis ハほ

そばいぬびは Ficus erecta var. Sieboldii King, Ficus Taquetii ハいぬびは Ficus erecta Thunberg ナリ。

1911 年余ハ Flora Koreana II ヲ發表セシ中ニ朝鮮產ト確認セシ桑科植物かぢのき、くは、いぬびは、はりぐはノ四種ヲ載セタリ。

1912 年余ハ東京植物學雜誌第二十六卷ニ Morus alba L. var. mongolica Bureau ガ朝鮮ニアルコトヲ報ゼリ此植物ハ 1916 年 Schneider 氏ニ依リテ Morus mongolica ト改名サレ翌年小泉源一氏ニ依リテ Morus mongolica var. diabolica ト改メラレタリ。

1914 年余ノ濟州島植物調查報告書ニハ Broussonetia Kazinoki Sieb., Broussonetia papyrifera Vent., Cudrania triloba Hance, Ficus erecta Thunb., Ficus erecta var. longe-pedunculata Nakai, Ficus foveolata Wallich, Ficus faveolata var. macrocarpa Nakai, Ficus pumila L., Ficus Sieboldii Miq., Morus alba var. stylosa Bureau, Morus alba var. stylosa f. dissecta Nakai ノ桑科植物ヲ列記セシガ Ficus erecta var. longe-pedunculata ハ Ficus erecta ノ個體的差アルモノ Ficus foveolata 及ビ其 var. macrocarpa ハ何レモひめいたび Ficus stipulata Thunb., Ficus pumila L. トセシハいたびかづら Ficus nipponica Fr. & Sav. ナリ。

又同時發行ノ莞島植物調查報告書ニハ桑科植物ハ Cudrania triloba Hance, Ficus pumila L. ノ二種ノミ而シテ後者ハいたびかづら Ficus nipponica ノ誤ナリ。

1915 年發行ノ余ノ智異山植物調查報告書ニハかうぞトやまぐはトヲ載ス。

1916年小泉源一氏ハ全世界ノ桑屬ノ分類ヲ試ミテ之ヲ東京植物學雜誌第二十九卷ニ載セシガ其中ニハ朝鮮產トシテハ唯やまぐはヲ載セタリ。

同年墺國ノ C.K. Schneider 氏ハ Sargent 氏監修ノ Plantæ Wilsonianæ III ニ朝鮮產桑科植物トシテ Morus mongolica Schneider (鎭南浦產)、かぢのき、Broussonetia Kampferi Siebold, かうぞ、はりぐはノ四種ヲ記ス。其中 Broussonetia Kampferi ト誤認セシハかうぞノ老木ノ末梢ナリ。

1918 年余ノ金剛山植物調查書ニハ唯やまぐは一種ヲ記ス。

1919 年余ノ鬱陵島植物調查書ニハかぢのきトやまぐはトヲ記セリ。其中やまぐはトセシハ其後小泉源一氏ガはまぐは Morus bombycis var. Koidzumi ト改メシモノニテやまぐはノ海岸生ノ葉ノ厚キ一變種ナリ。

1923 年小泉源一氏ハ蠶業試驗場報告第二ニ桑屬分類ヲ載セ朝鮮產ト

シテおにぐは Morus mongolica vas. diabolica Koidz., はまぐは Morus bombycis var. maritima Koidz. ヲ記セリ。

1926年余ハ東京植物學雜誌第四十卷ニ Morus mongolica Schneider; Morus mongolica var. diabolica Koidzumi, Morus tiliæfolia Makino ノ三種ガ朝鮮產トシテ確認スベキモノナル旨ヲ記セリ。

尙ホ此外ニくはくさガ濟州島ニ產スルコトハ余ガ濟州島植物調査報告書ニ記セルガ如シ共學名ハ Fatoua villosa (Thunberg) Nakai ナルコトハ 1927 年東京植物學雜誌四十一卷歐文欄 516 頁ニ說明シ置キタリ。

1901 年露國ノ V. Komarov. 氏ハ Acta Horti Petropolitani XIX p. 441 ニ北朝鮮產ノ蕁麻科ノ一新植物 Bœhmeriopsis pallida Komarov ヲ記述シ 1903 年 XXII 卷 102 頁ニ共新屬トシテノ記相文ト併セテ第二圖版ニ其植物ヲ圖解セリ。Komarov 氏ハ其調査セシ滿鮮植物ヲ廣ク國外ノ主要ナル腊葉庫ニ寄贈セシモ本植物ハ頒布セザリシト見エ英國キユウ皇立植物園、英國自然科學博物館、巴里國立自然科學博物館、獨逸ダーレム植物館等世界最大ノ腊葉庫ニ於テモ之ヲ見ズ、Komarov 氏ノ圖ニ依リテ判斷スレバくはくさト撰ブ所ナシ。1926 年第三回汎太平洋學術會議ガ東京ニ開催サルヽヤ Komarov 氏ハ露國ノ植物學主席代表委員トシテ列席セシ故特ニ其標本分與ヲ約シ Komarov 氏ノ歸國後 Leningrad ノ植物園ヨリハ Komarov 氏ノ依賴ニ依リテ標本ヲ發送セリトノ通知アリシモ標本ハ途中行方不明トナリテ今日ニ及ベリ。然レバ Leningrad ニ行キテ共原標本ヲ見ズシテ直チニくはくさナリト斷定スルハ早キニ失ス。又くはくさノ如キ南地性ノ植物ガ Komarov 氏ガ Bœhmeriopsis ヲ採レル北朝鮮吉林省界ニ近キ地ニアリトモ覺エズ、恐ラク原標本ヲ見タル曉ニハくはくさニ似テ非ナルくはくさ屬ノ一新種トナルナランモ玆ニハ依然 Komarov 氏ノ Bœhmeriopsis pallida ヲ保留シテ本編ヨリ除外シ置ク。

(三) 朝鮮產桑科植物ノ效用

桑科植物中最モ有用ナルハ勿論桑樹ナリ、普通朝鮮ニ栽培スルハ栽培桑 Morus alba L. var. romana Loddiges ノ諸品種ト魯桑 Morus latifolia Poiret ナリ。然ルニ地方ニヨリテハ山桑ヲ利用スル所多ク特ニ欝陵島ハ全島栽培桑及ビ魯桑ノ栽培ニ適セズ移植スルモ幾何ナラズシテ皆潮風ノ爲メニ枯死スルヲ以テ此等ニ代フルニ島ニ自生スルはまぐはヲ專ラ養蠶用トス。又咸南永興方面ニテハ朝鮮桑 Morus mongolica Schneider ヲモ栽培シ全南、外羅老島ニテハけぐは Morus tiliæfolia Makino ヲ植エテ同目的ニ利用ス。大凡山桑ハ赤松ト其分布ヲ同フスルコトハ余ガ大正五年朝鮮彙報特別號ニ發表セル「鷲峯ノ植物調査書」中ニ論ゼシガ如シ而シテ山桑ト赤松ノ生育スル地方ハ養蠶ト米作ヲナシ得ル地方故山桑ハ產業ノ指針トシテ大切ナルモノナリ。

はりぐはモ亦李朝當時ハ南鮮ニテ桑ノ代用ニ植エシガ今ハ良キ栽培桑ト魯桑トガ一般ニ行渡レル故はりぐはノ用ナキニ至レリ。

菊科植物タルばらもんじんヤあきののげしガ養蠶ニ適スナド唱フルモノアレドモ單ニ蠶ガ食スト謂フ丈ケニテ良キ繭ヲ得ル爲メニ用フベキニ非ズ。

かぢのきトかうぞトハ製紙用トシテ廣ク植エラレシモ今ハ頗ル其範圍ヲ限定サレタリ。此ハ全ク「パルプ」ヲ原料トスル洋紙類ガ生產費ヲ多ク要スル朝鮮紙ヲ壓倒セシニ依ル。然レドモ朝鮮ニテハ溫突ノアル限リ朝鮮紙ハ必要ナルノミナラズ和紙ノ原料トシテモかぢのきトかうぞトハ一層增植スル要アルベシ。特ニ溪流ニ沿ヒタル岩石地ハ流ガ絕エズ肥料ヲ供給スル上他ニ利用ノ途少キ故かうぞノ栽培ニ利用スルヲ有利トス。曾テ曾根統監ガ濟州島ニみつまたノ栽培ヲ奬勵セシ事アリシモ失敗ニ終レリ。之ニ代フルニ從來アルかぢのきトかうぞトヲ以テセバ假令質ニ於テ異ルモ有利ナルコトハ疑ナシ。

材用トシテハけぐはニ如クハナシ。筑前琵琶器ハけぐはノ材ヲ用フレドモ今ハ朝鮮ニハ其ニ用フベキ大木ナシ。明治四十二年余ガ始メテ渡鮮セシ時ハ咸北茂山嶺ニハ一抱以上ノ山桑アリシモ今ハ全道ニ求ムルモ斯ル大木ハナシ。

いぬびはノ類ノ果實ハ兒童ガ口ニスル外用ナシ。但シいぬびはノ完全ニ生育スル所ハ無花果ノ栽培ニ適スル地ナリ。

(四) 朝鮮產桑科植物ノ分類

桑　　　科

草本、灌木又ハ喬木、乳管ヲ有ス。葉ハ有柄、單葉又ハ掌狀一年生又ハ二年生、互生又ハ對生又ハ輪生、托葉ハ早落性又ハ永存性、花ハ雌雄同株又ハ異株、花序ハ腋生、頭狀又ハ穗狀又ハ扁平或ハ球形或ハ倒卵形ノ花托上ニ密生ス。花被ハ一列永存性 1-6 叉又ハ 1-6 裂ス。鑷合狀又ハ覆瓦狀ニ排列ス。雄蕋ハ花被ノ裂片ト同數ニシテ其ニ對生ス。葯ハ二室內開又ハ側開、子房ハ一室、花柱ハ一個無叉又ハ二叉シ又ハ二個、卵子ハ一個子房室ノ上ヨリ下垂スルカ又ハ側膜ヨリ生ズ倒生珠孔ハ上向、種子ニ胚乳アルモノトナキモノトアリ。胚ハ屈曲ス。

主トシテ熱帶暖帶ニ産シ 54 屬アリ。其中 5 屬ハ朝鮮ニ自生ス。

{草本、果實ハ乾燥スレバ彈發シテ種子ヲ飛バス ....くはくさ屬(本編ヨリ除ク)
{灌木又ハ喬木。
　{葉ハ芽ニアリテハ左右ヨリタヽム
　　{花被ノ裂片ハ相重ナル、 ....くは屬
　　{花被ノ裂片ハ相接ス。 ....かぢのき屬
　{葉ハ芽ニアリテハ左右ヨリ內卷ニナル。
　　{雌雄異株、花ハ頭狀球形ニ集團ス。 ....はりぐは屬
　　{雌雄同株又ハ異株、花ハ多肉ノ球形又ハ倒卵形ノ花托ノ內面ニ密集シテ生ズ ....いちじく屬

Moraceæ Lindley, Veg. Kingd. ed. 2, p. 266 (1847); ed. 3, p. 266 (1853)-E. Bureau in Alp. de Candolle, Prodr. XVII p. 211 (1873)-Eichler, Blütendiagr. II, p. 55 (1878)-Engler in Engler & Prantl, Nat. Pflanzenfam. III Abt. 1, p. 66 (1889).

Syn. *Scabridae* Linnæus, Philosoph. Bot. ed. 1, p. 29 (1751), pro parte-Giseke, Prælect. p. 593 (1792), pro parte.

Castaneae Adanson, Fam. Pl. III, p. 366 (1763), pro parte.

Urticeae Durande, Not. Elém. Bot. p. 293 (1781), pro parte-Jussieu, Gen. Pl. p. 400 (1789), pro parte.

Apetalae IV. *Isostemones* Haller, Hist. Stirp. Indig. Helv. II, p. 280 (1768), pro parte.

Urticeae Ventenat, Tabl. Règn Végét. III, p. 524 (1799), pro parte-J. St. Hilaire, Exposit. II, p. 302 t. 130 (1805)-Mirbel, Élémens p. 904 (1815).

Urticeae Trib. 1. *Artocarpeae* Lamarck & A. P. de Candolle, Syn. Pl. Gall. p. 183 (1806).

Artocarpeae Lamarck & A. P. de Candolle, Fl. Franc. ed. 3, III, p. 318 (1815)-R. Brown in Tuckey, Expedit. append. sub Urt. p. 454 (1816)-Lindley, Introd. Bot. p. 95 (1830)-Bartling, Ord. Nat. Pl. p. 104 (1830)-Meissner, Pl. Vascl. Gen I, p. 349 (1836)-Endlicher, Gen. Pl. p. 279 (1836)-Spach, Hist. Végét. XI, p. 35 (1842)-Trécul in Ann. Sci Nat. 3 sér. VIII, p. 76 (1847)-Agardh, Théor. p. 244 (1858)-

Miquel, Fl. Ind. Bat. I pt. 2, p. 276 (1859)-Alp. de Candolle, Prodr. XVI pt. 1, p. 32 (1869), nom.

Amentaceae Link, Enum. Pl. Hort. Berol. II, p. 387 (1822), pro parte.

Caricae Link, l. c. p. 448 (1822).

Ficineae Dumortier, Analyse p. 16 (1829).

Urticaceae Dumortier, l. c. p. 17 (1829), pro parte. Lindley, Nat. Syst. Bot. p. 175 (1836), pro parte.

Artocarpideae Dumortier, l. c. p. 17.

Urticareae-Artocarpeae Reichenbach, Fl. Germ. Excurs. I. p. 178 (1830).

Moreae Meissner, Pl. Vasc. Gen. I, p. 350 (1836)-Endlicher, Gen. Pl. p. 277 (1836)-Agardh, Theor. p. 253 (1858).

Urticineae Miquel in Martius, Fl. Brasil. IV pt. I, p. 78 (1852).

Artocarpaceae Lindley, Veget. Kingd. ed. 3, p. 269 (1853)-Alp. de Candolle, Prodr. XVII, p. 280 (1873)-Eichler, Blütendiagr. II, p. 55 (1878).

Morusacées Seringe, Descript. Mur. p. 190 (1855).

Herbæ, frutices vel arbores cum canalis lactiferis. Folia petiolata simplicia vel palmata, annua vel biennia, alterna vel opposita vel verticillatim terna. Stipulæ persistentes vel caducæ. Flores monoeci vel dioici. Inflorescentia axillaris capitata vel amentacea, vel flores supra receptaculo carnoso discoides vel globoso clauso congesti. Perigonium uniseriale persistens, lobis 4 (1–6) valvatis vel imbricatis. Stamina incurva vel recta lobis perigonii isomera et eos opposita; antheræ biloculares introsæ vel laterali fissæ. Ovarium uniloculare. Stylus 1 simplex vel bifidus vel bini. Ovula solitaria ab apice loculi pendula vel parietalia amphitropa, micropyro supero. Semina albuminosa vel exalbuminosa. Embryo sæpe curvatus.

Genera 54 maxime in regionibus tropicis et temperatis incola. In Korea genera 5 adsunt qua in sequenti modo distinguenda.

{Herbæ. Fructus exsiccati elastici. ....*Fatoua*
{Frutices vel arbores.
  {Folia æstivatione falcata. Perigonium in fructu succosum.
    {Perigonii lobi imbricati, in fructu succosi. ....*Morus*
    {Perigonii lobi valvati, in fructu non succosi membranacei.
      {Arbor erecta dioica. Inflorescentia mascula amentacea elongata.

Stipes fructus valde accrescens perigonium valde superans. ....*Broussonetia-Eubroussonetia.*

Frutices erecti vel sarmentosi monœici. Inflorescentia omnia globosa. Fructus bracteis subæquilongus non productus. ....*Broussonetia-Kozoa.*

Folia æstivatione convoluta.

Arbores dioici. Flores capitato-globosim congesti. ....*Cudrania.*

Arbores vel frutices, erecti vel scandentes. Discus carnosus clausus intus florifer. ....*Ficus.*

第一屬 くは 屬

灌木又ハ喬木、莖ニモ葉ニモ乳管アリ。雌雄異株又ハ同株、葉ハ互生、托葉アリ、有柄、單葉、一年生稀ニ二年生、有鋸歯、屢々缺刻ス。托葉ハ早落性、葇荑花ハ腋生、穗狀、花梗アリ。楕圓形又ハ頭狀、單性稀ニ雌雄同花序ニアリ。雄花ノ花被ハ四分シ裂片ハ相重ナリ雄蕋ハ四個アリテ花被ノ裂片ニ對生シ子房ハ退化ス。雌花ノ裂片ハ四個ニシテ相重ナリ雄蕋ナク子房ハ一室卵子ハ子房室ノ頂ヨリ下垂ス、花柱ハ一個或ハ短ク或ハ長ク、柱頭ハ長ク二個アリ。果實ハ多漿質ノ花被ニテ被ハル外果皮ハ漿質トナリ內果皮ハ殼質、種子ニ胚乳アリ。胚ハ屈曲ス。子房ハ長楕圓形。

亞細亞、馬來群島、阿弗利加、北米ニ約30種アリ、其中 3 種ハ朝鮮ニ自生シ、2 種（栽培桑、魯桑）ハ廣ク栽植サレ居リ其レヨリ逸出シテ自生化シタルモノモアリ。其等ノ區別法次ノ如シ。

花柱ハ短シ。故ニ子房ノ頂ニハ直接二個ノ柱頭ヲ生ズ。

葉ハ一面ニ絨毛生ズ。枝ニモ密毛アリ。 ....けぐは

葉ハ粗糙ナレドモ絨毛ナシ、枝ハ殆ンド毛ナシ。

葉ハ厚ク大キク光澤アリ。枝ハ太シ。果穗ハ長サ2センチ以上ニ達ス。 ....魯桑（ロソウ）（本編ニ記サズ）

葉ハ薄ク光澤乏シ。果穗ハ長キモ 2 センチ以下ナリ。 ....栽培桑（サイバイグハ）（本編ニ記サズ）

花柱ハ長ク先端二叉ス。

葉ノ鋸歯ハ先端針狀トナル。

葉ハ殆ンド毛ナシ。 ....てうせんぐは

葉ニハアラキ密毛アリ。 ....おにぐは

葉ノ鋸歯ハ尖ルモ針狀トナラズ。

葉ノ先端ハ尾ノ樣ニ長ク伸長ス。 …………をながぐは

葉ノ先端ハ尖ルモ尾ノ如クナラズ。

葉ニ光澤乏シ。薄シ。 …………やまぐは

葉ハ厚ク光澤ニ富ム。 …………はまぐは

Gn. 1. **Morus** [Plinius, Nat. Hist. et. 1, lib. XV, fol. 35 dextr. (1469)-Dioscorides, lib. interprete Virgilio I fol. 75 dextr.(1518)-Brunfels, Nov. Herb. II, p. 10 (1532); Herb. III, p. 224 (1536)-Tragus, Stirp. III, p. 1048 (1552)-Matthioli, Comment. p. 149 cum fig. (1554)-Dodœns, Nieu. Herb. p. 715 cum fig (1578); Stirp. Pempt. p. 797 cum figs. (1583)-Dalechamps, Hist. p. 325 cum fig. (1587)-Gerarde, Hist. p. 1325 cum figs (1597)-Bauhinus, Pinax p. 459 (1632)-Raius, Hist. II, p. 1429 (1688)-Tournefort, Instit. p. 589 t. 362 (1700)-Magnol, Nov. Car. Pl. p. 309 (1720)-Boerhaave, Ind. Pl. II, p. 209 (1720)-Linnæus, Gen. Pl. ed 1, p. 283, no. 711 (1737)] Sp. Pl. ed. 1, p. 986 (1753); Gen Pl. ed. 5, p. 424, no. 936 (1754)-Duhamel, Traité Arb. & Arbr. II, p. 23 Pl. 8 (1755)-Adanson, Fam. Pl. II, p. 377 (1763)-Gærtner, Fruct. & Sem. Pl. II, p. 199 t. 126 fig. 6 (1791)-Jussieu, Gen. Pl. p. 402 (1789)-Moench, Method. I, p. 342 (1794)-Desfontaines, Fl. Atl. II, p. 341 (1798)-Ventenat, Tabl. Végét. III, p. 546 (1799)-Lamarck, Illustr. t. 762 (1798)-J. St. Hilaire, Exposit. II, p. 306 (1805)-Persoon, Syn. Pl. II, p. 557 (1807)-Lamarck & de Candolle, Syn. Pl. Gall. p. 183 (1806); Fl. Franc. ed. 3, III, p. 320 (1815)-Gaudichaud in Freycinet, Voy. p. 509 (1826)-Reichenbach, Fl. Germ. Excurs. I, p. 179 (1830)-Meissner, Pl. Vasc. Gen. I, p. 351 (1836)-Endlicher, Gen. Pl. p. 278 (1836)-Loudon, Arb. & Frutic. Brit. III, p. 1345 (1838)-Spach, Hist. Végét. XI, p. 39 (1842)-Seringe, Descrip. p. 191 (1855)-Miquel, Fl. Ind. Bat. I pt. 2, p. 279 (1859)-Bureau in Alp. de Candolle, Prodr. XVII, p. 237 (1873)-Baillon, Hist. Pl. VI, p. 190 (1877)-Bentham & Hooker, Gen. Pl. III, p. 364 (1880)-J. D. Hooker, Fl. Brit. Ind. V, p. 491 (1888)-Engler in Engler & Prantl, Nat Pflanzenfam. III. Abt. 1, p. 72 (1889).

Syn. *Morophorus* Necker, Elem. Bot. III, p. 225 (1790).

Frutices vel arbores lactescentes, dioici rarius monoeici. Folia annua rarius biennia alterna stipullata petiolata simplicia serrata, sæpe lobata. Stipulæ caducæ. Amenta axillaria pedunculata spicata vel oblonga vel subcapitata unisexualia rarissime bisexualia. Flores masculi perigonio 4-partito segmentis imbricatis, staminibus 4 segmentis perigonii oppositis, ovario abortivo. Flores fæminei, perigonio 4-partito segmentis imbricatis ovario uniloculare, ovulo unico ab apice loculi pendulo, stylo solitario breve vel elongato, stigmatibus 2 elongatis. Fructus exocarpio succulento, endocarpio crustaceo, perigonio succulento accrescente inclusus. Semen albuminosum. Embryo incurvus. Cotyledones oblongi.

Species 30 in Asia, Malaya, Africa, America boreali indigenæ, quarum tres in Korea indigenæ et duæ late cultatæ.

Styli breves, ita ovarium stigmatibus binis coronatum.
  Folia parce scabra. Rami glabri.
    Folia opaca vel luciduscula membranacea. .... *M. alba*
    Folia crassiuscula lucida. Ramuli robusti. Amenta fructifera magna. .... *M. latifolia*
  Folia villosula. Rami velutini. .... *M. tiliæfolia*
Styli elongati apice bifidi.
  Serrulæ foliorum apice setosæ.
    Folia subglabra. .... *M. mongolica*
    Folia dense scabro-pilosa. .... *M. mongolica* var. *diabolica*
  Serrulæ foliorum acutæ vel acuminatæ non setosæ.
    Folia apice longe caudato-appendiculata. .... *M. bombycis* var. *caudatifolia*.
    Folia apice acuta vel attenuata vel breve caudato-attenuata.
      Folia opaca herbacea. .... *M. bombycis*
      Folia lucida subchartacea. .... *M. bombycis* var. *maritima*.

(栽 培 種)

Species cultæ.

(1) **Morus alba** Linnæus, Sp. Pl. ed. 1, p. 986 (1753).

var. **romana** Loddiges, Cat. Pl. ed. XVI (1836).

Syn. *Morus tatarica* (non Linnæus) Pallas, Fl. Ross. I, pt. 2, t. 52 (1784)-Poiret in Lamarck, Encyd. IV, p. 373 (1797)-Willdenow, Sp. Pl. IV pt. 1, p. 369 (1805)-Loudon, Arb. & Frutic Brit. III, p. 1358 fig. 1225 (1838).

Morus constantinopolitana Poiret, l. c. p. 381.

Morus alba (non Linnæus) Willdenow, Sp. Pl. IV pt. 1, p. 368 (1805), pro parte-Roxburgh, Fl. Ind. III, p. 594 (1832)-Miquel in Ann. Mus. Bot. Lugd. Bat. II, p. 197 (1865)-Franchet & Savatier, Enum Pl. Jap. I, p. 432 (1875), pro parte et auct. Jap. plur.

Morus venosa Delile apud Spach, Hist. Végét. XI, p. 43 (1842).

Morus romana Loddiges apud Spach, l. c. p. 45.

Morus alba var. *tatarica* Seringe, Descr. Mur. p. 203 (1855).

Morus alba var. *β. γ. δ. ε.* Bureau in Alp. de Candolle, Prodr. XVII, p. 238-241 (1873), excl. subvar. *Tokwa*.

This variety is distinguished from the typical *Morus alba* or *Morus alba* var. *vulgaris* Bureau by having the fruits black purple or reddish purple when matured. I have seen the typical *Morus alba* with white fruits in France near l'école nationale d'agriculture at Grignon. This variety is *Morus candida* of Dodoen and *Morus fructu albo* etc of Caspari Bauhin, and is not found in both Japan and Korea as yet either in cultivation or in the wild.

(2) **Morus latifolia** Poiret in Lamarck, Encyclop. IV, p. 381 (1796)-Nakai in Journ. Arnold Arboret. VIII, p. 237 (1927).

Syn. *Morus multicaulis* Perrottet in Ann. Soc. Linn. Paris II, p. 129 (1824)-Seringe, Descrip. Mur. p. 213 t. 18 (1855)-Miquel in Ann. Mus. Bot. Lugd. Bat. II, p. 198 (1865).

Morus alba var. *multicaulis* Loudon, Arboret, & Frutic. Brit. III, p. 1348 fig. 1223 (1838).

Morus chinensis Loddiges, Cat. Pl. ed. XVI (1836).

Morus Tookwa Siebold in herb, ex Miquel, l. c. pro syn. *M. multicaulis*-Koch, Dendr. II, p. 447 (1870).

Morus alba var. *latifolia* Bureau in Alp. de Candolle, Prodr. XVII, p. 244 (1873), pro parte.

(自 生 種)

Species sponte nascentes.

1、け ぐ ば

(朝鮮名) トゥルポンナム

(第 貳 拾 八 圖)

雌雄異株ノ小喬木、樹皮ハ灰色、芽ニ毛アリ、末梢ハ絨毛アリ、葉柄ハ長サ 1,3-9 センチ絨毛アリ。葉身ハ廣卵形長サ 3,5-24 センチ幅 2,5-18 センチ表面ニハ粗糙ノ毛一面ニ生ジ裏面ニハ絨毛アリ。基脚ハ心臟形縁ニハ尖レルカ又ハ波狀ノ鋸歯アリ。屢々缺刻アリ、先端トガル。雄花穗ハ若枝ノモトニ腋生シ下垂シ長サ 1,5-5 センチ花梗ニ毛アリテ長サ 6-20 ミリ。花被ハ四裂シ密毛アリ。雄蕋ハ抽出シ長サ 4-5 ミリ。雌花穗ハ腋生長サ 1,5-2 センチ全部ニ絨毛アリ。花梗ハ長サ 5-10 ミリ。花被ハ四裂ス。子房ハ先端ニ毛アリ。花柱ハ外ニ反リ毛アリ。未ダ熟シタル果實ヲ見ザレドモ小泉源一氏ガ內地產ノけぐはニテ觀察セル所ニ據レバ始メ紅色後黑紫色又ハ黑色トナル。

全南、(艾島、突山島、佐治島、珍島)、慶南(南海島)、黃海(白翎島、大青島)、咸北(七寶山)ニ產ス。

(分布)、本島、四國、九州、隱岐、對馬。

1. **Morus tiliæfolia** Makino.

(Tabula nostra XXVIII.).

Morus tiliæfolia Makino in Tokyo Bot. Mag. XXIII, p. 88 (1909)-Schneider in Sargent, Pl. Wils. III, p. 302 (1916)-Koidzumi, Kuwazoku Shokubutsu Kô p. 40, Pl. VI (1919); Synopsis Sp. & Gen. Mori p. 19, tab. VI (1923)-Makino & Nemoto, Fl. Jap. p. 1086 (1925)-Nakai in Tokyo Bot. Mag. XL. p. 169 (1926).

Syn. *Morus nigra* (non Linnæus) Matsumura in Tokyo Bot. Mag. XVI, p. 18 (1902).

Morus rubra var. *japonica* Makino in Tokyo Bot. Mag. XIX, p. 134 (1905).

Morus cathayana var. *japonica* Koidzumi in Tokyo Bot. Mag. XXXI, p. 39 (1917).

Arborea dioica. Cortex cinereus. Gemmæ pilosæ. Ramuli velutino-pilosi. Petioli 1, 3-9 cm. longi velutini. Lamina foliorum ambitu latissime ovata vel quinquangularis 3, 5-24 cm. longa 2,5-18 cm. lata supra scabro-pilosa infra velutina, basi cordata margine acute- vel crenato-serrata sæpe incisa, apice mucronata vel cuspidata. Amenta mascula ad basin innovationum axillaria solitaria pendula 1, 5-5 cm. longa pedunculo piloso 6-20 mm. longo. Perigonium 4-partitum dense pilosum. Stamina exerta 4-5 mm. longa. Amenta fæminea axillaria, 1, 5-1 cm. longa tota velutina, pedunculo 5-10 mm. longo, perigonio 4-partito, ovario apice piloso stylis recurvis binis barbatis coronato. Fructus maturus in speciminibus Koreanis ignotus.

Nom. Jap. Keguwa.

Non. Kor. Toul-Pong-Nam.

Hab.

Prov. Kanhoku: Mt. Hichihôzan (C. Kondô no. 4016).

Prov. Kôkai: insula Hakureitô (T. Nakai, no. 12662); insula Taiseitô (T. Nakai, no. 12670-12671).

Prov. Keinan: Nanmen Sekkyôri insulæ Nankai (T. Nakai, no. 11086, fl. ♂); Nanmen Heizanri insulæ Nankai (T. Nakai, no. 11085).

Prov. Zennan: Shiyôri insulæ Kaitô (T. Nakai, no. 11082, fr.); Zimpo insulæ Totsuzantô (T. Nakai, no. 11083-4); Insula Sajitô (T. Nakai, no. 9600, 9602-3); Mt. Nyokisan insulæ Chintô (T. Nakai, no. 9601).

Distr. Hondo, Kiusiu, Shikoku, Insula Oki, Tsusima.

2. やまぐは

(朝鮮名) ポンナム、サンポンナム

(第貳拾九圖 A. 第參拾圖)

高サ 7-8 米突ノ小喬木トナリ幹ハ直徑 1 米突トナルアリ。皮ハ灰褐色、一年生ノ枝ハ綠色微毛生ズルカ又ハ殆ンド無毛、老成スレバ褐色又ハ帶灰褐色、托葉ハ細ク早ク落ツ。葉柄ハ長サ 5-25 ミリ背面ハ無毛又ハ粗毛少シ生ジ腹面ニハ溝ト微毛トアリ。葉身ハ卵形又ハ廣卵圓形又ハ帶卵圓形、表面ハ綠色無毛裏面ハ淡綠色主脈上ニ少シク粗毛アリ。葉ノ兩側ニハ缺刻アリ。緣ニハトガレル鋸歯アリ。基脚ハ心臟形又ハ截形先端ハ多少尾狀ニトガル長サ 2-22 センチ幅 1, 5-14 センチ。雄花穗ハ若枝ノ基部ニ生ジ花少シ、花被ハ長サ 2 ミリ綠色、雄蘂ハ 4 個抽出ス。雌花穗ハ球形又ハ橢圓形花梗ハ極メテ細ク長サ 5-15 ミリ微毛アリ。花被ハ綠色果實トナレバ肥厚シ漿質トナル。始メ紅化シ後黑紫色トナル。子房ニ毛ナシ。花柱ハ長サ 2-2,5 ミリ。柱頭ハ 2 個長シ。

鬱陵島ヲ除キ全道ニ分布ス。

(分布) 樺太南部、北海道、本島、四國、九州、南滿洲。

葉ガ複羽狀ニ缺刻スルモノアリ山桑型栽培桑ノ菊葉ト稱スルモノヲ一層深ク細ク切レ込マシタルガ如キモノナリ。之ヲ**ほそばやまぐは**（第貳拾九圖）ト謂フ。濟州島、京畿道ニテ採リ、內地ニテハ伊豆國天城山ニアリ。

又一種葉ハ厚ク光澤ニ富ムモノ海岸、島嶼ニ生ズ。此形ノモノヽ產スル所ハ通例潮風甚ダシク普通ノ栽培桑並ニ魯桑ハ生育シ難シ。此海岸性變種ヲ**はまぐは**（第參拾壹圖）ト謂フ。鬱陵島、江原道ノ海岸、黃海、京畿、全南ノ屬島ニ生ジ北海道、本島ノ海岸ニモアリ。

又一種葉ハやまぐはト同質ナルモ其先端ハ尾狀ニ長ク突出スルモノアリ。之ヲ**をながぐは**（第參拾貳圖）ト謂フ。濟州島、全南、慶南ニ產シ日本內地ニモ自生ス。

2. **Morus bombycis** Koidzumi.

(Tabulæ nostræ XXIX A, XXX).

Morus bombycis Koidzumi in Tokyo Bot. Mag. XXIX, p. 313 (1915); in Bull. Imp. Sericult. p. 210, t. VI, fig. 1-2, t. VII, fig. 1 (1916); in Tokyo Bot. Mag. XXXI, p. 36 (1917)-Nakai, Veget. Diamond Mts. p. 170, no. 199 (1918); Veget. Dagelet Isl. p. 17, no. 113 (1919)-Koidzumi in Bull. Imp. Sericult. Experim. Stat. Jap. II, no. 1, p. 10 (1923)-Makino & Nemoto, Fl. Jap. p. 1085 (1925)-Miyabe, & Miyake, Icon. Ess. Forest. Trees Hokkaido t. 41 (1926).

Syn. *Morus alba* (non Linnæus) Thunberg, Fl. Jap. p. 71 (1784)-Nakai in Journ. Coll. Sci. Imp. Univ. Tokyo XXXI, p. 193 (1911), pro parte.

Morus indica (non Linnæus) Thunberg, l. c. p. 76-Miquel in Ann. Mus. Bot. Lugd. Bat. II, p. 198 (1866); Prol. Fl. Jap. p. 130 (1866); Cat. Mus. Bot. Lugd. Bat. p. 91 (1870).

Morus japonica Siebold in Verh. Bat. Genoot. XII, p. 27 (1830), nom.

nud. -Siebold & Zuccarini in Abh. Muench. Akad. IV; Abt. 3, p. 219, no. 768 (1846), nom. nud.

Morus alba δ. *M. japonica* Noisette ex Endlicher, Gen. Pl. Suppl. IV, p. 33 (1847).

Morus stylosa Seringe, Descrip. Mur. p. 225 (1855), excl. var. 2 & 3.

Morus alba var. *stylosa* Bureau in Alp. de Candolle, Prodr. XVII, p. 243 (1873), pro parte -Shirasawa, Icon. Ess. Forest Trees Jap. II, t. VI, fig. 1–11 (1908)-Matsumura, Ind. Pl. Jap. II pt. 2, p. 40 (1912)-Nakai, Veget. Isl. Quelpaert p. 39 no. 517 a (1914); Veget. Mt. Chirisan p. 30, no. 152 (1915)-Miyabe & Miyake, Fl. Saghaline p. 407 (1915).

Morus alba var. *indica* (non Bureau) Franchet & Savatier, Enum. Pl. Jap. I, p. 433 (1875)-Palibin in Acta Hort. Petrop. XVIII, p. 191 (1900).

Morus longistyla (non Seringe) Diels in Notes Roy. Bot. Gard. Edinburgh XXV, p. 293 (1916).

Morus acidosa (non Griffith) Schneider in Sargent, Pl. Wils. III, p. 297 (1916), pro parte -Rehder, Manual p. 197 (1927).

Arbor usque 7–8 metralis alta, trunco diametro 1 m. lato fuscescenti-cinereo. Ramuli hornotini virides adpresse pilosi vel subglabri, adulti fusci vel cinereo-fuscescentes. Stipulæ lineares caducæ. Petioli 5–25 mm. longi dorso glabri vel hispidulo-piloselli supra canaliculati et pilosi. Lamina ambitu ovata vel late ovata vel ovato-rotundata supra viridis glabra infra pallida supra venas primarias hispidulo-pilosella laterali sæpe incisa margine acute serrata basi cordata vel truncata apice plus minus caudato-attenuata 2–22 cm. longa 1,5–14 cm. lata. Amenta mascula ad basin innovationum axillaris subcætanea dependentia pauciflora, perigonio 2 cm. longa viridula, staminibus 4 exertis. Amenta fæminea globosa vel ellipsoidea pedunculo subcapillare 5–15 mm. longo parce pilosello, perigonio viridulo in fructu aucto et succoso primo rubente demum purpureo-atrato, ovario glabro ovato, stylis 2–2,5 mm. longis, stigmatibus 2 subulatis intus stigmatosis.

Nom. Jap. Yamaguwa.

Nom. Kor. San-pong-nam, Pong-nam.

Hab.

Prov. Kanhoku: Nansendô (T. Nakai, no. 1965); Sôzan (Tei dai gen no. 773); Meisen Jônanmen (S. Fukubara no. 1747); Mt. Jôyôhô (C. Kondô no. 400); Shôzandô (Tei dai gen, no. 506).

Prov. Kannan: Mt. Bôzokusan (T. Nakai); Shinkô Gensenmen (T. Ishidoya, no. 5536, fl.; 5537 fr.); Mt. Sûaisan (S. Fukubara).

Prov. Heihoku: inter Kôkai et Jyûhochin (T. Nakai, no. 1967, fr.); Mt. Jyûseizan (T. Nakai, no. 1966 fr.); Shôjyô Tôsômen (S. Fukubara, no. 1328); Mt. Hinantokusan (S. Fukubara no. 1330); Sôzan Sûsekizan (S. Fukubara, no. 1079); Mt. Myôkôzan (C. Kondô no. 79).

Prov. Heinan: Yôtoku (T. Nakai, no. 12323 fr.): Kôtô (T. Nakai, no. 2352).

Prov. Kôkai: insula Sekitô (T. Nakai, no. 12667); Sorai (R. G. Mills no. 4502); Zuikô Ryûheimen (Tei & Bok); Mt. Kugetsusan (Tei); Kokuzan Katomen (K. Takaichi); Mt. Metsuakusan (C. Muramatsu); Mt. Shuyôzan (C. Muramatsu); Mt. Chôjusan (Tei).

Prov. Kôgen: Kenfutsurô (T. Nakai, no. 14069); Kongôsan (T. Nakai no. 5360); ibidem (Tei); Mt. Setsugakusan (T. Ishidoya, no. 6304); Mt. Godaisan (T. Ishidoya no. 6572); Mt. Taikisan (S. Fukubara); Mt. Taihakusan (T. Ishidoya no. 5660); Mt. Chigakusan (Tei).

Prov. Chûhoku: Mt. Zokurisan (S. Fukubara).

Prov. Chûnan: Mt. Keiryûzan (C. Kondô).

Prov. Keiki: Kôryô (T. Ishidoya); Mt. Ryûmonzan (T. Sawada); Mt. Kagakusan (T. Sawada).

Prov. Keihoku: Mt. Jitsugetsusan (T. Sawada).

Prov. Keinan: Ichiunmen Gakenri insulæ Kyosaitô (T. Nakai. 11066 fr.); Tôrai Kaiundai (T. Nakai, no. 11067); Mt. Kayasan (T. Ishidoya, no. 5101, 5103); Mt. Shûseizan (T. Sawada).

Prov. Zenhoku: Mt. Tokuyûzan (S. Fukubara).

Prov. Zennan: Mt. Chiisan (T. Nakai, no. 108 fr.; 37); ibidem (T. Mori no. 100); Zimpo insulæ Totsuzantô (T. Nakai no. 11061); Mt. Reishûzan Reisui (T. Nakai, no. 11063); Muan Nirômen (T. Nakai); Insula Chôtô (T. Nakai, no. 9590); Insula Chitô (T. Nakai no. 9588); Hakuyôzan (S. Tate).

Quelpaert: secus torrentes (E. Taquet no. 5978 fr.; 5977 fr.; 5976 fr.); Ikiri (T. Nakai); in silvis Nokaji (E. Taquet no. 1396).

Distr. Sachalin austr., Kuriles austr., Yeso, Hondo, Shikoku, Kiusiu, Liaotung, China (Shantung).

Morus bombycis forma **dissecta** Nakai, comb. nov. (Tabula nostra XXIX B).

Syn. *Morus alba* var. *stylosa* forma *dissecta* Nakai, Veget. Isl. Quelpært p. 39, no. 517 b. (1914), nom. nud.

Folia pinnatifida vel bipinnatifida, lobis angustis.

Nom. Jap. Hosoba-Yamaguwa.

Hab.

Quelpært: insula Hiyôtô (T. Nakai, no. 1305, typus).

Prov. Keiki: Suigen Kasan (T. Nakai, no. 2691).

Distr. Hondo.

Morus bombycis var. **maritima** Koidzumi in Bull. Imp. Sericult. Experim. Station II, no. 1, p. 13 (1923). (Tabula nostra XXXI).

Syn. *Morus bombycis* (non Koidzumi) Nakai, Veget. Dagelet Isl. p. 17 no. 113 (1919).

Folia lucida subchartacea.

Nom. Jap. Hamaguwa.

Nom. Dagelet. Pong-nam.

Hab.

Degelet: Mt. Jôhô (T. Nakai no. 4234 fl. ♂, typus; 4236 fr. typus; 4237 fl. ♀ typus); Taika (T. Nakai, no. 4234 fl. ♂); sine loco speciali (K. Okamoto); Mt. Rarikolsan (T. Ishidoya no. 35 fl. ♀); Songosan (T. Nakai no. 4235).

Prov. Kôkai: Insula Taiseitô (Tei); ibidem (T. Nakai no. 12665); Insula Hakureitô (T. Nakai, no. 12666).

Prov. Kôgen: Umikongô (T. Nakai, no. 5361).

Prov. Keiki: Insula Shakuyakutô (T. Nakai, no. 1968 fr.).

Prov. Zennan: Insula Baikatô (T. Miwa); ibidem (T. Ishidoya no. 3429); Insula Daikokuzantô (T. Ishidoya no. 3430).

Distr. Yeso et Hondo.

Morus bombycis var. **caudatifolia** Koidzumi (Tabulæ nostra XXXII.) in Kuwazoku Shokubutsu Kô p. 33 in nota sub *M. bombycis* (1919); in Bull. Sericult. Experim. Station II no. 1, p. 12 (1923).

Syn. *Morus caudatifolia* Koidzumi in Matsumura, Icon. Pl. Koishikawenses III no. 4, p. 79, Pl. 185 (1916)–Makino & Nemoto, Fl. Jap. p. 1085 (1925).

Folia apice caudis subulatis elongatis terminantia.

Nom. Jap. Onaga-guwa.

Hab.

Quelpært: in silvis Hallasan (T. Nakai, no. 4965).

Prov. Keinan: in parva insula Mugishima circa Kyosaitô (T. Nakai no. 11062 fl. ♂); Nankai insulæ Nankaitô (T. Nakai no. 11064 fl. ♀).

Prov. Zennan: Insula Nishijima, Port Hamilton (T. Nakai, no. 11065).

Distr. Japonia.

3. てうせんぐは

(朝鮮名) ポンナム

(第參拾參圖 A.)

灌木 (朝鮮ニテハ未ダ喬木狀ニナリシヲ見ズ)、樹皮ハ灰色、一年生ノ枝ハ栗色無毛狹長橢圓形ノ皮目散點ス。葉柄ハ長サ 20–30 ミリ無毛、葉身ハ廣卵形又ハホボ五角形表面ハ無毛又ハ緣ニ近ク粗糙、裏面ハ淡綠色、面ハ無毛ナレドモ主脈ニハ散出セル毛アリ。兩側ニ缺刻アルトナキトアリ、鋸齒ハ卵形先端ハ針狀トナル。基脚ハ心臟形先端ハ尾狀ニ尖ル。未ダ朝鮮產ノモノハ花モ果實モ見ズ。

黃海道椒島ニ自生ス。

(分布) 支那 (直隸、湖北、四川、雲南)、蒙古。

一種枝ハ始メ短毛生ジ。葉柄ニハ毛アリ、葉身ノ上面ハ全然粗毛アリ裏面ニ毛多キモノアリ。之ヲ**おにぐは** (第參拾參圖 B) ト謂フ。

黃海道 (席島)、平安南道 (鎭南浦) ニ自生シ咸南永興方面ニ栽植セシヲ見タリ。

(分布) 南滿洲。

3. **Morus mongolica** Schneider.
(Tabula nostra XXXIII. A.).

Morus mongolica Schneider in Sargent, Pl. Wils III. pt. 2, p. 296 (1916), pro parte -Koidzumi in Tokyo Bot. Mag. XXXI, p. 35 (1917); in Bull. Imp. Sericult. Experim. Station II no. 1, p. 7, Tab. I, fig. b-f (1923)-Nakai in Tokyo Bot. Mag. XL, p. 168 (1926).

Syn. *Morus alba* Linnæus var. *mongolica* Bureau in Alp. de Candolle, Prodr. XVII, p. 241 (1874)-Franchet in Nouv. Arch. Mus. Paris 2 sér. VII, p. 80 (1880)-E. Pritzel in Engler, Bot. Jahrb. XXIX, p. 297 (1900)-Henry in Elwes & Henry, Trees Great Brit. & Irel. VII, p. 1609 (1912).

Frutex (in Korea plantam arborescentem nondum vidi). Cortex cinerascens. Ramuli hornotini castanei vel brunnescentes glabri lenticellis anguste-oblongis sparsim punctulati. Petioli 20-30 mm. longi glabri. Lamina foliorum ambitu late ovata vel subquinquangularis supra glabra vel ad marginem scabra subtus pallida pagina glabra ervis primariis patentim pilosellis, margine utrinque sinuata vel esinuata serris ovatis apice aciculatis, basi cordata apice subcaudato-vel caudato-attenuata. Flores et fructus in plantis Koreanis adhuc ignoti.

Nom. Jap. Chôsenguwa.

Nom. Kar. Pong-nam.

Hab.

Prov. Kôkai: insula Shôtô (T. Nakai, no. 12664); ibidem (Tei, no. 55).

Distr. China (Chili, Hupeh, Szechuan, Yunnan), Mongolia.

Morus mongolica var. **diabolica** Koidzumi (Tabula nostra XXXIII. B.) in Tokyo Bot. Mag. XXXI, p. 36 (1917); in Bull. Sericult. Experim. Station II, no. 1, p. 8, Tab. 1, fig. a (1923).

Syn. *Morus alba* var. *mongolica* (non Bureau) Nakai in Tokyo Bot. Mag. XXVI, p. 168 (1912).

Morus mongolica Schneider in Sargent, Pl. Wils. II, p. 296 (1916), pro parte.

Ramuli primo adpresse piloselli. Petioli pilosi. Lamina foliorum supra toto scabra subtus pubescens.

Nom. Jap. Oniguwa.

Hab.

Prov. Heinan: Chinnampo (H. Imai); ibidem (T. Nakai, no. 2359).

Prov. Kôkai: insula Sekitô (T. Nakai, no. 12663).

Distr. Manshuria austr.

第二屬 かぢのき屬

灌木又ハ喬木直立又ハ蔓狀、葉ハ互生又ハ對生又ハ三枝宛輪生、一年生、雄花穗ハ穗狀又ハ頭狀、花被ハ四裂シ鑷合狀排列ヲナス、雄蕋ハ四本花被ノ裂片ニ對生シ、花糸ハ糸狀蕾ニアリテハ內曲ス、葯ハ內開二室雌蕋ハ退化シ唯毛ノミトナル。雌花ハ頭狀、苞ノ間ヨリ出ヅ、花被ハ筒狀ニシテ 3-4 齒アルカ又ハ 3-4 裂ス。子房ハ一室有柄、卵子ハ一個側壁ニツキ倒生、花柱ハ細長ク無叉稀ニ先端ノミ二叉ス。瘦果ハ長キ漿質ノ柄ヲ有シ苞ト同長カ又ハ其二倍以上ノ長サアリ、子葉ハ扁平。

3 種アリテ日本、朝鮮、支那、東印度、馬來ニ產ス。

Gn. 2. **Broussonetia** (non Ortega[1]) L'Heritier ex Ventenat, Tab. Règne Végét. III, p. 547 (1799)-J. St. Hilaire, Exposit. II, p. 307 (1805)-Persoon, Syn. Pl. II, p. 607 (1807)-Aiton, Hort. Kew. ed. 2, V, p. 372 (1813)-Gaudichaud in Freycinet, Voyage p. 509 (1826)-Meissner Pl. Vasc. Gen. I, p. 351 (1836)-Endlicher, Gen. Pl. p. 278, no. 1858 (1836)-Loudon, Arb. & Frutic. Brit. III, p. 1361 (1838)-Spach, Hist. Végét. XI, p. 49 (1842)-Blume, Mus. Bot. Lugd. Bat. II, p. 85 (1849) -Miquel, Fl. Nederl. Ind. Suppl. I, p. 415 (1860)-Koch, Dendrol. II, p. 438 (1872)-Bureau in Alp. de Candolle, Prodr. XVII, p. 223 (1873) -Baillon, Hist. Pl. VI, p. 192 (1877)-Bentham & Hooker, Gen. Pl. III, p. 361 (1880)-Lauche, Deutsch. Dendrol. p. 438 (1880)-J. D. Hooker, Fl. Brit. Ind. V, p. 490 (1888)-Engler in Engler & Prantl, Nat. Pflanzenfam. III, Abt. 1, p. 76 (1889)-Dippel, Handb. Laubholzk. II, p. 16 (1892)-Koehne, Deutsche Dendrol. p. 138-Schneider, Illus. Handb. Laubholzk. I. p. 240 (1904).

---

(1) *Broussonetia* Ortega was published by one year earlier than *Broussonetia* L'. Heritier, but is generally acknowledged to be the synonym of *Sophora* Linnaeus.

Syn. *Papyrus* Kaempfer, Hist. Jap. I, t. 40 fig. dext. (1729), II, p. 23 (1729).

Morus Linnæus, Sp. Pl. p. 986 (1753), pro parte; Gen. Pl. ed. 5, p. 424 (1754), pro parte.

Papyrius Poiret in Lamarck, Illustr. III, p. 352, Pl. IV, t. 762 (1798).

Stenochasma (non Griffith) Miquel, Pl. Junghun. p. 45 (1850).

Frutices vel arbores, dioici vel monoeci, erecti vel sarmentosi. Folia alterna vel opposita vel verticillatim terna annua. Flores masculi amentacei vel capitati; perigonium 4-partitum æstivatione valvatum; stamina 4 lobis perigonii opposita, filamenta filiformia in alabastro incurva, antheræ introrsæ biloculares dorsifixæ; pistillum rudimentale. Flores fæminei capitato-congesti; perigonium tubulosum 3-4 dentatum vel lobatum; ovarium uniloculare stipitatum, ovulvm unicum parietale amphitropum; stylus filiformis indivisus rarius apice tantum bifidus. Achenium longe stipitatum stipite succoso valde elongato exerto vel bracteis æquilongo. Cotyledones planiusculi.

Species 3 in Japonia Korea, China, Cochinchina, India orientali, Malaya indigenæ.

第一節 眞正かぢのき節

直立ノ喬木、雌雄異株、葉ハ互生又ハ對生又ハ三枚宛輪生ス、雄花穗ハ穗狀ニ垂ル。果實ノ柄ハ長大トナリ、既ニ花時ヨリモ二倍以上ニ發達セル苞ノ更ニ二倍以上ノ長サトナリ個々ニ抽出ス。

かぢのき並ニ其變種タル臺灣かぢのき、馬來かぢのき之ニ屬ス。

4. かぢのき

(朝鮮名) タクナム、タンナム、クッチナム

(第參拾四圖)

高サ 4-5 米突 (內地ニアリテハ屢々 8-9 米突トナル) ニ達シ樹皮ハ灰色、枝ニハ立毛密生ス。葉ハ互生又ハ對生又ハ三個宛輪生、葉柄ハ長サ 1,5-7,5 センチ立毛密生ス。葉身ハ萠枝ノ葉ニアリテハ缺刻アレドモ花ヲ附ケル如キ老成ノ枝ニアリテハ缺刻ナキカ又ハ僅カニ左右ニ彎入部アリ。概形ハ廣卵形又ハホボ圓形又ハ五角形表面ハ綠色粗毛アリ、裏面ハ淡綠色絨毛アルカ又ハ微毛アリテ著シク網脈突出ス。先端ハ殆ンド

尾狀ニ突出シ基脚ハ心臟形、緣ニハ尖レル單鋸歯又ハ複鋸歯アリ、長サ4-19センチ幅3,5-14センチ。托葉ハ長橢圓形又ハ帶卵長橢圓形、脫落シ長サ1-1,5センチ。雄花穗ハ若枝ノ基部ニ腋生シ長サ3-4センチ下垂シ花梗アリ、花梗ニハ絨毛生ズ。雄花ハ4裂シ裂片ノ背面ニ毛アリ淡綠色、雄蕋ハ抽出シ4個葯ハ長サ1-1,5ミリ淡黃色、雌花穗ハ球形ニシテ雌花ノ間ニハ多數ノ細キ苞アリ、苞ノ先端ハホボ三形角ニシテ毛アリ、花梗ハ長サ5-7ミリ絨毛アリ。花被ハ卵形先端ハ3-4叉シ果實トナレバ苞ト共ニ花時ノ約二倍ノ長サトナレドモ漿質ナラズ、花柱ハ細長ク單一ナレドモ稀ニ先端ニ叉シ全長ニ亘リ柱頭部アリ、果實ノ柄ハ甚ダシク伸長シ苞ノ二倍以上ノ長サトナリ多漿質ニシテ口ニシ得、先端ハ篦狀ニ擴ガリヤヽ扁タク、外果皮ハ紅色膜質內果皮ハ殼質球形褐色一側ニノミ稜角アリ。

濟州島、全南、慶南、慶北、鬱陵島、京畿、黃海ノ諸道ニアリ。

(分布) 舊日本、臺灣、支那、交趾支那東印度。

Broussonetia sect. 1. **Eu-Broussonetia** Nakai.

Arbores dioici. Folia alterna vel opposita vel verticillatim terna. Flores masculi amentacei. Flores fæminei capitato-congesti. Achenia longe stipitata, stipite succoso valde elongato exerto bracteas et perigonia plus duplo superante. Exocarpium membranaceum.

Species unica huc pertinet.

4. **Broussonetia papyrifera** Ventenat
(Tabula nostra XXXIV)

Broussonetia papyrifera Ventenat, Tabul. Règn. Végét. III, p. 548 in obs. (1799)-J. St. Hilaire, Exposit. II, 307 (1805)-Willdenow, Sp. Pl. IV pt. 2, p. 743 (1806)-Persoon, Syn. Pl. II, p. 612 (1807)-Andrews, Bot. Reposit. VII, Pl. 488 (1807)-Willdenow, Wilde Baumz. ed. 2, p. 66 (1811)-Mirbel in Mém. Mus. Hist. Nat. X, p. 105 (1813)-Aiton, Hort. Kew. ed. 2, V, p. 372 (1813)-Sims, Bot, Mag. t. 2358 (1823) -Blume, Bijdr. X, p. 487 (1825)-Sprengel, Syst. Veg. III, p. 901 (1826)-Siebold in Verh. Bot. Genoot. XII, p. 28 (1830)-Spach, Hist. Nat. Vég. XI, p. 51 (1842)-Siebold & Zuccarini, in Abh. Münch. Akad. IV, Abt. 3, p. 220 (1846)-Blume, Mus. Bot. Lugd. Bat. II, p. 85 cum var. *japonica* (1849)-Seringe, Descript. Cult. Muriers p.

236, Atl. 11, t. 26 (1855)-K. Ito, Nippon Sanbutsushi, Prov. Mino, II, fol. 13 cum tab. (1855)-Petzold & Kirchner, Arb. Musc. p. 547 (1864)-Miquel in Ann. Mus. Bot. Lugd. Bat. II, p. 198 (1865); Prol. Fl. Jap. p. 130 (1866); Cat. Mus. Lugd. Bat. p. 91 cum formis (1870) -Koch, Dendrol. II, pt. 1, p. 439 (1872)-Bureau in Alph. de Candolle, Prodr. XII, p. 224 (1873)-Franchet & Savatier, Enum. Pl. Jap. I, p. 433 (1875)-Lauche, Deutsch. Dendrol. p. 339 (1880)-Franchet in Nouv. Arch. Mus Paris. sér. 2, VII, p. 79 (1884)-Hooker fil., Fl. Brit. Ind. V, p. 490 (1888)-Engler in Engler & Prantl, Nat. Pflanzenfam. III, Abt. 1, p. 76, fig. 54-5 (1889)-Dippel, Handb. Laubholzk. II, p. 16 (1892)-Koehne, Deutsch. Dendrol. p. 139 (1893)-Forbes & Hemsley in Journ. Linn. Soc. XXVI, p. 455 (1894)-Matsumura, Shokubutsu Meii p. 53 (1895)-Mouillefert, Traité Arb. & Arbr. II, p. 1217 (1898)-Pritzel in Engler, Bot. Jahrb. XXIX, p. 298 (1900) -Shirasawa, Icon. Ess. Forest Trees Jap. I, t. 38 (1900)-Beissner, Schelle & Zabel, Handb. Laubholzbenn. p. 92 (1903)-Schneider, Illus. Handb. Laubholzk. I, p. 241 fig. 151 e-g, 155 a-c, g-m, 156 i-o (1904)-Matsumura & Hayata in Journ. Coll. Sci. Tokyo XXII, p. 373 (1907)-Nakai in Journ. Coll. Sci. Tokyo XXXI, p. 193 (1911) -Ascherson & Græbner, Syn. Mitteleurop. Fl. IV, p. 583 (1911)-Matsumura, Ind. Pl. Jap. II, pt. 2, p. 35 (1912)-Bean, Trees & Shrubs Brit. Isl. I, p. 267 fig. (1914)-Nakai, Veg. Isl. Quelpaert p. 38, no. 509 (1914)-Mueller in Mitteil. Deutsch. Dendrol. Gesells. XXIV, p. 288-9 t. 24 (1915)-Schneider in Sargent, Pl. Wils. pt. 2, p. 303 (1916)-Nakai, Veg. Dagelet Isl. p. 17 no. 112 (1919)-Rehder in Journ. Arnold. Arb. IV, p. 195 (Ligneous Pl. North China) (1923)-Makino & Nemoto, Fl. Jap. p. 1076 (1925)-Rehder, Manual p. 199 (1927).

Syn. *Morus papyrifera sativa japonica* Seba, Nat, Thesaur. I, p. 44 t. 28, fig. 3 (1734).

Morus papyrifera Linnæus, Sp. Pl. ed. 1, p. 986 (1753), excl. syn. Kæmpfer; Sp. Pl. ed. 2, II, p. 1399 (1763), excl. syn. Kæmpfer-Burmann, Fl. Ind. p. 298 (1768)-Linnæus, Syst. Nat. ed. 13, II, p. 623 (1770)-Houttuyn, Nat. Hist. III, p. 283 (1774)-Murray, Syst.

Veg. ed. 13, p. 710 (1774); ed. 14, p. 851 (1784)-Thunberg, Fl. Jap. p. 72 (1784)-Vitman, Summa Pl. V. p. 319 (1791)-Gmelin, Syst. Nat. II, pt. 1, p. 283 (1791)-Persoon, Syst. Veg. ed. 15, p. 895 (1797).

Streblus cordatus Loureiro, Fl. Cochinch. ed. 1, p. 615 (1790); ed. 2, II, p. 755 (1793).

Papyrius Lamarck, Recuil. Pl. Encycl. IV, t. 762 (1798)-Poiret in Lamarck, Illus. III, p. 352 (1823).

Papyrius japonica Lamarck ex Poiret in Lamarck, Encyclop V, p. 3 (1804).

Broussonetia Kazi in horto Siebold ex Blume, Mus. Bot. Lugd. Bat. II, p. 86 (1849), pro. syn. *B. papyrifera* var. *japonica*.

Broussonetia cordata Blume, l. c. p. 87.

Broussonetia Kasinoki Siebold apud Matsumura, Nippon Shokubutsu Meii p. 32 (1884).

Arborea usque 4-5 metralis alta (in Japonia sæpe 8-9 m), cortice cinereo. Ramuli patentim villosi virides. Folia alterna vel partim opposita petioli 1,5-7,5 cm longi patentim hirsuti vel villosi. Lamina foliorum turionum inciso-lobata, ramorum floriferorum indivisa vel sinuata ambitu late ovata vel subrotundata vel quinquangularis supra viridis scabra infra pallida velutina vel pilosella valde reticulato-venosa apice subcaudato-attenuata basi cordata margine argute simpliciter vel subduplicato-serrata 4-19 cm. longa 3, 5-14 cm. lata. Stipulæ oblongæ vel ovato-oblongæ deciduæ 1-1, 5 cm. longæ. Amenta mascula ad basin innovationis axillaris 3-4 cm. longa pendula pedunculata, pedunculo villoso. Flores masculi perigonio viridulo 4-partito dorso hirsuto, staminibus 4 exertis antheris 1-1, 5 mm. longis flavidis. Amenta faeminea globosa bracteis hirsutis intermixta pedunculo 5-7 mm. longo velutino. Perigonium ovoideum apice 3-4 fidum in fructu cum bracteis circ. duplo accrescens. Styli filiformes simplices vel rarius apice bifidi undique stigmatosi. Stipes fructus maturitate valde accrescens bracteas et perigonium plus duplo superans succosus rubescens edulis apice spathulata laterali compressus. Exocarpium rubens membranaceum. Endocarpium crustaceum sphæricum fuscum unilaterali-costatum.

Nom. Jap. Kaji-no-ki vel Kami-no-ki.

Nom. Kor. Tack-nam, Tang-nam, Kkuchi-nam.

Hab.

Quelpaet: Kantô (T. Nakai no. 1410); Hongno (T. Nakai no. 1219).

Prov. Zennan: Insula Nishijima, Port Hamilton (T. Nakai no. 11087a, 11088 fl. fæm); Shiyôri insulæ Kaitô (T. Nakai, no. 11087); Mt. Mutôhô (S. Fukubara); Mt. Hakuyôzan (S. Tate).

Prov. Keinan: Mt. Kachisan (T. Sawada).

Prov. Keihoku: Mt. Jitsugetsusan (T. Sawada); Taikyu (T. Nakai).

Dagelet: Mt. Rarikolbon (T. Ishidoya no. 34 fl. ♂); sine loco speciali (K. Okamoto).

Prov. Kôgen: Mt. Chigakusan (Tei dai gen).

Prov. Keiki: Mt. Manisan insulæ Kôkatô (T. Kimura); Mt. Kagakusan (T. Sawada).

Prov. Kôkai: Insula Taiseitô (T. Nakai no. 12668); Mt. Metsuakusan (C. Muramatsu); Mt. Shuyôzan (C. Muramatsu); Insula Shôtô (Tei dai gen); Shôka Hôkaimen (Tei dai gen, no. 118); Mt. Chôjusan ubi culta (Tei dai gen.)

Distr. Japonica, Formosa, China, Cochinchina, India orient.

Broussonetia papyrifera forma **oppositifolia** Nakai (Tab. nostra XXXIV. A).

Folia opposita vel verticillatim terna.

Hab.

Quelpaert: Saishû (T. Nakai, no. 4984); Shamaku (T. Nakai, fl. ♂).

Dagelet: Dôdô (T. Nakai, no. 4247, fl. ♂); Taika (T. Nakài, no. 4245)

Kôkai: Insula Hakureitô (T. Nakai, no. 12669).

Distr. Japonia.

The plants in the wild state are found in the warmar part of Korea, but are cultivated as north as Prov. Heinan and Kannan. The southern form found in Formosa, Hongkong, Kwangtung, East Indies (*Streblus cordata*) is more glabrous and the upper surface of the leaves is more scabrous than the Japanese and Korean plants. This southern form seems to connect the typical *Broussonetia papyrifera* to *B. papyrifera* f. *sumatrana* Miquel.

第二節 **かうぞ** 節

直立叉ハ横臥ノ灌木、雌雄同株、葉ハ一年生、互生、有柄、托葉アリ花穗ハ雌雄共ニ球形、外果皮ハ果梗ト共ニ肥大漿質トナリ花被ノ二倍ノ長サアリテ苞トホボ同長ナリ。

2 種（かうぞ、つるかうぞ）アリテ其中かうぞハ朝鮮ニモアリ。

5. **かうぞ**

（朝鮮名）タクナム、タダックナム

（第參拾五、參拾六圖）

直立叉ハ射出スル灌木、枝ハ帶紅褐色叉ハ栗色、末稍ハ細ク始メ短毛生ズレドモ後無毛トナル。葉柄ハ始メ曲レル毛アレドモ後無毛トナル長サ 3–10 ミリ。萠枝ノ葉ノ葉柄ハ長サ 12–25 ミリニモ達ス。葉身ハ卵形叉ハ長卵形、分叉セザルカ叉ハ深ク三叉シ先端ハ尖リ基脚ハ斜ノ心臟形叉ハ截形、緣ニハ一樣ノ鋸齒アリ、表面ハ深綠色粗毛アリ裏面ハ絹毛アレドモ後殆ンド無毛トナル。雄花穗ハ若枝ノ基部ニ腋生シ頭狀球形直徑 10 ミリ許、花梗ハ長サ 7–15 ミリ絹毛アリ。花後花梗ト共ニ脫落ス。花被ハ四叉シ裂片ハ倒卵形紫色背面ニ毛アリ。雄蕋ハ淡黃色葯ノ長サ 1–1,2 ミリ雌花穗ハ腋生、雄花穗ヨリモ枝ノ上方ニ出デ頭狀、花ハ苞ノ間ニ介在ス。苞ハ細ク先端混棒狀ニ擴ガルカ叉ハ盤狀、毛アリ果實成熟時ニハ花時ヨリモ二倍ノ長サトナル。花被ハ筒狀卵形先端 2–4 齒アリ、花柱ハ細長ク基部ヲ除ク全長ガ柱頭トナル。果梗ハ多肉トナリ紅色食シ得花被ノ二倍程長ク苞ト同長ナリ。內果皮ハ粒狀ノ突起アリ。

濟州島、全南、慶南ニ產シ平北咸南ノ暖カキ地方ニ至ル迄栽培ス。

Broussonetia Sect. 2. **Kozoa** Nakai, sect. nov.

Syn. *Broussonetia* (nonVentenat) Blume, Mus. Bot. Lugd. Bat. Lugd. Bat. II, p. 85 (1849), pro parte- Koch, Dendrol. p. 438 (1872), pro parte -Bentham & Hooker, Gen. Pl. p. 361 (1880), pro parte -Lauhe, Deutsch. Dendrol. p. 339 (1880), pro parte -Engler in Engler & Prantl, Nat. Pflanzenfam. III, Abt. p. 76 (1889), pro parte -Dippel, Handb. Laubholzk. II, p. 16 (1892), pro parte -Koehne, Deutsch. Dendrol. p. 138 (1893), pro parte -Schneider, Illus. Handb. Laubholzk I, p. 240 (1904), pro parte -Rehder, Manual p. 199 (1927), pro parte.

Frutices erecti aut sarmentosi monoeci. Folia annua alterna petiolata stipullata simplicia saepe lobata. Amenta omnia capitato-globosa, Amenta mascula ad basin innovationum axillaria. Flores masculi perigonio 4-fido lobis valvatis, staminibus 4 lobis perigonii oppositis et eos superantibus, antheris bilocularibus. Amenta fæminea axillaria. Flores fæminei perigonio ovoideo apice 3-4 dentato, ovario biloculare, stylo unico indiviso vel apice bifido, ovulo in loculo ovarii solitario pendulo. Exocarpium cum stipite succosum perigonium accrescentum duplo superans et bracteis subæquilongum. Endocarpium crustaceum verrucosum.

Species 2 in Japonia, China et Korea indigenæ, quarum unica in Korea etiam adest.

5. **Broussonetia kazinoki** Siebold.

(Tabula nostra XXXV & XXXVI)

Broussonetia kazinoki Siebold in Verh. Bat. Genoot. XII, p. 28 (Syn. Pl. Oecon. Jap.) (1830), nomen seminud.-Siebold & Zuccarini in Abh. Muench. Akad. IV, pt. 3, p. 221 (Fl. Jap. Fam. Nat. II) (1846)-Miquel in Ann. Mus. Bot. Lugd. Bat. II, p. 198 (1865); Prol. Fl. Jap. p. 130 (1866); Cat. Mus. Bot. Lugd. Bat. p. 91 (1870), cum varr.-Koch, Dendrol. II, pt. 1, p. 441 (1872)-Bureau in Alph. de Candolle, Prodr. XVII, p. 226 (1873)-Lauhe, Deutsch. Dendrol. p. 341 (1880)-Dippel, Handb. Laubholzk. II, p. 17 fig. 6 (1892)-Koehne, Deutsch. Dendrol. p. 137 (1893)-Pritzel in Engler, Bot. Jahrb. XXIX, p. 298 (1900)-Schneider, Illus. Handb. Laubholzk. I, p. 241, fig. 151 i-k, 155 d-f (1904)-Bean, Trees & Shrubs. I, p. 266 (1914)-Schneider in Sargent, Pl. Wils. III, p. 306 (1916)-Makino & Nemoto, Fl. Jap. p. 1076 (1925)-Rehder, Manual p. 199 (1927).

Syn. *Papyrus, fructu Mori Celsae* etc. Kæmpfer, Amoenit. Exot. p. 471 (1712).

Morus papyrifera Kaempfer, l. c. p. 472.

Broussonetia Kaempferi Siebold in Jaarb. Konin. Nederl. Maatsch. Tuinb. p. 25 (1844), nihil aliud ex Blume, Mus. Bot. Lugd. Bat. II, p. 38 (1849), pro syn. *B. Sieboldii*-Moullefert, Traité Arb. & Arbr. II, p. 1218 (1898), excl. syn.-Hayata in Journ. Coll. Sci. Tokyo XXX .

Art. 1, p. 273 (Materials Fl. Formosa) (1911)-Schneider in Sargent, Pl. Wils. III, p. 304 (1916), quoad pl. ex Korea & Hondo.

Broussonetia Sieboldii Blume, Mus. Bot. Leegd. Bat. II, p. 38 (1849)

Morus Kaempferi Seringe, Descript. Cult. Muriers p. 228, Atl. 11 t. 23 (1855).

Broussonetia Kasinoki Siebold apud Franchet & Savatier, Enum, Pl. Jap. I, p. 433 (1875)-Lavallée, Arb. Segrez. p. 242 (1877)-Matsumura Shokubutsu Meii p. 53 (1895); Ind. Pl. Jap. II pt. 2, p. 35 (1912)-Nakai, Veget. Isl. Quelpaert p. 38 no. 508 (1914); Veget. Mt. Chirisan p. 30 no. 151 (1915).

Broussonetia papyrifera var. *Kaempferi* Hort. ex Lavallée, Arb. Segrez. p. 242 (1877), pro syn. *B. Kasinoki.*

Frutex erectus vel diffusus, ramis rubro-fuscis vel castaneis. Ramuli graciles primo adpresse piloselli demum glabrescentes. Petioli primo curvato-piloselli demum glabrescentes 3–10 mm. longi, turionum sæpe 10–25 mm. longi. Lamina foliorum ovata aut oblongo-ovata indivisa vel inciso-trilobata tum ambitu latissime oblique ovata, basi oblique cordata aut truncata, apice cuspidata, margine æqualiter serrata, supra intense viridis scarbro-pilosa, infra demum subglabrescens. Amenta mascula ad basin innovationum axillaria capitato-globosa circ. 10 mm. lata, pedunculo 7–15 mm. longo sericeo-piloso, post anthesin cum pedunculo decidua. Perigonium 4-fidum lobis obovatis purpureis dorso pilosellis. Stamina flavidula. Antheris 1–1,2 mm. longis. Amenta fæminea axillaria quam masculis superiore posita capitato-globosa. Flores bracteis interpositi. Bracteæ angustæ apice clavatæ vel discoideæ setaceæ in fructu plus duplo accrescentes. Perigonium tubuloso-ovoideum apice 2–4 dentatum. Styli filiformes præter basin undique stigmatosi. Achenia verrucosa cum stipite succoso rubente edule perigonium duplo superantia bracteas subaequilonga.

Nom. Jap. Kôzo, vel rarius Kazinoki.

Nom. Kor. Tak-nam, Tak-nam.

Hab.

Quelpaert: Shamaku (T. Nakai no. 1419); in silvis (E. Taquet no. 5975 fr.); Hoatien (E. Taquet no. 5974 fr.)

Prov. Zennan: Insula Baikwatô (T. Ishidoya no. 3450); Insula Daikokuzantô (T. Ishidoya, no. 3451); insula Settô circa insulam Chintô (T. Nakai no. 9594); Mt. Chiisan (T. Nakai, no. 406); Mt. Gesshutsuzan (Tei dai gen); Mt. Taitonzan (T. Nakai no. 9575).

Prov. Keinan: Nujinmok montium Chirisan (T. Nakai, fr.); Mt. Seishûzan (T. Sawada).

Distr. Japonia, Formosa, China.

This plant is found wild in the southern part of Korea, but is cultivated as north as prov. Heihoku and Kannan.

第三屬 **はりぐは**屬

灌木又ハ喬木、直立又ハ攀上シ屢々刺アリ。葉ハ互生一年生又ハ二年生、全縁、羽狀脈又ハ三脈、托葉ハ早落性、花ハ頭狀ニ集團シ雌雄異花又ハ雌雄異株又ハ雜性、小苞アリ。雄花ハ四分セル花被ト四個ノ抽出セル雄蕋ト二室ノ葯トヲ有シ子房ナシ。雌花ハ相重ナリテ子房ヲ包ム所ノ花被ト花柱トヲ有シ雄蕋ナシ、花柱ハ花ニ依リ發達セヌモアリ、花被ハ果實ニ於テハ肥厚シテ聚合果ノ如キ形ヲナシ種子ニ胚乳アリ。子葉ハ幅廣ク折ダヽム。

亞細亞ノ東部ト熱帶地方ト馬來ト「ニューカレドニア」ニ亙リ 4 種アリ、朝鮮ニハ其中ノ一種ガ自生シ以前ハ養蠶用ニ栽植シタリ。

6. **はりぐは**

(朝鮮名) チョツコクチナム、クッカサイ、クカシナム、
クジッポン、ホアルポンナム

(第參拾七圖)

雌雄異株ノ喬木ニシテ幹ノ直徑ハ 30-40 センチニ達スルアリ。皮ハ褐色縱ニ淺ク割ル。萠枝ハ頗ル刺ニ富ミ小サキ皮目ニ富ム。葉柄ハ長サ 10-15 ミリ短毛密生ス。葉身ハ三叉シ全縁表面ニ短毛密生シ裏面ニハ短カキ絨毛アリ。花梗ノ長サハ約 10 ミリ短毛生ズ、花ハ頭狀球形ニ集團ス、頭狀花ノ直徑ハ 1,5 センチ許、花被ハ淡黃色葯ハ淡黃色、聚合果ハ直徑 2 センチ許多漿質ニシテ又頗ル粘質ニ富ム、核ハ長サ 5 ミリ許。

濟州島、莞島、外羅老島、巨文島、鳥島、突山島、南海島、全南、慶南、忠南、慶北、黃海ニ産ス。

(分布) 支那 (雲南、湖北、浙江、山東)、本島 (富士山)。

Gn. 3. **Cudrania** Trécul [nomen conservandum] in Ann. Sci. Nat. 3 sér. VIII, p. 39 & 122, t. 3 (1847)-Baillon, Hist. Pl. VI, p. 202 (1878)-Bentham & Hooker, Gen. Pl. III, p. 374 (1880)-Hooker fil, Fl. Brit. Ind. V, p. 538 (1888)-Engler in Engler & Prantl, Nat. Pflanzenfam. III, Abt. 1, p. 82 (1888).

Syn. *Vanieria* Loureiro, Fl. Cochinch. p. 564 (1690); ed. 2, p. 690 (1793), excl. *V. chinensis* -Stokes, Bot. Mat. Med. IV, p. 381 (1812).

Vaniera Mirbel, Hist. Nat. X, p. 108 (1813), excl. *V. inermis.*

Cudranus Miquel, Fl. Ind. Bat. I, pt. 2, p. 290 (1859)-Thwaites, Enum. Pl. Zeyl. p. 262 (1864).

Frutices vel arbores erecti vel scandentes saepe armati. Folia alterna annua vel persistentia integra penninervia vel subtrinervia. Stipulæ deciduæ. Flores capitati monoeci vel dioici vel polygami bracteolati. Flos masculus perigonio 4-partito, staminibus 4 exertis rectis, antheris bilocularibus, ovario nullo. Flos faemineus perigonii segmentis ovarium imbricatim clausis in fructu succosum, stamino nullo, stylo partim evoluto. Fructus in pseudosyncarpium globosum congestus. Semina albuminosa. Cotyledones dilatati contortuplicati.

Species 4 in Asia orientali et tropica, Malaya et Nova Calenonia extensæ. In Korea unica indigena et olim ejus folia pro sericultura usa sunt.

6. **Cudrania tricuspidata** Bureau

(Tabula nostra XXXVII)

Cudrania tricuspidata (Carrière) Bureau Mss. in Herb. Paris ex Lavallée, Arboret. Segrez. p. 243 (1877)-Schneider, Illus. Handb. Laubholzk. I, p. 242, fig. 151, l, 156 a-e, 157 (1904); in Sargent, Pl. Wils. III, p. 306 (1916)-Mori, Enum. Corean Pl. p. 123 (1922).

Syn. *Maclura tricuspidata* Carrière in Rev. Hort. XXXVI p. 390 fig. 37 (1864), XLIV, p. 55 & 138 fig. 6-7 (1872)-Nicholson, Illus. Gard. Dict. II, p. 312 fig. 496-7 (1887).

Cudranus triloba Hance in Seemann, Journ. Bot. VI, p. 49 (1868).

Cudrania triloba Hance apud Forbes in Journ. Bot. XXI, p. 145 (1883)-Franchet in Nouv. Arch. Mus. Paris 2 sér. VII, p. 80 (1884)

-Oliver in Hooker, Icon. XVIII, t. 1792 (1888)-Forbes & Hemsley in Journ. Linn. Soc. XXVI, p. 470 (1894)-Pritzel in Engler, Bot. Jahrb. XXIX, p. 298 (1900)-Andrè in Rev. Hort. LXXVII, p. 363 cum fig. (1905)-Nakai in Journ. Coll. Sci. Tokyo XXXI, p. 199 (1911)-Bean, Trees & Shrubs I, p. 440 fig. (1914)-Nakai, Veget. Isl. Quelpaert p. 38 no. 510 (1914); Veget. Isl. Wangtô p. 6 (1914)-Makino & Nemoto, Fl. Jap. p. 1077 (1925).

Morus integrifolia Léveillé & Vaniot in Bull. Acad. Int. Geogr. Bot. XVII, p. 111 (1907).

Vanieria tricuspidata Hue in Journ. Arnold Arboret. V, p. 228 (1924) -Rehder, Manual p. 200 (1927).

Arbor dioica. Truncus diametro usque 30–40 cm. Cortex fuscus longitudine fissus. Turionus valde aculeatus fuscus lenticellis minutis creberrime punctulatus. Petioli 10–15 mm. longi adpresse pubescentes. Lamina foliorum triloba vel integra margine integerrima supra adpresse pilosula infra adpresse velutina. Pedunculi circ. 10 cm. longi adpresse pilosi. Flores capitatim congesti. Capitula diametro circ. 1,5 cm. lata. Perigonium flavidum. Antheræ sulphureæ pseudsyncarpium diametro 2 cm. latum succosum sed valde glutinosum. Putamen 5 mm longum.

Nom. Jap. Hariguwa.

Nom. Kor. Chokkokuchinam, Kukkasai, Kukashinam, Kujippon, Hoalpong-nam.

Hab.

Quelpært: in sepibus (U. Faurie, no. 1858, fl. ♂); in silvis montis Hallasan (T. Nakai, no. 4985, fr.); Ryûtanri (T. Nakai no. 4987); in pago Hongno (E. Taquet no. 1510); Saishu (T. Nakai, no. 4986); Hongno (E. Taquet, no. 1513, alabastr.); Ikiri (T. Nakai, alabastr.); Insurella Hiyôtô (T. Nakai); sine loco speciali (T. Ishidoya, no. 260).

Prov. Zennan: Mt. Chiisan (T. Nakai, no. 99): Insula Kaitô (T. Nakai no. 11072, Alabastr.); Zinpo prov. Totsuzantô (T. Nakai, no. 11071); Insula Nishijima, Port Hamilton (T. Nakai, no. 11068); Insula Wangtô (T. Nakai); Kainan (T. Ishidoya, no. 1751); Insula Chôtô (T. Nakai, no. 9599); Mt. Mutôsan (S. Fukubara); Chôjyô (T. Nakai); Mt. Hakuyôzan (T. Nakai); ibidem (S. Tate).

Prov. Keinan: Hishidô insulæ Nankaitô (T. Nakai, no. 11070). Nankai insulæ Nankaitô (T. Nakai, no. 11069); Rakutô (T. Uchiyama); Mt. Kachisan (T. Sawada).

Prov. Keihoku: in rupibus Kôkô (T. Nakai, no. 4238; 4711, alabastr; 4723); Taikyû (Kin do ki no. 104).

Prov. Chûnan: Mt. Keiryûzan (C. Kondô).

Prov. Kôkai: Chôen (legitor?); Yôshin (Tei dai gen).

Distr. China (Yunnan, Hupeh, Chekiang, Shantung), Hondo (Mt. Fuji).

第四屬 いちじく屬

灌木又ハ喬木直立又ハ横臥又ハ纒攀シ乳管ヲ有ス。葉ハ互生稀ニ對生又ハ三枚宛輪生ス、葉柄ト托葉トアリ、全縁又ハ缺刻アリ。托葉ハ相癒合シ早ク落ツ。花托ハ腋生無柄又ハ有柄通例苞アリ、多肉質ニテ球形又ハ卵形又ハ倒卵形、内面ハ全面ニ花アリテ上ノ孔邊ニハ數重ニ相重ナル總苞アリ。花ハ雌雄同株又ハ雌雄異株。雄花ハ無柄又ハ有柄 2-6 叉又ハ 2-6 裂スル花被ヲ有シ裂片ハ相重ナル又退化シテ 1-2 個ノ鱗片狀トナルアリ。雄蕋ハ 1-6 (通例 1-2) 個、無柄又ハ短キ花絲アリ、葯ハ 2 室内向子房ナシ。雌花ハ無柄又ハ有柄、花被ハ無キモノ又ハ發育惡シク鱗片狀トナルモノ又ハ裂片ヲ有スルモノ又ハ筒狀トナルモノアリ果實成熟時ニハ多肉多漿トナル、雄蕋ナシ、子房ハ一個一室、花柱モ一個、柱頭ハ楯形、絲狀又ハ二叉シテ内面ガ授粉部トナル。種子ハ子房ノ室内ニ下垂シ少シク胚乳アリ、胚ハ屈曲ス。

主トシテ熱帶ニ產シ暖帶ニモアリテ 800 餘種アリ、其中唯 3 種ガ朝鮮ノ自生種ナリ。其區別法左ノ如シ。

- 灌木、往々丈高クナルアリ、直立ス。雄雌異株。
  - 葉ハ倒卵形又ハ橢圓形又ハ長橢圓形…………………いぬびは
  - 葉ハ狹披針形又ハ披針形……………………ほそばいぬびは
- 纒攀性ノ灌木ニシテ纒攀根ヲ出ス。
  - 果實ヲ附クル枝ノ葉ハ卵形又ハ橢圓形先端尖ルカ又ハ丸シ。成熟シタル花托ハ球形ニシテ直徑 2-3 センチアリ。雄雌同樣…………ひめいたび
  - 果實ヲ附クル枝ノ葉ハ長卵披針形又ハ披針長卵形先端漸尖。成熟シタル花托ハ球形ニシテ直徑 1 センチ許。雌雄異株‥いたびかづら

7. い ぬ び は

(朝鮮名) チヨツコクテギナム (南海島) 天仙果(チエンソンクワ)

(第參拾八圖)

灌木、莖ハ株ヨリ簇生シ無毛高サ1-5米突ニ達ス。一年生ノ枝ハ綠色、芽ハ披針形無毛、葉柄ハ長サ 1-3,5 センチ綠色、葉身ハ倒卵長楕圓形又ハ倒卵形又ハ長楕圓形表面ハ深綠色光澤アリ無毛又ハ短カキ粗毛アリ、裏面ハ淡綠色無毛脈著シ、基脚ハ截形又ハ尖リ先端ハ急尖、又ハ漸尖、長サ 3,5-18,5 センチ幅 1,7-10 センチ全縁ナリ、花梗ハ葉腋ニ1個宛出デ長サ 2-17 ミリ。花托ハ球形又ハ倒卵形無柄又ハ 2-17 ミリノ柄アリ、成熟スレバ黑紫色トナリ徑2センチ許トナル。孔ニハ多數ノ總苞相重ナリテ生ズ。未ダ雄花ヲ見ズ。雌花ハ無柄又ハ有柄非常ニ密生シ、花被ハ 3-4 裂シ膜質透明、裂片ハ長楕圓形長サ1ミリ。子房ハ楕圓形少シク左右ニ扁タク光澤アリ無色短カキ柄アリ。花柱ハ子房ノ腹面ニツキ1個先端分岐セズ。

濟州島、巨濟島、南海島、突山島、外羅老島、靑山島、巨文島、大黑山島、梅加島、全南長城郡白羊山等ニ自生ス。

(分布) 本島、四國、九州、對馬、琉球、臺灣、支那 (廣東、海南)、

一種葉狹ク狹披針形又ハ披針形ニシテ萠枝ノ葉ハ屢々大ナル鋸齒アルモノヲ

ほそばいぬびは

(第參拾九圖)

ト謂フ、濟州島、甫吉島、外羅老島ニ產シ、本島、四國、九州、臺灣ニ分布ス。

8. ひめいたび又ハひめいたびかづら

(朝鮮名) モラム

(第四拾圖)

雌雄同株ニシテ莖ハ岩上又ハ大木ノ幹ノ上ヲ匐ヒ登リ分岐多ク纒攀根ヲ出ス。若キモノハ小サキ多角形ノ葉ヲ有シ葉ノ長サ 3-12 ミリ 幅 2,5-10 ミリ 許ニシテ大型ノ缺刻アリ表面ハ綠色粗糙、裏面ハ淡綠色葉脈隆起シ脈ノ上ニノミ微毛アリ。果實ヲ附クル枝ハヤヽ太ク徑2-3ミリアリテ淡褐色ノ毛アリ。 葉ハ厚ク卵形又ハ楕圓形長サ 2-5 センチ幅 1-2,3

センチ全緣、表面ハ無毛平滑裏面ニハ葉脈隆起シ主脈上ニ微毛アリ。花托ハ球形直徑 1,5-3 センチ花梗アリ內面ニ雌雄兩樣ノ花密生ス成熟スレバ黑紫色トナル。雄花ハ長サ 2-3,5 ミリノ柄ヲ有シ先端稍太マル。花被ハ4個狹長、長サ 1,5 ミリ、雄蕋ハ二個相對立シ又花被ト對生ス。葯間ハヨク發達シ先端突出ス、葯ハ內開長サ 1,5 ミリ花絲ハ極メテ短シ。雌花ハ極メテ短カキ柄ヲ有シ花被ハ極メテ細ク4個不同ノ長サノモノナルカ又ハ殆ンド同形同大ナリ長サ 1-2 ミリ、子房ハ一個無柄花柱ハ腹側面ヨリ出デ柱頭ハ點狀、瘦果ハ殆ンド球形長サ 1,2 ミリ幅 1 ミリ淡灰褐色ニシテ滑ナリ。

濟州島ノ 300 米突以下ノ暖地ニ生ズ。

（分布）本島、四國、九州。

9. いたびかづら

（朝鮮名）モ ラ ム

（第四拾壹圖）

雌雄異株ニシテ樹幹又ハ岩面ヲ匐ヒ枝ハ水平ニ出デ又ハ下垂ス、若枝ハ細ク短毛アリ、葉柄ハ細ク長サ 7-20 ミリ短毛生ズ、葉ハ披針形又ハ長楕圓披針形堅ク長サ 3,5-11 センチ幅 1,3-3,8 センチ全緣ナリ。花ヲ附クル上方ノ枝ハ太ク、葉柄ハ長サ 3-20 センチ微毛アリ、葉身ハ厚ク帶卵披針形又ハ長楕圓披針形又ハ披針形長サ 4-10 センチ幅 1,7-4 センチ表面ハ平滑輝アリ、裏面ハ淡ク白粉ヲ生シ網脈著シ、花托ハ腋生無柄球形直徑1センチ、未ダ雄花ヲ見ズ、雌花ハ紫紅色個體ニ依リ全ク兩型アリ但シ一個體ノ花ハ皆同ジ、卽チ第一型ノモノハ 3-4 個ノ細長ク長サ 1,2-1,5 ミリノ花被ト、楕圓形又ハ歪倒卵形ニシテ長サ 1-1,3 ミリノ白キ子房ト、同長又ハ其半分程ノ長サノ柄ト腹面ノ先端ニ生ジ子房ノ 4-5 倍モ短カキ花柱ト黃色單一又ハ二叉又ハ楯形ノ柱頭ヲ有ス、第二型ノ花ニテハ萼片ト子房トハ第一型ノモノト同樣ナレドモ花柱ハ絲狀ニシテ子房ト同長ナルカ又ハ其二倍ノ長サアリテ腹面ノ半以上ハ柱頭部トナル。

濟州島ノ 500 米突以下。梅加島。大黑山島。莞島。青山島。甫吉島。巨文島。珍島。接島。外羅老島。巨濟島ニ產ス。

（分布） 本島、四國、九州、臺灣、支那（浙江）。

Gn. 4. **Ficus** [Plinius, Nat. Hist. ed. 1, liber XII, fol. 114 dextr. (1469)-Dioscorides, liber I interprete Virgilio, fol. 77 (1518)-Brunfels, Nov. Herb. II, p. 10 (1532)-Tragus, Stirp. interprete

Kybero, III, p. 1050 (1552)-Matthioli, Comm. Sen. p. 149 cum fig. (1554)-Dodonæus, Nieuv. Herb. p. 717 cum fig. (1578); Stirp. Hist. Pempt. p. 799 cum figs. (1583)-Dalechamps, Hist. I, p. 355 cum fig. (1587)-Gerarde, Herb. p. 1327 cum fig (1597)-Bauhinus, Pinax Theatr. Bot. p. 456 (1623)-Raius, Hist. II, p. 1431 (1688)-Tournefort, Instit. p. 662 t. 420 (1700)-Magnol, Nov. Carac. Pl. p. 303 (1720) -Bœrhaave, Ind. Pl. II, p. 258 (1720)-Linnæus, Gen. Pl. ed. 1, p. 321, No. 776 (1737)]; Sp. Pl. ed. 1, p. 1057 (1753); Gen. Pl. ed. 5, p. 482 No. 1032 (1754)-Adanson, Fam. Pl. II, p. 377 (1763)-Schreber, Gen. Pl. p. 746 No. 1613 (1789)-Gærtner, Fruct. Sem. Pl. II, p. 66 t. 91, fig. 7. (1791)-Gmelin, Syst. Nat. II, pt. 1, p. 83 et 96 (1791)-Necker, Elem. Bot. II, p. 217 (1790)-Jussieu, Gen. Pl. p. 400 (1789)-Mœnch, Method. I, p. 346 (1794)-Persoon, Syst. Veg. ed. 15, p. 962 No. 1168 (1797).-Desfontaines, Fl. Atl. II, p. 396 (1798)-Ventenat, Tabl. III, p. 525 (1799)-J. St. Hilaire, Exposit. Fam. II, p. 302 (1805)-Persoon, Syn. Pl. II, p. 608 (1807)-Lamarck & de Candolle, Syn. Pl. Gall. p. 183 (1806); Fl. Franc. ed. 3, III, p. 318 (1815)-Rœmer & Schultes, Syst. Veg. I, p. 345 (1817).-D. Don, Prodr. Fl. Nepal. p. 61 (1825)-Reichenbach, Fl. Germ. Excurs. I, p. 178 (1830)-Meissner, Pl. Vasc. Gen. I, p. 350 (1836)--Endlicher, Gen. Pl. p. 278, No. 1859 (1836)-Loudon, Arb. & Frutic. Brit. III, p. 1365 (1838)-Spach, Hist. Végét. XI, p. 54 (1842)-Gasparrini, Nov. Gen. Fic. p. 5 (1844); in Rendic. Acad. Sci. IV, p. 392 tav. V et VI (1845)-Trécul in Ann. Sci. Nat. 3 sér. VIII, p. 137 (1847)-Miquel in Hooker, Lond. Journ. VII, p. 221 (1848); in Martius, Fl. Brasil, IV, pt. 1, p. 106 (1852); Fl. Ind. Bat. I pt. 2, p. 293 (1859)-Petzold & Kirchner, Arb. Musc. p. 549 (1864)-Koch, Dendrol. II p. 448 (1872)-Baillon, Hist. Pl. VI, p. 208 (1877)-Lauhe, Deutsch, Dendrol. p. 343 (1880)-Bentham & Hooker, Gen. Pl. III, p. 367 (1880)-J. D. Hooker, Fl. Brit. Ind. V, p. 494 (1888)-Engler in Engler & Prantl, Nat. Pflanzemfam. III, Abt. 1, p. 89 (1889)-Dippel, Handb. II, p. (1892)-Kœhne, Deutsch. Dendrol. p. 139 (1893)-Schneider, Illus. Handb. Laudholzk. I, p. 243 (1904).

Syn. *Sycomorus* (Theophrastus) Matthioli, Comm. Sen. p. 150 cum fig.

(1554).-Dodonæus, Nieuv. Herb. p. 716 cum fig. (1578); Stirp. Hist. Pempt. p. 799 cum fig. (1583)-Dalechamps, Hist. I, p. 340 fig. (1587)-Gerarde, Herb. p. 1326 cum fig. (1597)-Bauhinus, Pinax p. 459 (1623)-Ray, Hist. II, p. 1439 (1688)-Gasparrini, Ricerch. Caprif. e. Fic. p. 86 (1845)-Miquel in Hooker, Lond. Journ. VII, p. 109 (1848).

Covellia Gasparrini, Nov. Gen. Fic. p. 10 (1844); in Rendic. Acad. Scien. IV, p. 401, t. VIII ic. 22–31 (1845).

Cystogyne Gasparrini, Nov. Gen. Fic. p. 9 (1844); in Rendic. Acad. Scien. IV, p. 400 t. VIII, ic. 9–16 (1845).

Galaglychia Gasparrini, Nov. Gen. Fic. p. 10 (1844); in Rendic. Acad. Scien. IV, p. 400 t. VIII, ic. 17–21 (1845).

Tenorea Gasparrini (non Rafinesque, nec Colla, nec Koch), Nov. Gen. Fic. p. 6 (1844); in Rendic. Acad. Scien. IV, p. 397 t. VIII, ic. 22–31 (1845).

Visiania Gasparrini (non de Candolle), Nov. Gen. Fic. p. 9 (1844).

Macrophthalma Gasparrini in Rendic. Acad. Scien. IV, p. 399 t. VIII, ic. 1–8 (1845).

Erythrogyne Visiani in litt. ex Gasparrini in Rendic. Acad. Scien. IV, p. 402 (1845).

Galactoglychia Miquel in Hooker, Lond. Journ. VI, p. 526 (1847).

Pharmacosycea Miquel in Hooker, Lond. Journ. VII, p. 64 t. 2 (1848).

Pogonotrophe Miquel in Hooker, Lond. Journ. VII, p. 72 t. 2 (1848).

Synœcia Miquel in Hooker, Lond. Journ. VII, p. 468 (1848).

Frutices vel arbores erecti vel scandentes vel sarmentosi vel repentes sæpe radicantes, lactescentes. Folia alterna rarius opposita vel verticillatim terna petiolata stipullata integra vel lobata rarius dentata. Stipulæ connatæ caducæ. Receptaculum axillari-sessile vel pedunculatum sæpe bracteatum, carnosum globosum vel ovoideum vel obovatum intus in tota facie floriferum ore multibracteatum. Flores monoeci vel dioici. Flos masculus sessilis vel pedicellatus perigonio 2–6 fido vel partito lobis imbricatis vel in squamis 1–2 reducto, staminibus 1–6 (vulgo 1–2) sessilibus vel filamentis brevibus, antheris bilocularibus introrsis, ovario nullo. Flos fæmineus sessilis vel pedicellatus, perigonio nullo vel male evoluto squamoso vel lobato vel tubuloso in fructu succulente, staminibus nullis, ovario 1-loculare, stylo unico breve vel elongato, stigmate peltato vel filiforme vel bifido ventre stigmatoso. Semen pendulum parce albuminosum. Embryo curvatus.

Species circ. 800, præcipue in regionibus tropicis et subtropicis incola, quarum tres in Korea indigenæ.

Frutices sæpe elati erecti.
- Folia obovata vel elliptica vel oblonga .... *F. erecta.*
- Folia lineari-lanceolata vel lanceolata...... *F. erecta* var. *Sieboldii.*

Frutices scandentes radicantes.
- Folia ramorum fructiferorum ovata vel elliptica, acuta vel obtusiuscula. Receptaculum maturatum 2–3 cm. latum globosum. .... *F. stipulata.*
- Folia ramorum fructiferorum oblongo-lanceolata vel lanceolato-oblonga attenuata. Receptaculum maturatum 1 cm. latum globosum. .... *F. nipponica.*

7. **Ficus erecta** Thunberg.
(Tabula nostra XXXVIII).

Ficus erecta Thunberg, Dissert. Bot. Ficus p. 5 et 9 (1786)–Banks, Icon. p. 1, t. 4 (1791)–Gmelin, Syst. Nat. II, pt. 1, p. 98 (1791)–Thunberg in Trans. Linn. Soc. II, p. 327 (1794)–Willdenow, Sp. Pl. IV, p. 1140 (1806)–Persoon, Syn. Pl. II, pt. 2, p. 610 (1807)–Roemer & Schultes, Syst. Veg. I, p. 509 (1817)–Steudel, Nom. Bot. I, p. 340 (1821)–Sprengel, Syst. Veg. III, p. 781, No. 52 (1826)–Siebold & Zuccarini in Abh. Muench. Akad. IV, Abt. 3, p. 222 (1846)–Maximowicz in Bull. Acad. Sci. St. Pétersb. XXVII, p. 754 (1881); in Mél. Biol. XI, p. 328 (1881)–King in Ann. Bot. Gard. Calcutta I, p. 141 t. 178 (1888)–Beissner, Schelle & Zabel, Handb. Laubholzbenn. p. 93 (1903).–Shirasawa, Icon. Essen. Forest Trees Jap. II, p. 16 fig. 1–8 (1908)–Matsumura, Ind. Pl. Jap. II, pt. 2, p. 36 (1912)–Nakai, Veget. Isl. Quelpaert p. 511 a (1914)–Makino & Nemoto, Fl. Jap. p. 1078 (1925)–Rehder in Journ. Arnold. Arboret. X, p. 125 (1927)–nihil aliud !!

Syn. *Ficus pumila* Linnæus, [non Sp. Pl. ed. 1, p. 1060 (1753)] Syst. Nat. ed. 13, II, p. 681 (1770), pro parte; Mantissa Pl. p. 504 (1771).

Ficus japonica Blume, Bijdr. IX, p. 440 (1825)–Siebold & Zuccarini, l.c. p. 222

Ficus pyrifolia (non Burmann) Miquel in Ann. Mus. Bot. Lugd. Bat. II, pt. 6, p. 199 (1866); Prol. Fl. Jap. I, p. 131 (1866); Cat. Mus. Bot. Lugd. Bat. p. 92 (1870)–Franchet & Savatier, Enum. Pl. Jap. I, p. 434 (1875).

Urostigma pyrifolium Miquel [non in Fl. Ind. Bat. I, pt. 2, p. 338 (1859)] Cat. Hort. Amsterd. p. 107 ex Miquel, l.c.

Ficus erecta foliis ovatis Lavallée, Arb. Segr. p. 243 (1877).

Ficus Taquetii Léveillé & Vaniot in Fedde, Repert. Nov. Sp. V, p. 282 (1908)–Nakai in Journ. Coll. Sci. Tokyo XXXI, p. 199 (1911).

Frutex dioicus. Caules e basi cæspitosi glabri usque 1–5 metrales alti. Rami hornotini virides. Gemmæ lanceolatæ glabræ. Petioli 1–3,5 cm. longi virides. Lamina foliorum obovato-oblonga vel obovata vel oblonga 3,5– 18,5 cm. longa 1,7–10 cm. lata integerrima supra viridissima luciduscula glabra vel scabra infra pallida glabra venosa basi truncata vel acuta apice mucronata vel acuminata. Pedunculi axillares solitarii 2–17 mm. longi. Receptaculum globosum vel obovoideum sessile vel stipite 2–17 mm. longo, maturitate atro-purpureum 2 cm. longum et latum, ore bracteis multiserialibus dense imbricatim clausum. Flores masculi non vidi, fæminei sessiles vel stipitati valde congesti. Perigonium 3–4 partitum membranaceum hyalinum segmentis oblongis circ. 1 mm. longis. Ovarium ellipsoideum leviter laterali compressum lucidum album breve stipitatum. Styli ventrali positi solitarii apice indivisi.

Nom. Jap. Inu-biwa.

Nom. Kor. Chokkokuteginam, Chheun-seun-kwa.

(a) Receptaculum sessile sed pedunculatum.

Hab.

Quelpaert: in vallis lateralis australis (T. Nakai, no. 4991); in silvis Hongno (E. Taquet, no. 1401).

Prov. Keinan: Gakenri insulæ **Kyobuntô** (T. Nakai, no. 11080).

Prov. Zennan: Insula Baikatô (T. Ishidoya, no. 3434): Insula Daikokuzantô (T. Ishidoya, no. 3435-9).

(b) Peduncli breves 2-3 mm. longi. Stipites receptaculi 5-17 mm. longi.

Hab.

Prov. Zennan: Zimpo insulæ Totsuzantô (T. Nakai, no. 11073); Insula Nishijima, Port Hamilion (T. Nakai, no. 11077).

(c) Pedunculi 5-17 mm. longi. Stipites receptaculi 2-13 mm. longi.

Hab.

Quelpaert: in sepibus (E. Taquet, no. 6218); in parva insula Sepseum (E. Taquet, no. 4424).

Prov. Zennan: Insula Botantô circa insulam Nankaitô (T. Nakai no. 11078); Insula Baikatô (T. Miwa).

(d) Folia tantum.

Hab.

Prov. Zennan: in parva insula innominata circa insulam Totsuzantô (T. Nakai, no. 11074); in silvis Shiyôri insulæ Kaitô (T. Nakai, no. 11076); Mt. Hakuyôzan (T. Nakai, no. 11099); insula Seizantô (T. Nakai no. 11081).

Quelpært: Hongno (T. Nakai); Saishû (T. Nakai, no. 397); ibidem (T. Ishidoya no. 211); Ryûtanri (T. Nakai).

Distr. Hondo, Shikoku, Kiusiu, Tsusima, Liukiu, Formosa, China (Kwangtung, Hainan).

Ficus erecta var. **Sieboldii** King

(Tabula nostra XXXIX).

Ficus erecta var. Sieboldii King in Ann. Bot. Gard. Calc. I, pt. 2, p. 142 (1888)-Makino in Tokyo Bot. Mag. V, p. 167 (1891)-Matsumura, Ind. Pl. Jap. II, pt. 2, p. 36 (1912)-Makino & Nemoto, Fl. Jap. p. 1079 (1925).

Syn. *Ficus Sieboldii* Miquel in Ann. Mus. Bot. Lugd. Bat. II, p. 199 (1866); Prol. Fl. Jap. I, p. 131 (1866)-Maximowicz in Bull. Acad. Sci. St. Pétersb. XXVII, p. 544 (1881); in Mél. Biol. XI, p. 327

(1881)-Franchet & Savatier, Enum. Pl. Jap. I, p. 435 (1875); II, p. 490 (1876)-Matsumura & Hayata in Journ. Coll. Sci. Tokyo XXII, p. 378 (1906)-Nakai, Veg. Isl. Quelpaert p. 38 No. 514 (1914)-Mori, Enum. Corean Pl. p. 124 (1922).

Ficus pseudo-pyriformis Léveillé & Vaniot in Fedde, Repert, V, p. 282 (1908)-Nakai in Journ. Coll. Sci. Tokyo XXXI, p. 199 (1911).

Folia lineari-lanceolata vel lanceolata (*Ficus erecta foliis lanceolatis* Lavallée, l.c.), turionum sæpe grosse dentata (*Ficus erecta foliis laciniatis* Lavallée, l.c.).

Nom. Jap. Hosoba-Inubiwa.

Hab.

Quelpaert: in sepibus Hongno (E. Taquet no. 3225); Ryûtanri (T. Nakai no. 853); Saishû (T. Nakai no. 4989–90); in laterali australi montis Hallasan (T. Nakai no. 4988); secus torrentes (E. Taquet no. 5969); Mt. Hallasan (T. Nakai); sine loco speciali (T. Mori, no. 36).

Prov. Zennan: Shiyôri insulæ Kaitô (T. Nakai, no 11075); insula Hokitsutô (T. Nakai).

Distr. Hondo, Shikoku, Kiusiu, Formosa.

8. **Ficus stipulata** Thunberg.

(Tabula nostra XL).

Ficus stipulata Thunberg, Dissert. Ficus p. 5 & 8 (1786)-Gmelin, Syst. Nat. II, pt. 1, p. 98 no. 34 (1791)-Thunberg in Trans. Linn. Soc. II, p. 327 (1794)-Willdenow, Sp. Pl. IV pt. 2, p. 1139 (1806), excl. Pl. ex China -Vahl, Enum. II, p. 185 (1806)-Roemer & Schultes, Syst. Veg. I, p. 501 (1817)-Steudel, Nom. Bot. I, p. 342 (1821)-Sprengel, Syst. Veg. III, p. 779 (1826)-Beissner, Schelle & Zabel, Handb. Laubholzbenn. p. 93 (1903)-Nihil aliud !!

Syn. *Ficus foliis trilobis, caule repente radicante* Thunberg, Fl. Jap. p. 351 (1784).

Ficus pumila (non Linnæus) Miquel in Hooker, Lond. Journ. Bot. VII, p. 439 (1848); in Ann. Mus. Bot. Lugd. Bat. II, p. 199 (1866); Prol. Fl. Jap. p. 131 (1866)-Franchet & Savatier, Enum. Pl. Jap.

I, p. 435 (1875), quoad specimen a Siebold lectum partim.

Ficus stipulata var. *minima* Lavallée, Arb. Segrez. p. 243 (1877).

Ficus minima Hort. ex Lavallée, l.c. pro syn.

Ficus Thunbergii Maximowicz in Bull. Acad. Sci. St. Pétersb. XXVII, p. 552 (1881); in Mél. Biol. XI, p. 339 (1881)-Matsumura, Ind. Pl. Jap. II, pt. 2, p. 39 (1912)-Makino & Nemoto, Fl. Jap. p. 1082 (1925).

Ficus foveolata var. *Thunbergii* King in Ann. Bot. Gard. Calcutta I, p. 134 t. 167 G. (1888)-Rehder in Journ. Arnold Arboret. X, p. 125 (1929).

Ficus Fauriei Léveillé & Vaniot in Fedde, Repert. IX. p. 323 (1911)-Nakai in Journ. Coll. Sci. Tokyo XXXI, p. 199 (1911).

Ficus hederifolia Léveillé in Fedde, Repert. IX. p. 323 (1911)-Rehder in Journ. Arnold. Arboret. X. p. 129 (1929).

Ficus foveolata (non Wallich) Nakai, Veget. Isl. Quelpaert p. 38, no. 512 a (1914)-Mori, Enum. Corean Pl. p. 123 (1922).

Ficus foveolata var. *macrocarpa* Nakai, l.c. no. 512 b, nom. nud.-Mori, l.c.

Frutex monoecus. Caulis ramosus supra rupes vel truncos repens radicantes, ramis horizontali patentibus vel dependentibus, junioribus gracilibus adpresse pilosis cum foliis parvis angulatis 3–12 mm. longis 2,5–10 mm. latis grosse dentatis supra viridibus scabris infra pallidis elevati-nervosis supra venas pilosis. Rami fructiferi potius robusti 2–3 mm. lati fuscescenti-pilosi, cum foliis coriaceis ovatis vel ellipticis 2–5 cm. longis 1–2,3 cm. latis integris supra nitidis infra elevati-nervosis supra venas primarias pilosellis. Receptaculum globosum 1,5–3 cm. latum pedunculatum, maturitate atro-purpureum. Flores masculi stipite 2–3,5 mm. longo ad apicem incrassato, tepalo 4 subulato 1,5 mm. longo, staminibus binis oppositis et tepalis oppositis, connectivo bene evoluto apice apiculato-producto, antheris introrsis 1,5 mm. longis, filamentis brevibus. Flores fæminei brevissime stipitati, tepalis 4 lineari-bus inæqualibus vel subæqualibus 1–2 mm. longis, ovario unico sessile, stylis ventrali-lateralibus, stigmate punctato. Achenia subsphærica 1,2 mm. longa 1 mm. lata cinereo-fuscescentia lævia.

Nom. Jap. Hime-itabi.

Nom. Quelpaertense. Moram.

Hab.

Quelpaert: Hongno (T. Nakai. no. 269); Ryûtanri (T. Nakai no. 851); in vallis lateralis anstralis (T. Nakai no. 4992–3); in rupibus (E. Taquet, no. 5972, type of *Ficus Fauriei* var. *macrocarpa* Léveillé, or *F. foveolata* v. *marcocarpa* Nakai); in sepibus (E. Taquet no. 5971, type of *Ficus Fauriei* Léveillé & Vaniot).

Distr. Hondo, Shikoku, Kiusiu.

Thunberg's *Ficus stipulata* is generally referred to the synonym of *Ficus pumila*, but the type-specimens at the Uppsala University are two suckers with angulate leaves of this species.

9. **Ficus nipponica** Franchet & Savatier
(Tabula nostra XLI).

Ficus nipponica Franchet & Savatier, Enum. Pl. Jap. I, p. 436 (1875), nom. nud., II, p. 491 (1876).

Syn. *Ficus erecta* (non Thunberg) Miquel in Hooker, Lond. Journ. VII, p. 439 (1848), pro parte, in Ann. Mus. Bot. Lugd. Bat. II, p. 200 (1866); Prol. Fl. Jap. p. 132 (1866); Cat. Mus. Bot. Lugd. Bat. p. 92 (1870)-Franchet & Savatier, Enum. Pl. Jap. I, p. 435 (1875), pro parte.

Ficus foveolata (non Wallich) Miquel in Ann. Mus. Bot. Lugd. Bat. III, p. 294 (1867)-Forbes & Hemsley in Journ. Linn. Soc. XXVI, p. 460 (1894), pro parte-Henry, List. Pl. Formosa p. 87 (1897)-Matsumura & Hayata in Journ. Coll. Sci. Tokyo XXII, p. 375 (1906)-Matsumura, Ind. Pl. Jap. II, pt. 2, p. 37 (1912).

Ficus pumila (non Linnæus) Nakai, Veget. Isl. Quelpaert p. 38 no. 513 (1914)-Mori, Enum. Corean Pl. p. 124 (1922).

Ficus foveolata var. *nipponica* King apud Makino & Nemoto, Fl. Jap. p. 1079 (1925).

Frutex dioicus ramosus supra rupes et truncos repens, ramis juvenilibus gracilibus adpresse pilosis, petiolis gracilibus 7–20 mm. longis adpresse pilosellis, foliis lanceolatis vel oblongo-lanceolatis chartaceis

3,5–11 cm. longis 1,3–3,8 cm. latis integris; ramis floriferis robustioribus, foliis ramorum fructiferorum petiolis 3–20 mm. longis adpresse pilosis, laminis coriaceis ovato-lanceolatis vel oblongo-lanceolatis vel lanceolatis 4–10 cm. longis 1,7–4 cm. latis supra nitidulis infra glaucescentibus reticulato-nervosis. Receptaculum axillare sessile glomeratum 1–2 diametro circ. 1 cm. latum. Flores masculi mihi ignoti. Flores fæminei purpureo-rosei, dimorphi sed individuali constantes. Flores in typo primo tepalis 3 aut 4 subulatis 1,2–1,5 mm. longis, ovario oblongo vel oblique obovato albo 1–1,3 mm. longo stipite ovarii dimidio æquilongo aut subæquilongo, stylo parvo infra apicem ovarii ventrale ovario 4–5 plo breviore, stigmate flavo simplice vel bifido vel peltato. Flores in typo secundo tepalis et ovario cum primo conformes sed stylis filiformibus ovario fere æquilongo vel eum duplo superantibus supra medium ventrali stigmatosis.

Nom. Jap. Itabi-Kadzura.

Nom. Kor. Moram.

Hab.

Quelpaert: in rupibus Chôten (T. Nakai, no. 1348); in dumosis Hongno (U. Faurie, no. 896); in rupibus Saishû (T. Nakai no. 4994); in monte Hallasan 500 m. (T. Ishidoya no. 208); in vallis lateralis australis Hallasan (T. Nakai no. 4995); in rupibus (E. Taquet no. 5970).

Prov. Zennan: in parva insula Gyokutô (T. Nakai, no. 465); insula Daikokuzantô (T. Ishidoya no. 3431. 3433. 3437); insula Kaitô (T. Nakai, no. 11091); supra truncos in insula Wangtô (T. Nakai no. 11090); in rupibus Seizantô (T. Nakai no. 11088 b); Insula Nishijima, Port Hamilton (T. Nakai no. 11088 a); in rupibus insulæ Chintô (T. Nakai. no. 9587); insula Hokitsutô, supra truncos (T. Nakai); in rupibus Settô (T. Nakai, no. 9587 bis); Wangtô (T. Ishidoya); insula Baikwatô (T. Ishidoya no. 3432).

Prov. Keinan: Insula Kyosaitô (G. Betsumiya); in parva insula Mugishima circa Kyosaitô (T. Nakai, no. 11092).

Distr. Hondo, Shikoku, Kiusiu, Formosa, China (Chekiang).

(五) 朝鮮產桑科植物ノ和名、朝鮮名、學名ノ對稱表

和　　名	朝　鮮　名	學　　　　名
栽培ぐは	ポンナム	Morus alba Linnæus var. romana Loddiges.
魯　桑		Morus latifolia Poiret.
け ぐ は	トウルポンナム（全南）	Morus tiliæfolia Makino.
やまぐは	サンポンナム。ポンナム	Morus bombycis Koidzumi.
ほそばやまぐは		Morus bombycis forma dissecta Nakai.
はまぐは	ポンナム	Morus bombycis var. maritima Koidzumi.
をながぐは		Morus bombycis var. caudatifolia Koidzumi.
てうせんぐは	ポンナム	Morus mongolica Schneider.
おにぐは		Morus mongolica var. diabolica Koidzumi.
かぢのき	タクナム。タンナム。タッチナム	Broussonetia papyrifera Ventenat.
かうぞ	タクナム	Broussonetia kazinoki Siebold.
はりぐは	チョッコクナム。クッカサイ。クカシナム。クジッポン。ホアルポンナム。	Cudrania tricuspidata Bureau.
いぬびは	チョツコクテギナム（南海島）チェンソンクヮ	Ficus erecta Thunberg.
ほそばいぬびは		Ficus erecta var. Sieboldii King.
ひめいたび	モラム	Ficus stipulata Thunberg.
いたびかづら	モラム	Ficus nipponica Franchet & Savatier.

(六) 朝鮮產桑科植物ノ分布

本科植物ハ暖地性ノモノ多ク特ニ最モ暖地性ナルハひめいたびニシテ濟州島ノ海岸地方標高300米突以下ニノミアリ而シテ日本分子ニシテ九州、四國並ニ本州ノ南岸ニ分布ス、之ニ亞グ暖地性ノモノハいたびかづら、いぬびは、けぐはニシテ全南、慶南ノ暖地或ハ濟州島ニ產スレドモ欝陵島ニハ侵入ノ機ナカリシカ之ヲ產セズ、此三種ノ中唯けぐはノミハ黃海道ノ白鴒島ト大青島ニ產シ又東部ニアリテハ咸北明川郡七寶山ニアルハ全ク暖流ノ保護ニ依ル、いたびかづらハ朝鮮外ニテハ九州、四國、本島ノ暖地、支那ノ東部ニ分布シ、いぬびはハ内地、臺灣、支那ノ南部、

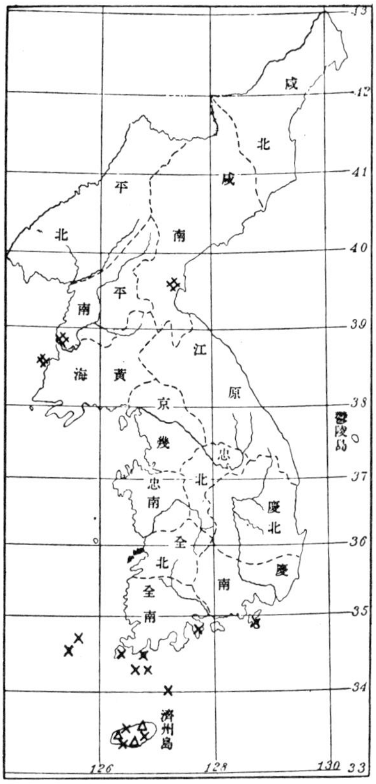

地圖 12.
×. いたびかづら Ficus nipponica.
△. ひめいたび Ficus stipulata
#. てうせんぐは Morus mongolica.

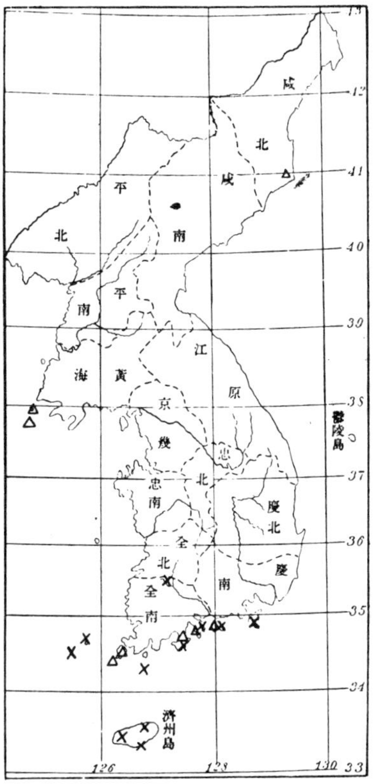

地圖 13.
×. いぬびは Ficus erecta.
△. けぐは Morus tiliaefolia.

香港海南島ニ分布ス、けぐはハ本島ノ西部中國、小豆島、四國、隱岐、九州、對馬ニ分布ス。

はりぐはハ濟州島、全南、慶南、忠南ニ產シ尙ホ夫ヨリモ北方ニ栽培サル、朝鮮外ニテハ支那ニ多ク山東、浙江、湖北ヲ經テ雲南迄モ分布ス。內地ニテハ近年富士山麓ノ原始林中ニ自生スル事ノ知レシ外未ダ他ニ自生アルヲ知ラズ。

かぢのき、かうぞハはりぐはトホボ同樣ノ分布ヲナス。

やまぐはハ全道ニ產シ海岸地方ニテ固定シタルモノニはまぐはアリ葉厚ク光澤ニ富ミ潮風ニ耐ユ、鬱陵島ニアルやまぐはハ皆此はまぐはニシテ同島ハ海中ニ孤立スル丈ケニ潮風强ク屢々全島ニ海水ノ霧ヲ降ラシ普通ノ栽培桑ト魯桑ハ如何ニ直接ノ潮風ヲ受ケヌ所ニテモ全部枯死ス、故ニ同島ノ養蠶ハ一ニ此はまぐはニ依ル事ハ恰モ琉球ニテしまぐはノミヲ養蠶ニ用ヰ、豆南列島ト八丈島ニテハ八丈桑ノミヲ養蠶ニ用ヰルト同樣ナリ。

唯一ノ寒地性ナルハてうせんぐはト其變種タルおにぐはニシテ平南、黃海、咸南以北滿洲、東蒙古、北支那ニ分布ス。

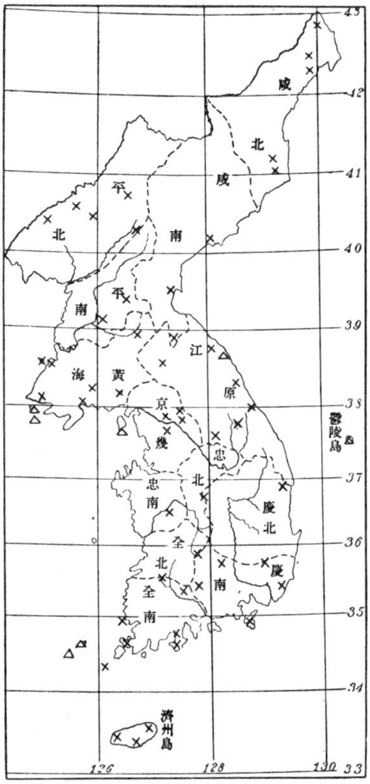

地圖. 14.
×. やまぐは Morus bombycis.
△. はまぐは Morus bombycis var. maritima.

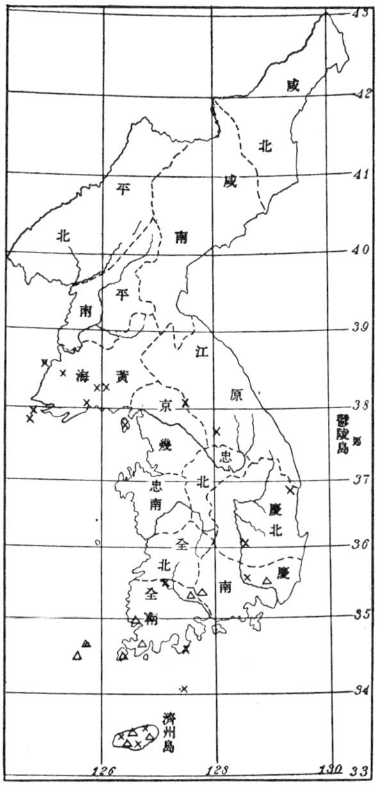

地圖 15.
×. かぢのき Broussonetia papyrifera.
△. かうぞ Broussonetia kazinoki.

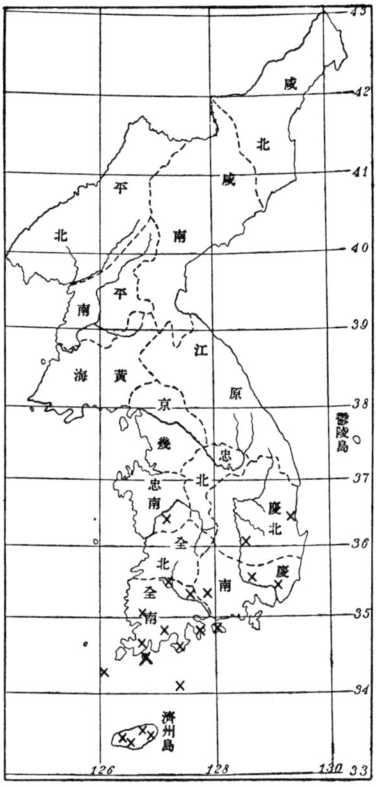

地圖 16.
×. はりぐは Cudrania tricuspidata.

第 壹 圖 Tabula I

おほばにれ

Ulmus macrophylla NAKAI

A. 葉ヲ附クル枝	A. Ramus arboris vetustæ.
B. 葉ヲ裏面ヨリ見ル	B. Folium infra visum.
C. 葉ノ表面ノ一部ヲ廓大ス	C. Pars paginæ folii superioris aucta.
D. 葉ノ裏面ノ一部ヲ廓大ス	D. Pars paginæ folii inferioris aucta.

第壹圖

Tab. I.

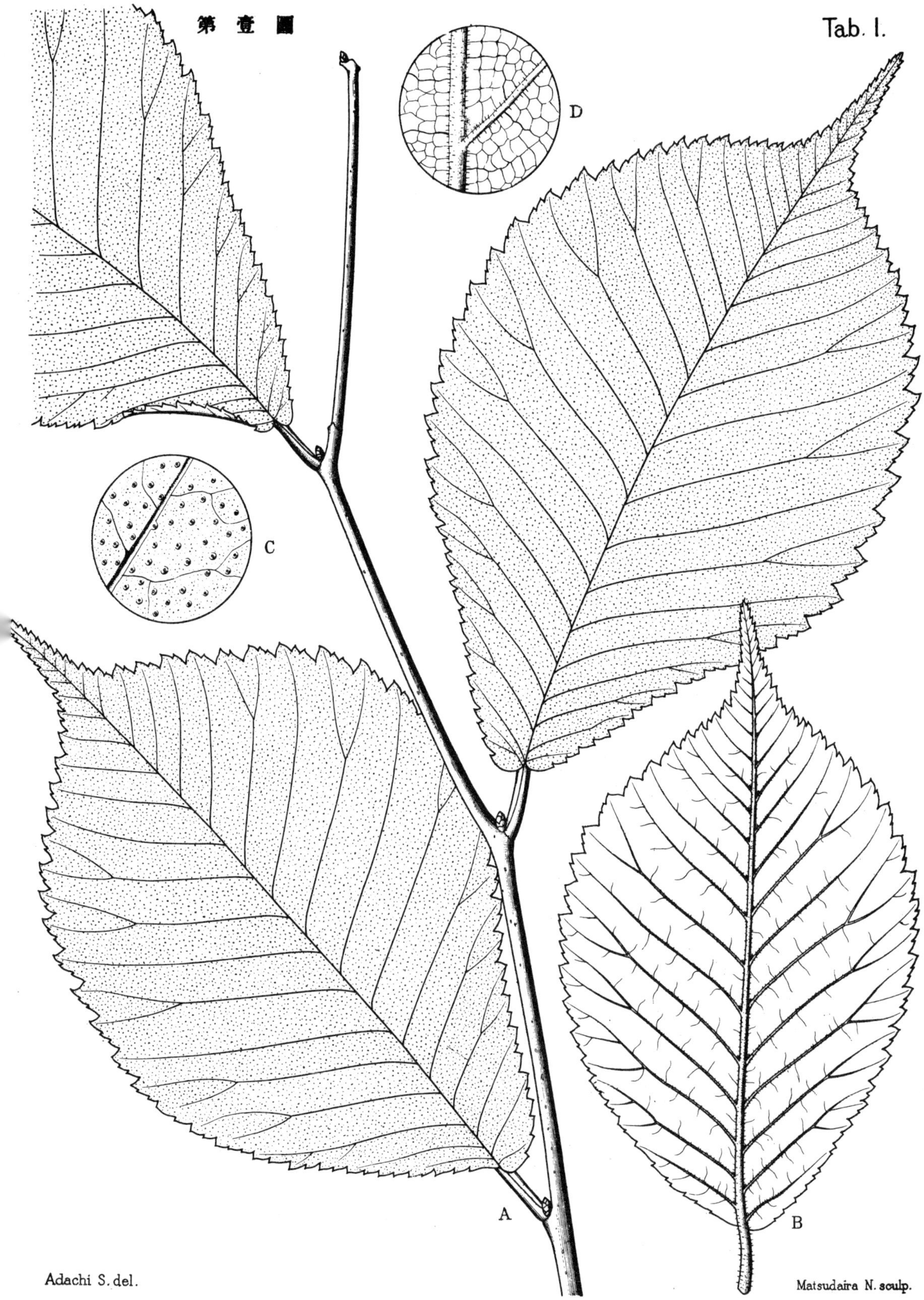

Adachi S. del.

Matsudaira N. sculp.

第 貳 圖 Tabula II

おひようにれ

Ulmus laciniata MAYR

葉ヲ附クル枝（自然大） Ramus foliifer (mag. nat.)

第 貳 圖

Tab II.

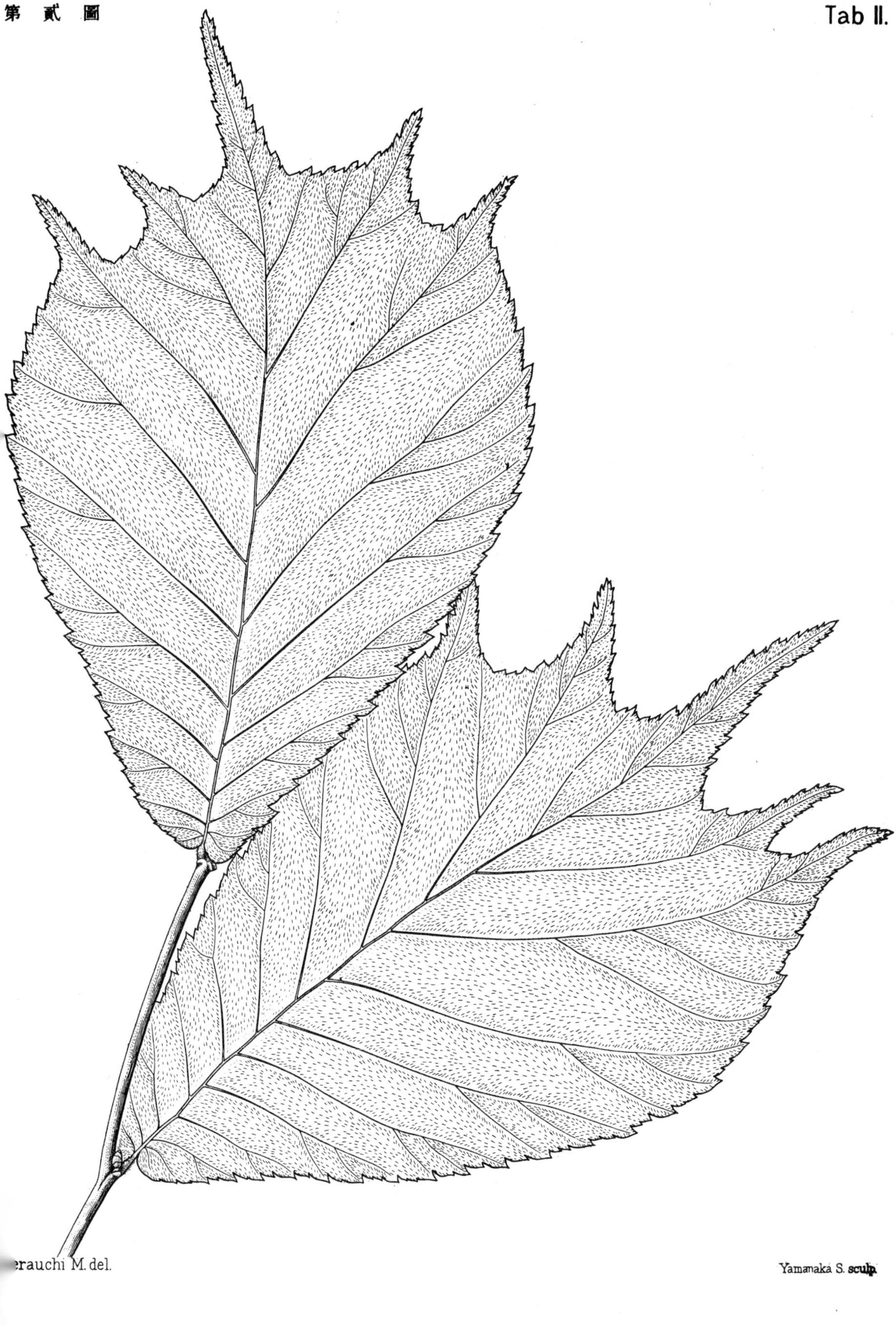

[T]erauchi M. del.

Yamanaka S. sculp.

第 參 圖 Tabula III

おひようにれ

Ulmus laciniata MAYR

樹皮（自然大）　　Cortex trunci (mag. nat.)

第参圖 Tab. III

Terauchi M. del. Nakazawa K. sculp.

第 四 圖 Tabula IV

まるばおひよう

Ulmus laciniata MAYR
var. *holophylla* NAKAI

葉ヲ附クル枝（自然大） Ramus foliifer (mag. nat.)

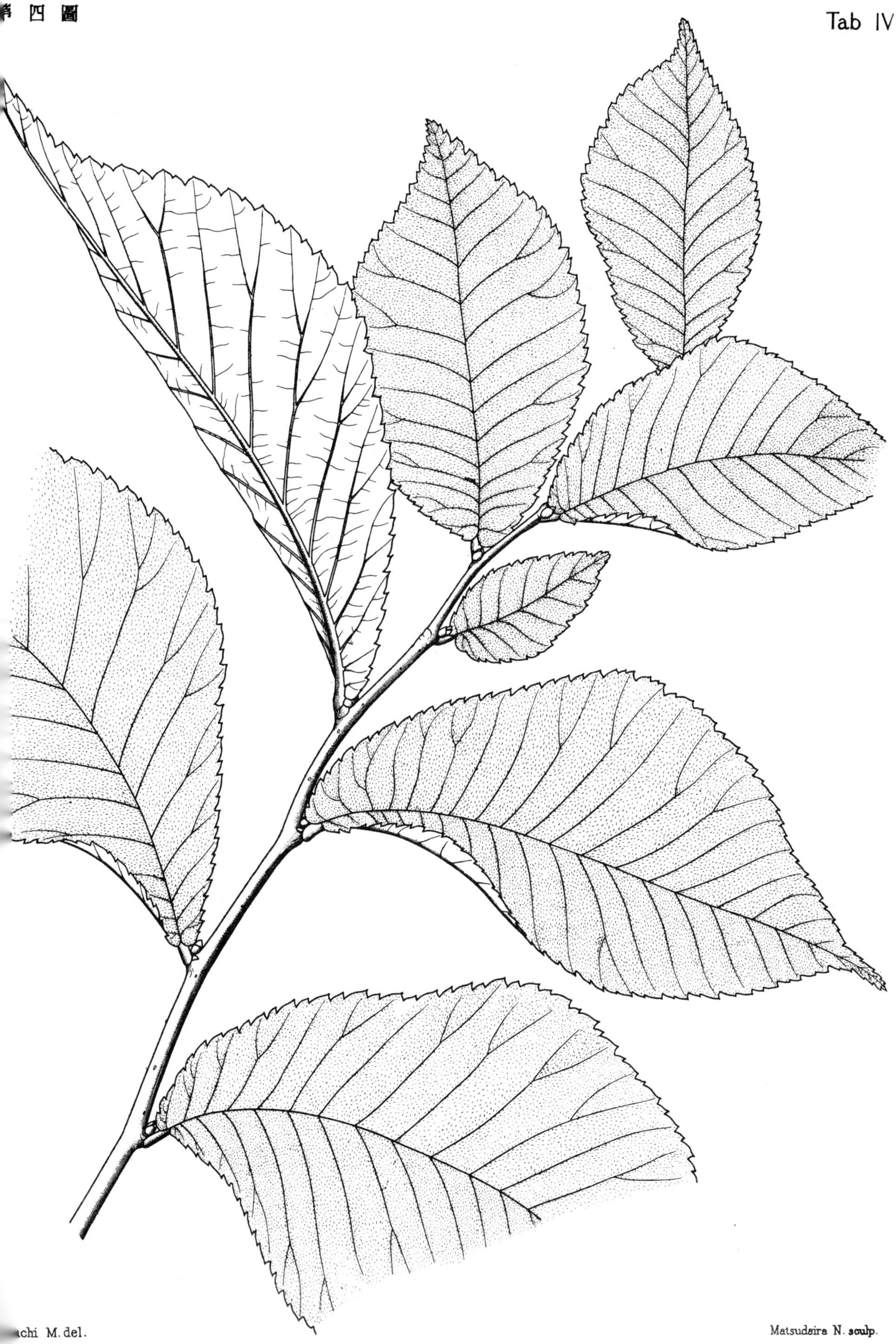

achi M. del. Matsudaira N. sculp.

第　五　圖　Tabula V

てうせんにれ

Ulmus macrocarpa HANCE

果實ト葉トヲ附クル枝（自然大）　Ramus cum foliis & fructibus (mag. nat.)

第 五 圖 Tab. V.

ayashi T. del. Matsudaira N. sculp.

第　六　圖 Tabula VI

の　に　れ

Ulmus manshuria NAKAI

A.	若木ノ萌枝	(自然大)	A.	Turio plantæ juvenilis	(mag. nat.)
B.	老木ノ枝	(〃)	B.	Ramus arboris vetustæ	(„)
C.	果實ヲ附クル枝	(〃)	C.	Ramus cum fructibus	(„)
D.	果實	(〃)	D.	Fructus	(„)

第 六 圖

Tab. VI

Nakai T. & Adachi S. del.

Nakazawa K. sculp.

第　七　圖　Tabula VII

の　に　れ

Ulmus manshuria NAKAI

樹皮（自然大）　　　Cortex trunci (mag. nat.)

Terauchi M. del.

Nakazawa K. sculp.

第　八　圖 Tabula VIII

たうにれ

Ulmus Davidiana PLANCHON

A. 老木ノ枝	(自然大)	A. Ramus vetustus	(mag. nat.)
B. 果實ヲ附クル枝	(〃)	B. Ramulus fructifer	(,,)
C. 果實ノ廓大圖		C. Fructus (auctus)	

第 八 圖

Tab. VIII

.kai T. & Adachi S. del.

Nakazawa K. sculp.

第 九 圖 Tabula IX

は る に れ

Ulmus Davidiana PLANCHON
var. *japonica* NAKAI.

A.	樹皮 (自然大)	A.	Cortex trunci. (mag. nat.)
B.	果實群 („)	B.	Grex fructuum(„)
C.	果實 („)	C.	Fructus („)
D.	果實 (廓大)	D.	ditto (auctus)

第九圖 Tab. IX.

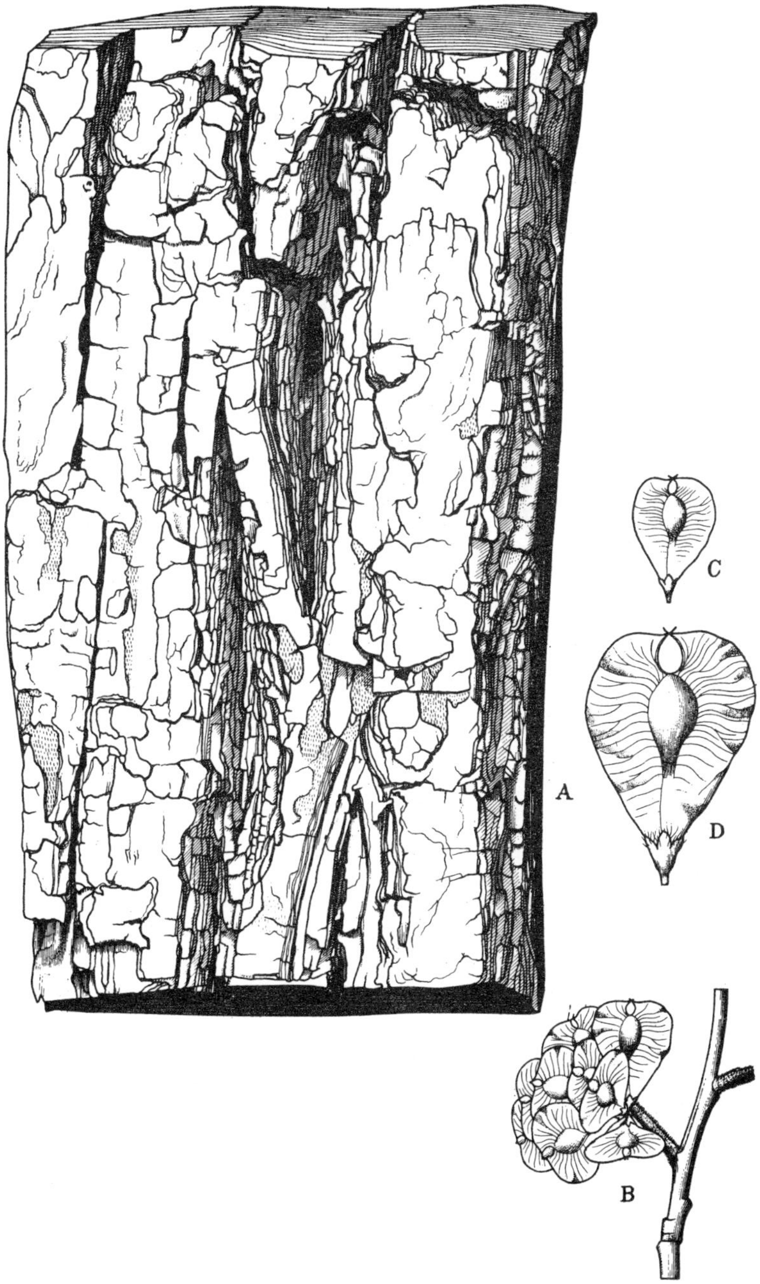

Nakai T. & Terauchi M. del.

Matsudaira N. sculp.

第 拾 圖 Tabula X

こ ぶ に れ

Ulmus Davidiana PLANCHON
var. *japonica* NAKAI
forma *suberosa* NAKAI

A. 枝 (自然大)	A. Ramulus (mag. nat.)
B. 葉 (〃)	B. Folium („)

A
B
Terauchi M. del.
Nakazawa K. sculp.

第拾壹圖 Tabula XI

てうせんあきにれ

Ulmus coreana NAKAI

A. 樹皮 (自然大)
B. 新芽ヲ附クル枝 (〃)
C. 若木ノ枝 (〃)
D. 花ヲ附クル枝 (〃)
E. 果實ヲ附クル枝 (〃)
F. 花ヲ上ヨリ見ル (廓大)
F_1. 花ヲ側方ヨリ見ル (〃)
G. 雄蕋ヲ外方ヨリ見ル(〃)
G_1. 雄蕋ヲ内方ヨリ見ル(〃)
H. 果實 (自然大)
I. まるみてうせんあきにれノ果實 (自然大)

A. Cortex trunci (mag. nat.)
B. Ramulus cum gemmis (,,)
C. Ramulus plantæ juvenilis (,,)
D. Ramulus cum floribus (,,)
E. Ramulus cum fructibus (,,)
F. Flos supra visus (auctus)
F_1. Flos laterali visus (,,)
G. Stamen dorsali visum (auctum)
G_1. Stamen ventrali visum (,,)
H. Fructus (mag. nat.)
I. Fructus *Ulmi coreanae* var. *cyclopterae* (mag. nat.)

Nakai T. & Adachi S. del.

Nakazawa K. sculp.

第拾貳圖 Tabula XII

け や き

Zelkova serrata MAKINO

A.	春ノ若枝 (自然大)	A.	Ramulus vernalis. (mag. nat.)
B.	花ヲ附クル枝 (〃)	B.	Ramulus cum floribus masculis & fæmineis (mag. nat.)
C.	果實ヲ附クル枝 (〃)	C.	Ramulus cum fructibus („)
D.	大型ノ葉ヲ附クル若キ木ノ枝(自然大)	D.	Ramulus plantæ juvenilis cum foliis magnis (mag. nat.)
E.	雄花 (廓大)	E.	Flos masculus (auctus)
F.	雄蕋ヲ背面ヨリ見ル(〃)	F.	Stamen dorsali visum („)
F_1.	同上ヲ腹面ヨリ見ル(〃)	F_1.	Stamen ventrali visum („)
G.	果實 (〃)	G.	Fructus („)

第拾四圖

Tab. XIV

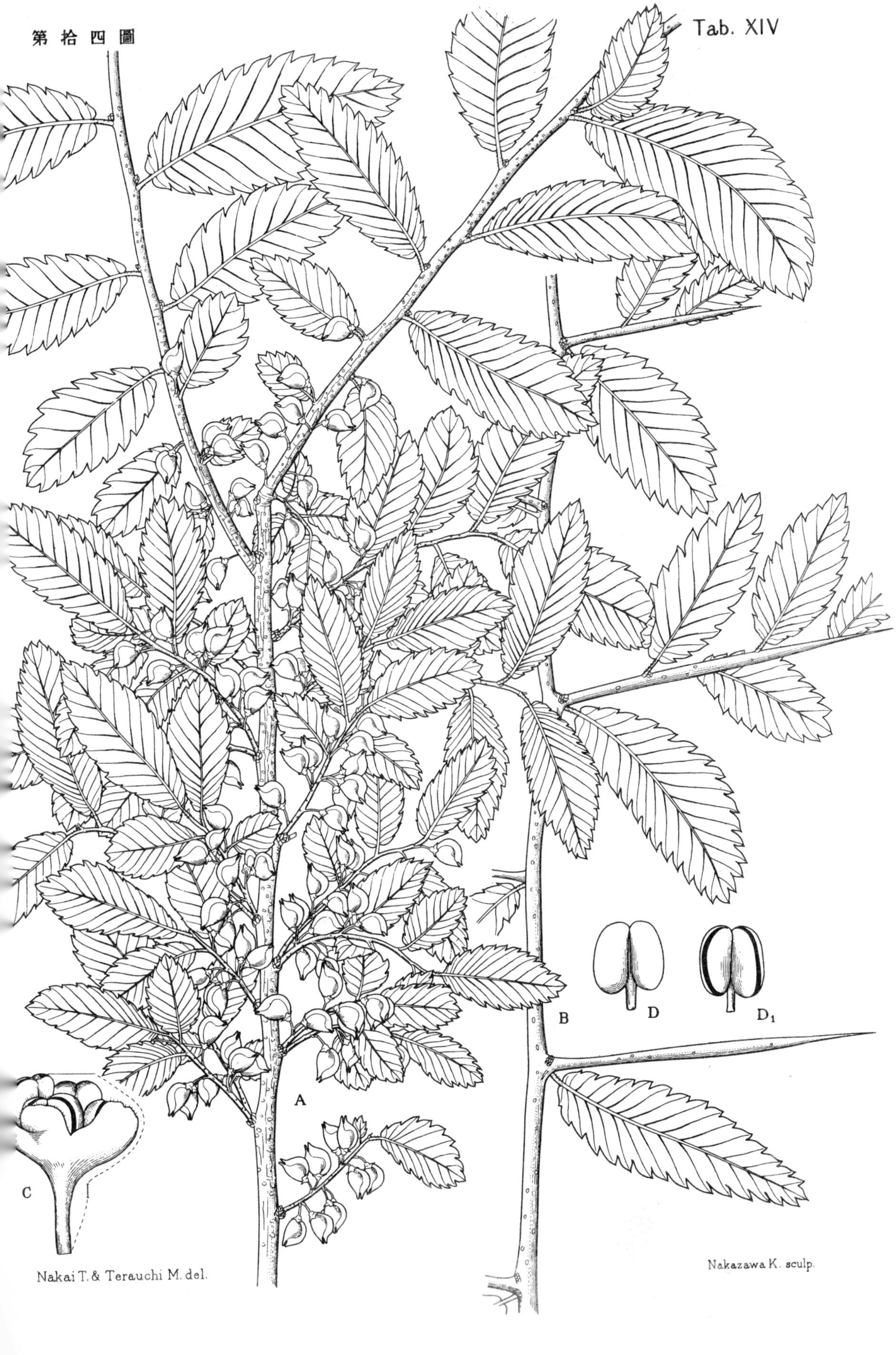

Nakai T. & Terauchi M. del.

Nakazawa K. sculp.

第拾五圖 Tabula XV

むくえのき

Aphananthe aspera PLANCHON

A. 果實ヲ附クル枝(自然大)
B. 葉ノ表面ノ一部(廓大)
C. 葉ノ裏面ノ一部 (〃)
D. 雄花、雌花ヲ附クル枝(自然大)
E.E. 雄花 (廓大)
F. 雌花 (〃)

A. Ramus cum fructibus (mag. nat.)
B. Pagina folii superior (aucta)
C. Pagina folii inferior („)
D. Ramulus cum floribus fæmineis et inflorescentia mascula (mag. nat.)
E.E. Flores masculi (aucti)
F. Flos fæmineus (mag. nat.)

Nakai T. Kamibayashi T. & Adachi S. del.

Nakazawa K. sculp.

第 拾 六 圖 Tabula XVI

長壽えのき

Celtis cordifolia NAKAI

果實ヲ附クル枝（自然大） Ramus cum fructibus (mag. nat.)

Adachi S. del Matsudaira N. sculp.

第拾七圖 Tabula XVII

こばのえぞえのき

Celtis Bungeana BLUME

A.	果實ヲ附クル枝（自然大）	A.	Ramus cum fructibus (mag. nat.)
B.	萠枝ノ葉（〃）	B.	Folium turionis (,,)

Adachi S. del

Matsudaira N. sculp.

第 拾 八 圖　Tabula XVIII

えぞえのき

Celtis jessoensis Koidzumi

A.	萠枝ノ一部（自然大）	A.	Turio (mag. nat.)
B.	花ヲ附クル枝（ 〃 ）	B.	Ramulus cum floribus (,,)
C.	雄花　（廓大）	C.	Flos masculus (auctus)
D.	兩全花（ 〃 ）	D.	Flos hermaphroditus (,,)
E.	若キ果實ヲ附クル枝（自然大）	D.	Ramulus cum fructibus juvenilibus (mag. nat.)
F.	果實ヲ附クル枝（自然大）	F.	Ramulus cum fructibus maturatis (mag. nat.)
G.	核（廓大）	G.	Putamen (auctum)

Nakai T. & Adachi S. del. Nakazawa K. sculp.

第拾九圖 Tabula XIX

ながばえぞえのき

Celtis jessoensis KOIDZUMI
var. *angustifolia* NAKAI

枝ノ一部（自然大） Ramulus (mag. nat.)

第拾九圖

Tab. XIX.

dachi S. del.

Matsudaira N. sculp.

第 貳 拾 圖 Tabula XX

く ろ み え の き

Celtis choseniana Nakai

A. 果實ヲ附クル枝 (自然大)

B. 核 (廓大圖)

A. Ramus cum fructibus (mag. nat.)

B. Putamen (auctum)

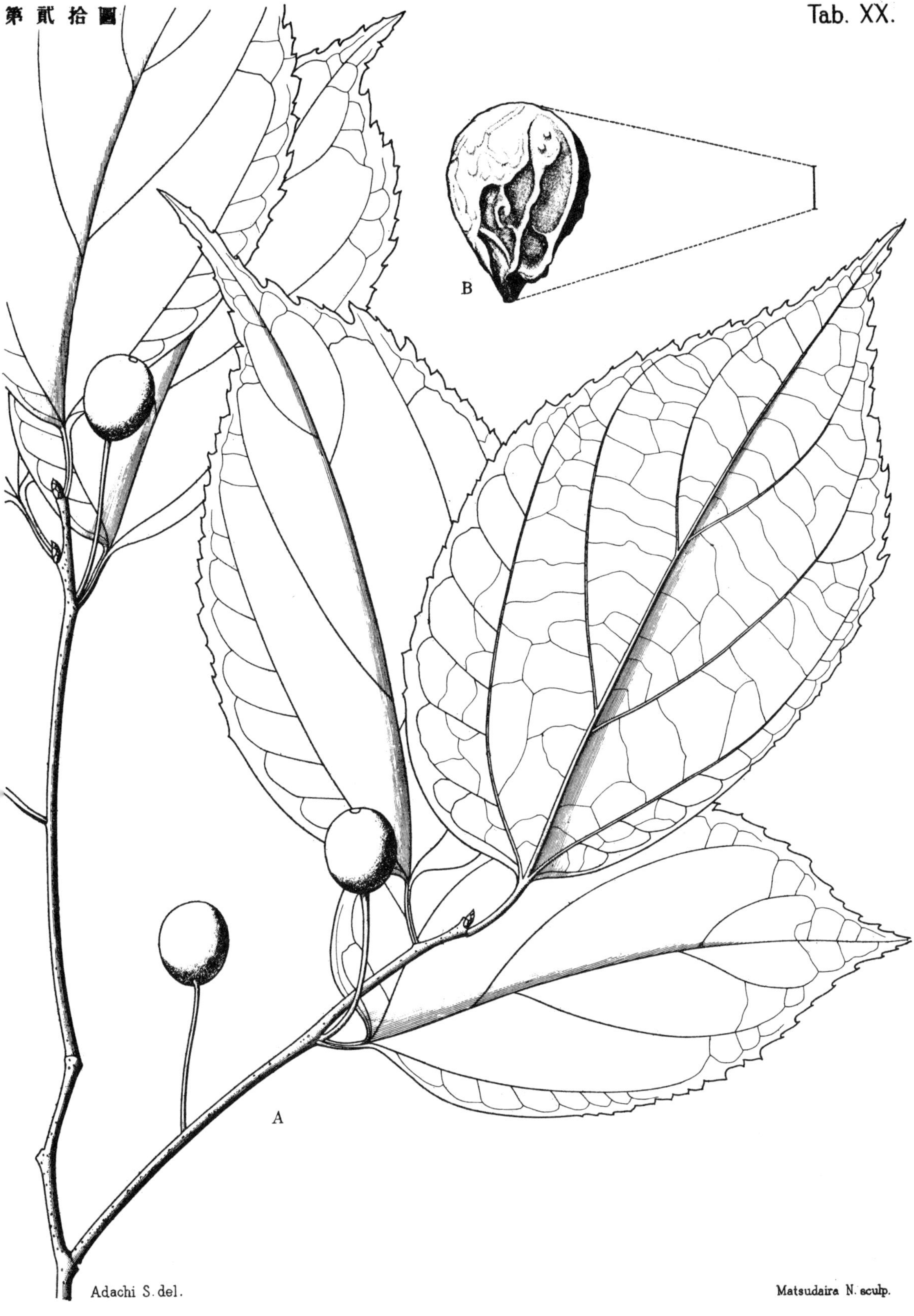

Adachi S. del. Matsudaira N. sculp.

第貳拾壹圖 Tabula XXI

てうせんえのき

Celtis koraiensis Nakai

A. 萠枝ノ葉 (自然大)

B. 果實ヲ附クル枝 (〃)

C. 核 (廓大)

D. 胚 (〃)

A. A. Folia turionum (mag. nat.)

B. Ramulus cum fructibus (,,)

C. C. Putamina (aucta)

D. D. Embryones (aucti)

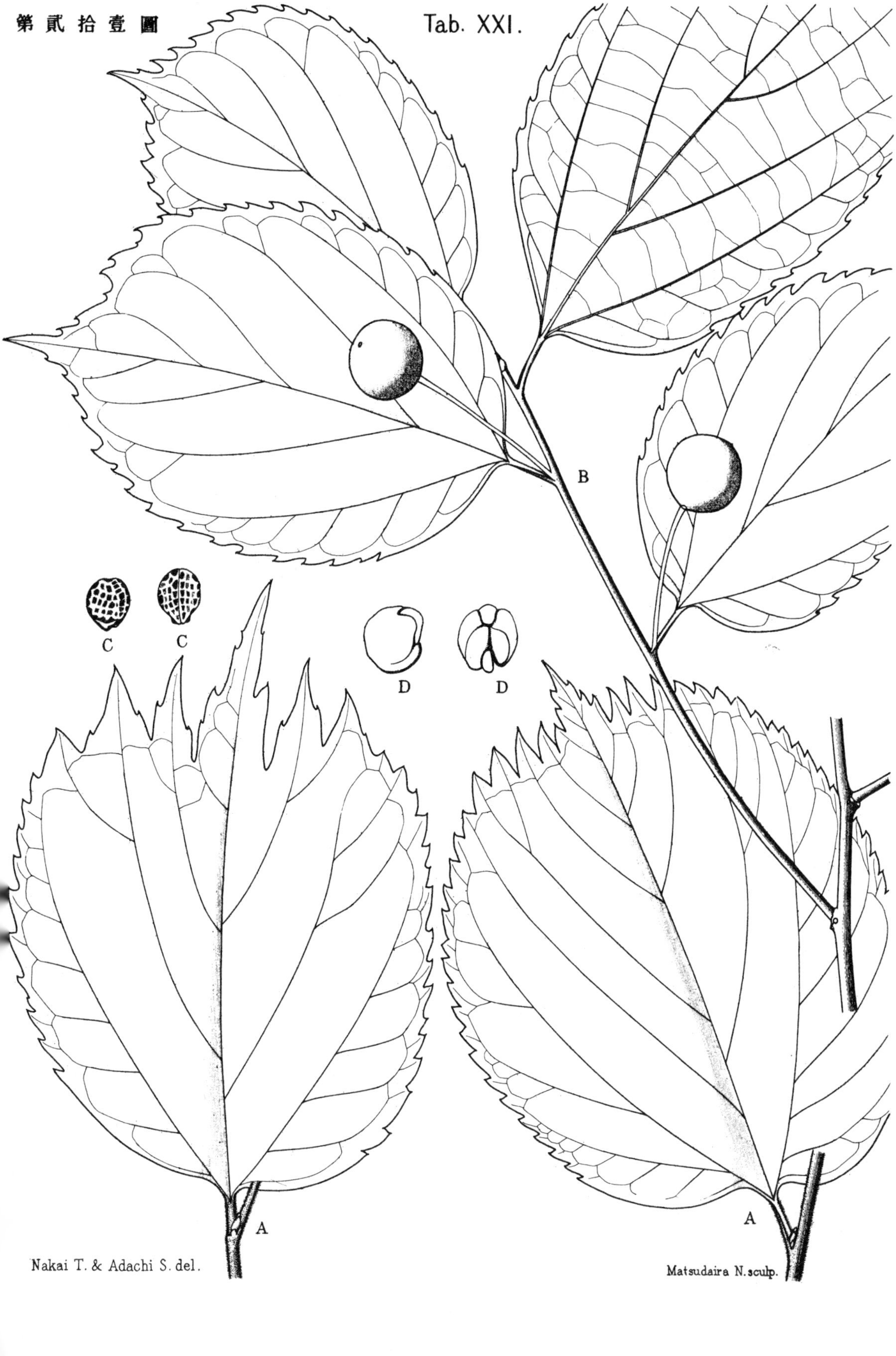

Nakai T. & Adachi S. del.

Matsudaira N. sculp.

第 貳 拾 貳 圖 Tabula XXII

まるばてうせんえのき

Celtis koraiensis NAKAI
var. *arguta* NAKAI

果實ヲ附クル枝 (自然大)　Ramus fructifer (mag. nat.)

第貳拾貳圖

Tab. XXII.

Adachi S. del.

Matsudaira N. sculp.

第貳拾參圖 Tabula XXIII

こばのてうせんえのき

Celtis Leveillei NAKAI

A.	若木ノ若枝（自然大)	A.	Ramulus juvenilis plantæ juvenilis (mag. nat.)
B.	果實ヲ附クル枝(〃)	B.	Ramulus cum fructibus (mag. nat.)
C.	葉ノ表面ノ廓大圖	C.	Pagina folii superior (aucta.)
D.	葉ノ裏面ノ廓大圖	D.	Pagina folii inferior (aucta)
E.	核ノ廓大圖	E.	Putamen (auctum)

Adachi S. del.

Nakazawa K. sculp.

第貳拾四圖 Tabula XXIV

えのき

Celtis sinensis PERSOON
var. *japonica* NAKAI

A. 雄花ト兩全花トヲ附クル枝（自然大）	A. Ramulus cum floribus masculis & hermaphroditis (mag. nat.)
B. 雌花ヲ附クル枝（自然大）	B. Ramulus cum floribus fæmineis (mag. nat.)
C. 雄花群（廓大）	C. Inflorescentia mascula (aucta)
D. 兩全花（〃）	D. Flos hermaphroditus (auctus)
E. 若キ果實ヲ附クル枝（自然大）	E. Ramulus cum fructibus juvenilibus (mag. nat.)
F. 果實ヲ附クル枝（自然大）	F. Ramus cum fructibus (mag. nat.)
G. 核（廓大）	G. Putamen (auctum)

Nakai T. & Adachi S del. Nakazawa K. sculp.

第貳拾五圖 Tabula XXV

A.

おほばえのき

Celtis sinensis PERSOON var. *japonica* NAKAI
forma *magnifica* NAKAI

果實ヲ附クル枝 (自然大) Ramus fructifer (mag. nat.)

B.

まるばえのき

Celtis sinensis PERSOON var. *japonica* NAKAI
forma *rotundata* NAKAI

果實ヲ附クル枝 (自然大) Ramus fructifer (mag. nat.)

第貳拾五圖 Tab XXV.

achi S. del. Yamanaka S. sculp.

第貳拾六圖 Tabula XXVI

おひようえのき

Celtis aurantiaca NAKAI

A. 萠枝ノ葉（自然大）
B. 果實ヲ附クル枝（〃）
C. 核（廓大）

A. Folium turionis (mag. nat.)
B. Ramulus cum fructibus (,,)
C. Putamen (auctum)

貳拾六圖

Tab XXVI.

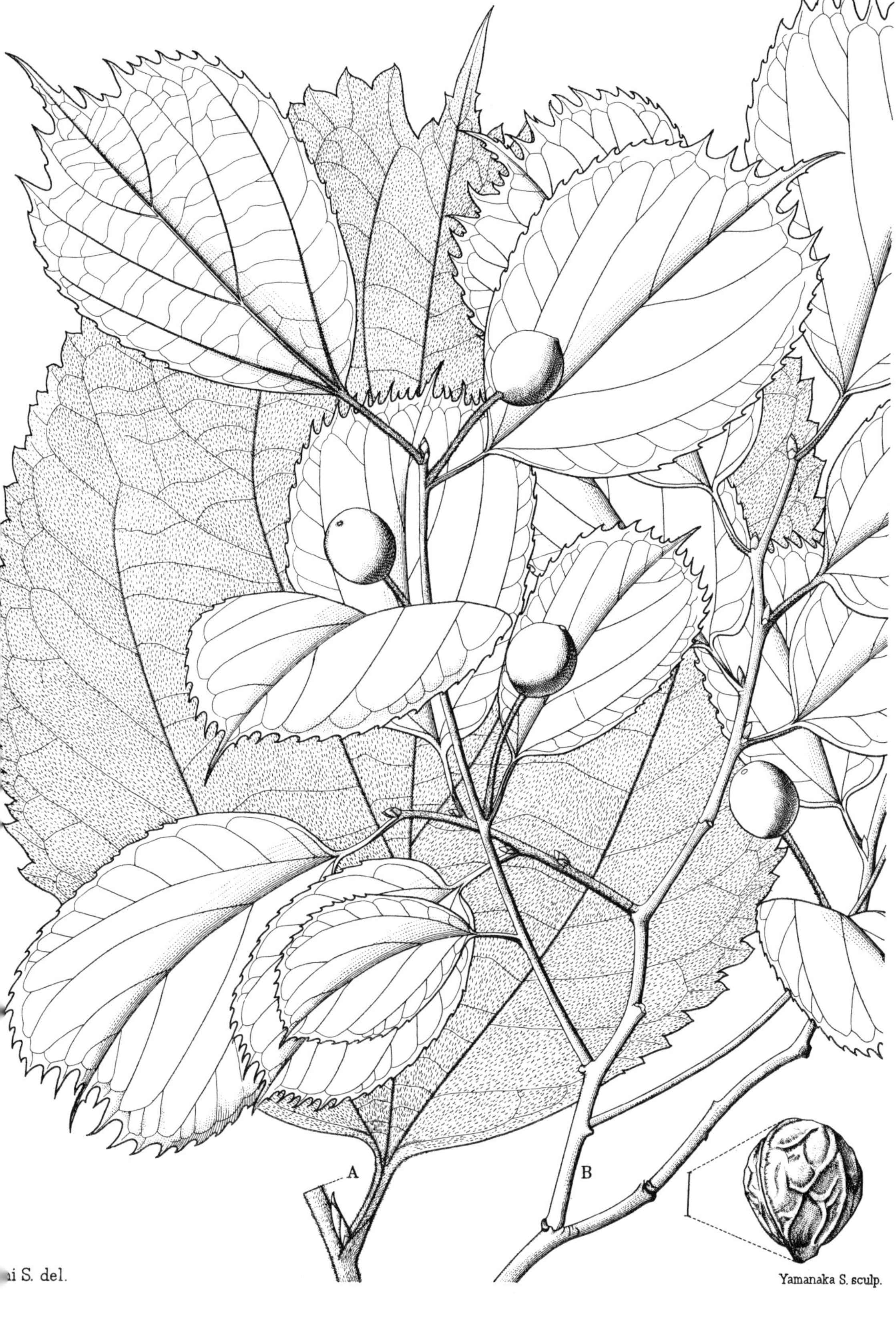

ai S. del.

Yamanaka S. sculp.

第貳拾七圖 Tabula XXVII

きみのえのき

Celtis edulis Nakai.

A.	若木ノ枝（自然大）	A.	Ramulus plantæ juvenilis (mag. nat.)
B.	果實ヲ附クル枝（〃）	B.	Ramulus cum fructibus (,,)
C.	核（廓大圖）	C.	Putamen (auctum)

貳拾七圖　　Tab XXVII.

chi S. del.　　Yamanaka S. sculp.

第 貳 拾 八 圖　Tabula XXVIIII

け　ぐ　は

Morus tiliaefolia MAKINO

A. 萠枝（自然大）　　A. Turio (mag. nat.)

B. 雌花ヲ附クル枝（　〃　）　　B. Ramus cum inflorescentia fæminea (mag. nat.)

chi S. del. Yamanaka S. sculp.

第參拾圖 Tabula XXX

大型ノ葉ヲ附クルやまぐは

Morus bombycis KOIDZUMI
cum foliis magnis.

A. 果實ヲ附クル枝（自然大） A. Ramus cum fructibus maturatis (mag. nat)

B. 葉ヲ裏ヨリ見ル（〃） B. Folium infra visum (mag. nat.)

C. 葉裏ノ一部ヲ廓大ス C. Pars paginæ folii inferioris aucta.

achi S. del.

Yamanaka S. sculp.

第參拾參圖 Tabula XXXIII

A. てうせんぐは

Morus mongolica SCHNEIDER

B. おにぐは

Morus mongolica SCHNEIDER
var. *diabolica* KOIDZUMI

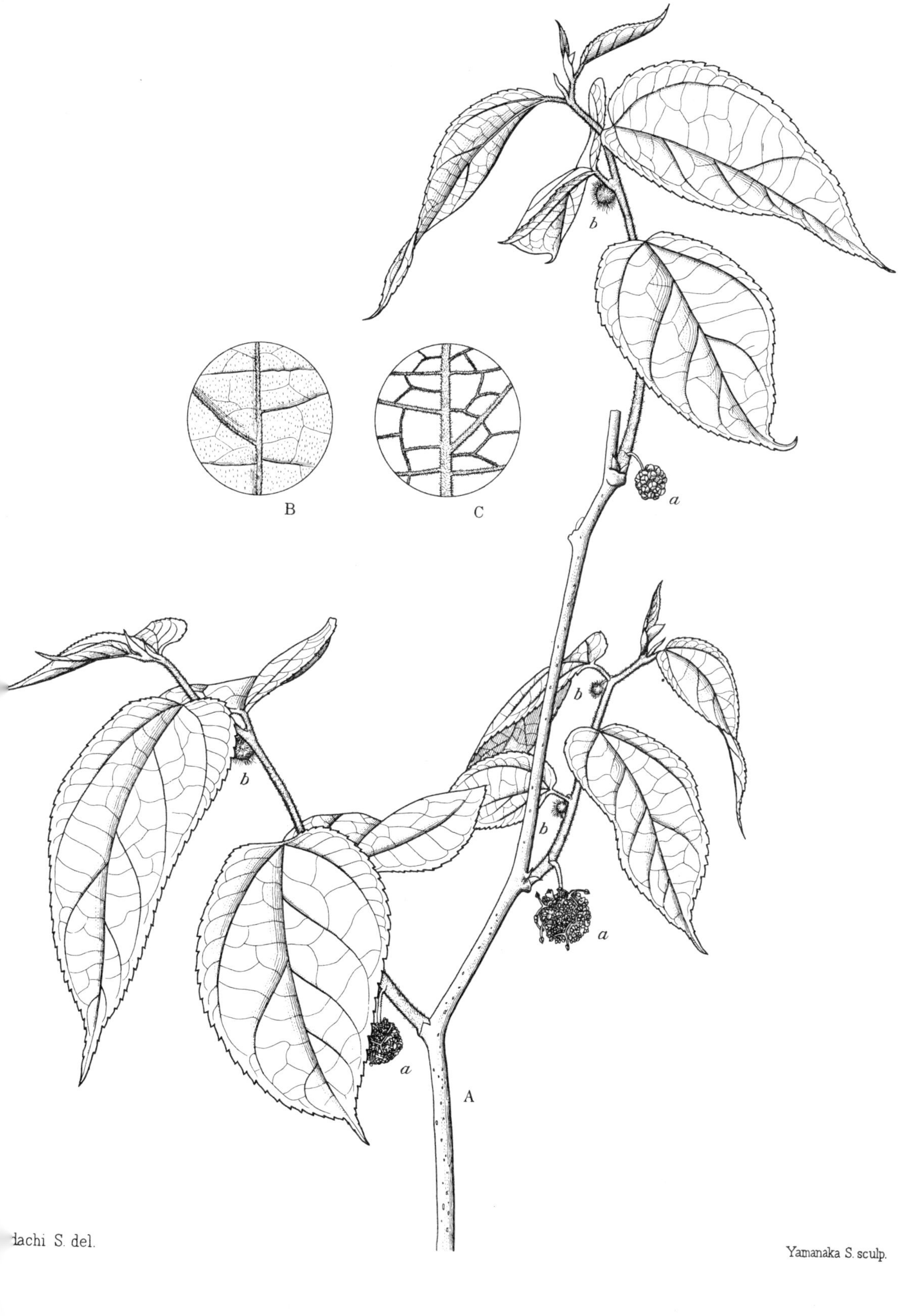

lachi S. del.

Yamanaka S. sculp.

第參拾六圖 Tabula XXXVI

かうぞ

Broussonetia kazinoki SIEBOLD

A. 萠枝 (自然大)
B. 雌花ヲ附クル枝 (〃)
C. 果實ヲ附クル枝 (〃)
D. 果實ノ苞 (×2)
E. 果實 (×2)
F. 種子

A. Turio (mag. nat.)
B. Ramus cum inflorescentia fæminea (mag. nat.)
C. Ramus cum fructibus (mag. nat.)
D. Bractea fructus (×2)
E. Fructus (×2)
F. Semen.

參拾七圖

Tab XXXVII.

hi S. del.

Yamanaka S. sculp.

第參拾八圖 Tabula XXXVIII

いぬびは

Ficus erecta THUNBERG

A. 未熟ノ果實ヲ附クル枝（自然大）

B. 葉ヲ裏ヨリ見ル（自然大）

C. 花托ノ縱斷面（〃）

D-D_4. 花托ノ柄ナキモノヨリ長キ柄ヲ有スルモノ迄ヲ順次ニ畫ク（自然大）

A. Ramulus cum fructibus immaturatis (mag. nat.)

B. Folium infra visum (mag. nat.)

C. Sectio receptaculi longitudinalis (mag. nat.)

D-D_4. Ex receptaculo sessile ad longi-stipitatum ordinatim collocata.

第參拾八圖

Tab XXXVIII.

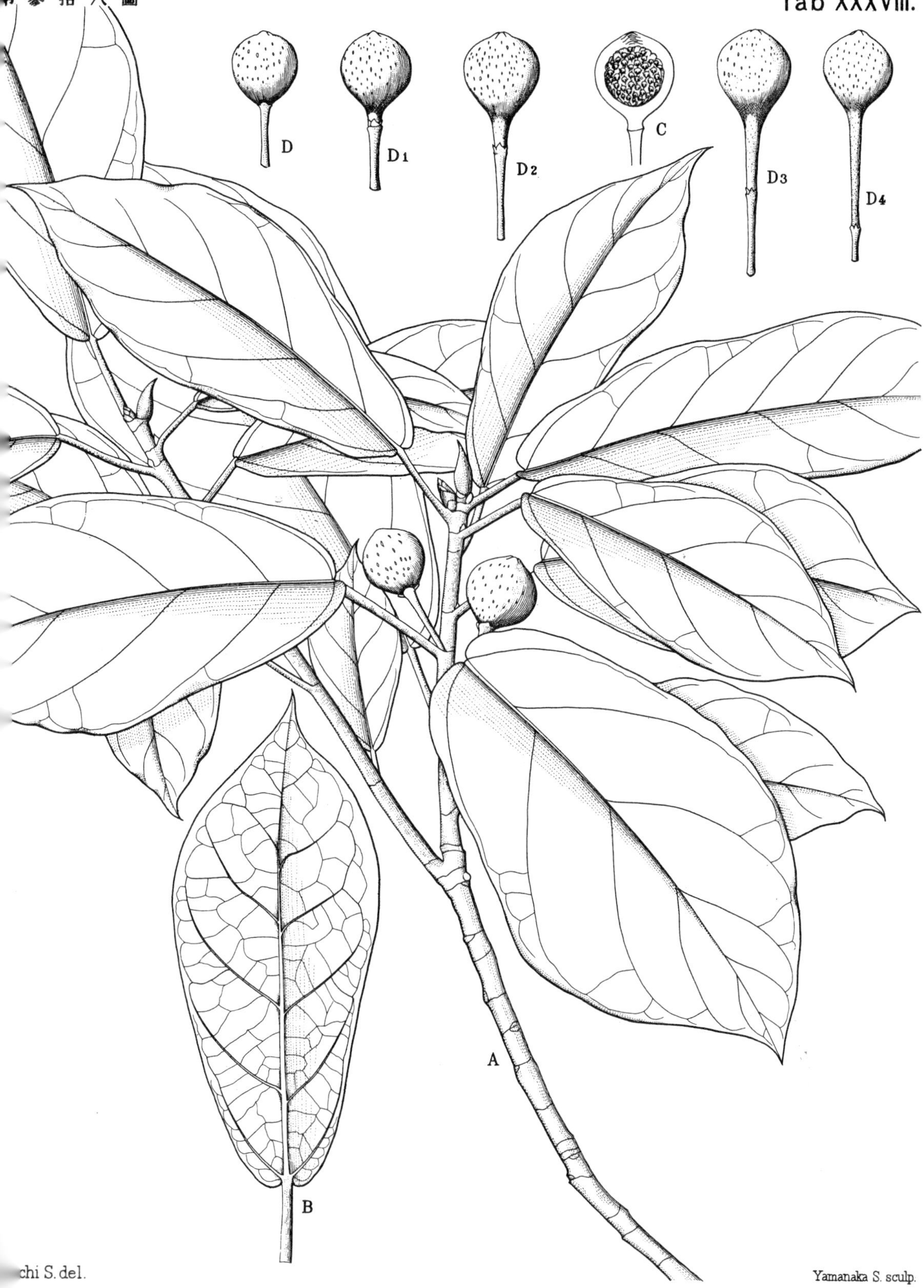

chi S. del.

Yamanaka S. sculp.

第參拾九圖 Tabula XXXIX

ほそばいぬびは

Ficus erecta THUNBERG
var. *Sieboldii* KING

A. 花ヲ附クル枝（自然大）
B. 葉ヲ裏ヨリ見ル（〃）
C. 雌花（廓大）
D. 子房（〃）

A. Ramuli cum floribus (mag. nat.)
B. Folium infra visum („)
C. Flos fæmineus (auctus)
D. Ovarium (auctum)

第參拾九圖

Tab XXXIX.

T. & Adachi S. del.

Yamanaka S. sculp.

第四拾圖 Tabula XL

ひめいたび

Ficus stipulata THUNBERG

A.	若キ枝（自然大）	A.	Ramuli juveniles inferiores cum foliis angulatis (mag. nat.)
B.	果實ヲ附クル枝（〃）	B.	Rami cum fructibus (mag. nat.)
C.	果實ヲ附クル枝ノ葉ヲ裏ヨリ見ル（自然大）	C.	Folium rami fructiferi ex infra visum (mag. nat.)
D.	成熟セル花托ヲ口ノ側ヨリ見ル（自然大）	D.	Receptaculum maturum ab apicem visum (mag. nat.)
E.	雄花（廓大）	E.	Flos masculus (auctus)
F.	雄蕋ヲ背面ヨリ見ル（〃）	F.	Stamen dorsali visum (auctum)
F_1	雄蕋ヲ腹面ヨリ見ル（〃）	F_1	Stamen ventrali visum (auctum)
G.	雌花（〃）	G.	Flos fæmineus (auctus)
H.	子房（〃）	H.	Ovarium (auctum)

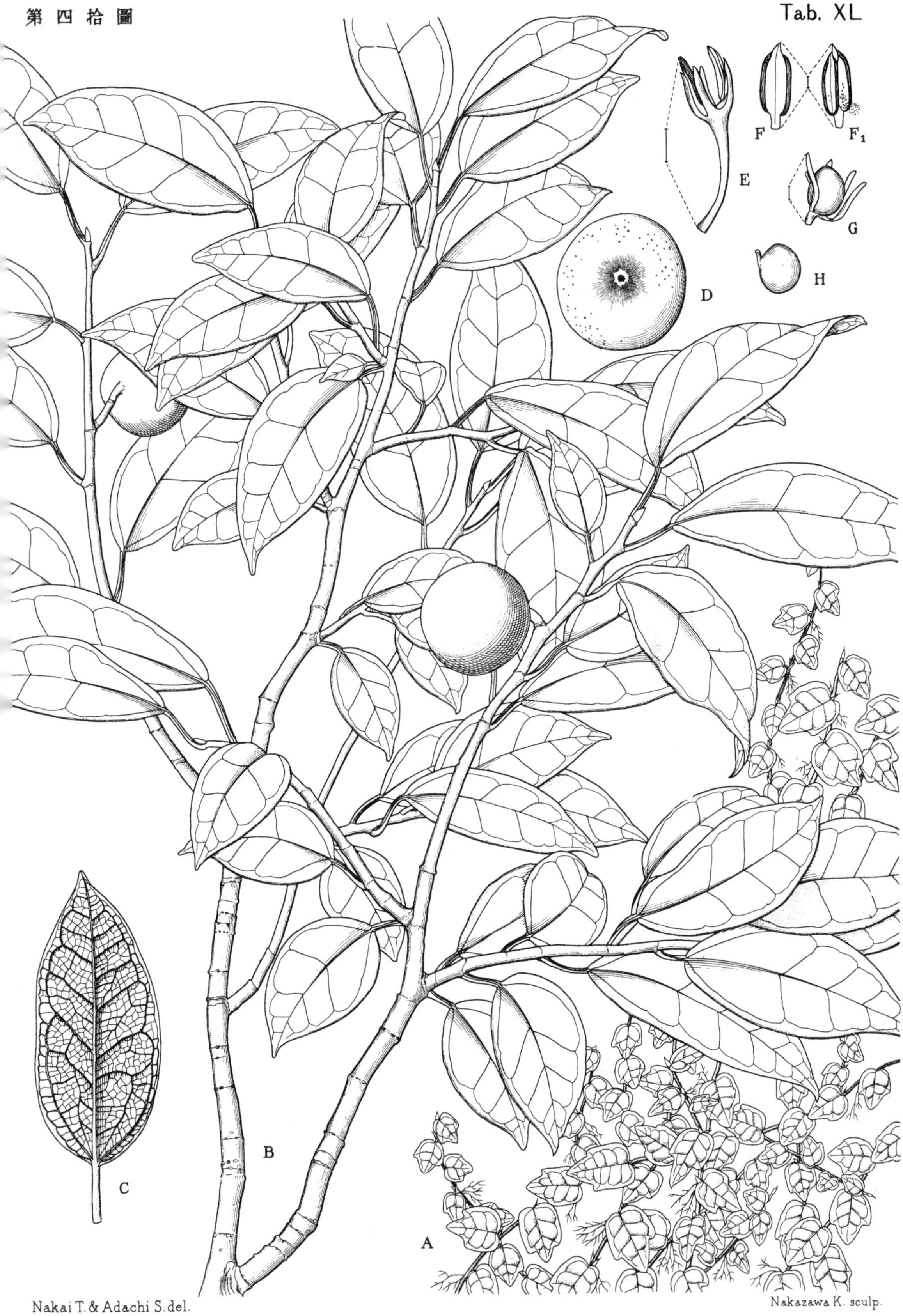

Nakai T. & Adachi S. del.　　　　Nakazawa K. sculp.

第四拾壹圖 Tabula XLI

いたびかづら

Ficus nipponica FRANCHET & SAVATIER

A.	若枝（自然大）	A.	Ramuli juveniles inferiores (mag. nat.)
B.	果實ヲ附クル枝（〃）	B.	Rami cum fructibus („)
C.	若枝ノ葉ヲ裏ヨリ見ル（〃）	C.	Folium rami juvenilis inferioris ex-infra visum („)
C_1.	果實ヲ附クル枝ノ葉ヲ裏ヨリ見ル（〃）	C_1.	Folium rami fructiferi ex infra visum (mag. nat.).
D.	甲型ノ雌花（廓大）	D.	Flos fœmineus primi typi (auctus).
D_1.	甲型ノ雌花ノ花被ヲ擴ゲテ子房ヲ露出ス（〃）	D_1.	Perigonia floris primi typi artificiale extensa et ovarium exposa (aucta).
E.	E. E. 種々ノ柱頭（〃）	E.	E. E. Stigmata varia floris primi typi (auctus).
F.	乙型ノ雌花（〃）	F.	Flos fœmineus secundi typi (auctus).
F_1.	乙型ノ雌花ノ花被ヲ擴ゲテ子房ヲ露出ス（〃）	F_1.	Perigonia floris secundi typi artificale extensa et ovarium exposa (aucta).

Nakai T. & Adachi S del.

Nakazawa K. sculp.

朝鮮森林植物編

20 輯

竹　　科　BAMBUSACEAE
楊 梅 科　MYRICACEAE
胡 桃 科　JUGLANDACEAE
木 蘭 科　MAGNOLIACEAE

目次　Contents

木 蘭 科 MAGNOLIACEAE

竹　科

BAMBUSACEAE

(一) 主要ナル引用書類

著者名	書名
B. BALANSA	1) Catalogue des *Graminées* de l'Indo-Chine Francaise, *Bambusées* in MOROT, Journal de Botanique IV p. 27-32 (1890).
C. D. BEADLE	2) *Bamboo* in BAILEY, Cyclopedia of American Horticulture I p. 126-130 (1900).
,,	3) *Bamboo* in BAILEY, Standard Cyclopedia of Horticulture I p. 444-449 (1914).
G. BENTHAM & J. D. HOOKER	4) *Gramineæ-Bambuseæ* in Genera Plantarum III. p. 1076-1077, 1094-1095, 1207-1215 (1883).
E. C. CAMUS	5) Les *Bambusées* p. 1-215, Pl. I-100 (1913).
E. C. CAMUS & A. CAMUS	6) *Sasa—Neobouzeana* in Flore Générale de l'Indo-Chine, Tome VII p. 581-650 (1923).
J. C. DOELL	7) *Graminæ-Bambusaceæ* in MARTIUS, Flora Brasiliensis II pt. 3 p. 161-220 t. 44-56 (1880).
S. ENDLICHER	8) *Gramineæ-Festucaceæ-Bambuseæ* in Genera Plantarum I p. 102-103 (1836).
,,	9) *Phyllostachys* in Genera Plantarum, Supplementum III, p. 58 (1843).
A. FRANCHET & L. SAVATIER	10) *Phyllostachys bambusoides—Bambusa Kumasasa* in Enumeratio Plantarum Japonicarum II pt. 1, p. 182-184 (1876).
J. S. GAMBLE	11) The *Bamboos* of the Philippin Islands in The Philippine Journal of Science, Botany V no. 4 p. 267-281 (1910).
,,	12) The *Bambuseæ* of British India in Annals of the Royal Botanic Garden, Culcutta VII p. 1-133, Index et Pl. I-119 (1896).
E. HACKEL	13) *Gramineæ-Bambuseæ* in ENGLER & PRANTL, Die Natürliche Pflanzenfamilien II Abt. 2, p. 89-97 (1887).
,,	14) *Gramineæ-Bambuseæ* in Bulletin de l'Herbier Boissier VII p. 716-721 (1899).
B. HAYATA	15) *Arundinaria Kunishii—Bambusa tuldoides* in Icones Plantarum Formosanarum VI p. 136-153 (1916).
,,	16) *Arundinaria Kunishii—Schizostachyum acutiflorum*

in Icones Plantarum Formosanarum VII p. 94-95 (1917).

S. Honda — 17) *Chikuruihen* p. 1-326 (1917).

J. D. Hooker — 18) *Arundinaria Simonii* var. *variegata* in Botanical Magazine CXVI t. 7146 (1860).

J. Houzeau de Lehaie — 19) Le *Bambou*, son étude, sa Culture, son Emploi in Bulletin périodique Vade-Mecum et Intermédiare de tous les Amis des *Bambous*. No. 1 p. 1-40 (Jan. 1906); No. 2, p. 41-72 (Feb. 1906); No. 3 p. 73-92 (Avr. 1906); No. 4. p. 93-124 (1906); No. 5 & 6, p. 125-170 (Dec. 1906); No. 7 & 8, p. 171-222 (Juin 1907); No. 7 & 10, p. 225-295 (Juin 1907).

" — 20) Die in Deutschland angepflanzten, mittlere Wintertemperaturen vertragenden *Arundinaria*-Arten, in Mitteilungen der Deutschen Dendrologischen Gesellschaft XVI, p. 223-227 (1907).

" — 21) La Culture des *Bambous* en France, in Bulletin de la Société Dendrologique de France No. 16 p. 63-69 (1909).

" — 22) Notes sur la systématique des *Bambusées* in Actes du IIIme Congrès International de Botanique, Bruxelles, II p. 186-234 Pl. XLVIII-LVII (1910).

K. Koch — 23) *Gramineæ-Bambuseæ* in Dendrologie II pt. 2, p. 353-361 (1873).

C. Kunth — 24) Considérations générales sur les *Graminées*, in Mémoires du Muséum d'histoire naturelle II p. 62-75 (1815).

J. Lindley — 25) *Gramineæ* in An Introduction to the Natural System of Botany p. 292-304 (1830).

" — 26) *Bambusa* in The Penny, Cyclopedia III p. 355-357 (1835).

" — 27) *Gramineæ* in A Natural System of Botany p. 369-383 (1836).

H. F. Link — 28) *Gramineæ sect.* 7. *Bracteifloræ* in Handbuch der Erkennung der nutzbarsten und am häufigsten vorkommenden Gewächse I p. 95 (1829).

" — 29) Fam. XXIX. *Bambusaceæ* in Hortus Regius Botanicus Berolinensis II p. 308 (1833).

Conrad Loddiges & Sons — 30) *Bambusa nigra* in Catalogue of Plants p. 4 (1823).

T. Makino 31) ***Bambusaceæ Japonicæ*** in Tokyo Botanical Magazine XIV p. 20-24, 30-32, 50-55, 67-68, 80-82, 95-100 (1900).

„ 32) *Bambusa palmata—Phyllostachys mitis* var. *heterocycla* in Tokyo Botanical Magazine XIV, Article in Japanese, p. 61-64 (1900).

„ 33) *Sasa—Arundinaria variegata Tanakæ* in Tokyo Botanical Magazine XXVI p. 11-28, fig. 1-VII (1912).

„ 34) *Chimonobambusa—Shibatæa* in Tokyo Botanical Magazine XXVIII p. 153-155 (1914).

„ 35) *Sasa Tokugawana* in Journal of Japanese Botany I no. 2 p. 6-7 (1916).

„ 36) *Semiarundinaria—Arundinaria Matsunoi* in idem II no. 2 p. 7-8 (1918).

„ 37) *Sasa Shimidzuana—Arundinaria variegata* var. *Tsumorii* in idem II no. 4 p. 15-16 (1920).

„ 38) *Arundinaria yamakitensis* in idem III no. 1, p. 4 (1926).

„ 39) *Pleioblastus yamakitensis—Phyllostachys bambusoides* var. *aurea* forma *alternato-lutescens* in idem III no. 3 p. 11-12 (1926).

„ 40) *Sosa hannoensis—Sasa Hayatæ* in idem III no. 4 p. 16 (1926).

„ 41) *Sasa Hisauchii—Pleioblastus chino* var. *viridis* forma *glabra* in idem III no. 6 p. 22-23 (1926).

„ 42) *Sasa Okudana—Sasa hidaensis* in idem III no. 12 p. 45-46 (1926).

„ 43) *Sasa tanzawana—Pleioblastus Sawadai* in idem IV no. 1, p. 2-3 (1927).

„ 44) *Semiarundinaria Kagamiana--Pleioblastus kongosanensis* in idem V no. 2 p. 2-10 (1928).

„ 45) *Pseudosasa—Sasa matsushimensis* in idem V no. 4 p. 15-16 (1928).

„ 46) *Sasa agrestis—Sasa Komiyamana* in idem V no. 5 p. 20-21 (1928).

„ 47) *Sasa kurilensis* var. *Uchidai—Pleioblastus higoensis* in idem V no. 10 p. 41-44 (1928)

„ 48) *Pleioblastus Masamuneanus* in idem VI no, 1, p. 5 (1929).

T. Makino 49) *Sasa cernua—Yadakeya Owatarii* in idem VI no. 7, p. 12-16 (1929).

„ 50) *Sasa Unoi* in idem. VI no. 8, p. 19-20 (1929).

„ 51) *Sasa oshidensis—Sasa spiculosa* var. *subpubescens* in idem VI no. 9, p. 21-24 (1929).

„ 52) *Sasa pubiculmis—Sasa asagishiana* in idem VI no. 10 p. 25-26 (1929).

„ 53) *Sasa amagiensis* in idem VII no. 8, p. 22-23 (1931).

„ 54) *Sasa Kurokawana* in idem VII no. 9 p. 27-28 (1931).

„ 55) *Sasa oseana* in idem VII no. 10 p. 32 (1931).

M. Maeda 56) Môsôtchiku no Kwaikwa oyobi Mishô nae Saibai ki in Journal of Japanese Botany I no. 9 p. [228-238] (1917).

T. Makino & K. Shibata 57) On *Sasa*, a new genus of *Bambuseæ*, and its Affinities in Tokyo Botanical Magazine XV p. 18-31, pl. 1 (1901).

T. Makino & H. Shirasawa 58) Icones of the *Bamboos* of Japan, pl. 1-15 (1912).

E. D. Merrill 59) *Arundinaria—Dinochloa* in An Enumeration of Philippine Flowering Plants I fasc. 1 p. 94-101 (1922).

A. Michaux 60) *Arundinaria* in Flora Boreali-Americana I p. 73-74 (1803).

F. A. W. Miquel 61) *Gramineæ* Trib. X. *Bambusaceæ* in Annales Musei Botanici Lugduno-Batavi II p. 284-286 (1866).

C. F. Meissner 62) *Gramineæ—Festucaceæ—Bambuseæ* in Plantarum Vascularium Genera I p. 425-426 (1836).

C. Munro 63) A Monograph of the *Bambusaceæ* in Transaction of the Linnaean Society XXVI p 1-157 pl. I-VI (1868).

H. Muehlenberg 64) *Arundinaria* in Descriptio uberior Graminam et plantarum Calamariarum Americæ septemtrionalis indigenarum et cicurum p. 191-192 (1817).

T. Nakai 65) *Gramineæ—Bambuseæ* in Flora Koreana II p. 377-387 (1911).

„ 66) *Sasa coreana* in Tokyo Botanial Magazine XXXI p. 4 (1917).

„ 67) Two New Genera of *Bambusaceæ*, with special remarks on the related genera growing in Eastern Asia, in Journal of the Arnold Arboretun

VI p. 145-153 (1925).

„ 68) *Bambuseæ* of Hokkaido and Saghaline, in MIYABE & KUDO, Flora of Hokkaido and Saghalien II, in the Journal of the Faculty of Agriculture; Hokkaido Imperial University XXVI pt. 2, p. 180-195 (1930).

„ 69) *Sasamorpha amabilis—Sasa villosa*, in Notulæ ad Plantas Japoniæ & Koreæ XLI, in Tokyo Botanical Magazine XLVI, p. 37-53 (1932).

„ 70) Take to Sasa, in Rika Kyôiku XV no. 5, 21-27, no. 6 p. 66-77 (1932).

C. G. NEES ab ESENBECK 71) *Bambuseæ* Brasilienses, in Linnæa, IX p. 461-495 (1834).

G. NICHOLSON 72) *Arundinaria*, in The Illustrated Dictionary of Gardening I p. 118 (Sept. 1888); *Bambusa* in l. c. p. 155-156; *Phyllostachys* in l. c. III p. 114 (Dec. 1888).

V. NOHL 73) Die *Bambuseen* auf der Insel Mainau, in Mitteilungen der Deutschen Dendrologischen Gesellschaft XXV p. 96-103 (1915).

„ 74) Die *Bambuseen* auf der Insel Mainau, in Mitttei-lungen der Deutschen Dendrologischen Gesellschaft XXIX, p. 75-77, Taf. 13-14 (1920).

S. OKAMURA 75) Keien Chikufu I-V cum appendice (1828).

C. H. PERSOON 76) *Miegia*, in Synopsis Plantarum I p. 101-102 (1805); *Bambos* in p. 393.

E. REGEL 77) *Bambusa aureo-striata* & *B. argenteo-striata*, in Gartenflora XIV, Taf. 3-5 (1865).

A. B. RENDLE 78) *Gramineæ-Bambuseæ*, in Journal of Linnæan Society XXXVI. p. 434-449 (1904).

A. REHDER 79) *Gramineæ-Bambuseæ*, in A Manual of Cultivated Trees and Shrubs hardy in North America p. 69-75 (1927).

A. J. RETZIUS 80) *Bambos*, in Observationes Botanicæ sex fasciculis comprehensæ, V p. 24 (1789).

A. RIVIÈRE & C. RIVIÈRE 81) Les *Bambous* p. 1-364 (1878).

J. J. ROEMER & J. A. SCHULTES

82) *Gramina Bambusacea*, in Systema Vegetabilium II p. 850 (1817).

F. J. RUPRECHT 83) *Bambuseas* Monographice exponit, p. 1-74, t.

I-XVIII (1839).

J. F. RUPRECHF 84) *Chupp-Tatt*, ein neues in Russischen Reiche wildwachsendes Bambusrohr, in Bulletin Physico-Mathématique de l'Académie de Saint-Pétersbourg 2 sér. VIII p. 121-126 (1849).

G. E. RUMPHIUS 85) *Arundarbor nigra*, in Herbarium Amboinense IV p. 18 (1743).

E. SATOW 86) The Culture of *Bamboo* in Japan, in Transaction of Asiatic Society of Japan XXVII pt. III p. 1-127 (1899).

Fr. SCHMIDT 87) *Arundinaria kurilensis*, in Reisen im Amurlande und auf der Insel Sachalin, in Mémoires de l'Académie Impériale des Sciences de St. Pétersb. VII sér. XII, no. 2 p. 198 (1868).

J. C. D. Schreber 88) *Bambusa*, in Genera Plantarum ed. VIII p. 236 no. 607 (1789).

J. A. SCHULTES & J. H. SCHULTES

89) *Bambusa*, in Systema Vegetabilium VII p. 1337-1355 (1830).

P. F. de SIEBOLD 90) *Bambos—B. ginmeisasa*, in Synopsis Plantarum Oeconomicarum Universi Regii Japonici p. 4-6 (1830).

P. F. de SIEBOLD & J. G. ZUCCARINI

91) *Phyllostachys—P. bambusoides*, in Abhandlungen der II Classe der Akademien der Wissenschaften, München, III Band, Abth. III p. 745-749 Taf. V. 3 (1843).

E. SPACH 92) *Arundinaria—Beesha*, in Histoire Naturelle des Végétaux XIII, p. 220-235 (1846).

E. G. STEUDEL 93) *Phyllostachys megastachya*, in Flora XXIX no. 2, p. 21 (1846).

» 94) *Gramineæ* Trib. XI, *Bambusaceæ*, in Synopsis plantarum Glumacearum I p. 329-339 (1855).

I. TSUBOI 95) Illustrations of the Japanese Species of *Bamboo* (1914).

H. ZOLLINGER 96) *Bambusa*, in Systematisches Verzeichniss der in indischen Archipel in den Jahren 1842-1848 gesammelten sowie der aus Japan empfangenen Pflanzen 1 Heft, p. 56-57 (1854).

W. J. BEAN 97) Hardy *Bamboos* in Gardners' Chronicle 3rd ser.

XV p. 167-168 fig. 17 (Feb. 1894).

98) A Classification of Hardy *Bamboos* in Gardners' Chronicle 3rd ser. XV p. 238-239 fig. 26 (Feb, 1894); p. 301-302 fig. 35 (March 10. 1894); p. 368-370 fig. 45, 46 (March 24, 1894); p. 431 fig. 52, 53 (Apr. 7. 1894).

DAVID G. FAIRCHILD

99) Japanese *Bamboos* and their Introduction into America in U. S. Department of Agriculture. Bureau of Plant Industry—Bulletin No. 43. 34 pages pl. I-VIII (1903).

(二) 朝鮮產竹科植物研究ノ歷史

1910 年ニ至ル迄朝鮮ノ竹類ニ關シ學術的研究ヲナシタル何等ノ報告ナシ。

1911 年ニ至リ著者ハ內山富次郎氏ノ採收品ニ基キ Flora Koreana 第2卷ニやだけ、まだけ、ごまだけノ 3 種ガ朝鮮ニアル事ヲ記ス。

1914 年拙著濟州島植物調査報告書ニやだけトすずだけトガ濟州島ニ自生スルコトヲ記セシガすずだけト記セシハたんなざさノ誤ナリ。

同年、莞島植物調査報告書ニすずだけガ莞島ニ自生スルコトヲ記ス。但シ其物ハすずだけノ毛ノ少キ 1 變種ぢだけナリ。

1915 年拙著智異山植物調査報告書ニハ智異山彙ニやだけトすずだけトガアルコトヲ報ゼシモ其中すずだけト檢定シアルハすずだけニ酷似シテ花ハ芒狀ニ尖ル穎ヲ有スル高麗すずナリ。

1917 年著者ハ咸鏡北道明川郡雲滿臺ニ自生スル笹ヲ新種ト考定シ高麗ざさト命ジテ植物學雜誌第 31 卷ニ發表セリ。

1918 年拙著金剛山植物調査書ニハやだけトすずだけトガ金剛山彙ニアルコトヲ記セリ、但シ此すずだけモぢだけノ誤ナリ。

1919 年拙著鬱陵島植物調査書ニテやだけトちしまざさトガ鬱陵島ニ自生スルコトヲ報ズ。

1922 年森爲三氏著朝鮮植物名彙ニハまだけ、はちく、ごまだけ、やだけ、ちしまざさ、ねまがりだけヲ朝鮮產竹類トシテ記セリ、然シ明川產ノちしまざさト明川產ノねまがりざさトハ共ニ高麗ざさノ誤ニシテ濟州島產ノねまがりざさトアルハたんなざさノ誤ナリ。

1932 年 2 月著者ハ日本帝國產ノすずだけ屬ノ各種トみやこざさ類ノ各種トヲ取纏メテ植物學雜誌第 46 卷ニ發表セシ中ニ朝鮮產トシテ高麗

すず、紀州すず、ぢだけノ 3 種ヲ報ゼリ。

1932 年 6 月理科教育第 15 卷第 6 號ニ我邦ニ自生シ又ハ栽培スル竹類ノ總目錄ヲ揭グ共中朝鮮ニアルモノハくろちく、ごまだけ (變種)、まだけ、めだけ、やだけ、紫やだけ (變種)、高麗ざさ、ちしまざさ、たんなざさ、高麗すず、紀州すず、ぢだけノ 19 種 2 變種ナリ。

尙ホ近來此外ニたいみんちく、なりひちだけ、孟宗竹、淡竹等ヲ移植シ又慶南東萊ノ道苗圃ニハ內地產ノ竹類多數ヲ移植シ居レドモ此等ハ他日別册ニテ評論シ本編ニハ次ノ諸種ノミヲ記ス事トセリ。

1. *Phyllostachys pubescens* HOUZEAN DU LEHAIE 孟宗竹.
2. (a) *Phyllostachys nigra* MUNRO 黑竹.
   (b) *Phyllostachys nigra* f. *punctata* BEAN 胡麻竹.
   (c) *Phyllostachys niqra* var. *Henonis* STAPF 淡竹.
3. *Phyllostachys reticulata* KOCH 苦竹.
4. *Pleioblastus Simonii* NAKAI めだけ
5. (a) *Pseudosasa japonica* MAKINO やだけ.
   (b) *Pseudosasa japonica* var. *purpurascens* NAKAI 紫やだけ.
6. *Sasa coreana* NAKAI 高麗笹.
7. *Sasa kurilensis* MAKINO & SHIBATA 千島笹.
8. *Sasa quelpaertensis* NAKAI 耽羅笹.
9. *Sasamorpha chiisanensis* NAKAI 高麗すず.
10. *Sasamorpha gracilis* NAKAI 紀州すず.
11. *Sasamorpha purpurascens* NAKAI var. *borealis* NAKAI 地竹.

(三) 朝鮮產竹類ノ効用

自生品中最モ廣ク用ヰラルヽハやだけナリ、やだけハ昔時ハ矢ノ軸ニ用ヰシ故武器ノ原料トシテ必要品故其栽培ヲ奬勵セシガ今ハ籬、薪、漁具、煙管等ニ用フルノミ、ぢだけト高麗すずトハ最モ多ク海苔ノ粗朶ニ用ヰ年々多額ヲ智異山彙ヨリ刈採ル。

栽培種中最モ有用ナルハ苦竹ニシテ全南潭陽郡ノ竹ハ古來最モ有名ニシテ谷城郡產ト共ニ內地產ノ最優良品ニ劣ラヌモノヲ產ス、鬱陵島ニモ亦良質ノモノアリ。利用ノ途廣ク諸種ノ工藝品トシ又竿、漁網ノ浮標トシ籮ハ又種々ノ編物ニ作ル之ニ次デ淡竹、胡麻竹等モ利用サレ近來ハ筍ヲ食用ニスル目的ニテ孟宗竹ヲ栽培スレドモ未ダ成功ノ域ニ達セズ、めだけハ南部ニ廣ク植エ薪、漁具、杖等ニ用フ。

(四) 朝鮮產竹科植物ノ分類

竹　　科

地下莖ハ長ク地中ヲ匐ヒ又ハ短縮シテ殆ンドナキモノアリ、稈ハ頂生又ハ側生、分岐セヌモノト分岐スルモノトアリ中空或ハ充實、節ハ或ハ高ク或ハ低シ節ヨリ根ヲ出スモノ又ハ刺ヲ出スモノアリ。節間ハ短キモノ或ハ長キモノアリ無毛、有毛又ハ有刺、屢々白粉ヲ被ル、綠色、黃色、又ハ縱ノ黃線、綠線、紅線、又ハ黑色、褐色、黑紫色ノ斑點アリ、筍ハ種類ニ依リ發生ノ時期ヲ異ニスルヲ以テ竹科全體トシテ四期ヲ通ジテ筍アリ、籜ハ有毛又ハ無毛斑點アルモノトナキモノトアリ先端ニ附屬物ヲ有スルモノ多シ、筍ノ伸長ト共ニ落ツルモノ又ハ背部ノ基ノ1ヶ所ノミニテ附着スルモノ又ハ永存性ノモノアリ、芽ハ各節ニ 1-7 個、枝ハ稈ノ基ヨリ出ヅルモノ或ハ央以上ヨリ出ヅルモノナドアリ、又小枝ハ枝ノ基ノ節ヨリ出ヅルモノ又ハ基ノ數個ノ節ヲ置テ其上ヨリ出ヅルモノアリ、葉序ハ 1/2、葉ハ通例多少柄ヲ有シ、肩ノ毛ハ發達スルモノトナキモノトアリ其毛ハ或ハ平滑或ハ粗糙或ハ平シ、葉身ハ卵形、楕圓形、長楕圓形、披針形、狹披針形、廣針形等アリ全緣又ハ鋸歯アリ。表面ハ無毛又ハ有毛、裏面ハ無毛又ハ有毛、毛ハ或ハ臥或ハ直立シ多キモノハ天絨狀トナル、葉脈ハ縱ノ平行脈又ハ格子目脈トナル、花序ハ枝ノ先端ニ出デ花軸ハ有毛又ハ無毛、花梗ナキモノト長キモノトアリ、花序ニ葉アルモノトナキモノトアリ、花序ノ形ハ或ハ圓錐花叢、集團花序、穗狀、總狀、側扁穗狀等アリ基ニ 2-6 個ノ苞アリ、苞ハ或ハ小サク或ハ大キク大ナルハ花序ノ1側ヲ包ム、穎ハ 2-4 個、外穎ハ 1-3 個先端ニ芒アルモノトナキモノトアリ、縱脈又ハ格子目脈アリ、內穎ハ 1-2 個背面ハ扁平又ハ溝トナリ其兩側ニ2稜アリ先端ニ2歯アルヲ常トス、花穎ハ 2-4 個又ハナシ同形同大又ハ異形通例薄シ、雄蕋ハ 3-6 個花絲ハ長ク無毛又ハ有毛、葯ハ長ク2室、子房ハ無毛、花柱ハ 1-3 個、1個ナル時ハ先端ハ分岐セヌモノト 2-3 叉スルモノトアリ、柱頭ハ毛アリ、外果皮ハ薄キ時ハ內果皮ト相癒着スレドモ厚キ時ハ殼狀トナリ、內果皮ヨリ離ル、胚乳ハ多量、粉狀又ハ堅シ。

東亞、亞細亞ノ熱帶地方、馬來諸島、ポリネシア、亞米利加熱帶地方、阿弗利加熱帶地方ニ亙リ 45 屬 560 種アリ。朝鮮ニハ 3 屬 7 種ノ自生品アリ、其他ハ栽培種ナリ、日本帝國ニ自生又ハ栽培スル竹科ノ諸屬ノ區別ハ次ノ檢索表ニ示スガ如シ。

1 地下莖ナシ故ニ稈ハ簇生ス。稈ハ頂生、葉ハ縱ノ平行脈ノミカ又ハ格子目脈ヲ有ス。 2
地下莖ハ横ニ匐フ、稈ハ相離レテ生ジ頂生又ハ側生、葉ハ皆格子目脈ヲ有ス。 5

2 外果皮ハ薄ク內果皮ト相癒着ス。雄蕋ハ 6 個、柱頭ハ 2-3 個、葉ハ常ニ縱ノ平行脈ヲ有ス。 3
外果皮ハ厚ク內果皮ヨリ離ル。雄蕋ハ 6 個。 4

3 枝ハ節ヨリ刺ヲ出スコトナシ。花柱ノ基ハ肥厚セズ。 ....ほうらいちく屬
枝ハ節ヨリ刺ヲ出ス、花柱ノ基ハ殆ンド球狀ニ肥厚ス。 ....刺竹屬

4 柱頭ハ 1-2 個、花頴ナシ、外頴ハ 1-3 個、內頴ハ 1-2 個、葉ハ格子目脈ヲ有ス。 ....麻竹屬
柱頭ハ 3 個、花柱ハ長シ、花頴ハ 0-4 個、外頴ハ 1-3 個、內頴ハ 1-2 個、葉ハ縱ノ平行脈ヲ有ス。 ....ひいらんちく屬

5 複合小花穗ヲ有ス、卽チ各小花穗ハ 1 個ノ大型ノ苞ニテ包マレ此レガ相重ナリテ穗狀又ハ集團花序ヲナス。稈ハ通例側生但シ短カキ地下莖ヨリハ頂生ス、籜ハ脱落ス。雄蕋ハ 3 個、花柱ハ 1 個、柱頭ハ 3 個。 6
複合小花穗ヲナサズ各花ハ苞ヲ有セザレドモ小花穗ノ基ニ共通ノ苞アリ 7

7 稈ハ丈高ク通例丸シ末稍ハ長ク 2 列ニ左右ニ相並ベル葉ヲ有ス。小花穗ハ 2- 數個ノ花ヲ附ク。 ....苦竹屬
稈ハ丈低ク高サ 1,5 m. ヲ出デズ、通例半圓形柱狀ナリ。小枝ハ稈ノ各節ニ 3-5 本宛出デ短ク先端ニ 1-2 枚ノ直立セル葉ヲ附ク、小花穗ハ 1-2 個ノ花ヲ附ク。 ....五枚笹屬

7 花柱ハ 1 個 3 叉ス。雄蕋ハ 3-6 個。 8
花柱ハ 2 個離生又ハ基部多少相癒着ス。雄蕋ハ 3 個。 14

8 芽ハ 1 節ニ 3-7 個宛出ヅ然レドモ發達惡シキ時ハ 1-2 個ニ減數セルモノヲ混ズルコトアリ。 9
芽ハ 1 節ニ必ズ 1 個宛出ヅ、但シ稀ニ 2 個ノモノヲ混ズルコトアリ。 11

9 稈ハ4角柱狀、節間ハ若キ時ハ刺アリ、籜ハ剝脫ス、雄蕋ハ6個。 ……………… 四方竹屬
稈ハ圓筒狀、籜ハ少クモ背面基部ハ永存性、雄蕋ハ3個。 ……………… 10

10 籜ハ背面基部ノ1點ニ於テ節ト相離レズ故ニ稈ノ伸長ト共ニ節ヨリ垂レ下ル。花柱ハ長シ、肩ノ毛ハ剛直ニシテ粗糙ナリ。 ………… 業平竹屬
籜ハ永存性、花柱ハ短シ、肩ノ毛ハ平滑屈曲ス。 ……………… 川竹屬（めだけ屬）

11 雄蕋ハ3 (4–5個ヲ混生スルコトアリ) 個。 ……………… 12
雄蕋ハ6個。 ……………… 13

12 肩ノ毛ハ若シアレバ平滑ニシテ屈曲ス。節ハ高マラズ、花頴ハ3個通例不同型、雄蕋ハ3個、稈ハ側生。 …………… 箭竹屬
肩ノ毛ハ常ニ發達シ放射狀ヲナシ央以下ハ粗糙ナリ。花頴ハ3個通例同型、雄蕋ハ3–5個、稈ハ通例頂生ナレドモ側生ノモノヲ混ズルコトアリ。 ………… あづまざさ屬

13 肩ノ毛ハ決シテ出ヅルコトナシ。節ハ高マラズ、稈ハ通例側生。 ……………… 薦屬
肩ノ毛ハ少クモ稈鞘ニハ生ズ常ニ放射狀ニシテ粗糙ナリ、節ハ高シ、稈ハ常ニ頂生。 ……………… 笹屬

14 稈鞘ハ永存性、肩ノ毛ハ剛直粗糙ナリ。芽ハ1節ニ1–3個。 ………… 新高めだけ屬
稈鞘ハ剝脫ス、肩ノ毛ハ平滑又ハ粗糙ナリ、芽ハ1節ニ3–7個。 ……………… 15

15 節間ハ異常ニ長シ、肩ノ毛ハ粗糙、稈鞘ハ先端ニ附屬物アリ、筍ハ春夏ノ候ニ出ヅ。 …………… たうちく屬
節關ハ異常ニ長カラズ、肩ノ毛ハ平滑、稈鞘ノ先端ニ殆ンド附屬物ナシ、筍ハ秋冷ノ候ニ出ヅ。 ……………… かんちく屬

Bambusaceæ LINK, Hort. Berol. II p. 308 (1833)—TRINIUS in Acta Acad. Cæs. Petrop. ser. 6. Sci. Nat. I p. 613 (1835)—NEES in Linnæa IX p. 468 (1834)—TRINIUS in Linnæa X p. 308 (1836).—MUNRO in Trans. Linn. Soc. XXVI, p. 10 (1868).

Syn. *Gramina-Bambusacea* KUNTH in Mém. Mus. Hist. Nat. Paris II p.

75 (1815).

Gramineæ Sect. *Bracteifloræ* LINK, Handb. I p. 95 (1829).

Gramineæ Bambuseæ KUNTH apud LINDLEY, Introd. Bot. p. 304 (1830); Nat. Syst. Bot. p. 378 (1836)-RUPRECHT in Act. Acad. Cæs. Petrop. ser. VI, Tome V pt. 2 p. 1 (1839)-ENDLICHER, Ench. Bot. p. 59 (1841)-KOCH, Dendrol. II pt. 2, p. 353 (1873)-BENTHAM & HOOKER, Gen. Pl. III p. 1076 (1883)-HACKEL in ENGLER & PRANTL, Nat. Pflanzenfam. II Abt. 2, p. 89 (1887)-GAMBLE in Ann. Roy. Bot. Gard. Culcutta VII p. 1 (1896).

Gramineæ Trib. *Festucaceæ* Subtrib. II. *Bambuseæ* MEISSNER, Pl. Vasc. Gen. I p. 425 (1836); II p. 325 (1843).

Gramineæ Subtrib. *Bambusaceæ* ENDLICHER, Gen. Pl. p. 102 (1836)-MIQUEL, Fl. Ned. Ind. III pt. 3 p. 360 (1857).

Gramineæ Trib. *Bambusaceæ* STEUDEL, Syn. Pl. Glum. I p. 329 (1855)-DOELL in MARTIUS, Fl. Brasil. II pt. 3. p. 161 (1880).

Rhizoma fasciculatum vel longe repens. Culmi monopodiales vel sympodiales, indivisi vel ramosi, fistulosi vel solidi; nodi elevati vel haud elevati, radicantes vel non radicantes, armati vel inarmati; internodia brevia vel longissima, viridia vel farinosa, lutea vel striata, punctata vel maculata vel nigricantia, glabra—ciliata—velutina—hispida—aculeata. Folia culmorum squamoso-vaginantia, decidua vel persistentia, vel dorso punctato-persistentia ita ex nodo suspensa, glabra—villosa—hispida, apice appendiculata vel haud appendiculata, saepe setis oralibus instructa. Turiones vernales vel aestivales, rarius auctumno-hiemales. Gemmæ in quoque nodo 1-7. Ramuli e basi vel supra nonnulos nodos ramorum evoluti. Phyllotaxis 1/2. Folia petiolata cum vel sine setis oralibus; setæ orales albæ vel fuscæ vel nigræ vel purpureæ glabræ vel hispidulæ, flexuoso-parallelæ vel rigido-patentes; lamina ovata, elliptica, oblonga, lanceolata, lineari-lanceolata, subulata, integra vel serrulata, supra glabra vel pilosa vel erecto-hirsuta, infra glabra, ciliata, pubescentia vel velutina; nerves longitudine parallelæ vel tessellatæ. Inflorescentia in apice ramuli terminalis vel lateralis terminalis, vel e basi culmorum vel ex rhizomata evoluta, paniculata vel spicata vel racemosa vel glomerata, disticha vel secunda efoliosa vel foliosa; pedunculi ex bractea spathacea exerti vel inserti; axis pilosa vel glabra. Spiculæ basi 2-6 bracteatæ. Bracteæ parvæ vel glumam primariam superantes. Glumæ 2-4. Glumæ exteriores 1-3 falcatæ apice acuminatæ vel aristatæ 3-11 nerviæ interdum tessellatæ. Glumæ interiores falcatæ dorso planæ vel sulcatæ apice bidentatæ. Paleæ 2-4 vel 0, aequales vel inæquales teneræ. Stamina 3-6; filamenta elongata glabra vel pilosa; antheræ elongatæ 2-loculares. Ovarium glabrum. Styli 1 vel 2 vel 3, et si solitarii apice indivisi vel 2-3 fidi. Stigma pubescens vel plumosum. Exocarpium si tenerum endocarpio adnatum et si crustaceum ex endocarpio liberum. Albumen copiosum farinaceum vel durum.

Genera 45 et species 560 in Asia orientali et tropica, Malesia, Polynesia, America tropica, Africa tropica indigena. In Korea species 7 generum trium sponte nascent, sed nonnullæ generis Phyllostachydis et Pleioblasti in parte australi cultantur.

Conspectus generum *Bambusacearum* in Imperio Japonico sponte nascentium vel cultarum.

1 { Rhizoma carens. Culmi cæspitosi sympodiales. Folia plerumque cum nervis parallelis. 2
Rhizoma repens. Culmi distantes sympodiales vel monopodiales. Folia semper tessellata. 5

2 { Exocarpium tenerum endocarpium adnatum. Stamina 6. Stigmata 2 vel 3. Folia semper nervis longitudine parallelis. 3
Exocarpium crustaceum ex endocarpio liberum. 4

3 { Nodi ramorum nunquam aculeati. Styli basi non incrassati. ....*Leleba* Rumphius
Nodi ramorum retrorso-aculeati. Styli basi conspicue incrassati. ....*Bambusa* Schreber

4 { Stigma 1 (2). Palea nulla. Glumæ exteriores 2 vel 3, interiores 2. Folia nervis tessellatis. ....*Dendrocalamus* Nees.
Stigmata 3. Styli elongati. Paleæ 0-4. Glumæ exteriores 1-3, interiores 1-2. Folia nervis parallelis. ....*Schizostachyum* Nees.

{ Spiculæ decompositæ ie quaque spicula bractea magna obtecta, ita inflorescentia cum bracteola magna imbricata. Culmi monopodi-

5 { ales. Vaginæ deciduæ. Stamina 3. Styli elongati. Stigmata 3. 6

Spiculæ simplices ie flores distichi imbricati et quique flos cum bracteola nunquam obtectus sed spiculæ pro toto basi bracteatæ. ....7 }

6 { Culmi vulgo elati tubulosi ventre saepe canaliculati. Ramuli elongati cum foliis distichis dependentibus. Spiculæ 2–8 floræ. ....*Phyllostachys* Siebold & Zuccarini.

Culmi nani vix 1,5 m. alti, semitubulosi ie ventre plani. Ramuli in quoque nodo culmi fasciculatim 3–5 apice cum foliis 1–2. Spiculæ 1–2. Spiculæ 1–2 floræ. ....*Shibatæa* Makino. }

7 { Styli 1 trifidi. Stamina 3–6. 8

Styti 2 liberi vel basi coaliti. Stamina 3. ....14 }

8 { Gemmæ in quoque nodo 3–7 (rarius reductim 1–2 intermixtæ) 9

Gemmæ in quoque nodo 1, raro 2 ....11 }

9 { Culmi obtuso-quadrangulares ; internodia primo hispida. Vagina decidua. Stamina 6. ....*Tetragonocalamus* Nakai.

Culmi teretes. Vagina saltem dorso persistens. Stamina 3. ....10 }

10 { Vaginæ culmorum basi centro tantum persistentes, ita primo pendulæ. Styli elongati. Setæ orales rigidæ læves. ....*Semiarundinaria* Makino.

Vaginæ persistentes. Styli non elongati. Setæ orales parallelæ flexuosæ læves. ....*Pleioblastus* Nakai. }

11 { Stamina 3 (4–5) 12

Stamina 6. ....13 }

12 { Setæ orales si evolutæ læves flexuosæ sed sæpe desunt. Nodi haud elevati. Paleæ 3, quarum 1 sæpe ceteris elongata. Stamina 3 (4). Culmi monopodiales. ....*Pseudosasa* Makino.

Setæ orales vulgo evolutæ patentes, infra medium scabræ rigidæ, supra medium læves flexuosæ. Paleæ 3 omnes conformes. Stamina 3 (4–5). Culmi vulgo sympodiales sed monopodiales intermixti. ....*Sasaella* Makino }

13 Setæ orales nunquam evolutæ. Nodi haud elevati. Culmi sæpe monopodiales. .... *Sasamorpha* NAKAI.
Setæ orales saltem in vagina culmorum evolutæ, patentes rigidæ scabræ. Nodi plus minus elevati. Culmi semper sympodiales. .... *Sasa* MAKINO & SHIBATA.

14 Vaginæ culmorum persistentes. Setæ orales rigidæ scabræ. Gemmæ in quoque nodo 1–3. .... *Indocalamus* NAKAI.
Vaginæ culmorum deciduæ. Setæ orales læves vel scabræ. Gemmæ in quoque nodo 3–7. .... 15.

15 Internodia anomale elongata. Setæ orales rigidæ læves. Vaginæ culmorum apice distincte appendiculatæ. Innovationes vernoæstivales. .... *Sinobambusa* MAKINO.
Internodia nunquam eximie elongata. Setæ orales læves. Vaginæ culmorum haud appendiculatæ. Innovationes autumno-hiemales. .... *Chimonobambusa* MAKINO.

第 1 屬 **箭竹（やだけ）** 屬

稈ハ地下莖ノ長枝上ニハ側生シ短枝上ニハ頂生ス。籜ハ永存性、肩ノ毛ハ或ハ生ジ或ハ生ゼズ。若シアレバ屈曲シ白色平滑ナリ、葉身ハ格子目ノ葉脈ヲ有ス。花序ハ圓錐花叢ヲナシ稈ノ上方ノ枝ノ先ニ生ズ。小花穗ハ左右ニ相並ベル 2–10 個ノ花ヲ有シ基ニ 2 個ノ小サキ苞ヲ有ス。穎ハ 5 個、外穎ハ內卷シ先ハトガリテ殆ンド芒然トナルアリ。內穎ハ背面ニ溝アリテ先端 2 叉ス。花穎ハ 3 個、通例不同型、雄蕋ハ 3 個稀ニ 4 個花柱ハ 1 個先端 3 叉ス。柱頭ハ 3 個。

本島、四國、九州、屋久島、對馬、濟州島、鬱陵島、朝鮮ノ南部、臺灣ニ亙リ 3 種アリ、其中朝鮮ニハ 1 種アルノミ。

1. **やだけ**（箭竹、矢竹、篠竹）

（朝　鮮　名）　シンウヰテイ

（全 南 土 名）　サンジユ

（濟州島土名）　チヨクテイ、スリテヤ、スリデ、シヌテ

（第 I. II. 圖）

稈ハ通例 2–4（稀ニ 5）m. ノ高サニ達シ直徑 5–15 mm. 節間ハ中空ナ

リ。外面ハ緑色無毛節ノ下ニ白粉ヲ被ル、節ハ殆ンド高マラズ、枝ハ稈ノ央以上ヨリ出ヅ、籜ハ永存性、外面ニハ屈リタル粗毛生ズ。芽ハ各節ニ1個宛出デ枝ハ基ノ4節ヲ除キタル上ヨリ分枝ス。葉ハ小枝ノ先ニ2列ニ相並ビテ生ズ。葉鞘ハ屢々其先端紫色ヲ帶ブ。肩ノ毛ハ生ズル時ハ白ク相平行シテ立チ多少屈曲シ平滑ナリ。舌狀體ハ長サ 1-3 mm. 背面ニ微毛アリ。葉身ハ狹披針形長サ 40-300 mm. 幅 7-46 mm. 緣ニ小サキ鋸齒狀ノ刺アリ。基脚ハ急ニ尖リ先端ハ長ク尾狀ニ漸尖、表面ハ光澤アリ無毛、裏面ハ淡白ク無毛、葉脈ハ格子目ナリ、花序ハ枝ノ先端ニ圓錐花叢ヲナシ花梗ハ苞鞘ヨリ抽出ス、花軸ハ帶紫色且ツ微毛アリ、小花穗ハ緑色又ハ帶紫色 5-10 個ノ花ヲ附ケ基ニ長サ 3-9 mm 個ノ二個ノ苞アリ。下ノ苞ハ上ノ苞ヨリモ小サシ、外穎ハ長サ 11-15 mm. 先端ハ殆ンド芒狀ニ尖リ、央以上ハ緣ニ微毛アリ、脈ハ格子目ナリ。內穎ハ格子目脈ヲ有シ長サ 7-8 mm. 背面ニ溝アリ且ツ毛アリ。花穎ハ 3 個長サ 2,5-3,5 mm. ホボ同型又ハ異型膜質透明、橢圓形ニシテ先端尖リ、先ニ毛アリ、脈ハ平行ナリ、雄蕊ハ3個ナレドモ勢ヨキ個體ニアリテハ4個トナルコトモアリ、花絲ハ無毛、葯ハ長サ 5 mm. 黃色又ハ帶紫色、子房ハ無毛、花柱ハ短ク、柱頭ハ3個長ク殆ンド羽根狀ニ毛アリ。

鬱陵島、濟州島、大黑山島、青山島、巨文島、甫吉島、莞島、珍島、智島、德積島、江華島、大青島、南海島、巨濟島、慶南東萊郡機張面竹島、全南、全北、忠南ノ暖地、慶南、慶北江原ノ海岸地方ニ產ス。

(分布) 本島、四國、九州、屋久島、隱岐、對馬。

一種葉鞘、葉柄、葉身ノ紫色ナルアリ、之ヲ**紫箭竹(むらさきやだけ)**ト謂フ。濟州島ニ產シ稀品ナリ。

內地ニハ葉ニ白縞、黃縞アル品種アレドモ未ダ朝鮮ニハ發見セズ。

Gn. 1. **Pseudosasa** MAKINO, Journ. Jap. Bot. II no. 4, p. 15 (1920), sine diagnoses, excl. *P. spiculosa.*—NAKAI in Journ. Arnold Arboret. VI, p. 150 (1925), cum diagnoses generis, excl. *P. variegata* & *P. disticha.*-MAKINO, Journ. Jap. Bot. V no. 4 p. 15 (1928), cum diagnoses generis, excl. *P. kurilensis, P. spiculosa, P. Hisauchii, P, Uchidai, P. Togashiana.*

Syn. *Arundinaria* (non MICHAUX) STEUDEL, Syn. Pl. Glum. I p. 334 (1855), pro parte.-MUNRO in Trans. Linn. Soc. XXVI, p. 13 (1868), pro parte-Koch, Dendrol. II pt. 2, p, 375, pro parte-HACKEL in ENGLER & PRANTL, Nat. Pflanzenfam. II Abt. 2, p. 93 (1899), pro parte-HOUZEAU DE LEHAIE in Actes IIIe Congr. Int. Bot. II p. 217 (1910), pro parte-CAMUS, Bamb. p. 18 (1913), pro parte.

Yadakeya MAKINO, Journ. Jap. VI no. 7, p. 16 (1929).

Rhizoma repens ramosum. Culmi ex ramis rhizomatis elongatis monopodiales, sed abbreviatis sympodiales. Turio vernalis cum spathis elongatis extus hispidis. Spathæ persistentes. Setæ orales + vel –, si adsunt albæ flexuosæ parallelæ læves. Folia cum venis tessellatis. Spiculæ racemoso-paniculatæ bracteis binis obtectæ, floribus distichis 2–10. Glumæ 2, exterior falcato-convoluta, interior dorso sulcata apice bidentata. Paleæ 3 subæquales vel inæquales. Stamina 3(4). Styli 1 trifidi. Stigmata 3 flexuosa.

Species 3 in Japonia, Formosa & Korea indigenæ.

1) **Pseudosasa Owatarii** MAKINO, Journ. Jap. Bot. II no. 4 p. 16 (1920)-NAKAI in Journ. Arnold Arboret. VI p. 150 (1925)-MAKINO & NEMOTO, Fl. Jap. p. 1493 (1925)-MASAMUNE, Prelim. Report Veget. Isl. Yakusima p. 45 (1929)-MAKINO & NEMOTO, Fl. Jap. ed. 2, p. 1389 (1931).

Syn. *Arundinaria Owatarii* MAKINO in Tokyo Bot. Mag. XXI, p. 16 (1907).

Sasa Owatarii MAKINO in Tokyo Bot. Mag. XXVI, p. 14 (1912).

Yadakeya Owatarii MAKINO, Journ. Jap. Bot. VI no. 7, p. 16 (1929)

Nom. Jap. *Yakushima-dake.*

Hab. in insula Yakushima prov. Ôsumi, Kiusiu.

2). **Pseudosasa Usawai** NEMOTO in MAKINO & NEMOTO, Fl. Jap. ed. 2, p. 1390 (1931)-NAKAI in Rika Kyôiku XV, no. 6, p. 71 (1932).

Syn. *Arundinaria Usawai* HAYATA, Icon. Pl. Formos. VI, p. 138 (1916)-MAKINO & NEMOTO, Fl. Jap. ed. 1, p. 1424 (1925).

Nom. Jap. *Kawa-kamuri-dake.*

Hab. in Formosa.

I (3). Pseudosasa japonica (SIEBOLD & ZUCCARINI) MAKINO.
(Tabulæ nostræ I, II)

Pseudosasa japonica MAKINO, Journ. Jap. Bot. II no. 4, p. 15 (1920)-MORI, Enum. Corean Pl. p. 53 (1922)-NAKAI in Journ. Arnold Arboret. VI, p. 150 (1925)-MAKINO & NEMOTO, Fl. Jap. ed. 1, p. 1492 (1925)-MASA-

MUNE, Prelim. Report Veget. Isl. Yakusima p. 45 (1929)-MAKINO & NEMOTO, Fl. Jap. ed. 2, p. 1389 (1931)-NAKAI in Rika Kyôiku XV no. 6 p. 71 (1932).

Syn. *Bambos jatake* Japon ex SIEBOLD, Syn. Pl. Oecon. Jap. in Verh. Bat. Genoots. XII, p. 5 (1930), nom. nud.

Arundinaria japonica SIEBOLD & ZUCCARINI ex STEUDEL, Syn. Pl. Glum. I p. 334 no. 6 (1855)-Miquel in Ann. Mus. Bot. Lugd. Bat. II p. 284 (1866), excl. syn. *Bambusa reticulata*; Prol. Fl. Jap. p. 172 (1866), excl. syn. *Bambusa reticulata*-MUNRO in Trans. Linn. Soc. XXVI, p. 18 (1868), excl. syn. A. GRAY.(1)-KOCH, Dendrol. II pt. 2, p. 354 (1873)-FRANCHET & SAVATIER, Enum. Pl. Jap. II pt. 1, p. 182 (1876), excl. specimen ex Yokoska(2)-RIVIÈRE, Bamb. p. 297, fig. 51-59 (1878)-HACKEL in ENGLER & PRANTL, Nat. Pflanzenfam. II Abt. II p. 93 (1887)-O. KUNTZE, Rev. Gen. Pl. II p. 761 (1891)-BEAN in Gard. Chron. 3 ser. XV p. 239 fig. 26 (1894)-HACHEL in Bull. Herb. Boiss. VII p. 716 (1899)-MAKINO in Tokyo Bot. Mag. XIV p. 62 & 80 (1900)-BEADLE in BAILEY, Encyclop. Americ. Hort I p. 128 (1900)-MATSUMURA, Ind. Pl. Jap. II pt. 1, p. 88 (1905)-HOUZEAU DE LEHAIE in Mitt. Dendrol. Gesells. XVI, p. 225 (1907)-NAKAI, Fl. Kor. II p. 377 (1911) -MAKINO & SHIRASAWA, Icon. Bamb. Jap. t. 4 fig. 1-3 (1912)-BEADLE in BAILEY, Stand. Cyclop. Hort. I p. 446 fig. 458 (1914)-NOHL in Mitteil. Deutsch. Dendrol. Gesells. XXIV p. 100 (1915).

Bambusa Metake (non SIEBOLD, Syn. Pl. Oecon. p. 4) SIEBOLD in hort. Cat. ex MIQUEL in Ann. Mus. Bot. Lugd. Bat. II p. 284 (1866), pro syn.-NICHOLSON, Illus. Dict. Gard. I p. 155 (1888).

Bambusa mitis Hort. Paris ex MUNRO, l. c. pro syn.

Phyllostachys bambusoides (non SIEBOLD & ZUCCARINI) MATSUMURA, Nippon Shokubutsu Meii p. 139 (1884); Shokubutsu Meii p. 213 (1895)-SATOW in Trans. Asiat. Soc. Jap. XXVII pt. 3, p. 46 (1899).

---

(1) GRAY'S *Arundinaria japonica* is 2 flowering *Pleioblastus Simonii* and one flowering *Sasa Veitchii*,

(2) SAVATIER'S no. 1492 collected at Yokoska is *Pleioblastus chino* (or *Bambusa chino*).

Sasa japonica MAKINO in Tokyo Bot. Mag. XXVI, p. 13 fig. II (1912)-CAMUS, Bamb. p. 19 Pl. V fig. A, Pl. XIII fig. A (1913)-TSUBOI, Illus. Jap. Bamb. p. 48 Pl. L (1914)-NAKAI, Veget. Diamond Mts. p. 164 no. 49 (1918); Veget. Dagelet Isl. p. 15 no. 63 (1919).

Yadakeya japonica MAKINO, Journ. Jap. Bot. VI no. 7, p. 16 (1929).

Culmus vulgo 2-4 (rarius 5) metrales altus fistulosus supra medium ramosus 5-15 mm. latus; internodia elongata glabra viridia sub nodos farinosa; nodi haud prominentes; spathæ persistentes extus flexuoso-hispidæ. Turiones vernales cum spathis elongatis apice appendiculatis imbricatis obtectæ. Gemma in quoque nodo solitaria. Rami basi indivisi nodis 4 proxime positis, ex quarto vel quinto nodo divisi. Folia in apice ramulorum disticha; spathæ apice interdum purpurascentes margine utrinque setis oralibus flexosis albis instructæ vel non fimbriatæ; ligula 1-3 mm. longa dorso pilosa, lamina lineari-lanceolata 40-300 mm. longa 7-46 mm. lata margine serrulata basi acuminata apice longissime caudato-attenuata supra lucida glabra infra glaucescens vel pallida glabra; nervæ tessellatæ. Inflorescentia paniculata in apice ramulorum terminalis; axis exerta; rami purpurascentes pilosi; spiculæ virides vel purpurascacentes 5-10 floræ basi bracteis binis 3-9 mm. longis instructæ. Gluma exterior 11-15 mm. longa apice subaristato-attenuata, supra medium margine pilosa, tessellata. Gluma interior 7-8 mm. longa, dorso sulcata et pilosa et secus costas binas fimbriato-pilosa, tessellata. Paleæ 3 ellipticæ acutæ membranaceæ hyalinæ apice pilosæ 2,5-3,5 mm. longæ subæquales vel unica major, nervis parallelis. Stamina 3 vel 4; filamenta glabra; antheræ 5 mm. longæ flavidæ vel parce purpurascentes. Ovarium glabrum. Stylus brevis glaber. Stigmata 3 elongata subplumoso-fimbriata.

Nom. Jap. *Yadake* (meaning arrow-bamboo).

Nom. Kor. *Shinwityai*, *Sandju*.

Nom. Quelpaertense: Choktei, Tjyokte, Sinute, Suritya, Suride.

Hab.

Dagelet: pede montis Rarikolbon (T. NAKAI no. 4116); Tongimi (T. NAKAI no. 4115); Moshige (T. NAKAI no. 4114); Mte Jyôhô 500 m. (T. ISHIDOYA no. 6); sine loco speciali (K. OKAMOTO).

Quelpaert: in pagos (U. FAURIE no. 1202); in sepibus (U. Faurie no.

1199); in Hongno (E. TAQUET no. 3340); pede montis Hallasan (T. ISHIDOYA no. 265); in parva insula vulcanica Hiyôtô (T. NAKAI); Saishû (T. NAKAI no. 4827).

Zennan: Insula Daikokuzantô (T. ISHIDOYA & TEI no. 3353-3354); Mokpo (T. UCHIYAMA); ibidem (TEI DAI GEN); Mt. Chiisan (T. NAKAI no. 129); Insula Seizantô (T, NAKAI no. 10773, 10774); Insula Kyobuntô vel Port Hamilton (T. NAKAI no. 10770); Mt. Hakuyôzan (S. TATE); Mt. Mantokusan (T. SAWADA); Chôjyô (TEI DAI GEN); Insula Hokitsutô (T. NAKAI); Insula Chitô (T. NAKAI); Mt. Sensatsuzan insulæ Chintô (T. NAKAI no. 10270); Mt. Taitonzan (TEI DAI GEN); Mt. Mutôzan (S. FUKUBARA).

Zenhoku: Sekiteiri (TEI DAI GEN); Riri (T. NAKAI).

Keinan: Ulsan (TEI DAI GEN); Chiri (S. FUKUBARA); Mt. Gyokudjohô insulæ Kyosaitô (T. NAKAI no. 10768); Ichiunmen insulæ Kyosaitô (T. NAKAI no. 10769); Insula Chikutô, Kichômen (T. NAKAI no. 10772); in parva insula Botantô circa insulam Nankaito (T. NAKAI no. 10771).

Chûnan: Mt. Keiryûzan (C. KONDÔ).

Keihoku: Hokô (TEI DAI GEN).

Keiki: Mt. Sanrôsan insulæ Kôkatô (N. OKADA); Insula Tokusekitô (S. YANASE).

Kôkai: insula Taiseitô (TEI DAI GEN).

Kôgen: in monte circa Kôjyô (T. NAKAI no. 5170); Nangairi (T. ISHIDOYA no. 6219).

Distr. Hondo, Shikoku, Kiusiu, Insula Yakusima, Tsusima, Insula Oki.

Pseudosasa japonica var. **purpurascens** NAKAI in Rika Kyôiku XV no. 6. p. 71 (1932), nom. nud.

Vagina, petioli et lamina foliorum purpurea.

Nom. Jap. *Murasaki-Yadake.*

Hab.

Quelpært: in sepibus (U. FAURIE no. 1202 bis).

I should like to make clear the limit of the genus *Pseudosasa* by this chance. When Dr. T. MAKINO wrote of *Pseudosasa* in his Journal of Japanese Botany Vol. II no 4 p. 15-16 he has not given generic diagnoses saying that ' the diagnosis will appear in the forecoming number.' However, he mentioned three species under it with full references. Those three species are *Pseudosasa japonica*, *P. spiculosa*, and *P. Owatarii*. Meantime, he meant that *Pseudosasa* is such a genus of *bamboo* with monopodial well-branched culms provided with non-prominent nodes, the inflorescence lateral to the branches of the upper part of the culms. Of these I heard myself from him in his house et Shibuya where he was living soon after the publication of his *Pseudosasa*. Apparently, he had mixed two kind of bamboo, one with three stamens and the other with six stamens. In his sense I have given the first generic diagnosis of *Pseudosasa* in the Journal of the Arnold Arboretum, but I excluded *Sasa purpurascens* CAMUS (*S. spiculosa* MAKINO & SHIBATA) from *Pseudosasa* as its flower has six stamens and neither the sheath nor the leaves have oral setæ. It was my error that I joined *Bambusa variegata* SIEBOLD and *Bambusa disticha* MITFORD though they have equally smooth white wavy oral setæ like *Pseudosasa japonica* and *P. Owatarii*. These two bamboos should be classed under *Pleioblastus* as Dr. MAKINO and I did later (*Pleioblastus distichus* Nakai in Rika Kyoiku XV no. 6, p. 69, 1932; *P. variegatus* MAKINO, Journal Jap. Bot. III p. 23, 1926). In 1928, Dr. MAKINO gave a new diagnosis of *Pseudosasa* in his Journal of Japanese Botany V no. 4 p. 15. This time, he mixed five different types. The first is *Arundinaria-kurilensis*-type, the second *Arundinaria-japonica*-type, the third *Sasa-spiculosa*-type, the fourth *Sasa-Hisauchii*-type, the fifth *Sasa-paniculata*-type. Among the seven species with one variety and one form enumerated by him under this new *Pseudosasa*, *Pseudosasa kurilensis* MAKINO and *P. Uchidai* MAKINO belong to the first type and which belong really to *Sasa* Sect. *Macrochlamys* NAKAI; *Pseudosasa kurilensis* var. *nebulosa* MAKINO and *P. Togashiana* MAKINO belong to the fifth type and should be classed under Sasa Sect. *Eusasa* NAKAI; *Pseudosasa japonica* MAKINO and *P. Owatarii* MAKINO belong to the second type or the real *Pseudosasa*; *Pseudosasa spiculosa* MAKINO and its forma *angustior* belong to the third type or the genus *Sasamorpha* NAKAI; *Pseudosasa Hisauchii* MAKINO belongs to the fourth type or is *Sasaella Hisauchii* MAKINO, Journ. Jap. Bot. VI. 15 (1929). These five types are distinguished as mentioned below.

1. Culmi supra rhizoma elongatum monopodiales, ceteri sympodiales; nodi haud elevati. Stamina 3–6. 2
   Culmi omnes sympodiales; nodi incrassati. Stamina semper 6.....4
2. Stamina 3 (4). Setæ orales si evolutæ albæ flexuosæ læves. ....*Pseudosasa* MAKINO (*P. japonica*, *P. Owatarii*).
   Stamina 3–6. Setæ orales destitutæ vel rigidæ patentes scabræ.....3
3. Setæ orales semper nullæ. Stamina 6. ....*Sasamorpha* NAKAI (*Pseudosasa spiculosa* et ejus f. *angustior*).
   Setæ orales rigidæ patentes scabræ sed supra medium sæpe læves. Stamina 3–5. ....*Sasaella* MAKINO (*Pseudosasa Hisauchii*).
4. Paniculæ ad culmos laterales ex nodis inferioribus evolutæ. Pedunculi exerti. ....*Sasa* Sect. *Eusasa* NAKAI (*Pseudosasa kurilensis* v. *nebulosa*, *P. Togashiana*).
   Paniculæ ad ramos laterales, semper supra medium culmorum positæ. Pedunculi maxime inserti cum vaginis amplis obtecti. ....*Sasa* Sect. *Macrochlamys* NAKAI (*Pseudosasa kurilensis*, *P. Uchidai*).

A genus complicated as such can not be recognised as valid and the second *Pseudosasa* of MAKINO goes partly to the synonym of the first *Pseudosasa* and the remainings are splitted as stated above. The first *Pseudosasa*, however, is still in force enrobed by the diagnosis given by me, and *Yadakeya* can have no claim as a generic name.

第 2 屬 **篶 (すず) 屬**

地下莖ハ地下ヲ横ニ走ル、稈ハ地下莖ヨリ側出スルヲ常トスレドモ短キ地下莖ヨリハ頂出ス。稈ノ央以上ヨリ 2 年目以後ハ分岐シ、節ハ箭竹同様低シ、籜ハ長ク筍ニテハ完全ニ節ヲ包ミ永存性、芽ハ各節ニ 1 個宛出ヅ、小枝ハ枝ノ基ヨリ 8–9 個ノ節ヲ置キ其次ヨリ出ヅ換言スレバ基ヨリ 9–10 番目ヨリ出ヅ、葉鞘ノ口ニ肩ノ毛ナシ、葉身ハ葉鞘ト關節シ格子目脈ヲ有ス有毛又ハ無毛、老成スレバ白ク隈取ルモノアリ。花序ハ枝ノ先ニ着ク、小花穗ハ複合シ花多ク基ニ 2 個ノ苞アリ。穎ハ通例紫色格子目脈ヲ有ス。外穎 1 個、內穎 1 個、花穎ハ小サク 3 個膜質 3–5 脈アリ。雄蕋ハ 6 個、花絲ハ無毛葯ハ 2 室縱裂ス。花柱ハ 3 叉シ柱頭ニ毛アリ。外果皮ハ薄シ。

北海道ノ中部、南部、本島、豆南列島、四國、九州、朝鮮半島ニ亙リ6種アリ、其中3種ハ朝鮮ニモ自生ス。

すすハ1名すず又ハすずだけト謂フ。其語原ニ就キテハ本草學者ハ日本書記及ビ萬葉集ヲ引用ス、卽チ日本書記神代卷上ノ天照大神天ノ巖戸ニ入リ給ヒシ條下ニ

野槌者採五百箇野薦八十玉籤（野槌をしていほつのすすのやそたまくしを採らしむ）、

トアリ素戔鳴命出雲ニテ王子淸(スガ)之湯山主狹漏彥(サロヒコ)八嶋篠ヲ設ケシ條下ニ

篠小竹也此云斯奴(シヌ)（篠は小竹なり此を斯奴と云ふ）

トアリ、此レガ後世ノ篠又ハ篠笹ノ語源ナルベシ、

又萬葉集久米禪師娉石川郎女時歌五首ニ

水薦苅信濃乃眞弓吾引者宇眞人佐備而不欲常將言可聞

（みすすかる信濃の眞弓わがひかばうま人さびて否といはんかも）

三薦苅信濃乃眞弓不引爲而强作留行事乎知跡言莫君二

（みすすかる信濃の眞弓ひかずしてをはくるわざを知ると言はなくに）

トアリ。之ヲ凡テ今日ノすすだけニ合シテヨキモノナルヤ疑ヒナキ能ハザレドモ暫ク昔ノ本草學者ノ考證ニ從ヒ置ケリ。

朝鮮產すす類3種ノ區別法ハ左ノ如シ。

1 { 高サ 60 cm. ヲ出デザル小竹ニシテ稈ノ直徑ハ 3 mm. ヲ出デズ、葉鞘ハ縱ノ脈ト脈トノ間ニ微小ナル逆毛ガ1列ニ相並ビテ出ヅ。……紀州すず
高サ 1-2 m. ニ達シ稈ノ直徑ハ 3-6 mm. トナル。葉裏ハ無毛又ハ基部ニ少シク毛アリ。節間ハ1年生ノモノハ粗キ逆毛アリ、葉鞘ニハ粗キ前方ニ向フ屆レル毛アリ。…… 2 }

2 { 外穎ノ先端ニ芒アリ。……高麗すず
外穎ノ先端ハ尖レドモ芒ナシ。……地竹 }

2 (1) 紀州すず

(第 III 圖)

地下莖ハ地中ニテ複雜ニ分岐ス。稈ハ直立シ高サ 20-60 cm. 細ク直徑 1-3 mm. 1-2 回分岐ス帶紫色始メ白粉ヲ被レドモ後之ヲ失ヒ節ハ高マラズ。籜及ビ葉鞘ハ始メ縱脈ト縱脈トノ間ニ逆毛アレドモ後ニハ大部分無毛トナル、肩ノ毛ナシ、葉身ハ狹披針形ニシテ長サ 38-246 mm. 幅 8-26 mm. 基脚ハ幅 1-2 mm 葉柄ニ向ヒテ急ニ尖リ先端ハ長ク細ク尖ル緣ハ屢

屢白ク隈取ル始メ緣ニ細カキ刺狀ノ小鋸齒アレドモ後之ヲ失フ。表面ハ綠色無毛光澤アリ。裏面ハ淡白ク脈ト脈トノ間ニ小サキ逆毛アリ。花莖ハ稈ノ下方ノ節ヨリ側出シ細ク花序ト合セテ長サ 200-377 mm. 最下部ノ 3-4 個ノ節ハ相接近シ上方ノ 2 個ハ相離ル、苞狀ノ鞘ハ下方ノモノハ逆毛アレドモ上方ノモノハ無毛ニシテ各先ニ狹披針形ノ小サキ附屬物アリ、花梗ハ細ク上部程密ニ毛アリ、小花穗ハ總狀ニ出デ花枝ハ白キ密毛アリ。小花穗ハ紫色長サ 10-23 mm. 3-6 個ノ花ト基ニ 2 個ノ小サキ苞トアリ。下方ノ苞ハ卵形紫色白毛出デ長サ 2-3 mm. 上方ノ苞ハ長橢圓卵形紫色緣ニ絨毛背ニ微毛アリ長サ 4-5,5 mm. 外穎ハ長橢圓卵形內ニ卷キ紫色緣ニ絨毛背ニ微毛アリ長サ 6-8 mm. 內穎ハ紫色先端 2 叉シ背ハ淺キ溝トナル長サ 6-7 mm. 花穎ハ 3 個同形長サ 1 mm. 透明ニシテ先端帶紫色長橢圓形ニシテ先端ハ尖リ叉ハ丸シ、雄蕋ハ 6 個花絲ニ毛ナク葯ハ黃色長サ 3,5-4 mm. 花柱ハ殆ンド基部迄 3 裂シ柱頭ハ羽狀。

全羅南道莞島郡苗圃附近ノ山及ビ長城郡白羊山ノ中腹ニ自生ス。

(分布) 紀州高野山、伊豆天城山。

3 (2) 高麗すず

(朝鮮名) カツテ

(第 IV 圖)

通例群生シ稈ハ高サ 1-2 m. 始メ粗毛アレドモ間モナク無毛トナリ丸ク光澤アリ央以上ヨリ 2-3 回分岐ス。節ハ高マラズ節間ハ先端ニ粗毛ト白粉トヲ被ル葉鞘ハ長サ 4-7 cm. 基ノミ粗毛アリ縱ニ不顯著ナル筋アリ口ハ截形無毛、舌狀體ハ長サ 1 mm. ヲ出デズ、葉身ハ披針形基ハ急ニトガリ先ハ長ク尖ル長サ 53-232 mm. 幅 11-38 mm. 表面ハ綠色無毛光澤アリ裏面ハ白ク中肋ノミ高マリ顯微鏡ニテハ嘴狀ノ透明ナル小突起ニテ點點ヲナス、緣ハ全緣厚ク先ニ向キ小サキ刺狀毛アリ。花序ハ枝ノ先ニ出デ花梗ハ長サ 15-20 cm. 直徑僅カニ 1-1,5 mm. 小花穗ハ圓錐花叢ヲナシ 3-6 個ノ花ヲ有ス、花序ノ枝ニハ白キ密毛アリ。小花穗ノ基ニハ 2 個ノ苞アリ、下ノ苞ハ舟形披針形紫色長サ 4 mm. 微毛アリ、上ノ苞ハ長サ 7-8 mm. 先ハ芒狀ニ尖リ先ノ方ト基ノ方トニ微毛アリ。外穎ハ紫色長サ 9-10 mm. 先ハ芒狀ニ尖リ緣ト先トニ微毛アリ背面ニハ基ニノミ毛アリ 7-9 本ノ縱脈アリ、內穎ハ背面ニ溝アリ 3 脈短カキ毛アリ長サ 7-8 mm. 花穎ハ 3 個膜質倒卵長橢圓形長サ 1-1,3 mm. 緣ニ微毛アリ。雄蕋ハ 6 個花絲ニ毛ナク葯ハ長サ 5 mm. 柱頭ハ 3 個先ニ毛アリ。

全南、慶南殊ニ智異山彙ニ多シ、外觀ぢだけニ似テ穎ニ芒アルヲ異ニス朝鮮ノ特產ナリ。

4 (3) **地竹 (ぢだけ)**、一名 えぞすずだけ

(朝 鮮 名) カ ツ テ

(全南土名) マクトェギ

(第 V 圖)

地下莖ハ地中ヲ横ニ走リ分岐多ク節ヨリ根ヲ出ス、稈ハ地下莖ノ長枝ヨリハ側出シ短枝ヨリハ頂出ス、直立シ高サ 1-2 m. 直徑 3-6 mm. 筍ニテハ長キ籜ニテ包マル籜ニハ粗毛アリ。先ニ披針形ノ附屬物ヲ有ス。稈ハ通例 5 年目ニ枯死ス。節ハ高マラズ 1-3 年生ノ稈ニテハ籜ガ殘レドモ 4 年生ノモノハ之ヲ失ヒ光澤ニ富ム。節間ハ 1-3 年生迄ハ粗キ逆毛アリ又 1 年生ノモノハ毛ト共ニ白キ粉ヲ被ル、4 年生ノモノハ全ク無毛トナル、葉鞘ハ口ニ肩ノ毛ナク唯粗毛アリ、葉身ハ長橢圓披針形長サ 51-254 mm. 幅 10-41 mm. 基ハ急ニ尖リ先ハ漸次尖リ往々尾狀ニ長ク尖ル縁ニハ無色ノ刺毛狀ノ鋸歯アリ表面ハ綠色無毛光澤アリ裏面ハ無毛又ハ基ニ逆毛ト長キ毛トアルコトアリ、老成葉ハ屢々縁ニ不規則ノ燒葉ヲ作レドモ白ク隈取ルコト殆ンドナシ。花序ハ 3-4 年生ノ稈ノ枝ノ先ニ出デ花軸ハ殆ンド無毛帶紫色基ハ紫色ノ葉鞘ニテ包マル。花枝ニハ毛ト白粉トアリ、小花穗ハ複總狀花序ヲナシ紫色各 2-5 花ヲ附ケ基ニ 2 個ノ不等形ノ苞ヲ有ス。外穎ハ長ク 7-10 mm. 光澤アリ縁ニノミ微毛アリ先ハ尖ルモ芒狀ヲナサズ内面ニ毛アリ。内穎ハ長サ 8-9 mm. 背ニ溝アリ。花穎ハ 3 個同形透明、雄蕋ハ 6 個花絲ハ無毛又ハ極メテ短カキ毛アルコトアリ、葯ハ黃色長サ 4 mm. 花柱ハ 1 個短ク柱頭ハ 3 個長ク毛アリ。

平南 (德川郡大極面社洞)、咸南 (楸愛山、三防ノ瀧附近)、江原 (金剛山、大白山、泰岐山、五台山、屹靈山)、黃海 (長壽山)、京畿 (龍門山)、忠北 (俗離山)、忠南 (雞龍山) 慶北 (日月山)、慶南 (棲鶯山、伽耶山、智異山)、全北 (德裕山) 全南 (白羊山、無等山、大芚山、莞島) ニ產ス。

(分布) 北海道 (釧路、根室、日高、膽振、渡島)。

Gn. 2. **Sasamorpha** NAKAI in MIYABE & KUDO, Fl. Hokkaido & Saghalien II in Journ. Facult. Agr. Hokkaido Imp. Univ. XXVI pt. 2, p. 180 (1930).

Syn. *Arundinaria* (non MICHAUX) HACKEL in Bull. Herb. Boiss. VII p. 716 (1899), cfr. *Arundinaria purpurascens*.

Bambusa (non SCHREBER) HACKEL, l. c. p. 720, cfr. *Bambusa borealis*.

Arundinaria Sect. *Bambusoides* SHIBATA & MAKINO in Tokyo Bot. Mag. XIV p. 20 in nota sub *Arundinaria borealis* (1900), pro parte.

Sasa MAKINO & SHIBATA in Tokyo Bot. Mag. XV p. 18 (1901), pro parte.

Pseudosasa MAKINO in Journ. Jap. Bot. II p. 15 (1920), nom. nud., pro minoribus partibus.

Rhizoma repens. Culmi ex ramis elongatis rhizomatis monopodiales, ex abbreviatis sympodiales; nodi haud elevati; vaginæ persistentes. Gemma in quoque nodo unica. Rami ex basi 8-9 nodo ramulosi. Folia basi vaginantia; vagina persistens ore truncata sine setis oralibus; lamina cum vagina articulata lanceolata vel lineari-lanceolata vel oblonga, nervis tessellatis, utrinque glabra vel subtus pilosa vel velutina, adulta sæpe albo-marginata, margine setis deciduis spinuloso-serrulata. Inflorescentia in apice ramuli terminalis. Spiculæ decompositæ pleuranthæ bracteis 2 suffultæ. Glumæ plerumque purpureæ, primaria margine pilosa tessellata, secundaria dorso late sulcata. Paleæ parvæ 3 homomorphæ membranaceæ. Stamina 6, filamenta glabra vel minutissime pilosella, antheræ biloculares longitudine fissæ. Styli trifidi, ramis pilosis. Exocarpium membranaceum.

Species 6 in Korea, Kiusiu, Shikoku, Hondo & Yeso endemicæ. In Korea species 3 indigenæ.

1 { Vaginæ culmorum inferiores inter venas retrorso-ciliolatæ. Folia infra saltem basi inter venas sub lente minute retrorso-ciliolata, anguste lanceolata sæpe albo-marginata. Culmi graciles 20–60 cm. alti. .... *Sasamorpha gracilis*.
Vaginæ culmorum antrorsum curvato-hispidæ vel glabræ. 2

2 { Glumæ aristatæ. Vaginæ culmorum et ramorum primo adpressissime ciliolatæ demum glabrescentes. Folia oblongo-lanceolata vel lanceolato-oblonga 5,3–23,2 cm. longa 1,1–3,8 cm. lata subtus glaberrima. .... *Sasamorpha chiisanensis*.

Glumæ non aristatæ. Vaginæ culmorum antrorsum curvato-hispidæ. Folia late lanceolata vel lanceolato-oblonga 6,2–26,3 cm. longa 1,4–4,3 cm. lata subtus basi tantum pilosella. .... *Sasamorpha purpurascens* var. *borealis*.

2 (1) **Sasamorpha gracilis** Nakai

(Tabula nostra III)

Sasamorpha gracilis Nakai in Tokyo Bot. Mag. XLVI, p. 38 (1932).

Rhizoma repens complicatim ramosum. Culmi ex ramis rhizomatis elongatis monopodiales, ex abbreviatis sympodiales 20–60 cm. alti erecti sed graciles 1–bis ramosi 1–3 mm. lati purpurascentes primo pruinosi demum denudati; nodi haud incrassati. Vaginæ primo inter venas longitudinales minute retrorso-ciliatæ demum maxime glabrescentes. Setæ orales destitutæ. Lamina foliorum lineari-lanceolata 38–246 mm. longa 8–26 mm. lata, basi in petiolem 1–2 mm. latum mucronata, apice longe anguste attenuata, margine primo spinulosa demum subglabra, supra viridia glabra lucida sæpe albo-marginata, subtus glaucina et asperula. Scapus lateralis et subbasilaris ex omnibus nodis evolutis gracilis cum inflorescentia 200–377 mm. longus, nodis 3–4 basilaribus proximis 2 superioribus remotis, vaginis inferioribus retrorso-ciliolatis superioribus glabris appendicibus lineari-lanceolatis coronatis. Pedunculus gracilis superiore densius pubescens. Inflorescentia racemosa, axi albo-barbata. Spiculæ purpureæ 10–23 mm. longæ 3–6 floræ basi bracteatæ. Bractea prima ovata purpurascens albo-pubescens 2–3 mm. longa, secunda oblongo-ovata purpurea margine villosula dorso adpresse ciliolata 4,0–5,5 mm. longa. Gluma primaria oblongo-ovata convoluta purpurea dorso minute ciliolata margine villosula 6–8 mm. longa, secunda purpurea 6–7 mm. longa bicuspis. Paleæ 3 omnes conformes 1 mm. longæ hyalinæ apice purpurascentes oblongæ acutæ vel obtusiusculæ. Stamina 6 ; filamenta glabra ; antheræ flavæ 3,5–4. mm. longæ. Styli alte 3–fidi. Stigmata 3 plumosa.

Nom. Jap. *Kishu-sudzu*.

Hab.

Prov. Zennan: in silvis montis Hakuyôzan (T. Nakai no. 10778, 10779); in silvis insulæ Wangtô (T. Nakai no. 10776) ; in declivitate montium

Wangtô (T. NAKAI no. 10777).

Distr. Hondo.

3 (2) **Sasamorpha chiisanensis** NAKAI

(Tabula nostra IV)

Sasamorpha chiisanensis NAKAI in Tokyo Bot. Mag. XLVI, p. 37 (1932).

Syn. *Sasa spiculosa* (non MAKINO) NAKAI, Veget. Mt. Chirisan p. 22 no. 261 (1915).–MORI, Enum. Corean Pl. p. 54 (1922), pro parte.

Rhizoma repens ramosissimum. Culmi 1–2 m. alti primo hispiduli mox glabrescentes lucidi teretes, ex medio bis vel ter ramulosi ; nodi haud incrassati ; internodia apice hispidula glauco-cerifera. Vagina foliorum 4–7 cm. longa præter basin hispidulam glaberrima longitudine obscure striata, ore truncata glabra. Ligula brevis vix 1 mm. longa. Lamina foliorum lanceolata basi subito contracto-mucronata et cum vagina articulata 53–232 mm. longa 11–38 mm. lata, supra viridis glabra lucida, infra glauca costis tantum elevatis sub lente processis rostratis punctulata, margine integerrima incrassata antrorsum setulosa. Inflorescentia in apice ramulorum terminalis ; pedunculus 15–20 cm. longus 1–1,5 mm. latus ; spiculæ subpaniculatæ 3–6 floræ basi bibracteatæ ; ramuli dense albo-ciliati. Bractea inferior naviculari-lanceolata purpurea 4 mm. longa pilosa, superior 7–8 mm. longa aristato-acuminata apice et basi ciliolata. Gluma exterior purpurea 9–10 mm. longa apice aristato-attenuata margine et apice ciliolata dorso basi tantum ciliolata utrinque laterali 3–4 nervata. Gluma interior dorso sulcata adpresse ciliolata bicarinata ubi longe ciliata ventre convoluta 7–8 mm. longa. Paleæ 3 membranaceæ obovato-oblongæ margine ciliatæ 1–1,3 mm. longæ. Stamina 6 ; filamenta glabra ; antheræ flavæ 5 mm. longæ. Styli trifidi. Stigmata pilosa.

Nom. Jap. *Korai-Sudzu*.

Nom. Kor. *Kattei*.

Hab.

Prov. Zennan : in monte Chiisan (T. NAKAI no. 719, typus in Herb. Imp. Univ. Tokyo).

Prov. Keinan : in silvis Pomasa (U. FAURIE no. 1200).

4 (3) **Sasamorpha purpurascens** NAKAI var. **borealis** NAKAI.

(Tabula nostra V)

Sasamorpha purpurascens NAKAI in MIYABE & KUDO, Fl. Hokkaido & Saghalien II p. 181 in nota sub *Sasamorpha borealis* (1930); in Tokyo Bot. Mag. XLVI, p. 40 (1932).

Syn. *Arundinaria sp.* K. ITO, Nihon Sanbutsushi, Prov. Shinano, I fol. 34 cum figuris (1856).

Bambusa senanensis (non FRANCHET & SAVATIER) MAXIMOWICZ in litt. 1880.-MATSUMURA, Nippon Shokubutsu Meii p. 27 (1884); Shokubutsu Meii p. 44 (1895).

Arundinaria tessellata (non MUNRO) MATSUMURA, Cat. Pl. Herb. Coll. Sci. Imp. Univ. p. 237 (1886), pro parte.

Arundinaria purpurascens HACKEL in Bull. Herb. Boiss. VII p. 716 (1899).

Arundinaria borealis MAKINO in Tokyo Bot. Mag. XIV p. 20 (1900).

Bambusa purpurascens MAKINO in Tokyo Bot. Mag. XV p. [62] (1901).

Sasa borealis MAKINO & SHIBATA in Tokyo Bot. Mag. XV p. 24 (1901), excl. Pl. Yesoenses.—MATSUMURA, Ind. Pl. Jap. II pt. 1, p. 96 (1905), excl. Pl. Yesoenses.—MAKINO & SHIRASAWA, Icon. Bamb. Jap. Pl. XI, fig. 16-20 (1912)-HAYATA, Botany Mt. Fuji p. p. 27 & 38 (1926).

Sasa spiculosa MAKINO in Tokyo Bot. Mag. XXVI, p. 12 (1912), excl. syn.—MAKINO & NEMOTO, Catalog. Jap. Pl. Herb. Nat. Hist. Departm. Tokyo Imp. Mus. p. 392 (1914).

Sasa purpurascens CAMUS, Bamb. p. 19 Pl. I fig. B. (1913).

Pseudosasa spiculosa MAKINO in Journ. Jap. Bot. II no. 4. p. 16 (1920), excl. syn. *Arundinaria kurilensis* var. *spiculosa* & *Bambusa borealis*-MAKINO & NEMOTO, Fl. Jap. p. 1492 (1925); ed. 2 p. 1390 (1931).

Sasamorpha purpurascens var. **typica** NAKAI.

Vaginæ culmorum dense crebrius hispidulæ.

Habitat in Hondo et Shikoku, sed in Korea nondum detecta.

Sasamorpha purpurascens var. **borealis** NAKAI in Tokyo Bot. Mag. XLVI p. 41 (1932).

Syn. *Bambusa borealis* HACKEL in Bull. Herb. Boiss. VII p. 720 (1899).

Sasa borealis MAKINO & SHIBATA in Tokyo Bot. Mag. XV p. 24 (1901), quoad pl. ex Yeso.—MATSUMURA, Ind. Pl. Jap. II pt. 1 p. 96 (1905), quoad pl. ex Yeso.

Sasa spiculosa (non MAKINO) CAMUS, Monogr. Bamb. p. 18 Pl. I, fig. A. (1913), excl. syn.—NAKAI, Veget. Diamond Mts. p. 164 no. 50 (1918).—MORI, Enum. Corean Pl. 54 (1922), pro parte.

Sasamorpha borealis NAKAI in MIYABE & KUDO, Fl. Hokkaido & Saghalien II p. 181 (1930).

Rhizoma repens ramosissimum squamis albis vel purpurascentibus lucidis longitudine multistriatis obtectum. Culmi ex ramis rhizomatis elongatis monopodiales, ex brevibus sympodiales, ex basi arcuato-ascendentes erecti fistulosi supra medium ramosi 4-6 ennes 1-2 m. alti 2,5-5 mm. lati ; nodi haud elevati ; internodia primo farinosa et supra medium pilosa demum glabrescentia et lucida. Spathæ turionum purpurascentes elongatæ imbricatæ internodia perfecte obtectæ hirtellæ apice subulato-appendiculatæ sine setis oralibus. Spathæ ramorum parcius hirtellæ vel glabræ ramos toto obtectæ sine setis oralibus. Folia late lanceolata vel lanceolato-oblonga 62-263 mm. longa 14-43 mm. lata in viva deflexa et ad apicem parce arcuato-ascendentia supra viridia glaberrima lucida infra glaucina glabra vel basi tantum pilosella, margine setulosa vel denticulata vel integra, basi rotundato-mucronata apice attenuata. Inflorescentia in ramis 2-5 ennibus lateralis ramos foliosos terminales superans paniculata, axis exerta glabra ; rami farinosi et albo-pilosi flexuosi. Spiculæ purpureæ vel olivaceo-purpureæ vel intense purpureæ 2-6 floræ sed flos supremus vacuus, basi bracteis inæqualibus oblongis vel ellipticis obtectæ. Quique flos cum rachi unica superiore ex inferiore articulatim sejunctus. Glumæ exteriores 8-11 mm. longæ subaristato-acuminatæ vel muticæ præter apicem et marginem glaberrimæ nervis anastomosis non elevatis. Glumæ interiores dorso bicarinato-sulcatæ ciliatæ apice bidentatæ 7-9,5 mm.

longæ. Paleæ membranaceæ inæquales 1–2 mm. longæ oblongæ vel obovatæ vel lanceolatæ margine ciliolatæ. Stamina 6 (vel reductim 5 vel 4); filamenta glabra; antheræ lineares 6–7 mm. longæ apice acuminatæ sed connectivum haud exertum. Ovarium sessile glabrum. Stylus 1 brevis glaber. Stigmata 3 subplumosa.

Nom. Jap. *Djidake Yezo-sudzudake.*

Hab.

Prov. Kannan: circa cataractum Sanbô (T. NAKAI no. 13956); in monte Shûaizan (S. FUKUBARA).

Prov. Heinan: Shadô oppidi Taikyokumen (C. KONDO).

Prov. Kôkai: in monte Chôdjusan (TEI DAI GEN).

Prov. Kôgen: Mte Kongôsan (T. NAKAI no. 5168, 5169); Mte Taihakusan (T. ISHIDOYA no. 5800–5802); Mte Kitsureizan tractu Heikô (AN KI SHU); Mte Taikisan (S. FUKUBARA); Mte Godaizan (T. ISHIDOYA no. 6531, 6532).

Prov. Keiki: Mte Ryumonzan (T. SAWADA).

Prov. Chûhoku: Mte Zokurisan (S. FUKUBARA).

Prov. Chûnan: Mte Keiryusan (C. KONDO); ibidem (T. NAKAI no. 7773).

Prov. Keihoku: Mte Zitsugetsusan (T. SAWADA).

Prov. Zenhoku: Mte Tokuyûzan (S. FUKUBARA).

Prov. Keinan: Mte Seishûzan (T. SAWADA); Mte Tennôhô (T. ISHIDOYA no. 5019); Mte Kayasan (TEI DAI GEN); ibidem (S. KOIDE).

Prov. Zennan: Mte Hakuyôzan (T. NAKAI no. 1177, 10775); ibidem (T. ISHIDOYA); Insula Wangtô (T. NAKAI no. 528); Mte Mutôsan (S. FUKUBARA); Mte Taitonzan (T. NAKAI no. 10291); ibidem (TEI DAI GEN).

Distr. Yeso australi-orientalis.

第 3 屬 川竹 (めだけ) 屬

地下莖ハ地中ヲ橫ニ走リ分岐ス、稈ハ直立シ長キ地下莖ノ枝ヨリハ側出シ短カキ枝ヨリハ頂生ス。節ハ高マリ各節ニ 3-7 個ノ相並ビタル芽ヲ出ス、籜ハ永存性、肩ノ毛ハ平滑白色屈曲シ通例永存性、葉脈ハ格子目ナリ、花序ハ稈又ハ枝ヨリ側出ス卽チ最頂ノ枝ハ葉ヲ有シ其側下方ノ芽ガ花序トナル、小花穗ハ總狀又ハ葉腋ニ密集シ各 3-10 個ノ花ヲ附ケ基ニ 2 個ノ格子目脈ヲ有スル苞アリ、外穎ハ 1 個先ハ尖リ格子目脈ヲ有ス、內穎ハ先端2叉ス、花穎ハ3個膜質ニシテ內穎ニ相對スル1個ハ他ノ2個ヨリモ小サシ、雄蕋ハ3個、花絲ハ無毛、葯ハ狹ク2室、葯間ハ抽出セズ、花柱ハ1個羽狀ノ3個ノ柱頭ヲ頂ク、果實ハ長楕圓形、外果皮ハ薄シ。

本島、四國、九州、琉球、支那ニ亙リ30種以上アリ未ダ完全ナル研究ヲ見ズ、朝鮮ニハ古クヨリ川竹ヲ內地ヨリ移植シ南部各所ニ植ユ。

5. 川竹(カハダケ)、女竹(メダケ)

(第 VI 圖)

地下莖ハ長ク地中ヲ走ル、稈ハ長キ地下莖ヨリハ側生シ高サ6m. 直徑2-2,5 cm. ニ達シ中空綠色無毛節ハヤヽ高ク其下ニ始メ白粉アレドモ後之ヲ失フ、籜ハ始メ綠色ナレドモ後褪色シ永存性先ニ披針形ノ附屬物アリ、芽ハ各節ニ3-7個宛出ヅ從ツテ枝モ3-7本(稀ニ減數シテ1-2本)宛出テ開出ス、葉ハ狹披針形長サ10-31 cm. 幅7-30 mm. 基脚ハ短カキ葉柄ニ向ヒ尖リ先端ハ長ク次第ニ細マル緣ニハ細カキ刺狀ノ鋸歯アリ、表面ハ綠色無毛裏面ハ淡綠色又ハ淡白シ、葉脈ハ格子目ヲナス肩ノ毛ハ平行屈曲シ白色平滑殆ンド永存性、花序ハ稈又ハ枝ノ側方ヨリ出ヅ。小花穗ハ花疎ニ出デ長サ2-7 cm. 基ニ2個ノ苞アリ花軸ニハ絨毛アリ、苞ハ長サ8-10 mm. ヨク尖リ格子目脈アリ、外穎ハ1個長サ11-16 mm. 綠色又ハ帶紫色格子目脈アリ緣ニ微毛アリ、內穎ハ長サ10-14 mm. 先端2叉シ背面ニ微毛アリ又背側ニ長キ毛ヲ有スル2稜アリ、花穎ハ3個無色透明ニシテ微毛アリ、楕圓形長サ3 mm. 許、雄蕋ハ3個、葯ハ帶綠黃色長サ7 mm. 葯間ハ抽出セズ、花柱ハ1個短ク柱頭ハ3個毛アリ。

慶北、慶南、忠南、全北、全南ノ暖地、南部ノ島及ビ濟州島ニ栽培ス、內地ヨリ移入ノ歷史ハ不明ナリ。

Gn. 3. **Pleioblastus** NAKAI in Journ. Arnold Arboretum VI p. 145 (1925).

Syn. *Arundinaria* (MICHAUX) MUNRO in Trans. Linn. Soc. XXVI, p. 13 (1868), pro parte –KOCH, Dendrol. II p. 375 (1873), pro parte –RIVIÈRE, Bamb. p. 16 (1878), pro parte –BENTHAM & HOOKER, Gen. Pl. III p. 1207 (1883), pro parte –HACKEL in ENGLER & PRANTL, Nat. Pflanzenfam. II Abt. 2 p. 93 (1899), pro parte –CAMUS, Bamb. p. 26 (1913), pro parte.

Arundinaria Sect. *Euarundinaria* HOUZEAU DE LEHAIE in Actes IIIe Congrès Int. Bot. Bruxells II p. 217 (1910), pro parte.

Rhizoma repens, ramis elongatis cum culmis monopodialibus, ramis brevibus cum culmis sympodialibus. Culmi erecti ramosi. Nodi cum gemmis 3-7, ie internodia infima ramorum 2-6 subnulla sed omnes gemmæ in ramulis evolutæ. Vaginæ culmorum persistentes, ita nodi culmorum vetustorum sæpe ab vaginis emortuis fibrosis obtecti. Setæ orales lævissimæ flexuosæ albæ subpersistentes. Folia venis tessellatis. Inflorescentia ad ramos vel culmos laterales. Spiculæ racemosæ vel axillari-congestæ, 3-10 floræ basi bracteis tessellatis binis obtectæ. Gemmæ 2, exterior major tessellata acuminata, interior apice bidentata. Paleæ 3 membranaceæ, una glumam interiorem opposita ceteris minor. Stamina 3; filamenta glabra; antheræ lineares biloculares; connectivum haud productum. Stylus 1 cum stigmatibus 3 subplumosis. Caryopsis oblonga exocarpio membranaceo cum testa seminum adhærente.

Species circ. 30 in Hondo, Shikoku, Kiusiu, Liukiu, & China indigenæ. In Korea *P. Simonii* usu ejus culmi in australe parte late cultur.

5. **Pleioblastus Simonii** (CARRIÈRE) NAKAI
(Tabula nostra VI)

Pleioblatus Simonii NAKAI in Journ. Arnold Arboret. VI p. 145 (1925) -MAKINO & NEMOTO, Fl. Jap. ed. 2, p. 1379 (1931).

Syn. *Bambusa metake* SIEBOLD, Syn. Pl. Oecon. Jap. p. 4 (1830)-ZOLLINGER, Syst. Verzeich. in Ind. Arch. Jap. Pfl. I p. 57 (1854). (non SIEBOLD in hort. ex MIQUEL).

Arundinaria japonica (non SIEBOLD & ZUCCARINI) A. GRAY in Mem. Americ. Acad. Arts & Sci. new ser. VI p. 328 (1859), pro parte, vidi specimina in 1923.-MATSUMURA, Shokubutsu Meii p. 32 (1895)-SATOW in Trans. Asiat. Soc. Jap. XXVII pt. 3, p. 43 (1899).

Bambusa Simoni CARRIÈRE in Rev. Hort. XXXVII p. 380 (1866); XLVIII p. 359 (1896).

Arundinaria Fortunei (non RIVIÈRE) FENZI in Gard. Chron. (1876) p. 773.

Arundinaria Simonii A. & C. RIVIÈRE in Bull. Soc. Accl. 3 sér. (1878), p. 774-BEAN in Gard. Chron. 3 sér. XV p. 301 fig. 35. (1894)-MITFORD, Bamb. Gard. p. 59 (1896)-HACKEL in Bull. Herb. Boiss. VII p. 716 (1898)-MAKINO in Tokyo Bot. Mag. XIV p. 62 & 95 (1900)-MATSUMURA, Ind. Pl. Jap. II pt. 1, p. 89 (1905)-J. HOUZEAU, Bamb. no. 1, p. 30 (1906); in Mitt. Deutsch. Dendrol. Gesells. XVI, p. 226 (1907)-MAKINO & SHIRASAWA, Icon. Bamb. Jap. VII fig. 1-5 (1912)-CAMUS, Bamb. p. 33 Pl. 17 fig. B. (1913)-NOHL in Mitt. Deutsch. Dendrol. Gesells. XXIV, p. 100 (1915)-MAKINO & NEMOTO, Fl. Jap. ed. 1, p. 1424 (1925).

Arundinaria brachyclada HACKEL in litt. ex MATSUMURA, Ind. Pl. Jap. II pt. 1, p. 89 (1905).

Rhizoma longe repens. Culmi vulgo monopodiales, 2-6 m. alti 2-25 mm. lati fistulosi virides glabri sub nodos primo farinosi demum glabrescentes. Vaginæ culmorum virides glabræ longitudine striatæ lanceolato-appendiculatæ demum cinerascentes persistentes. Gemmæ in quoque nodo 3-7. Rami 1-7 divaricato-patentes. Folia lineari-lanceolata 10-31 cm. longa 7-30 mm. lata basi in petiolem brevem attenuata apice longe sensim attenuata margine minute serrulata supra viridia glabra infra glaucina vel viridula, nervis tessellatis. Setæ orales parallelæ flexuosæ albæ læves subpersistentes. Inflorescentia ad culmos vel ad ramos lateralis. Spiculæ 2-7 cm. longæ sublaxifloræ basi bibracteatæ; axis velutina. Bracteæ 8-10 mm. longæ acuminatæ tessellatæ. Gluma exterior 11-16 mm. longa viridis vel purpurascens tessellata margine pilosella. Gluma interior 10-14 mm. longa apice bidentata dorso pilosa et pubescente bicarinata. Paleæ 3 hyalinæ pilosæ oblongæ 3 mm. longæ. Stamina 3; antheræ viridi-flavæ 7 mm. longæ; connectivum haud productum. Stylus brevis. Stigmata 3 pilosa.

Nom. Jap. *Kawatake, Medake.*

In Korea australi et Quelpaert culta, olim ex Japonia transplantata.

第 4 屬　さ さ 屬

地下莖ハ地下ヲ横ニ走リ分岐多シ、稈ハ常ニ頂生シ無毛又ハ有毛、節ハ多少ニ關ラズ肥厚シ無毛又ハ有毛、鐸ハ有毛又ハ無毛永存性先端ニ附屬物アリ、肩ノ毛ハ剛直ニシテ多クハ厚キ突出物ノ周圍ヨリ放射狀ニ出デ粗糙ナリ、葉ハ狹披針狀ヨリ卵楕圓形迄ノ間ノ形ヲナシ無毛又ハ有毛、花序ハ稈ノ基部ヨリ特別ノ枝トシテ出デ又ハ央以上ノ枝ノ先ニ出デ總狀又ハ複總狀ナリ、小花穗ハ 2-9 個ノ花ヲ附ケ最基部ニ 2 個ノ苞アリ、外穎ハ 1 個、格子目脈ヲ有シ先端或ハ尖リ或ハ芒狀ヲナス、內穎ハ 1 個先端 2 叉シ背面ハ溝トナル、花穎ハ 3 個小サク膜狀、雄蕋ハ通例 6 個但シ例外トシテ 4, 5, 7 個等ニ變化ス花絲ニ毛ナシ、花柱ハ 1 個、柱頭ハ 3 個殆ンド羽狀ヲナス、子房ニ毛ナシ、外果皮ハ薄シ。

南樺太、千島擇捉ノ中部以南、北海道、本島、四國、九州、濟州島、朝鮮(咸北明川郡)、鬱陵島ニ亙ル地方ニ 67 種アリ、其中朝鮮ニテハ咸北明川郡ニ 1 種、鬱陵島ニ 1 種、濟州島ニ 1 種アリ、次ノ如ク區別ス。

1 稈鞘ノ基部ハ節ト共ニ球狀ニ肥大ス、稈ハ分岐セズ。 ……………… 耽羅笹(たんなざさ)
稈鞘ノ基部ハ節ト共ニ多少肥厚スレドモ球狀トナラズ、稈ハ央以上ヨリ多ク分岐ス。 ……………… 2

2 1 年生ノ稈ノ葉ハ基部弱心臟形ヲナシ裏面ニハ葉脈上ノ絹毛アリ、2 年生ノ稈ノ枝ニ生ズル葉ハ裏面ノ中肋ニノミ毛アリ、3 年生以降ノ稈ノ枝ヨリ生ズル葉ハ毛ナク基ハ尖ル。1 年生ノ稈ノ節間ニハ逆毛アリ。 ……………… 高麗笹(かうらいざさ)
1 年生ノ稈ヨリ生ズル葉ハ基部丸キカ又ハ尖リ裏面ハ全ク無毛ナルカ又ハ中肋ニノミ微毛アリ、2 年目以降ノ稈ヨリ出ヅル葉ニハ全然毛ナシ、1 年生ノ稈ノ節間ニ毛ナシ。 ……………… 千島笹(ちしまざさ)

6. (1) 耽羅笹(たんなざさ)

(第 VII 圖)

稈ハ高サ 10-80 cm. 鐸、節間、節共ニ毛ナク直徑 3-4 mm. 中空、綠色又ハ節ノ下ニ少シク紫色ヲ帶ブ、鐸ハ長サ 50-87 mm. 先端ニ披針形ノ附屬物アリ、基ハ球狀ニ膨ミ直徑 5-6,5 mm. 舌狀體ハ長サ 1-1,5 mm. 無毛、肩ノ毛ハ發達惡シク稀ニ生ズレドモ生ジタルモノハ剛直ニシテ放射狀粗糙ナリ又發達惡シキモノニ短ク平タク平滑ナルモノアリ、葉ノ基ハ丸ク急ニ尖リテ長サ 3-7 mm. ノ葉柄ニ終ル、先端ハ急ニ長ク尖ル、葉身ハ楕圓形又ハ狹長楕圓形ナリ、主脈ハ中肋ノ左右ニ 6-11 本アリ、裏面ハ稍高マル、葉ノ表面ハ綠色無色稍光澤アリ、裏面ハ淡綠色又ハ白味アリ顯微鏡下ニハ微毛ヲ認メ得、長サ 71-210 mm. 幅 14-66 mm. 未ダ花ヲ見ズ。

本島ノ中部以北ニ產スル仙臺笹ニ近キ種ナレドモ肩ノ毛ノ發達惡シキト葉裏ニ長キ毛ナキコトニテ直ニ區別シ得。

濟州島ノ特產ニシテ漢拏山ノ濟州側ノ稜線俗ニ圓嶠ト稱スル邊ニハ純群落ヲナス。

7. (2) 高麗笹 (からいざさ)

(第 VIII, IX 圖)

地下莖ハ複雜ニ頂生分岐ス。稈ハ 4 年迄生キ央以上ハ 2 年目ヨリ分岐ス。1 年生ノ稈ハ高サ 250-820 cm. 節間ハ長サ 30-67 mm. 直徑 3 mm. 許丸ク、逆毛アリ、節ハ多少高マリ細カキ逆毛アリ、籜ハ長サ 35-74 mm. 永存性下方ノモノハ縱脈ノ間ニ短カキ逆毛アリ、上方ノモノハ無毛、葉ハ稈ノ先ニ 5-8 個 2 列ニ並ビテ出デ基ハ稍心臟形葉柄ハ 2-7 mm. 葉身ハ帶卵長橢圓形又ハ長橢圓形先端ハ長ク尖リ長サ 27-194 mm. 幅 9-48 mm. 表面ハ無毛綠色裏面ハ殆ンド絹毛ニテ被ハレ緣ニハ密ニ刺狀ノ毛アリ、主脈ハ中肋ノ兩側ニ縱ニ 6-10 本宛アリ、舌狀體ハ長サ 0.8-2 mm. 密ニ毛アリ、葉柄ノ背面基部ニ微毛アリ、節間ト節ニハ 1 年生 2 年生共ニ逆毛アリ、第 1 回目ノ枝ノ葉卽チ 2 年目ノ葉ハ長サ 184 mm. 以下幅 39 mm. 以下ニシテ基ハ急ニ尖リ裏面ニハ中肋上ニノミ微毛アリ、第 2 回目ノ枝ノ葉卽チ 3 年目ノ葉ハ長サ 125 mm 幅 31 mm. 以下裏ニハ毛ナキカ又ハ中肋ノ最基部ニ極メテ微毛アリ。第 3 回目ノ枝ハ始メ極メテ僅カニ逆毛アレドモ間モナク之ヲ失ヒ節ノ下ニ白キ粉アルノミ節ニモ毛ナシ、第 3 回目ノ枝ノ葉卽チ 4 年目ノ葉ハ長サ 58-120 mm. 幅 12-20 mm. ヲ常トシ稀ニ其以下ノモノヲ混ズルコトアリ、基ハ長ク尖リ緣ニ剛毛アリ、未ダ花ヲ見ズ。

咸鏡北道明川郡上古面雲滿台ニ約 2 里餘方里ニ亙リテ生ジ此所ノ特產種ナリ。

本種ハ大正 3, 4 年頃ヨリ內地人ノ注意ヲヒキ現水原高等農林學校敎授農學士八田吉平氏ガ咸鏡北道ノ林務技師タリシ時大正五年標本ヲ著者ノ許ニ送リテ其檢定ヲ依賴サレ翌年 1 月余ハ *Sasa coreana* ト命ジテ植物學雜誌上ニ發表セリ。

大正八年八月著者ハ冠帽峯北雪嶺ノ植物採收ヲ終ヘテ明川郡七寶山ノ

植物ヲ調査シ歸途此笹ヲ見ン爲メ陸路城津ニ向ヒ親シク其自生狀態ヲ觀察シ大ニ得ル所アリ、當時寫眞師トシテ著者ニ隨行セル本府雇荒井榮君ノ撮影シタルモノハ實ニ此所ニ示ス所ノ寫眞ナリ、其習性ハ最モ千島笹ニ近似スレドモ上記檢索表ニ示ス如キ諸點ニ於テ明ニ區別アリ其葉幅ノ廣キコトハ寫眞中ニモ明ニ認メ得ベシ。

高麗笹　大正八年八月、咸北、明川郡上古面雲滿臺ニテ寫ス。
Sasa coreana in its type locality. Photograph was taken in August 1919.

8. (3) 千島笹 (ちしまざさ)
(第 X 圖)

甚ダシク群生シ稈ノ高サハ 3-5 m. トナリ無毛通例 5-6 年目ニ枯死ス、鬱陵島産ノモノハ北海道ノモノヨリ發育稍劣リ稈ノ直徑 4-6 mm. アリ中空ナレドモ中洞ハ細シ、節ノ基ハ太ク白キ粉ヲフク、節ノ直徑ハ 5-8 mm. アリ、節間ノ長サハ 45-104 mm. 籜ハ始メ綠色ナレドモ次第ニ褪色シテ灰白色トナリ無毛ナリ、長サ 38-74 mm. 先端ニ長サ 1-32 mm. ノ附屬物アリ、此附屬物ハ外ニ反リ上方ノ籜程大サヲ增ス。葉ハ廣披針

千島笹群生ノ狀　鬱陵島上峯 900 m. 邊ニテ大正七年六月寫ス。
A forest on the highest peak of the Dagelet Island. *Sasa kurilensis* is seen in the foreground. Photograph was taken in June 1918.

形又ハ披針形長橢圓形又ハ狹長橢圓形ニシテ枝ノ先ニ 2-7 枚宛出デ長サ 72-197 mm. 幅 13-47 mm. 表面ハ綠色光澤アリ裏面ハ白味アリ無毛又ハ裏ノ中肋ノ基ニ微毛アリ、基脚ハ丸ク翼アル葉柄ニ向ヒ尖ル、緣ニハ刺狀ノ毛アルトナキモノトアリ、肩ノ毛ハ通例發達惡シク、ナキモノアレドモ生ズル時ハ 1-3 本放射狀ニ出デ剛直ニシテ粗糙ナリ、舌狀體ハ長サ 2-3,5 mm. 背面ニ短毛アリ、花序ハ複總狀ニシテ 3 年生又ハ 4 年生ノ稈ノ枝ノ側枝ニ生ズ、花梗ハ長サ 9-13 mm. 大型ノ苞鞘ニテ包マルル爲メ通例抽出セズ、基部ヲ除ク外ハ微毛アリ、花枝ハ角張リ毛アリ又小サキ苞ヲ有ス、小花穗ハ紫色ニシテ長サ 15-27 mm. 3-5 個ノ花ヲ附ケ基ニ長サ 1-2 mm. ノ 2 個ノ苞アリ、外穎ハ 1 個長サ 9-11 mm. 紫色ニシテ白キ粉ヲフキ格子目脈ヲ有シ縱脈著シク緣ニ小サキ毛アリ先端ハ尖レドモ芒狀ナラズ、內穎ハ 1 個長サ 7-9 mm. 背面ニ溝アリ先ニ 2 齒アリ紫色ナリ、花穎ハ 3 個極メテ小サク膜質、微毛アリ、雄蕋ハ 6 個花絲ト共ニ抽出シ無毛、葯ハ長サ 5 mm. 黃色ナリ、花柱ハ短ク柱頭ハ 3 個羽狀ナリ。

鬱陵島ニ產ス。

(分布)、南樺太、北海道、千島擇捉島以南、本島中部以北。

Gn. 4. **Sasa** Makino & Shibata in Tokyo Bot. Mag. XV, p. 18 (1901), pro parte–Houzeau de Lehaie in Actes IIIme Congrès Int. Bot. Bruxells II p. 214 (1910)–Camus, Bamb. p. 18 (1913), pro parte–Nakai in Journ. Arnold Arboretum VI p. 149 (1925).

Syn. *Arundinaria* Sect. *Bambusoides* Shibata & Makino in Tokyo Bot. Mag. XIV, p. 20 (1900)

Pseudosasa Makino, Journ. Jap. Bot. V no. 4 p. 15 (1928), pro parte, non Makino, Journ. Jap. Bot. II no. 4 p. 15 (1920), nec Nakai in Journ. Arnold Arb. VI p. 150 (1925).

Rhizoma repens ramosissimum. Culmi sympodiales glabri vel pilosi vel velutini, simplices vel ramosi; nodi plus minus incrassati cum gemma solitaria. Vaginæ culmorum glabræ—hispidulæ—velutinæ persistentes apice appendiculatæ. Setæ orales rigidæ radiatæ scabræ albæ vel fuscescentes vel nigræ, rarius haud evolutæ. Folia ex lineari-lanceolata ad ovato-elliptica, ex glaberrima ad velutina. Inflorescentia laterales racemosæ vel paniculatæ. Spiculæ 2–9 floræ basi bibracteatæ, floribus imbricatis distichis. Glumæ tessellatæ, exterior maxima apice mutica vel subaristato-acuminata, interior apice bidentata. Paleæ 3 homomorphæ hyalinæ pilosæ. Stamina 6; filamenta glabra; antheræ biloculares connectivo haud producto. Stylus 1. Stigmata 3 subplumosa vel pilosa. Ovarium glabrum. Exocarpium membranaceum.

Species circ. 70 in Sachalin austr., Kuriles austr., Yeso, Hondo, Shikoku, Kiusiu, Quelpært, Dagelet & Korea (Prov. Kanhoku) indigenæ. In Korea tantum species 3 adsunt.

Sasa Sect. **Crassinodi** Nakai, Veget. Mt. Apoi Prov. Hidaka p. 24 (1930), nom. seminud.; in Miyabe & Kudo, Fl. Hokkaido & Saghalien II p. 183 (10 Aug. 1930), cum diagnosi; in Tokyo Bot. Mag. XLVI p. 44 (1932).

Culmi indivisi vel semel divisi. Basis internodii valde incrassata ita vagina culmorum et foliorum basi globoso-inflata. Setæ orales vulgo bene evolutæ. Inflorescentia laterales ex nodis inferioribus culmorum scaposo-evoluta. Bracteæ vulgo ex spicula remotæ.

Huc pertinent plantæ Japonenses supra 20. In Korea tantum unica Quelpærtensis huc ducenda.

6. (1) **Sasa quelpærtensis** NAKAI
(Tab. nostra VII)

Sasa quelpærtensis NAKAI in Rika Kyôiku (Scientific Education) XV no. 6, p. 73 (1932), nom. tantum.

Syn. *Sasa spiculosa* (non MAKINO) NAKAI, Veget. Isl. Quelpært p. 22 no. 261 (1914).

Sasa paniculata (non MAKINO & SHIBATA) MORI, Enum. Corean Pl. p. 54 (1922).

In primo aspectu *Sasa sendaicam* in mentam vocat, sed foliis infra non hirtellis sed sub lente minutissime ciliolatis exqua statim dignoscenda.

Culmi 10–80 cm. alti cum vaginis, internodiis et nodis glaberrimis 3–4 mm. lati fistulosi virides vel infra nodos parce purpurascentes. Vaginæ 50–87 mm. longæ apice lanceolato-appendiculatæ basi globoso-inflatæ ubi 5–6,5 mm. latæ. Ligula 1–1.5 mm. longa glabra. Setæ orales sæpe desunt, sed si adsunt radiatæ rigidæ scabræ vel reductim abbreviatæ complanatæ glabræ. Folia in apice culmi 2–4 elliptica—lineari-oblonga basi in petiolos abbreviatos 3–7 mm. longos rotundato-mucronata apice mucronato-acuminata, 71–210 mm. longa 14–66 mm. lata, nervis primariis utrinque 6–11 subtus parce elevatis, utrinque glabra supra viridia lucidiuscula infra glaucina, margine setuloso-denticulata.

Nom. Jap. *Tanna-zasa.*

Hab.

Quelpært: in silvis 800 m. et supra (E. TAQUET no. 6198, typus in Herb. Imp. Univ. Tokyo); in declivitate boreale 1000 m. (T. NAKAI no. 4825); in monte Hallasan 1500 m. (T. ISHIDOYA no. 175); in declivitate montis Hallasan 500 m. (T. ISHIDOYA no. 175 bis).

Sasa Sect. **Macrochlamys** NAKAI in MIYABE & KUDO, Flora Hokkaido & Saghalien II p. 181 (1930).

Syn. *Arundinaria* Sect. *Bambusoides* SHIBATA & MAKINO in Tokyo Bot. Mag. XIV, p. 20 (1900), pro parte.

Sasa MAKINO & SHIBATA in Tokyo Bot. Mag. XV. p. 18 (1901), pro parte.

Pseudosasa MAKINO, Journ. Jap. Bot. V no. 4 p. 15 (1928), pro parte ; non II no 4, p. 15 (1920).

Culmi supra medium ramosissimi ; nodi elevati. Vaginæ foliorum amplæ solutæ. Setæ orales vulgo destitutæ sed si evolutæ rigidæ radiatæ scabræ. Inflorescentia cum pedunculo ex vagina magna haud vel parce exerto, ita sæpe secunda, in fructu ramis deflexis. Spiculæ basi bibracteatæ.

Species 3 huc ducendæ, quarum duæ in Korea indigenæ.

7. (2) **Sasa coreana** NAKAI

(Tabula nostra VIII, IX)

Sasa coreana NAKAI in Tokyo Bot. Mag. XXXI, p. 4 (1916) ; in Rika Kyôiku XV no. 6 p. 73 no. 93 (1932).

Syn. *Sasa kurilensis* (non MAKINO & SHIBATA) MORI, Enum. Corean Pl. p. 54 (1922), pro parte.

Rhizoma complicatim sympodiale ramosum. Culmi sympodiales quadriennes supra medium ramosissimi, hornotini cum foliis 250–820 mm. alti ; internodia 30–67 mm. longa 3 mm. lata teretia retrorso-pilosa ; nodi plus minus prominentes minute retrorso-pilosi ; vaginæ 35–74 mm. longæ persistentes inferiores inter venas longitudinales adpresse retrorso-pilosellæ superiores glabræ ; folia 5–8 disticha basi subcordata in petiolem alatum 2–7 mm. longum decurrentia ovato-oblonga vel oblonga apice longe attenuata 27–194 mm. longa 9–48 mm. lata supra glaberrima viridia infra subsericeo-pilosella margine dense spinuloso-ciliata ; nervæ longitudinales primariæ utrinque 6–10 ; ligula 0,8–2 mm. longa dense ciliolata ; petioli basi dorso adpresse ciliolata. Internodia et nodi ramorum primariorum et secundariorum etiam retrorso-ciliata. Folia ramorum primariorum usque 184 mm. longa 39 mm. lata basi mucronata infra secus costam pilosella margine spinuloso-ciliata, ramorum secundariorum usque 125 mm. longa 31 mm. lata infra circa basin costæ parcissime pilosella. Internodia ramorum tertiorum parcissime retrorso-pilosa sed mox glabrescentia infra nodos farinosa, nodi glabri. Folia ramorum tertiorum lanceolata vulgo 58–120 mm. longa 12–20 mm. lata glaberrima basi acuminata, margine setulosa. Flores adhuc nostris ignoti.

Nom. Jap. Kôrai-zasa.

Hab.

Prov. Kanhoku : Unmandai oppidi Djôkomen tractus Meisen (K. HATTA, typus in Herb. Imp. Univ. Tokyo) ; ibidem (T. NAKAI no. 7649).

Planta endemica !

Species proxima ad *Sasa kurilensem*, sed exqua in ingeniis in clave sequente explanatis distincta.

Folia culmorum annuorum basi subcordata, infra supra venas totas subsericeo-pilosa. Internodia ramorum annuorum et biennium retrorso-pilosa. .... *Sasa coreana.*

Folia culmorum annuorum basi acuta vel obtusa, infra glabra vel secus costam pilosella. Internodia semper glaberrima. .... *Sasa kurilensis.*

8. (3) **Sasa kurilensis** (RUPRECHT) MAKINO & SHIBATA (Tabula nostra X).

Sasa kurilensis (RUPRECHT) MAKINO & SHIBATA in Tokyo Bot. Mag. XV p. 27 (1901)-MATSUMURA, Ind. Pl. Jap. II pt. 1 p. 96 (1905)-CAMUS, Bamb. p. 20 (1913)-MIYABE & MIYAKE, Fl. Saghalien p. 588 (1915)-NAKAI, Veget. Dagelet Isl. p. 15 (1919)-KUDO, Report Veget. N. Saghalien p. 62 (1924)-NAKAI in Journ. Arnold Arboret. VI p. 149 (1925)-MAKINO & NEMOTO, Fl. Jap. p. 1495 (1925)-MAKINO, Journ. Jap. Bot. V no. 2 p. 3 (1928)-NAKAI, Veget. Mt. Daisetsuzan p. 58 no. 249 (1930); in MIYABE & KUDO, Fl. Hokkaido & Saghalien II p. 182 (1930)-MAKINO & Nemoto, Fl. Jap. ed. 2, p. 1394 (1931).

Syn. *Arundo Donax* (non LINNÆUS) GEORGI, Geogr. Phys.-Naturhist. Beschr. Russ. Reich III 4, p. 705 (1802).

Arundinaria kurilensis RUPRECHT in Bull. Phys.-Math. Acad. St. Pétersb. VIII p. 121 (1850)-LEDEBOUR, Fl. Ross IV p. 395 (1853) -STEUDEL, Syn. Pl. Glum. I p. 335 no. 15 (1855)-MUNRO in Trans. Linn. Soc. XXVI p. 17 (1868)-A. & C. RIVIÈRE, Bamb. p. 16 (1878)-MAKINO in Tokyo Bot. Mag. XIV p. 67 (1900).

Arundinaria kurilensis var. *genuina* Fr. SCHMIDT in Mém. Acad.

Imp. Sci. St. Pétersb. 7 sér. XII 2, p. 198 (Fl. Sachalinensis) (1868).

Bambusa kurilensis MIYABE in Mem. Bost. Soc. Nat. Hist. IV p. 271 (1890)-MATSUMURA, Shokubutsu Meii p. 44 (1895).-HACKEL in Bull. Herb. Boiss. VII p. 719 (1899).

Arundarbor kurilensis O. KUNTZE, Rev. Gen. Pl. II p. 760 (1891).

Sasa paniculata (non MAKINO & SHIBATA) CAMUS, Bamb. p. 24 Pl. 2 fig. C & D (1913).

Pseudosasa kurilensis MAKINO, Journ. Jap. Bot. V no. 4, p. 15 (1928).

Sasa kurilensis var. *genuina* NAKAI in MIYABE & KUDO, l. c.

Culmi 3-5 metrales alti glaberrimi 4–5 ennes, in speciminibus Dageletianis 4–6 mm. lati; potius anguste fistulosi sub nodos incrassatos farinosi; nodi 5–8 mm. lati; internodia 45–104 mm. longa. Spathæ culmorum, virides primo glaucæ demum viridescentes 38–74 mm. longæ glaberrimæ apice obtusæ foliis appendiculatis 1–32 mm. longis instructæ, hæ appendices reflexæ et superiores longiores. Folia late lanceolata vel lanceolato-oblonga vel lineari-oblonga in apice ramorum disticho-2–7, 72–197 mm. longa 13–47 mm. lata supra viridia luciduscula infra glauca vel glaucina glaberrima vel secus partem inferiorem costæ parce pilosella basi obtusa in petiolem alatum mucronata apice attenuata, margine setulosa vel glabra integra, setæ orales subnullæ sed si evolutæ radiatim 1–3 scabræ. Ligulæ 2–3,5 mm. longæ dorso adpresse ciliolatæ. Inflorescentia paniculata supra culmos triennes vel quadriennes semper ad ramulos lateralis, in speciminibus Dageletianis cum pedunculo 9–13 cm. longa; pedunculus occultans ie. cum spathis bracteatis purpurascentibus imbricatis toto obtectus præter basin pilosus, ita inflorescentia subsecunda; rami angulati pubescentes minute bracteolati. Spiculæ purpurascentes 15–27 mm. longæ 3–5 floræ basi bracteis ovatis 1–2 mm. longis binis pilosis instructæ. Gluma exterior 9–11 mm. longa purpurea et glauco-farinosa nervis anastomosantibus longitudine striata margine minute ciliolata apice attenuata. Gluma interior 7–9 mm. longa dorso sulcata apice bidentata purpurascens. Paleæ 3 minimæ membranaceæ ciliolatæ. Stamina cum antheris exertis glabra; antheræ 5 mm. longæ flavæ. Styli breves. Stigmata 3 plumosa.

Nom. Jap. *Chishima-zasa.*

Hab.

Dagelet: Mt. Jôhô (T. NAKAI no. 4118); sine loco speciali (K. OKAMOTO); supra oppidum Chôyadô 400 m. (T. ISHIDOYA no. 7); in monte Rarikolbon (T. NAKAI no. 4117).

Distr. Sachalin, Kuriles austr., Yeso, Hondo bor. et media.

第五屬 苦竹(まだけ)屬

地下莖ハ長ク地中ヲ匐ヒ稈ハ側生又ハ頂生通例壯大ナルモノ多シ、平滑、往々皺又ハ毛アルモノアリ、節ハ高マル、中空又ハ充實、芽ハ1節ニ3-5個宛生ズ、芽ト稈トノ間ニハ必ズ先端ノ2叉スル鱗片アリ、稈鞘ハ平滑又ハ有毛脫落シ先端ニ附屬物アリ、肩ノ毛ハヨク發達ス。葉ハ有柄葉鞘ト關節シ肩ノ毛ハ粗糙ニシテ放射狀ニ出ヅ、葉身ハ披針形又ハ長楕圓形格子目ヲ有シ葉緣ニハ小針狀ノ鋸歯アリ、花序ハ小枝ノ先端ニ生ジ大型ノ相重ナレル苞ニ包マレテ複花穗ヲナス。小花穗ニハ1-3個ノ花アリ、外穎ハ1個、內穎ハ1個先端2叉ス。花穎ハ3個通例不等形、雄蕊ハ3個長ク抽出シ下垂ス、葯ハ細長シ葯間ハ抽出セズ。子房ハ有柄又ハ無柄無毛、花柱ハ1個、柱頭ハ3(1-2)個。

支那、臺灣、交趾支那、東印度北部ニ亙リ約30種アリ、共中3種2變種ハ朝鮮ニモ栽培ス。

9. (1) 苦竹(まだけ)

(朝鮮名) オチュク

(慶南土名) ワンタイ

(第 XI, XII 圖)

地下莖ハ地中ヲ廣ク匐フ、其先端ガ岩ニ當リテ其上ニ出デ其ヨリ稈ヲ生ズル時即チ稈ノ基節ガ地下莖ノ1部ニ相當スル時ニ所謂實竹ヲナス、筍ハ5-6月稀ニ4月下旬又ハ遲レテ7月ニ入リテ出ヅ、籜ハ淡褐色ニ暗褐色ノ斑點アリ稍黑キ毛アリ、先端ニ細長キ附屬物ヲ附ク、稈ハ高サ10-30 m. 直徑 20 cm. ニ達スルモノアリ、綠色ニシテ光澤ニ富メドモ日光ニ曝露スル側又ハ年ヲ經ルモノハ淡綠黃色トナル、中空ナリ。枝ト稈トノ間ニ幅廣キ先端ノ2叉スル大型ノ鱗片アリ。枝ハ各節ニ2-3個稀ニ4-5個宛出デ年ト共ニ多數ニ分岐ス。葉ハ無毛、小枝ノ先ニ2-5枚宛出デ披針形ヲナシ先端細ク長ク尖ル、長サ11-12 cm. 幅12-16 mm. 肩ノ毛ハ長ク放射狀ニシテ粘糙ニシテ通例共通ノ耳狀ノ突起物ト共ニ落ツ。葉脈ハ格子目ヲナス、葉縁ニハ始メ小サキ鋸歯アリ、花序ハ小枝全部又ハ小枝ノ側枝ヲ占メ大型ノ相重ナレル苞ニ被ハレタル複小花穂ハ長サ5-10 cm. アリ、苞ハ倒卵形又ハ倒卵楕圓形ニシテ綠色縁ニ毛アリ格子目脈ヲ有ス、先端ニハ卵形又ハ帶卵披針形長サ10-35 mm. 幅4-20 mm. ノ附屬物アリ、各苞ハ1-5個ノ兩全花ト不完全花トヲ有スル小花穂ヲ包ム、小苞ハ1個、外穎ハ長サ3 cm. 許綠色、背面上部ニ微毛アリ先ハ著シク尖ル、内穎ハ外穎ヨリモ少シク短ク先端2叉シ毛アリ、花穎ハ長楕圓形又ハ披針形無色縁ニ毛アリ、長サ3-5 mm. 許、子房ハ卵形柄アリ、長キ無毛ノ花柱ヲ頂キ柱頭ハ3個。

支那ノ原産ニテ朝鮮ニテハ慶尙南北道、全羅南北道、忠淸南道ニ植ユ。

10. (2) 黑竹（くろちく）

地下莖ハ長ク横ニ匍ヒ帶黃色ヨリ紫黑色ニ變ズ、筍ハ4-5月ノ候ニ生ジ籜ハ帶綠褐色又ハ帶綠紅褐色ニシテ上方程色濃ク縱脈ハ色濃シ長サ30-50 cm. 肩ニ耳狀ノ突起アリ、長キ粗毛ヲ有ス、舌狀體ハ狹披針形ナリ。稈ハ高サ3-20 m. 直徑3-10 cm. 節間ハ10-50 cm. ニ達ス。始メ綠色ニシテ節ノ下ニ白キ粉ヲ被リ冬ニ入リテ淡褐紫色トナリ翌年ノ秋ニ至リ暗褐紫色トナル特ニ日蔭ノ方程色濃シ枝ト稈トノ間ニ深ク披針狀ニ2裂スル大形ノ鱗片アリ。枝ハ溝ノ側ハ扁平ナリ。小枝ノ先端ニ2-4枚ノ葉ヲ附ケ葉ハ狹披針形ニシテ長クトガリ通例長サ6-10 cm. 幅1-1,5 cm. 許、縁ニ細カキ鋸歯アリ、脈ハ細カキ格子目ヲナス。中肋ノ裏面ニ微毛アリ、肩ノ毛ハ放散狀ニシテ粗糙ナリ、花序ハ圓錐花叢ヲナシ小枝ハ多數ノ小花穂ヲ有シ花密ナリ。苞ハ大型ニシテ幅廣ク相重ナリテ出デ各2-5個ノ小花穂ヲ包ム、小花穂ハ1-4個ノ兩全花ヲ有シ先端ニ無性花アリ、小苞ハ1個稀ニ之ヲ缺ク長サ9-11 mm. 背面ト先端トニ毛アレドモ基部ニ近ヅク程無毛トナル。外穎ハ長サ12 mm. 内外9-11脈ヲ有シ毛多シ、内穎ハ外穎ヨリモ短ク先端2岐ス、背面ニ毛アリ、脈ハ内穎ノ如ク顯著ナラズ、花穎ハ3個淡黃色不顯著ナル3脈アリ概ネ不等形、雄蕋ハ3個極メテ長ク下垂ス。子房ハ長卵形花柱ハ長ク無毛柱頭ハ3個、淡竹ト共ニ約60年周期ニテ開花シ最近ハ1902年ヲ中心ニ1890年頃ヨリ1915年頃ニ終リ所ニ依リ全部枯死シテ其跡ヲ斷チシ事アリ。

朝鮮ノ南部ニ往々栽培ス、支那ノ原産ニシテ日本、印度支那、東印度、歐米ニ栽培ス。

黑竹ニ似テ3年生ノ稈ハ秋不規則ナル大小ノ暗紫色ノ斑紋ヲ生ズルア

リ之ヲ**胡麻竹**(第 XIII 圖) ト謂フ。黑竹ヨリハ多ク栽培サル。同ジク支那ノ原產ナリ。

稈ガ始メ綠色ニシテ秋ニ入レバ淡綠色トナリ年ヲ經ル程淡黃トナルモノヲ**淡竹**(**はちく**)ト謂フ籜ハ帶綠淡褐色又ハ淡紅褐色ニシテ斑紋ナシ、苦竹ニ亞ギテ多ク栽培ス、支那ノ原產ナリ。

11. (3) **孟宗竹**(**まうそうちく**)

(第 XIV 圖)

地下莖ハ長ク地中ヲ匐ヒ筍ハ 3-4 月ニ出デ側出、籜ハ綠褐色ニシテ黑褐色ノ斑點ヲ有シ背面ニ毛頗ル多ク先端肩ノ所ニ毛アリ、附屬物ハ披針形又ハ狹披針形ニシテ剛直ナリ。稈ハ高サ 5-35 m. 直徑 5-20 cm. ニ達シ通例太ク基部ニ於テハ節間短シ、始メ綠色ニシテ節ノ下ニ白キ粉ヲ附クレドモ後次第ニ白粉ヲ失フ、晚秋ヨリ次第ニ光澤ヲ增シ年ヲ經ル程淡黃色トナル。枝ト稈トノ間ニ節ヨリ披針狀ニ2叉スル長サ 3-4 cm. ノ鱗片ヲ生ズ緣ニ毛アリ、枝ハ 1 節ニ 2-3 本宛出デ年ト共ニ分岐ヲ增ス。葉ハ小枝ノ先端ニ數枚宛出デ水平又ハ下垂ス、苦竹屬トシテハ軟ク淡綠色長サ 8-10 cm. 幅 8-10 mm. 許、披針形ニシテ始メ緣ニ鋸齒アレドモ後之ヲ失フ。葉脈ハ格子狀ナリ、舌狀體ハ多少毛アリ肩ノ毛ハ粗糙ナレドモ淡竹、苦竹ノ如ク著シカラズ、花序ハ枝ノ先ニ大型ノ圓錐花叢ヲナス。複合小花穗ハ大型ノ相重レル苞ニテ包マレ長サ 5-10 cm. アリ、苞ハ倒卵形ニシテ背面ニ毛アリ長サ 2,5-3 cm. 先端ニ披針形綠色葉狀ノ附屬物アリ、其長サ 7-18 mm 各 3 個ノ花ヲ有スル小花穗ヲ包ム、小花穗ハ長サ 25-27 mm ノ 1 個ノ兩全花ヲ中心ニ上下ニ各 1 個ノ不完全花ヲ有ス。小苞 1 個毛アリ、外穎ハ洋紙質淡綠色毛アリ先端トガル縱脈 10-11 本アリ多ク格子目ヲナス。內穎ハ外穎ヨリモ少シク短ク狹披針形ニシテ先ニ向ヒテトガリ最先端ハ 2 叉ス、上部ニ粗毛アリ、背面ノ溝ハ深シ、花穎ハ 3 個披針形又倒卵形又長橢圓形毛アリ雄蘂ハ長ク下垂シ花絲ハ葯ノ長サノ 4 倍アリ子房ハ細長ク花柱ハ基部膨ム細長ク無毛先端ニ毛アル 3 個ノ柱頭ヲ頂ク。

近年筍ヲ食用ニスルタメ內地ヨリ移植ヲ始メタリ、支那ノ原產ニシテ內地ニハ櫻町天皇ノ元文元年 (西曆 1736 年) 始メテ琉球ヨリ薩摩ニ移シ其レヨリ次第ニ各所ニ廣マレリ。

Gn. 5. **Phyllostachys** SIEBOLD & ZUCCARINI in Abh. Math.-Phys.-

Klass. Akad. Wiss. Muenchen III p. 745 t. 3 fig. 3 (1843)-ENDLICHER, Gen. Pl. suppl. III p. 58 (1843)-MUNRO in Trans. Linn. Soc. XXVI p. 35 (1868)-KOCH, Dendrol. II p. 356 (1873)-BENTHAM & HOOKER, Gen. Pl. III p. 1208 (1883)-HACKEL in ENGLER & PRANTL, Nat. Pflanzenfam. II Abt. 2, p. 93 (1889)-HOUZEAU DE LEHAIE in Actes IIIme Congr. Int. Bot. Bruxells II p. 218 (1910).-CAMUS, Bamb. p. 56 (1913).

Syn. *Bambusa* (non SCHREBER) MUNRO in Trans. Linn. Soc. XXVI, p. 87 (1868), pro parte.

Rhizoma longe repens. Culmi monopodiales atque sympodiales vulgo robusti et elati, glabri vel furcati vel pilosi. Nodi incrassati. Internodia fistulosa vel rarius solida. Gemmæ in quoque nodo 3-5. Inter gemmas et culmum squamis bifidis instructa. Vaginæ culmorum glabræ vel pubescentes, deciduæ apice appendiculatæ cum setis oralibus bene evolutis. Folia petiolata cum vaginis articulata, setis oralibus radiatis scabris. Lamina foliorum lanceolata vel oblonga tessellata margine spinuloso-ciliata. Inflorescentia in apice ramuli ab bracteis imbricatis magnis obtecto-decomposito-spiculosa. Spiculæ 1-3 floræ. Gluma exterior 1, interior 1 apice bidentata. Paleæ 3 vulgo inæquales. Stamina 3 longe exerta pendula. Antheræ angustæ elongatæ, connectivo haud producto. Ovarium stipitatum vel sessile glabrum. Stylus 1. Stigmata 3 (1-2).

Species circ. 30 in China, Formosa, Cochinchina, Annam, India bor. indigenæ, quarum 3 et varietates 2 in Korea cultæ.

9. (1) **Phyllostachys reticulata** (RUPRECHT) KOCH.

(Tabula nostra XI, XII)

Phyllostachys reticulata KOCH, Dendrol. II pt. 2, p. 356 (1873)-MAKINO in Tokyo Bot. Mag. XXVI, p. 19 fig. VI (1912).-MAKINO & NEMOTO, Fl. Jap. ed. 2, p. 1375 (1931).

Syn. *Arundo Bambos* (non LINNÆUS) THUNBERG in Nov. Acta Reg. Soc. Sci. Upsaliensis IV p. 36 (1783), partim ; **Nov. syn.**

Bambusa reticulata RUPRECHT in Mém. Acad. Sci. St. Pétersb. 6 sér. III p. 148 (1840).

Phyllostachys bambusoides SIEBOLD & ZUCCARINI in Abh. Math.-Phys.-Klass. Akad. Wiss. Muenchen III p. 745 t. 5 fig, 3 (1843)-

STEUDEL, Syn. Pl. Glum. I p. 339 (1855)-MIQUEL in Ann. Mus. Bot. Lngd. Bat. II p. 284 (1866); Prol. Fl. Jap. p. 172 (1867)-FRANCHET & SAVATIER, Enum. Pl. Jap. II pt. 1. 182 (1876); excl. specimen no. 1491 a SAVATIER lectum; II pt. 2, p. 605 (1879)-RIVIÈRE, Bamb. p. 19 (1878)-HACKEL in Bull. Herb. Boiss. VII p. 718 (1899)-MAKINO in Tokyo Bot. Mag. XIV p. 63 (1900)-HACKEL in Bull. Herb. Boiss. 2 sér. V p. 529 (1904)-MATSUMURA, Ind. Pl. Jap. II pt. 1, p. 92 (1905)-PFITZER in Mitt. Deutsch. Dendrol. Gesells. XIV p. 62 (1905)-HOUZEAU DE LEHAIE in Actes IIIme Congr. Int. Bot. Bruxells II p. 226 Pl. XLVIII, XLIX, LI (1910).-NAKAI in Journ. Coll. Sci. Tokyo. XXXI. p. 378 (1911)-MAKINO & SHIRASAWA, Icon. Bamb. Jap. I fig. 5-8 (1912).

Phyllostachys megastachya STEUDEL in Bot. Zeit. XXIX no. 2 p. 21 (1846); Syn. Pl. Glum. I p. 339 (1855).

Phyllostachys macrantha SIEBOLD & ZUCCARINI in Bot. Zeit. XXIX p. 34 (1846), teste MIQUEL.

Bambusa bifida SIEBOLD mss. in herb. ZUCCARINII ex MUNRO in Trans. Linn. Soc. XXVI p. 36 (1870).

Phyllostachys puberula (non MIQUEL) FRANCHET & SAVATIER, Enum. Pl. Jap. II pt. 1 p. 184 (1876), pro parte, quoad specimen no. 1496 a SAVATIER lectum; **Nov. syn.**

Phyllostachys Quilioi RIVIÈRE, Bamb. p. 241 fig. 25-27 (1878).-BEAN in Gard. Chron. 3 ser. XV pt. 1 p. 431 fig. 52 (1894).-MAKINO in Tokyo Bot. Mag. IX p. 73 (1895)-MATSUMURA, Shoku-butsu meii p. 214 (1895)-SATOW in Trans. Asiat. Soc. Jap. XXVII pt. 3 p. 22 cum. tab. (1899)-PFITZER in Mitt. Deutsch. Dendrol. Gesells. XIV, p. 60 (1905)-NOHL in Mitt. Deutsch. Dendrol. Gesells. XXIV p. 98 t. 16 (1915).

Phyllostachys bambusoides forma *Zitchiku* MAKINO in Tokyo Bot. Mag. XIV p. [63] (1900).

Rhizoma longe repens. Turiones in mensis Maio et Junio (rarius Aprilio vel Julio) evolutæ. Vaginæ fuscescentes atro-fusco-maculatæ et nigrescente pilosæ apice appendiculatæ. Culmi 10-30 m. alti 3-20 cm. diametientes virides lucidi aprici vel vetusti flavido-viriduli; internodia fistulosa. Squamæ magnæ bilobatæ dilatatæ inter ramos et culmus adsunt. Ramuli in quoque nodo 2–3 (rarius 4–5). Folia glabra in apice ramulorum 2–5 lineari-lanceolata apice longe anguste attenuata 11–12 cm. longa 12–16 mm. lata. Setæ orales radiatæ scabræ vulgo in margine processus ortæ et quacum deciduæ. Nerves tessellatæ. Folia margine primo minute spinuloso-ciliata. Inflorescentia totam partem vel ramulos laterales ramorum occupat spicam 5–10 cm. longam cum bracteis magnis imbricatis format. Bracteæ obovatæ vel obovato-ellipticæ virides margine ciliatæ tessellatæ apice appendicibus ovatis vel ovato-lanceolatis 10–35 mm. longis 4–20 mm. latis portant. Quaque bractea spiculam 1–5 floram obtecta. Bracteolæ 1. Gluma exterior 1 circ. 3 cm. longa viridis dorso superiore ciliolata apice manifeste acuminata. Gluma interior 1 exteriore brevior apice bifida pilosa. Paleæ 3 oblongæ vel lanceolatæ hyalinæ margine pilosæ 3–5 mm. longæ. Ovarium ovoideum stipitatum stylo glabro elongato coronatum. Stigmata 3.

Planta Sinica, in Korea australi longe culta.

10. (2) **Phyllostachys nigra** (RUMPHIUS) MUNRO

Phyllostachys nigra (RUMPHIUS) MUNRO in Trans. Linn. Soc. XXVI, p. 38 (1868)–KOCH, Dendrol. II pt. 2 p. 357 (1873)–RIVIÈRE, Bamb. p. 19 & 255 (1878)–BEAN in Gard. Chron. 3 sér. XV pt. 1 p. 369 fig. 46 (1894)–MAKINO in Tokyo Bot. Mag. IX p. 73 (1895)–SATOW in Trans. Asiat. Soc. Jap. XXVII pt. 3. p. 52 (1899)–HACKEL in Bull. Herb. Boiss. VII p. 719 (1899)–PFITZER in Mitt. Deutsch. Dendrol. Gesells. XIV p. 61 (1905)–MATSUMURA, Ind. Pl. Jap. II pt. 1 p. 95 (1905)–NOHL in Mitt. Deutsch. Dendrol. Gesells. XXIV p. 99 (1915).

Syn. *Arundarbor nigra* RUMPHIUS, Hort. Amboin. IV p. 18 (1743).

Bambusa nigra LODDIGES & Son, Cat. Pl. p. 4 (1823)–SCHULTES, Syst. Veget. VII p. 1355 (1830)–LINDLEY in PENNY, Cyclop. III p. 357 (1835)–RUPRECHT in Mém. Acad. Sci. St. Pétersb. 6 sér III p. 148 (1840).

Arundinaria stolonifera KURZ in Cat. Pl. in Bot. Gard. Culcutta (1865) p. 79.

Bambusa puberula MIQUEL in Ann. Mus. Bot. Lugd. Bat. II p. 258

(1866) pro parte; Prol. Fl. Jap. p. 173 (1867), pro parte.

Phyllostachys puberula var. *nigra* MAKINO in Tokyo Bot. Mag. XIV p. [64] (1900)-MATSUMURA, Ind. Pl. Jap. II pt. 1, p. 95 (1905)-HOUZEAU DE LEHAIE in Actes IIIme Congrès Int. Bot. Bruxells II p. 223 (1910)-MAKINO & SHIRASAWA, Icon. Bamb. Jap. I fig. 9-11 (1912).

Rhizoma longe repens primo flavescens demum purpureo-nigricans. Turiones in mensis Aprilio et Maio evolutæ, vaginis viridescenti-fuscis vel viridi-rubicundi-fuscis ad apicem intensioribus et venis longitudinalibus intensius coloratis, 30-50cm. longis apice laterali auriculato-appendiculatis et longe barbatis, appendicibus apicalibus lanceolatis reflexis. Culmi 3-20 m. alti diametro 3-10 cm., internodia 10-15 cm. longa primo viridia et sub nodos farinosa in hieme fuscescenti-purpurascentia et in autumno sequentis anni atro-fusco-purpurascentia præcipue latere umbroso intensiora. Squamæ lanceolato-bifidæ magnæ inter culmus et ramos adsunt. Rami latere gemmifero plani. Folia in apice ramulorum 2-4 lineari-lanceolata longe attenuata vulgo 6-10cm. longa 1-1,5cm. lata margine minute spinulosa subtus supra costam pilosella, nervis tessellatis. Setæ orales radiatæ scabræ. Inflorescentia paniculata, ramuli dense spiculosi. Bracteæ magnæ et dilatatæ imbricatæ cum spiculis 2-5. Spiculæ 1-4 floræ sed flos terminalis semper sterilis. Bracteola unica vel abest 9-11 mm. longa dorso superiore pilosa ad basin glabrescens. Gluma exterior 1, circiter 12 mm. longa 9-11 nervia pubescens. Gluma interior 1 exteriore brevior apice bifida dorso ciliata nervis quam exterior indistinctis. Paleæ 3 flavidulæ indistincte 3-nervæ vulgo heteromorphæ. Stamina 3 longissima pendula. Ovarium oblongo-ovatum. Stylus 1 elongatus glaber. Stigmata 3.

Planta Sinica, in Korea australi hic illuc cultata.

Phyllostachys nigra forma **punctata** NAKAI.

(Tabula nostra XIII)

Phyllostachys nigra forma **punctata** (BEAN) NAKAI, comb. nov.

Syn. *Phyllostachys nigra* var. *punctata* BEAN in Gard. Chron. 3 sér. XV pt. 1 p. 431 (1894).—MAKINO in Tokyo Bot. Mag. IX p. [73] (1895).

Phyllostachys puberula var. *nigra* forma *nigro-punctata* MAKINO in Tokyo Bot. Mag. XIV p. [64] (1900)-MATSUMURA, Ind. Pl. Jap. II pt. 1, p. 95 (1905).

Phyllostachys puberula var. *punctata* MAKINO apud NAKAI in Journ. Coll. Sci. Tokyo XXXI p. 378 (1911).

Phyllostachys puberul var. *nigropunctata* HOUZEAU DE LEHAIE in Actes IIIme Congrès Int. Bot. Bruxells II p. 223 (1910).

Culmi triennes in autumno punctis vel maculis inæqualibus atro-purpureis maculati.

Nom. Jap. *Goma-dake*.

Planta Sinica, in Korea rarius cultur.

Phyllostachys nigra var. **Henonis** (MITFORD) STAPF in herb. Kew ex RENDLE in Journ. Linn. Soc. XXXVI p. 443 (1904)-TSUBOI, Illus Jap. Bamboos pl. IX (1914).

Syn. *Bambos hatsik* Japon ex SIEBOLD, Syn. Pl. Oecon. Jap. p. 5 (1830), nom. und.

Bambusa Tsintsik SIEBOLD in Jaarb. Tuinbow (1844) p. 24, nom. nud.

Bambusa puberula MIQUEL in Ann. Mus. Bot. Lugd. Bat. II p. 285 (1866), pro parte; Prol. Fl. Jap p. 173 (1867), pro parte.-FRANCHET & SAVATIER, Enum. Pl. Jap. II pt. 1, p. 184 (1876), excl. specimen no. 1496 a SAVATIER lectum (1876).

Bambusa Henonis hort. ex BEAN in Gard. Chron. 3 sér. XV pt. 1, p. 368 (1894).

Phyllostachys Henonis MITFORD, Bamboo Gardens p. 149 (1896)-STAPF in HOOKER, Icon. Pl. XXVII t. 2614 (1901)-PILGER in ENGLER, Bot. Jahrb. XXIX p. 227 (1900); in Mitt. Deutsch. Dendrol. Gesells. XIV p. 62 (1905).

Phyllostachys Fauriei HACKEL in Bull. Herb. Boiss. VII p. 718 (1899); 2 sér. IV p. 525 (1904).

Phyllostachys puberula MAKINO in Tokyo Bot. Mag. XIV p. [64] (1900)-HOUZEAU DE LEHAIE in Actes IIIme Congrès Int. Bot. Bruxells II p. 220 t. LII-LIV (1910) -MAKINO & SHIRASAWA, Icon. Bamb. Jap. Pl. I fig. 1-4 (1912).

Vaginæ turionum viridi-fuscescentes vel rubicundi-fuscæ immaculatæ. Culmi primo virides in auctumno viriduli demum sensim pallescentes.

Nom. Jap. *Hatsiku.*

Nom. Kor. *So-on-tai.*

Planta Sinica, in Korea australi culta.

11. (3) **Phyllostachys pubescens** MAZEL

(Tabula nostra XIV)

Phyllostachys pubescens MAZEL ex HOUZEAU DE LEHAIE, Bamboo p. 7 (1906) ; in Actes IIIe Congrès Int. Bot. Bruxells II p. 223 Pl. LV-LVII (1910) ; in Bull. Soc. Dendrol. France no. 14 p. 254 cum phot. in p. 257-260 (1909).-CAMUS, Bamb. p. 59, Pl. 26 fig. A (1913).

Syn. *Bambos moosoo*, Japon ex SIEBOLD, Syn. Pl. Oecon. Jap. p. 5 (1830), nom. nud.

Bambusa edulis CARRIÈRE in Rev. Hort. XXXVII, p. 380 (1866) cum syn. *B. mitis* hort. (non POIRET).

Dendrocalamus sp.? MATSUMURA, Cat. Pl. Herb. Imp. Univ. p. 238 (1886).

Phyllostachys mitis (non RIVIÈRE, nec MITFORD) BEAN in Gard. Chron. 3 ser. XV, p. 369 (1894)-MATSUMURA, Shokubutsu Meii p. 214 (1895)-Satow in Trans. Asiat. Soc. Jap. XXVII pt. 3 p. 35 cum pl. color. (1899).-MAKINO in Tokyo Bot. Mag. XV p. 64-69 (1901) -MAKINO & SHIRASAWA, Icon. Bamb. Jap. pl. III fig. 7-11 (1911).

Phyllostachys edulis (non RIVIÈRE) TSUBOI, Illus. Jap. Bamb. p. 18 pl. XV (1914).

Rhizoma longe repens. Turiones in mensis Martii et Aprili evolutæ monopodiales. Vaginæ viridi-fuscæ atro-fusco-maculatæ dorso pubescentes et apice ore barbatæ et terminali lanceolato- vel lineari-lanceolato rigide appendiculatæ. Culmi 5-35 m. alti diametro 5-20 cm. basi cum nodis proximis primo virides infra nodos farinosi demum denudati autumno provectione lucidiores et anno provectione sensim pallescentes. Squamæ 3-4 cm. longæ apice bifidæ margine ciliatæ inter culmus et ramos evolutæ. Rami in quoque nodo 2-3 ramulosi. Folia in apice ramulosum nonnulla vulgo dependentia 8-10 cm. longa 8-10 mm. lata lanceolata primo margine spinulosa demum denudata, nervis tessellatis. Ligula plus minus pilosa, Setæ orales scabridæ. Inflorescentia paniculata. Spiculæ decompositæ spicam longam bracteis magnis imbricatis spinulas obtectis, 5–10 cm. longæ. Bracteæ obovatæ convolutæ dorso pilosæ 2,5–3 cm. longæ apice appendicibus lanceolatis viridibus 7–18 mm. longis coronatæ. Spiculæ 3-floræ 25-27 mm. longæ, flore mediano perfecto et supremo et infimo vacuo vel infimo masculo. Bracteola 1 pilosa. Gluma exterior chartacea viridis pilosa apice attenuata 10–11 nervia vulgo tessellata. Gluma interior exteriore brevior lineari-lanceolata apice bifida superiore hispidula, dorso sulcata. Paleæ 3 lanceolatæ vel obovatæ vel oblongæ pilosæ. Stamina longissima pendula. Filamenta antheras 4-plo superantia. Ovarium oblongum. Stylus basi incrassatus glaber. Stigmata 3 pilosa.

Nom. Jap. *Môsô-chiku.*

Planta Sinica. In 1736 ex Liukiu in Satsuma transplantata et nunc in Japonia in regionibus calidis et temperatis late plantatur, sed in Korea post annexum ex Japonia importata.

(五) 朝鮮ニ自生又ハ栽培スル竹類ノ和名、朝鮮名、學名ノ對稱表

和　名	朝　鮮　名	學　　名
や　だ　け	シンウヰテイ(一般名)サンジユ(全南)チヨクテイ、スリテヤ、スリデ、シヌテ(濟州島)	*Pseudosasa japonica* MAKINO.
むらさきやだけ		*Pseudosasa japonica* MAKINO var. *purpurascens* NAKAI.
きしうすず		*Sasamorpha gracilis* NAKAI.
からいすず	カツテ	*Sasamorpha chiisanensis* NAKAI.
ぢ　だ　け	カツテ(一般名)、マクトェギ(全南)	*Sasamorpha purpurascens* NAKAI var. *borealis* NAKAI
め　だ　け		*Pleioblastus Simonii* NAKAI.
たんなざさ		*Sasa quelpærtensis* NAKAI.
かうらいざさ		*Sasa coreana* NAKAI.
ちしまざさ		*Sasa kurilensis* MAKINO & SHIBATA.
ま　だ　け	オチユク(一般名)ワンタイ(慶南)ウオンタイ(全南)	*Phyllostachys reticulata* KOCH.
く ろ ち く		*Phyllostachys nigra* MUNRO
ご ま だ け		*Phyllostachys nigra* forma *punctata* NAKAI.
は　ち　く	ソオンタイ	*Phyllostachys nigra* var. *Henonis* STAPF.
まうそうちく		*Phyllostachys pubescens* MAZEL.

(六) 朝鮮ニ自生スル竹類ノ分布

やだけハ箭ヲ作ル材料卽チ昔時ニアリテハ恰モ今日ノ鋼銕ニモ比スベキ必要缺グベカラザル武器ノ材料ナリシヲ以テ其栽培ヲ極度ニ奬勵セリ、而シテ竹類ハ地下莖ヲ以テ自由ニ繁殖スルヲ以テ本來自生品ナカリシ地ニモ生ヒ茂リ現時ニアリテハ眞ノ自生品トモト栽植セシモノガ繁殖シテ自生化シタルモノトヲ區別シ難シ、やだけハモト暖地ニ適スル故朝鮮ノ南部ニ最モ多ク既ニ日本海側トナレバ江原道ノ高城ノ海岸近キ方面、慶北ニテハ欝陵島又ハ浦口ノ如キ暖流ノ影響アル地慶南ニテハ蔚山又ハ東萊郡機張面竹島ノ如キ海岸又ハ島ニアリテ內陸ニハ繁殖シ難シ、黃海側ニテハ黃海道大靑島、白鴒島ヲ北限トシテ京畿道ノ江華島、德積島ノ如キ暖流ニ保護サルヽ地ニノミアリ內陸ニ生ズルハ忠南ノ中部以南ナリ、其分布ノ狀ハ地圖第1ニ示スガ如シ。

すずだけ類 *Sasamorpha* ハささ屬ヨリモ分布廣ク其1種タルちだけハ北ハ平南ノ小白山方面、咸南ノ楸愛山ヨリ始マリ江原道ノ脊陵山脈ニ沿ヒテ南ニ走リ西ハ黃海道ノ長壽山ニ及ビ江原道ノ太白山ヨリ2ツニ分レ1ハ慶北、慶南ノ東部脊陵山脈ヲ走リテ鷲棲山ニ下リ1ハ忠北ノ俗離山ヨリ德裕山、伽耶山、智異山ヲ經、忠南ノ雞龍山、全南ノ白羊山、無等山、海南ノ大屯山ヲ經テ莞島ノ觀音山ニ及ブ。其分布ノ狀ハ地圖第2ニ示スガ如シ。本屬ノ他ノ2種ハ極メテ極限サレタル分布ヲナシ高麗すずハ智異山彙ノ 300-500 m. 邊ニ多ク紀州すずハ全南ノ莞島ニノミアリ。紀州すずハ內地ニテハ紀州ノ高野山、伊豆ノ天城山ニアレドモ稀品ニシテすずだけ又ハちだけノ如ク分布廣キモノニ非ズ斯ク分布ガ飛ビ飛ビトナリ居ルハ其間ニ介在スル地方ニ自生アルモ調査不充分ノ爲メニ知レ居ラヌカ又ハ此竹ノ發生ガ古クシテ今ハ斯ル小區域ニ限リテ殘リ居ルカニ基クモノナルベシ。

ささ類 *Sasa* ハ朝鮮ニテハ種類甚ダ少ク之ヲ內地ニ於テ既ニ約70種モ發見サレ居ルニ比シ餘リニモ少キ樣ナレドモ元來ささ類ハ日本列島ニ限リ發達セル屬ニシテ朝鮮ハ其西ノ分布ノ極限ヲナシ居ルニ過ギザルナリ、然シナガラ朝鮮ノ氣候風土ガささ類ノ生育ニ不適當ナラヌハちだけノ分布ニテモ知リ得ベク若シ南樺太又ハ北海道ノ笹類ヲ移植スレバ必ズヤ同地方ト同ジク林業上厄介ナル笹藪ヲ形成スベシ但シ朝鮮ニ禿山ノ多キハ1ハ其土質ニ依リ1ハ笹類ノ如キ地ヲ縛ル類ノ少キ爲メナリ。朝鮮ニ自生スルささ類ハ其分布極メテ限定サレたんなざさハ濟州島ノ漢拏山ニノミ限リ。千島笹ハ欝陵島ニノミ限リテ生ジテ本植物分布ノ西限ヲナシ、高麗笹ハ咸北明川郡上古面雲滿臺ニノミアリテ同地ノ特産種トナリ居ルナリ。

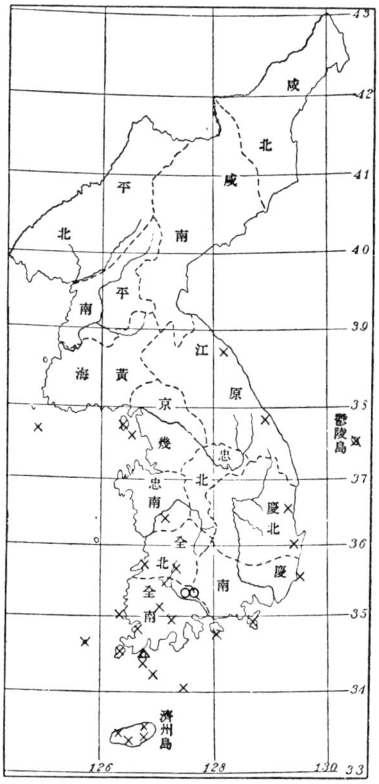

×やだけ　*Pseudosasa japonica*
△紀州すず　*Sasamorpha gracilis*
○高麗すず　*Sasamorpha chiisanensis*

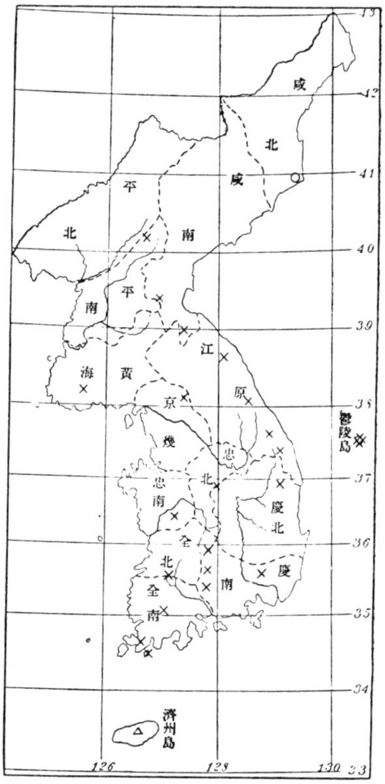

×ぢだけ　*Sasamorpha purpurascens* var. *borealis*
△たんなざさ　*Sasa quelpaertensis*
○高麗ざさ　*Sasa coreana*
♯千島ざさ　*Sasa kurilensis*

楊梅科

ELAE MYRICACEAE

(一) 主要ナル引用書類

著者名	書　名
M. ADANSON	1) *Gale* in Familles des plantes II p. 345 (1763).
H. BAILLON	2) *Myriceæ* in Histoire des plantes VI p. 259 (1877)
F. T. BARTLING	3) *Myriceæ* in Ordines Naturales Plantarum p. 98-99 (1830).
G. BENTHAM & J. D. HOOKER	4) *Myricaceæ* in Genera Plantarum III p. 400-401 (1880).
A. BONPLAND, AL. DE HUMBOLDT, C. S. KUNTH.	5) *Myriceæ* in Nova Genera & Species Plantarum II p. 13-15 t. 98 (1817).
D. BRANDIS	6) *Myricaceæ* in The Forest Flora of North-West and Central India p. 495-496 (1874).
	7) *Myricaceæ* in Indian Trees p. 620 (1921).
AUG. CHEVALIER	8) Monographie des *Myricacées* in Memoires de la Société des Sciences naturelles et mathématiques de Cherbourg XXXII, p. 85-341 (1901).
C. DE CANDOLLE	9) *Myricaceæ* in Prodromus Systematis Naturalis Regni Vegetabilis XIV pt. 2, p. 147-155 (1864).
J. J. DILLENIUS	10) *Gale* in Catalogus Plantarum, Plantæ post editum catalogum circa Gissam observatæ p. 154 t. X (1719).
L. A. DODE	11) *Myricacées* in LECOMTE, Florc générale de l'Indo-Chine V p. 932-935 (1929)
S. ENDLICHER	12) *Myriceæ* in Genera Plantarum p. 271 (1836).
	13) *Myriceæ* in Enchiridion Botanicon p. 157-158 (1841).
A. ENGLER	14) *Myriceæ* in ENGLER & PRANTL, Die Natürliche Pflanzenfamilien III Abt. 1, p. 26-28 (1887).
J. S. GAMBLE	15) *Myricaceæ* in A Manual of Indian Timbers ed. 1, p. 391 (1881).
	16) *Myricaceæ* in idem ed. 2, p. 664-665 (1902).
P. P. GISEKE	17) *Amentaceæ* in LINNÆUS, Prælectiones ad Ordines Plantarum p. 578-585 (1792).
J. GÆRTNER	18) *Myrica* in De Fructibus et Seminilus Plantarum I p. 190-191 t. 39 fig. 7 (1788),
H. F. HANCE	19) *Myrica* (*Morella*) *adenophora* in BRITTEN, The Journal of Botany XXI, p. 357 (1883).

A. L. de Jussieu 20) *Amentaceæ* in Genera Plantarum p. 407-411 (1789).

R. Kanehira & S. Sasaki 21) An Enumeration of Formosan Trees in the Taihoku Herbarium, III (*Myricaceæ*) in Journal of the Society of Tropical Agriculture IV no. 3 p. 318-319 (1932).

C. a Linnæus 22) *Myrica* in Genera Plantarum ed. 1, p. 302 (1737).

23) *Amentaceæ* in Philosophia Botanica p. 28 (1751).

24) *Myrica* in Species Plantarum ed. 1, p. 1024 (1753).

25) *Myrica* in Genera Plantarum ed. 5, p. 449 (1754).

J. Lindley 26) *Myriceæ* in A Synopsis of the British Flora p. 243 (1829).

27) *Myriceæ* in An Introduction to the Botany p. 100-101 (1830).

28) *Myricaceæ* in A natural system of Botany p. 179-180 (1836).

J. de Loureiro 29) *Morella* & *Morella rubra* in Flora Cochinchinensis ed. 1, p. 548 (1790).

30) *Morella* & *Morella rubra* in idem ed. 2 p. 656, 669-670 (1793).

C. F. Meissner 31) *Myriceæ* in Plantarum Vascularium Genera I p. 351 (1836).

F. A. G. Miquel 32) *Myriceaæ* in Annales Musei Botanici Lugduno-Batavi III p. 129 (1867).

C. Moench 33) *Myrica* in Methodus ad Plantas agri et horti botanici Marburgensis I p. 362 (1794).

C H. Persoon 34) *Myrica* in Synopsis Plantarum II, p. 614 (1807).

L. C. Richard 35) *Myricées* in Demonstrations Botaniques p. 193 (1808).

H. N. Ridley 36) *Myricaceæ* in The Flora of the Malay Peninsula III p. 370-371 (1924).

W. Roxburgh 37) *Myrica integrifolia* in Flora Indica III p. 765-766 (1832).

J. St. Hilaire 38) *Amentaceæ* in Expositions des plantes II p. 315-324 (1805).

39) *Myrica* in Plantes de la France VI t 542-543 (1819).

C. K. Schneider 40) *Myricales* in Illustriertes Handbuch der Laubholzkunde I p. 70-74 fg. 28-32 (1904).

Ph. Fr. de Siebold & J. G. Zuccarini

41) *Myriceæ* in Abhandlung der Akademien von Muenchen IV Abt. 3 p. 230-231 (1846).

S. A. SKAN 42) *Myricaceæ* in Journal of the Linnæan Society, London, Botany XXVI, p. 496 (1899).

E. Spach 43) *Myriceæ* in Histoire naturelle des Végétaux XI p. 256-266 (1842).

C. E. VENTENAT 44) *Amentaceæ* in Tableau du règne Végétale III p. 550-573 (1799).

N. WALLICH 45) *Myrica sapida* in Tentamen Floræ Nepalensis illustratæ p. 59-61 t. 45 (1824).

P. B. WEBB & S. BERTHELOT 46) *Faya* et *Faya fragifera* in Histoire naturelle des iles Canaries Tome III p. 272-273 t. 216 (1836-50).

R. WIGHT 47) *Myrica integrifolia* in Icones Plantarum Indiæ Orientalis III t. 765-766 (?).

E. H. WILSON 48) *Myricaceæ* in SARGENT, Plantæ Wilsonianæ III p. 189 (1916).

(二) 朝鮮產楊梅科植物研究ノ歷史、其効用

朝鮮ニ楊梅科植物ノアル事ヲ報ゼシハ余ノ濟州島植物調査報告書(1914年版)ヲ以テ嚆矢トナス。卽チ其第36項ニやまもも Myrica rubra SIEBOLD & ZUCCARINI ヲ記シ置ケリ。やまももハ朝鮮ニ於ケル唯一ノ楊梅科植物ニシテ北地ノ卑濕地ニ普遍スルやちやなぎ Gale japonica CHEVALIER ノ如キハ朝鮮ニ近キ烏蘇利、本島ノ中部以北、北海道、樺太等ニハアレドモ未ダ朝鮮ニテ發見セシ事ナシ、而シテやまももト雖モ唯濟州島ノ山麓ノ海拔 300 m. 以下ノ地ニノミアリ。內地ニハやまももノ大實ノモノ又ハ白實ノモノアレドモ濟州島ニテハ兩者共ニナク唯普通ノやまももノミナリ、やまももノ果實ヲ食用ニ供スルハ人ノ周知スル所ニシテ濟州島ニテモ住民ハ之ヲ食セドモ內地ノ如ク殊更ニ其樹ヲ保護增殖セズ、樹皮ヨリハ單寧ヲ採リ得ベク又「カーキ」色ノ染媒ニ用フ、然レドモ濟州島ニテハ之ヲ利用スル程多カラズ。

(三) 朝鮮產楊梅科植物ノ分類

楊　梅　科

喬木又ハ灌木、雌雄同株又ハ異株、屢々樹脂質ノ腺ヲ有シ香氣アリ、葉ニ托葉アルモノトナキモノトアリ、互生、有柄、1年生又ハ2年生、羽

狀脈アリ、全縁又ハ鋸歯アリ稀ニ羽狀ニ缺刻ス。花穗ハ前年ノ枝ノ葉腋ニ1個乃至數個宛生ズ、單性又ハ兩性、兩性花穗ハ上部雌花ニシテ下部雄花ナリ、單性花穗ハ或ハ雌性又ハ雄性、雄花ハ各1個ノ苞ヲ有シ花托上ニ2-4個ノ小苞アリ共各小苞ニ2個乃至多數ノ雄蕋ヲ有ス。雄蕋ニ花絲アリ、葯ハ2室上方ト側方トニ開ク。雌花ハ1個ノ苞ト通例1-2對(稀ニ多數)ノ小苞トヲ有シ子房ハ無柄1室、花柱ハ短カキカ又ハナシ、柱頭ハ2個内面ガ受粉部トナル、卵子ハ1個直立1個ノ珠皮アリ、核果ハ球形又ハ卵形外面ハ粒狀、内果皮ハ堅シ、種子ハ直立シ種皮ハ膜質胚乳ナシ、胚ハ屈曲セズ、幼根ハ上向。

世界ニ3屬50余種アリ主トシテ熱帶及ビ暖帶地方ニアレドモやちやなぎ屬ハ寒地ニ生ズ朝鮮ニハ濟州島ニ1屬1種アルノミ。

やまもも屬

雌雄同株又ハ異株ノ喬木又ハ灌木、葉ハ單葉2年生有柄全縁又ハ鋸歯アリ托葉ナシ、少クモ裏面ニハ脂腺アリ、花穗ハ腋生若シ雌雄同樣ナル時ハ雌花ハ花穗ノ上部ニアリ、雄花ニ2-20個ノ雄蕋アリ、雌花ハ2-4個又ハ多數ノ小苞ヲ有ス。果實ハ核果、外果皮ハ白色、黑色、血紅色又ハ黑血紅色ニシテ食用トナルモノアリ。

熱帶、暖帶、温帶ニ約40種アリ。

やまもも

ソグナム (濟州島土名)

(第 XV 圖)

雌雄異株ノ喬木、成木スルトキハ槪形丸キモノ多シ、樹皮ハ灰色、枝及ビ芽ニ毛ナシ、葉ハ2年生互生密生ス、萌枝ノ葉ハ倒披針形ニシテ長サハ170 mm. ニ達スルアリ短カキ葉柄ニ向ヒ漸次細マル。縁ニハ鋭鋸歯アリ、羽狀脈ニシテ葉先ハ尖ル。果實ヲ附クル枝ノ葉ハ倒披針形ニシテ長サ34-94 mm. 幅8-27 mm. 殆ンド全縁又ハ全ク全縁先ハ或ハ丸ク又ハ急ニ短クトガリ又ハ單ニ鋭角ヲナス下方ハ長サ2-3 mm. ノ葉柄ニ向ツテ漸次細マル、表面ハ主脈ガ稍凹ミ深緑色裏面ハ淡緑色ニシテ中肋ハ隆起ス。雄花穗ハ長サ2-4 cm. 通例分岐セズ基部ニ小サキ鱗片狀ノ小苞相重ナリテ生ズ、花ハ苞ノ間ニ腋生ス。苞ハ扁タキ半球形ニシテ背面ニ樹脂點アリ長サ1 mm. 以内、花托ハ長サ約1 mm. 2-3個ノ小苞アリ各小苞ニ3-4個ノ雄蕋アリ、花絲ハ約1 mm. 葯ハ黑紅色長サ1mm. 2室側方ニ開キ葯間ハ發達セズ、雌花穗ハ長サ約 10 mm. 全長ニ苞アリ、各苞ニ各1個ノ雌花アリ、2對ノ相對立スル小苞ニ包マル、子房ハ卵形極メテ小サク先端ニ 2個ノ柱頭アリ、核果ハ球形直徑 10–15 mm. 成熟スレバ紅色ヨリ黑紅色ニ化シ多漿質ニシテ食シ得。

濟州島南側ノ海拔 300 m. 以下ノ地ニ生ズ。

(分布) 本島、四國、九州、壹岐、對馬、琉球、臺灣、支那。

Myricaceæ LINDLEY, Nat. Syst. Bot. p. 179 (1836), pro parte–C. DE CANDOLLE, Prodr. XVI pt. 2, 147 (1864).–BENTHAM & HOOKER, Gen. Pl. III p. 400 (1880)–ENGLER in Nat. Pflanzenfam. III Abt. 1, p. 26 (1887)–CHEVALIER in Mém. Soc. Sci. Nat. Math. Cherbourg XXXII, p. 174 (1901)–SCHNEIDER, Illus. Handb. I p. 70 (1904)–RIDLEY, Fl. Malay. Penins. III p. 370 (1924).

Syn. *Amentaceæ* LINNÆUS, Phil. Bot. p. 28 (1751), pro parte–JUSSIEU, Gen. Pl. p. 407 (1789), pro parte.–GISEKE, Prælect. p. 578 (1792), pro parte–VENTENAT, Tabl. III p. 550 (1799), pro parte–J. ST. HILAIRE, Exposit. II p. 315 (1805), pro parte.

Myricées L. C. RICHARD, Demonst. Bot. p. 193 (1808)–A. RICHARD, Élem. Bot. ed. 4 p. 561 (1828), excl. *Casuarina*.—BAILLON, Hist. Pl. VI p. 259 (1877).

Myriceæ KUNTH, Nov. Gen. II p. 13 (1817)–LINDLEY, Syn. Brit. Fl. ed. 1, p. 242 (1829); Introd. Bot. p. 100 (1830)–DUMORTIER, Analyse p. 12 (1829)–BARTLING, Ord. Nat. Pl. p. 98 (1830)–MEISSNER, Pl. Vasc. Gen. I p. 351 (1836)–ENDLICHER, Gen. Pl. p. 271 (1836)–SPACH, Hist. Végét. XI, p. 256 (1842)–AGARDH, Theor. p. 176 (1858).

Taxeæ d. *Myriceæ* REICHENBACH, Consp. p. 79 (1828).

Galeaceæ P. BUBANI, Fl. Pyren. I p. 49 (1897).

Myricacées DODE in LECOMTE, Fl. Gén. Indochine V p. 932 (1929).

Arbores vel frutices monoeci vel dioici sæpe reginoso-glandulosi aromatici. Folia exstipulleta vel stipullata alterna petiolata annua vel biennia penninervia, integra vel serrata vel pinnatifida. Amenta in axillis foliorum annotinorum axillaria solitaria vel decomposita, biserialia vel uniserialia. Amenta si bisexualia inferiore mascula, si unisexualia feminea vel mascula. Flores masculi cum bractea 1, toro bracteolis 2-4 pro quaque bracteola staminibus 2-20. Stamina cum filamentis; antheræ biloculares apicali-laterali dehiscentes. Flos fæmineus cum bractea 1, bracteolis 1-2 paribus oppositis rarius numerosis, ovario sessile 1-loculare, stylo breve vel nullo ramis 2 intus stigmatosis, ovulo 1 orthotropo cum integmento unico. Drupa globosa vel ovoidea extus papillosa, endocarpio duro. Semen erectum, testa membranacea, exalbuminosum. Embryo rectus, radicula supera.

Genera 3, species circiter 50 maxime in regionibus tropicis et calidis incolæ, sed genus *Gale* in regionibus temperatis vel frigidis incolum. In Korea tantum species unica in Quelpaert sponte nascit.

Myrica (non Dioscorides)[1] Linnæus, Gen. Pl. ed. 1, p. 302 no. 746 (1737), pro parte; Sp. Pl. ed. 1, p. 1024 (1753), pro parte; Genera Pl. ed. 5, p. 449 no. 981 (1754), pro parte-Gærtner, Fruc. & Sem. Pl. I p. 190 t. 37 fig. 7 (1788)-Jussieu, Gen. Pl. p. 407 (1789), pro parte-Giseke, Prælect. p. 580 (1792)-Moench, Method. I p. 362 (1794)-Ventenat, Tabl. III, p. 557 (1799), pro parte-J. St. Hilaire, Exposit. II, p. 318 (1805), pro parte-Persoon, Syn. II p. 614 (1807), pro parte-Endlicher, Gen. Pl. p. 271 no. 1839 (1836), pro parte-Spach, Hist. XI, p. 260 (1842)-C. de Candolle, Prodr. XVI pt. 2, p. 147 (1864), pro parte-Baillon, Hist. Pl. VI, p. 259 (1877), pro parte-Bentham & Hooker, Gen. Pl. III, p. 400 (1880), pro parte-Schneider, Illus. Handb. I, p. 70 (1904)-Dode in Lecomte, Fl. Gén. Indochine V p. 932 (1929).

Syn. *Gale* (non Tournefort) Adanson, Fam. Pl. II, p. 345 (1763), pro parte.

Morella Loureiro, Fl. Cochinch. ed. 1, p. 548 (1790); ed. 2, p. 669 (1793).

Faya Webb & Berthelot, Phyt. Can. III p. 272 (1836-50).

Arbores vel frutices monoeci vel dioici. Folia simplicia biennia petiolata integra vel serrata exstipullata infra reginoso-punctata. Spica axillaris si monoeci flores fæminei parte superiore spicæ positi. Stamina in quoque flore masculo 2-20 cum filamentis. Flores fæminei cum bracteolis 2-4 vel numerosis. Fructus drupaceus matura alba, nigra, sanguinea,

(1) *Myrica* of Dioscorides is *Tamarix*.

vel atro-sanguinea exocarpio sæpe edule.

Species circ. 40 in regionibus tropicis et subtropicis rarius temperatis incola. In Korea solum unica nascit.

Myrica rubra SIEBOLD & ZUCCARINI

(Tabula nostra XV)

Myrica rubra SIEBOLD & ZUCCARINI in Abh. Muench. Akad. IV 3 p. 230 no. 806 (1846)-FRANCHET & SAVATIER, Enum. Pl. Jap. I p. 454 (1875) -MATSUMURA, Nippon Shokubutsumeii p. 125 (1884); Cat. Herb. Imp. Univ. p. 177 (1886); Shokubutsu Meii p. 192 (1895)-MATSUMURA & HAYATA, Enum. Pl. Formos. p. 391 (1906), pro parte-SHIRASAWA, Icon. Ess. Forest Trees Jap. II t. 6 fig. 12-23 (1908)-MATSUMURA, Ind. Pl. Jap. II pt. 2, p. 6 (1912)-NAKAI, Veget. Quelpært p. 36 no. 480 (1914)-WILSON in SARGENT, Pl. Wilson. III p. 189 (1916)-KANEHIRA, Formos. Trees p. 541 (1917)-MORI, Enum. Corean Pl. p. 112 (1922)-MAKINO & NEMOTO, Fl. Jap. p. 1118 (1925); ed. 2, p. 176 (1931), pro parte.-REHDER in Journ. Arnold Arboret. X p. 118 (1929).

Syn. *Jamma momu* BANKS, Icon. t. 37 (1791).

Myrica Nagi (non THUNBERG) CAS. DE CANDOLLE, Prodr. XVI pt. 2, p. 151 (1864), excl. syn.-MIQUEL in Ann. Mus. Bot. Lugd. Bat. III, p. 129 (1867); Prol. Fl. Jap. p. 293 (1867)-HOOKER fil. in Bot. Mag. XCIV t. 5725 (1868)-BENTHAM & HOOKER, Gen. Pl. III pt. 1, p. 401 (1880)-ENGLER in Nat. Pflanzenfam. III 1, p. 27 (1889)-CHEVALIER, Monogr. p. 116 (1901).

Myrica rubra α rubra MAKINO in Tokyo Bot. Mag. XXVI, p. 394 (1912).

Daphne Argyi LÉVEILLÉ in Mém. R. Acad. Ci. Art. Barcelona sēr. 3. XII no. 22 p. 22 (1916).

Arbor dioica adulta ambitu sphærica, cortice griseo. Rami et gemmæ glabri. Folia biennia alterna dense collocata, trionum oblanceolata usque 170 mm. longa in petiolem brevem sensim angustatum margine argute serrata penninervia apice acuminata, ramorum fructiferorum oblanceolata 34-94 mm. longa 8-27 mm. lata subintegra vel integerrima apice obtusa vel mucronulata vel acuta basi petiolos 2-3 mm. longos sensim angustata supra venis primariis parce impressis viridissima infra pallida costa elevata. Spica mascula 2–4 cm. longa vulgo simplex basi bracteis parvis squamosis imbricatis suffulta ; flores in axillis bractearum evoluti, bractea depresso-hemisphærica dorso resinosa vix 1 mm. longa, torus circiter 1 mm. longus 2–3 bracteolatus, in quaque bracteola stamina 3–4. filamenta vix 1 mm. longa, antheræ atro-sanguineæ 1 mm. longæ biloculares laterali dehiscentes, connectivum haud evolutum. Spica fæminea circiter 10 mm. longa in totam longitudinem bracteata, in parte superiore flos fæmineus in quaque bractea solitarius, bracteolæ 4 bipares ovato-acuminatæ, ovarium minimum ovoideum apice ramis styli binis coronatum. Drupa matura 10–15 mm. lata sphærica ex viride per sanguineam in atro-sanguineam variat, exocarpio succoso edule.

Nom. Jap. *Yama-momo*.

Nom. Quelpærtense. *Sog-nam*.

Hab.

Quelpært : in silvis Hongno (U. FAURIE no. 1541); secus torrentes Hongno (E. TAQUET no. 4704) ; in silvis Hioton (E. TAQUET no. 5980); in declivitate australe pede montis Hallasan (T. NAKAI no. 4890) ; pede montis Hallasan (T. NAKAI no. 474) ; in latere boreale pede montis Hallasan (T. NAKAI no. 336).

Distr. Hondo, Shikoku, Kiusiu, Iki, Tsusima, Gotô, Liukiu, Formosa et China.

In Liukiu and Formosa, a narrow leaved variety *Myrica rubra* var. **acuminata,** comb. nov. (*Myrica Nagi β. acuminata* C. DE CANDOLLE) is more frequent than the ordinary form.

Myrica rubra var. **acuminata** NAKAI, comb. nov.

Syn. *Myrica Nagi β acuminata* C. DE CANDOLLE, Prodr. XVI pt. 2, p. 151 (1864).

Myrica rubra (non SIEBOLD & ZUCCARINI) MATSUMURA & HAYATA, Enum. Pl. Formos. p. 391 (1906), pro parte–MATSUMURA, Ind. Pl. Jap. II 2 p. 6 (1912), pro parte–MAKINO & NEMOTO, Fl. Jap. p. 1118 (1925), pro parte ; ed. 2 p. 176 (1931), pro parte.

Myrica rubra var. *formosana* HAYATA in sched. Herb. Imp. Univ. Tokyo.

Nom. Jap. *Nagaba-Yamamomo.*

Hab.

Liukiu: Okinawa (J. MATSUMURA).

Formosa: Ochôbi (B. HAYATA); Kelung (T. MAKINO); Byôritsu (T. KAWAKAMI).

Myrica Nagi THUNBERG, Fl. Jap. p. 76 is *Podocarpus Nagi* ZOLLLINGER & MORITZ. The specimen in Uppsala University is composed of one fruiting branch and one seedling of *Podocarpus Nagi*. CASHMIR DE CANDOLLE also refered GÆRTNER's *Nageia japonica*, but as we see in the figures of Tab. XXXIX of De Fructibus et Seminibus Plantarum I, it is also *Podocarpus Nagi*. KANEHIRA and SASAKI reduced *Myrica adenophora* var. *Kusanoi* HAYATA into this species saying that the former was named upon such specimens of *Myrica nagi* (*M. rubra*) which grown on an exposed and windswept places. But, in our herbarium-specimens, the fruits are twice or four times as much smaller than the fruits of *Myrica rubra*. I can not believe that wind and sun light will change the size of fruits as such.

胡 桃 科

JUGLANDACEAE

(一) 主要ナル引用書類

著者名	書名
ADANSON, M.	1) *Nux* in Familles des Plantes II p. 497 (1763).
AGARDH, J. G.	2) *Juglandaceæ* in Theoria Systematis Plantarum p. 218-219 (1858).
AITON, W. T.	3) *Juglans* in Hortus Kewensis ed. 2, V. p. 295-297 (1813).
ANDRÉ, ED.	4) *Platycarya strobilacea* in Revue Horticole LX p. 88-89 (1888).
BAILLON, H.	5) *Juglandacées* in Histoire des plantes XI p. 401-407 (1892).
BARTLING, F. T.	6) *Juglandeæ* in Ordines Naturales Plantarum p. 397 (1830).
BAUHINUS, C.	7) *Juglans* in Pinax Theatri Botanici p. 416-417 (1623).
BEAN, W. J.	8) Trees and Shrubs hardy in the British Isles (1914), *Carya* in I p. 298-301 Pl. 1; *Juglans* in I p. 662-668; *Platycarya* in II p. 204; *Pterocarya* in II p. 261-264 Phot. II.
BENTHAM, G. & HOOKER, J. D.	9) *Juglandæ* in Genera Plantarum III p. 397-400 (1880).
BOERHAAVE, H.	10) *Nux* in Index alter Plantarum II p. 175 (1720).
DALECHAMPS, J.	11) *Nux Juglans* in Historia Generalis Plantarum I p. 320-325 (1587).
DE CANDOLLE C. P.	12) Mémoire sur la Famille des *Juglandées* in Annales des Sciences naturelles 4 sér. XVIII p. 1-48, Pl. I-VI (1862).
„	13) *Juglandaceæ* in Prodromus Systematis Naturalis Regni Vegetabilis XVI pt. 2, p. 134-146 (1864).
DIPPEL, L.	14) *Juglandaceæ* in Handbuch der Laubholzkunde II p. 316-343, fig. 146-157 (1892).
DODE, L. A.	15) Contribution a l'étude du genre *Juglans* in Bulletin de la Société Dendrologique de France I p. 67-98 (1906), IV no. 11 p. 22-50 (1909), p. 165-215 (1909).
„	16) *Juglandacées* is LECOMTE, Flore Générale de l'Indo-Chine V p. 922-932 (1929).

DUHAMEL DU MONCEAU 17) *Nux* in Traité des Arbres et Arbustes II p. 49-55 (1755).

DUMORTIER, B C. 18) *Juglandineæ* in Analyse des familles des plantes p. 11-12 (1829).

DUNN, S. T. & TUTCHER, W. J.
19) *Juglandaceæ* in Flora of Kwantung and Hongkong in Bulletin of Miscellaneous Information, Kew, Additional Series X p. 250-251 (1912).

EICHLER, A. W. 20) *Juglandaceæ* in Blütendiagramme II p. 32-40(1878).

ENDLICHER, S 21) *Juglandeæ* in Genera Plantarum p. 1125-1127(1840).

ENGLER, A. 22) *Juglandaceæ* in Natürliche Pflanzenfamilien III Abt. 1 p. 19-25 (1887).

FRANCHET, A. 23) *Juglandaceæ* in Plantæ Davidianæ I in Nouvelles Archives du Muséum de Paris sér. 2, VII p. 92 (1884).

FRANCHET, A. & SAVATIER, L.
24) *Juglandaceæ* in Enumeratio Plantarum Japonicarum I pt. 2 p. 455-456 (1875).

GAERTNER, J. 25) *Juglans* in De Fructibus et Seminibus Plantarum II p. 50-51 t. 89 fig. 1 (1791).

GISEKE, P. D. 26) *Amentaceæ* in LINNÉ, Prælectiones in Ordines Naturales Plantarum p. 578-585 (1792).

GMELIN, J. F. 27) *Juglans* in Systema Naturæ II pt. 1 p. 742, 755 (1791).

HANCE, H. F. 28) *Juglans mandshurica* in TRIMEN, Journal of Botany XIII p. 135 (1875).

DE JUSSIEU, A. L. 29) *Terebintaceæ* in Genera Plantarum p. 368-376 (1789).

KOEHNE, E. 30) *Juglandaceæ* in Deutsche Dendrologie p. 68, 69-76, fig. 23-24 (1893).

KOMAROV. V. 31) *Juglandaceæ* in Acta Horti Petropolitani XXII (Flora Manshuriæ II) p. 9-13 (1903).

KORSCHINSKY, S. 32) *Juglandeæ* in Acta Horti Petropolitani (Flora Amurensis) XII p. 48 (1892)

KUNTH, C. S. 33) *Juglandeæ* in Annales des Sciences Naturelles II p. 343-346 (1824).

DE LAMARCK, J. B. & DE DANDOLLE, A. P.
34) *Terebinthaceæ* in Synopsis Plantarum in Floram Gallicam descriptarum p. 364-365 (1806).

LAUHE, W. 35) *Juglandaceæ* in Deutsche Dendrologie p. 301-310 (1880).

LINDLEY, J. 36) *Juglandeæ* in An Introduction to the Botany p.

101 (1830).

LINDLEY. J. 37) *Juglandaceæ* in A Natural System of Botany p. 180 (1836).

LINNÆUS, C. 38) *Juglans* in Genera Plantarum ed. 1 p. 291 (1737).

„ 39) *Amentaceæ* in Philosophia Botanica ed. 1 p. 28 (1751).

„ 40) *Juglans* in Species Plantarum ed. 1. p. 997 (1753).

„ 41) *Juglans* in Genera Plantarum ed. 5 p. 431 (1754).

LOUDON, J. C. 42) *Juglandaceæ* in Arboretum et Fruticetum Britannicum III p. 1420-1452 (1838)

MAKINO, T. & NEMOTO, K. 43) *Juglandaceæ* in Flora of Japan p. 1115-1118 (1925).

„ 44) *Juglandaceæ* in Flora of Japan ed. 2, p. 176-179 (1931).

MATSUMURA, J. 45) *Juglandaceæ* in Index Plantarum Japonicarum II pt. 2 p. 4-5 (1912).

MAXIMOWICZ, C. J. 46) *Juglans mandshurica* in Mélanges Biologiques II p. 417-418 (1856).

„ 47) *Juglandeæ* in Primitiæ Floræ Amurensis p. 76-78 (1859).

„ 48) *Juglandaceæ* in Asia orientali hucusque observatæ in Mélanges Biologiques VIII p. 630-640 (1873).

MAYR, H. 49) Fremdländische Wald- und Park-bäume für Europa: *Juglans* p. 476-479 fig. 200-203; *Platycarya* p. 492; *Pterocarya* p. 496-497 fig. 218 (1906).

MIQUEL, F. A. G. 50) *Juglandeæ* in Annales Musei Botanici Lugduno-Batavi III p. 103-104 (1867)

MOENCH, C. 51) *Juglans* in Methodus ad Plantas Agri & Horti Botanici Marburgensis I p. 696 (1794).

NAKAI, T. 52) *Juglandaceæ* in Flora Koreana II p. 200 (1911).

NAUDIN, C. 53) *Fortunea chinensis* in Revue Horticole 2 sér, V p. 282-283 (1846).

PAMPANINI, R. 54) *Juglandaceæ* in Le Piante Vascolari raccolte del Rev. P. C. SILVESTRI nell' Hu-peh durante gli anni 1904-1907, in Nuovo Giornale Botanico Italiano, nuova serie XVII p. 249 (1910).

PERSOON, C. H. 55) *Juglans* in Synopsis Plantarum II pt. 2 p. 566-567 (1807).

PETZOLD, E. & KIRCHNER, C.
56) *Juglandeæ* in Arboretum Muscaviense p. 334-339 (1864).

PRITZEL, E. 57) *Juglandaceæ* in DIELS, Flora von Centralchina in

ENGLER, Botanische Jahrbücher XXIX p. 273–274 (1900).

RAY, J. 58) De *Juglande* in Historiæ Plantarum II p. 1376–1379 (1688).

REHDER, A. 59) *Carya* in BAILEY, Standard Cyclopedia of Horticulture II p. 675–678 (1914); *Juglans* in III p. 1721–1724(1915); *Platycarya* in V, p. 2708 (1916); *Pterocarya* in V, p. 2853–2854 (1916).

„ 60) *Juglandaceæ* in Journal of the Arnold Arboretum IV (The Ligneous Plants of Northern China) p. 146–148 (1923).

„ 61) *Juglandaceæ* in Manual of Cultivated Trees and Shrubs p. 125–133 (1927).

REHDER, A. & WILSON, E. H.
62) *Juglandaceæ* in SARGENT, Plantæ Wilsonianæ III pt. 1, p. 180–188 (1916).

ST. HILAIRE, J. 63) *Terebintaceæ* in Exposition des familles naturelles des plantes II p. 248–263 (1805).

SCHNEIDER, C. K. 64) *Juglandales* in Illustriertes Handbuch der Laubholzkunde I p. 74–96 fig. 33–52 (1904).

SKAN, S. A. 65) *Juglandaceæ* in Journal of the Linnæan Society, London, Botany XXVI (HEMSLEY, Index Floræ Sinensis II) p. 493–495 (1884).

SKVORTZOW, B. W. 66) The Manchurian Walnut in Manchuria Research Society, Natural History Society ser. A. fasc. 32 p. 1–11 (1929).

Spach, E. 67) *Juglandeæ* in Histoire des Végêtaux II p. 163–183 (1824).

TOURNEFORT, J. P. 68) *Nux* in Institutio Rei Herbariæ p. 581 t. 346 (1700).

CH. LEMAIRE 69) *Platycarya strobilacea* in Flore des Serres IV t. 331 fig. 99 (1848).

VENTENAT, E. P. 70) *Terebintaceæ* in Tableau du règne Végêtale III p. 438–460 (1799).

VON HERDER, F. 71) *Juglandeæ* in Acta Horti Petropolitani XII p. 48 (1892).

WALPERS, G. G. 72) *Fortunæa* in Annales Botanices Systematicæ I p. 201–2 (1849).

WILLDENOW, C. L. 73) *Juglans* in Berlinische Baumzucht p. 153–156, 435 (1796).

„ 74) *Juglans* in Species Plantarum IV pt. 1 p. 455–459

(1805).

WILLDENOW, C. L. 75) *Juglans* in Enumeratio Plantarum Horti Regii Botanici Berolinensis p. 978-979 (1809).

" 76) *Juglans* in Die Wilde Baumzucht p. 192-197 (1811).

(二) 朝鮮產胡桃科植物研究ノ歷史

朝鮮ノ胡桃科植物ヲ最初ニ記セシハ和蘭國ノMIQUEL氏ニシテ1867年「ライデン」植物館年報第III卷(Annales Musei Botanici Lugduno-Batavi) 103頁ニけのぐるみヲ新變種トシテ *Platycarya strobilacea* var. *coreana* MIQUEL ナル名ヲ與ヘテ記述セリ。

1873年露國ノ C. J. MAXIMOWICZ 氏ハ Bulletin de l'Académie des Sciences de St. Pétersbourg 3 séries 第18卷64頁ニ同植物ヲ普通ノのぐるみ *Platycarya strobilacea* トシテ記セリ。

1884年英國ノ S. A. SKAN 氏ハ W. B. HEMSLEY 氏ノ Index Floræ Sinensis 第2部495頁ニ同植物ヲ單ニのぐるみトシテ發表セリ。

1900年露國ノ JWAN PALIBIN 氏著 Conspectus Floræ Koreæ 第2卷47頁ニモ同樣のぐるみトシテ發表セリ。

1903年露國ノ VLADIMIR KOMAROV 氏ハ朝鮮ノ北部ニ滿洲ぐるみ *Juglans mandshurica* ノ產スル事ヲ其著 Flora Manshuriæ 第2卷9頁ニ記ス。

1904年墺國ノ C. K. SCHNEIDER 氏ハ其著 Illustriertes Handbuch der Laubholzkunde 第1卷ニ同ジク滿洲ぐるみガ朝鮮ニアル事ヲ記セリ。

1911年著者ハ其著 Flora Koreana 第2卷ニのぐるみト滿洲ぐるみトガ朝鮮ニ產スル事ヲ記セリ。

1912年著者ハ米人 Dr. RÆLPH G. MILLS 氏ノ採收品ヲ研究シテ Plantæ Millsianæ Koreanæ トシテ植物學雜誌第26卷ニ發表セシ中ニハ江界產ノ滿洲ぐるみモ編入シアリ。

1914年著者ノ記セル濟州島植物調査報告書ニハ濟州島ニ胡桃科植物トシテのぐるみノミアル事ヲ記ス。

1915年著者ノ記セル智異山植物調査書ニハ同ジクのぐるみヲ記ス。

1918年著者ノ記セル金剛山植物調査書ニハ同山ニ滿洲ぐるみノ自生アルヲ報ズ。

1922年森爲三氏著朝鮮植物名彙ニハまんしうぐるみ、てうちぐるみ、のぐるみノ 3種ヲ記ス。其中てうちぐるみハ栽培種ナリ。

(三) 朝鮮產胡桃科植物ノ用途

朝鮮產胡桃科植物中最モ有用ナルハまんしうぐるみニシテ其材ハ銃床ニ用キル爲メ大正年間ニハ北朝鮮ヨリ夥シク伐リ出シタル爲メ今ハ殆ンド利用スベキモノヲ失ヒタルハ惜シムベシ。近時總督府ニテハ之ガ植栽ヲ獎勵シ居ル故今後20-30年ニテ又相當收益ヲ得ルニ至ルベシ。其果實ハ食用ニ供シ得レ𪜈殼ノ割レ易カラザル事ト食用トナル子葉ノ部ノ小サキトニテてうちぐるみニ劣ル故產地ノ土民ガ利用スルノミニテ商品トナラズ、反之てうちぐるみハ其種子ヲ利用スル目的ニテ昔時支那ヨリ移シ今ハ黃海、京畿、江原以南ノ地ニ多ク栽植シ殊ニ忠北產ハなつめト共ニ其名高シ、市場ニ出ヅルてうちぐるみハ朝鮮產ノミナラズ支那ヨリモ輸入スルト謂フ。

のぐるみハ堅キ材ヲ有スレ𪜈大木少キ故薪トスル外利用サレズ、其果實ト樹皮トニハ多量ニ單寧ヲ含有スル故內地殊ニ中國、九州ニテハ漁網ヲ染ムルニ用フレドモ朝鮮ニテハ濟州島ニテ稀ニ用キル外此方面ニ利用スルヲ聞カズ。

(四) 朝鮮產胡桃科植物ノ分類

胡 桃 科

小喬木又ハ喬木雌雄同株異花、葉ハ互生1年生奇數羽狀複葉、小葉ハ羽狀葉ヲ有シ鋸歯アルモノトナキモノトアリ。雄花穗ハ前年ノ枝ノ先ニ近キ側方ノ葉腋ニ出デ無柄、又ハ有柄、下垂ス、單一ナルモノト總狀花序ノモノトアリ、又往々若枝ノ基部ニテ繖房花序ヲナシテ下垂シ又ハ側出ノ若枝ノ先端ニアリテ直立スル繖房花序ヲナス。苞ハ1個、小苞2個又ハナシ、花被ハナキカ又ハ 2-4 個若シ 2個ナルトキハ 2個共ニ苞ト對生ス、又 3 個ナルトキハ其中 1個丈ケ苞ト相對ス。又4個ナルトキハ其中2個ハ苞ト相對ス。雄蕊ハ 2個以上不定ナリ。葯間ハ發達スルモノトセザルモノトアリ、雌花穗ハ若枝ノ先端ニ出ヅ、苞ハ1個、小苞ハ2 個ニシテ少クモ基部ハ花被ノ筒部及ビ間接ニ子房ト相癒合ス。花被ハナキカ又ハ1個苞ト相對シ腹面ニ位ス。又ハ4個ニシテ其中2個ハ苞ト相對ス。心皮ハ2個花軸ニ對シ側位ニアルカ又ハ腹背ニアリ花柱ハ心皮ノ中肋上ニアルモノト其縁ニアルモノトアリ。花柱ハ2個分叉セヌカ又ハ2叉ス內面ハ柱頭狀ナリ。子房ハ1室、卵子ハ1個基生直立唯1個ノ珠皮ヲ有ス。果實ハ核果又ハ堅果、核果ハ多肉ノ外果皮ヲ有シ裂開セザルカ又ハ乾燥シテ4裂スル外果皮ヲ有ス。內果皮ハ厚ク堅ク不完全ノ隔壁ヲ有ス。堅果ハ扁平翼アルモノトナキモノトアリ、不完全ナル隔壁ハ腹背兩面ヨリ出ヅルカ又ハ腹面ヨリ出ヅルカ又ハ側方ヨリ出ヅ、胚乳ハナシ、胚ハ摺曲スル子葉ト倒生上向ノ幼根ヲ有ス。

主トシテ温帶地方ニ產シ6屬35種アリ其中2屬2種ハ朝鮮ニ產ス。

第1亞科 のぐるみ亞科

複葇荑花ハ若枝ノ先端ニ出ヅ、側枝ハ凡テ雄花、中央ノ枝ハ全部雌花穗ナルカ又ハ基部ノミ雌花穗トナル、雄花ハ2個ノ小苞ト8個ノ雄蕋トヲ有シ花被モ葯間モナシ、雌花ハ2個ノ相對スル小苞ト側出スル2個ノ心皮ト心皮ノ中肋ヨリ出ヅル花柱トヲ有ス。堅果ノ隔壁ハ心皮ノ癒着部ヨリ出ヅ。

次ノ1屬ヲ以テ代表サル。

第1屬 のぐるみ屬

小喬木、葉ハ1年生奇數羽狀複葉、互生托葉ナシ、小葉ハ鋸齒ト羽狀脈トヲ有ス。葇荑花ハ若枝ノ先端ニ出デ直立シ複合ス。中央ノ枝ハ雌花ノミヨリ成ルカ又ハ基部ノミ雌花トナル。側方ノ雄花穗ハ花後脫落シ中央ノ枝ハ雌花部ト雄花部トノ分レ目ヨリトレテ雄花穗ノミ落ツ、花穗ニハ全長ニ互リ苞アリ、花被ナシ、雄花ニハ8個(稀ニ6–7個ニ減數ス)ノ雄蕋アリ其中4–5個ノ花絲ハ苞ノ基部ト完全ニ癒着シ他ノ2–3個ノ花絲ハ花軸ト相癒合ス。葯ハ2室側方ニ開クカ又ハ內向、葯間ハ殆ンドナシ、雌花穗ハ相重ナレル苞ヲ有シ其各苞ニ1個ノ雌花アリ、各花ハ2個ノ相對シテ側出スル苞ヲ有ス、苞ハ背部ニ翼ヲ有シ子房ト殆ド全ク相癒合ス、花被ナシ然レドモ子房ノ背部ニ往々1個ノ突起ヲ有スルコトアリ此突起ハ退化セル花被ガ子房壁ト相癒合シタルモノト見ルヲ得ベシ、子房ハ1室、花柱ハ2個頂生內面ハ柱頭トナル、卵子ハ1個直立ス。果實ハ堅果扁平ニシテ小苞ヨリ變化セル堅キ2個ノ翼ヲ有ス、外果皮ハ堅ク內果皮ハ多孔ニシテ內部上方ニ唯1個ノ種子ヲ藏ス、果實ノ內室ハ腹背兩方ヨリ突出セル不完全ノ隔壁ヲ以テ基部ハ2室トナル、種皮ハ膜質子葉ハ摺曲ス。

唯1種日本、朝鮮、臺灣、支那ニ分布ス。

1. のぐるみ 1名のぶのき

クルナム、クーナム(濟州島)、クルタイナム、クルピナム(慶南)

(第 XVI 圖)

高サ 4 m. (內地ニテハ 6-7 m.) ニ達スル小喬木トナリ分岐多シ、皮ハ灰色縱ニ不規則ニ割レ其狀くるみノ樹膚ニ似タリ、2年生ノ枝ハ暗褐色ニシテ小サキ皮目アリ。芽ハ卵形又ハ球形先端トガリ長サ 3-7 mm. 幅 2-6 mm. 幅廣キ背面ニ極微毛アル鱗片ニテ被ハル。若枝ハ褐毛アレドモ後無毛トナリ綠色長サ 5-7 mm. ノ細カキ皮目ヲ有ス。葉ハ奇數羽狀複葉、葉軸ハ始メ褐毛アレドモ後之ヲ失フ、葉柄ハ長サ 35-74 mm. 基ハ膨ミ始メ褐毛アレドモ後之ヲ失フ、羽片ハ 3-9 對相對シ最下部ノモノハ往々互生ス、側羽片ハ不等形披針形ヲナシ中肋ヨリモ上方 (葉ノ先ニ近キ側) ハ下方(葉柄ニ向フ側) ヨリモ幅廣シ、長サ 34-108 mm. 幅 12-31 mm. 表面ハ無毛多少光澤ヲ有シ綠色、裏面ハ淡綠色始メ葉脈上ニ褐色ノ微毛アレドモ後無毛トナル、最頂羽片ヲ除ク外ハ基脚或ハ尖リ或ハ殆ンド丸ク歪形、側羽片ノ中肋ハ外屈ス。羽片ノ緣ハ1樣ニ內曲セル單鋸歯又ハ複鋸歯ヲ有ス。花穗ハ若枝ノ先ニ複合シ最頂ノ枝ハ全部雌花又ハ基部ノミ雌花トナル、側出ノ花穗ハ凡テ雄花穗ナリ、花軸ニハ褐毛アリ、雄花穗ハ長サ 45-70 mm. 苞ハ廣卵形長サ約 1 mm. 內面ハ無毛外面ハ基部ニ微毛アリ先端ハ細ク尖リ外ニ反ル此尖レル部分ハ長サ 2,5-5 mm. 幅 0,6-1 mm. 背面ハ無毛內面ニ微毛アリ、雄蕋ハ 6-8 個其中 4-5 個ハ苞上ニアリ他ノモノハ花軸上ニアリ、花絲ハ長サ 0,2-0,3 mm. 顯微鏡下ニ照セバ微毛アリ、葯ハ廣卵形長サ 0,5 mm. 2室、淡黃色、側方ニ開ク、雌花穗ハ長サ 10-25 mm. 幅 5-7 mm. 苞ハ卵形無毛先ハ硬ク長サ 2,5-3 mm. 許リノ突起トナリ、彎曲シテ傾上ス、小苞ハ2個最先端ヲ除クノ外ハ子房ト全ク相癒合シ花軸ニ對シテ側位ニシテ互ニ相對ス、背面ニ翼アリ長サ 2 mm. 先端ハ尖リ子房ハ離ルヽ部分ハ內面ニ溝アリ、花柱ハ2個無柄內面ハ柱頭トナル但シ柱頭部ハ多少屈曲ス。果穗ハ永存性長サ 23-50 mm. 幅 22-30 mm. ノ苞ヲ有ス、苞ハ角質彈力ニ富ム、堅果ハ堅キ翼アル苞ト共ニ長サ 4-6 mm. 幅 3-6 mm. 子房壁ハ堅ク多孔質、種子ハ卵形種皮ハ褐色薄シ。

濟州島、全南、慶南、慶北、全北、忠南、忠北、京畿ノ各道ニ產ス。

（分布） 對馬、九州、四國、本島、支那（江西、江蘇、湖南、湖北、浙江、廣東、雲南）。

1種小枝ト葉トハ若キ時長キ褐毛密生シ花軸モ亦褐毛密生スルモノアリ、之ヲ**けのぐるみ**ト謂フ。全南、(突山島)、慶南(巨濟島)、慶北(江口)、京畿(水原)ニ産シ、朝鮮ノ特產ナリ。

Juglandaceæ LINDLEY, Nat. Syst. Bot. p. 180 (1836)–LOUDON, Arb. & Frut. Brit III p. 1420 (1838)–AGARDH, Theor. p. 218 (1858)–C. DE CANDOLLE, Prodr. XVI pt. 2 p. 134 (1864)–LAUHE, Deutsche Dendrol. p. 301 (1880)–ENGLER, Nat. Pflanzenfam. III Abt. 1 p. 19 (1887)–DIPPEL, Handb. Laubholzk. II p. 316 (1892)–KOEHNE. Deutsch. Dendrol. p. 68 (1893)–SCHNEIDER, Illus. Handb. I p. 74 (1904)–DODE in LECOMTE, Fl. Gén, Indo-Chine V p. 922 (1924).

Syn. *Amentaceæ* LINNÆUS, Phil. Bot. ed. 1 p. 28 (1751) pro parte–GISEKE, Prælect. p. 578 (1792), pro parte.

Terebinthi DURANDE, Not. Élém. Bot. p. 292 (1781), pro parte.

Terebintaceæ JUSSIEU, Gen. Pl. p. 368 (1789), pro parte–VENTENAT, Tab. Règ. Vég. III p. 438 (1799), pro parte–J. ST. HILAIRE, Exposit. II p. 248 (1805)–LAMARCK & DE CANDOLLE, Syn. Fl. Gall. p. 364 (1806), pro parte–REICHENBACH, Fl. Germ. Excurs. III p. 488 (1832), pro parte.

Juglandées A. P. DE CANDOLLE, Théor. p. 215 (1813).

Cupuliferæ DUMORTIER, Ćomment. Bot. p. 53 (1822), pro parte.

Amantaceæ LINK, Enum. Pl. Hort. Berol. II p. 397 (1822), pro parte.

Juglandeæ A. RICHARD apud KUNTH in Ann. Sci. Nat. II p. 343 (1824)–BARTLING, ORD. Nat. Pl. p. 397 (1830)–LINDLEY, Introd. Bot. p. 101 (1830)–SPACH, Hist. Vég. II p. 163 (1834)–ENDLICHER, Gen. Pl. p. 1125 (1840)–BENTHAM & HOOKER, Gen. Pl. III p. 397 (1880).

Juglandineæ DUMORTIER, Analyse p. 11 & 12 (1829).

Terebinthaceæ Trib. I. *Juglandeæ* MEISSNER, Pl. Vasc. Gen. I p. 74 (1836); II p. 54 (1843).

Arboreæ vel arbores monoicæ. Folia alterna annua imparipinnata, foliolis serratis vel integris penninerviis. Amenta nunc mascula ex axillis foliorum annotinorum evoluta **pendula** sessilia vel pedunculata solitaria vel racemosa, nunc in parte basale rami hornotini evoluta corymbosa pendula, nunc in apice rami hornotini lateralia erecta et corymbosa. Flos masculus, bractea 1, bracteolæ O vel 2 sublaterales, tepala O vel 2–4, si 2 omnia cum bractea opposita, si 3 unica cum bractea opposita, si 4 quorum 2 bractea opposita. Stamina 2–∞, connectivo evoluto vel haud evoluto. Amentum fæmineum in apice rami hornotini terminale. Bractea 1. Bracteolæ 2 saltem basi perigonii tubo vel ovario adnatæ. Tepalum O, vel 1, cum bractea oppositum ventrale, vel 4 quorum 2 exteriora dorsiventralia cum bracteola opposita. Carpella 2, nunc lateralia cum stylis carinatis vel marginalibus, nunc dorsiventralia cum stylis carinatis vel marginalibus. Styli 2 indivisi vel bifidi intus stigmatosi. Ovarium uniloculare. Ovulum solitarium erectum basifixum cum integumento unico. Fructus drupaceus vel nuceus. Drupa exocarpio carnoso indehiscente vel exsiccato 4-valvato, endocarpio crasso duro imperfecto-septato. Nux compressa subalata vel exalata cum septis imperfectis dorsiventralibus vel ventralibus vel lateralibus. Albumen nullum. Embryo cum cotyledonibus plicatis, radicula supera.

Genera 6, species 35 maxime in regionibus temperatis indigenæ, quarum genera 2 species 2 in Korea spontanea.

Juglandaceæ Trib. 1. **Platycaryeæ** NAKAI, nov. trib.

Syn. *Platycaryaceæ* NAKAI, Angiospermæ in IWANAMI, Lectures on Biology, Botany, p. 51 (1931), nom. nud.

Amenta decomposita in apice rami hornotini terminalia. Flos masculus bractea et perigonio nullo, staminibus 8, connectivo haud evoluto. Flos fæmineus bracteolis 2 oppositis. Carpella 2 lateralia, stylis carinatis. Septa nucis ex commussuris carpellorum evoluta.

Genus unicum *Platycarya* huc pertinet.

Gn. 1. **Platycarya** SIEBOLD & ZUCCARINI in Abh. der II Classe der Academ. d. Wissenschaft. III Band. Abth. 3 p. 741 Tab. V fig. 1 k_1–k_8 (1843)-ENDLICHER, Suppl. Gen. Pl. III p. 99 no. 5992/1 (1843).-C. DE CANDOLLE in Ann. Sci. Nat. 4 sér. XVIII p. 36 (1862)-BENTHAM & HOOKER, Gen. Pl. III p. 400 (1880)-BAILLON, Hist. Pl. XI. p. 406 (1892)-ENGLER in ENGLER & PRANTL, Nat. Pflanzenfam. III Abt. 1 p. 23 (1887)-DIPPEL,

Handb. Laubholzk. II p. 342 (1892)-KOEHNE, Deutsch. Dendrol. p. 69 (1893)-SCHNEIDER, Illus. Handb. Laubholzk. I p. 75 (1904).

Syn. *Fortunæa* LINDLEY in Journ. Hort. Soc. London I p. 150 (1846).

Arborea. Folia annua imparipinnata alterna exstipullata, foliola serrata penninervia. Amenta erecta corymbosa terminalia, centrale fœmineum sed si bisexuale basi fœmineum. Amenta mascula post anthesin e basi decidua ita centrale bisexuale pars mascula tantum ab apicem partis fœminei sejuncta, per totam longitudinem bracteata, perigonium nullum, stamina 8 (6-7), quorum 4-5 filamentis fere totam longitudinem cum basi bracteæ conniventibus et 2-3 filamentis fere cum axi amenti conniventibus, antheræ biloculares laterali dehiscentes vel subintrorsæ, connectivum haud evolutum. Amenta fœminea per totam longitudinem imbricatim bracteata, in quaque bractea flos unicus, flos cum bracteolis binis lateralibus oppositis dorso alatis fere cum ovario conniventibus, tepala nulla sed interdum ovarium dorso cum prominulo unico qui rudimentum segmenti perigonii esse videtur ; ovarium uniloculare ; styli bini terminales intus stigmatosi ; ovulum solitarium erectum. Nux compressa cum alis binis ex bracteolis transformantibus duris, parte centrale dura et endocarpium spongiosum ex ovario transformans inquo semen unicum in parte superiore positum loculo cum septis imperfectis dorsi-ventrali evolutis subbiloculare. Semen cum testa membranacea. Cotyledones plicati.

Species unica in Japonia, Korea, Formosa et China indigena.

Platycarya strobilacea SIEBOLD & ZUCCARINI

(Tabula nostra XVI)

Platycarya strobilacea SIEBOLD & ZUCCARINI in Abh. II Classe d. Akad. Wiss. Muenchen III Abt. 3 p. 742 tab. V fig. 1, k_1-k_8 (1843), ut *Platicarya* ; in Abh. II Classe d. Akad. Wiss. Muenchen IV Abt. 2. p. 141 (1845)-CH. LEMAIRE in VAN HOUTTE, Fl. des Serres IV Misc. p. 370 b. (1848).-C. DE CANDOLLE in Ann. Sci. Nat. 4 sér. XVIII p. 37 Pl. I fig. 6 II fig. 16-17, III fig. 33-37 (1862); Prodr. XVI pt. 2 p. 145 (1864)-MIQUEL in SIEBOLD & ZUCCARINI, Fl. Jap. II p. 87 t. 149 (1870); in Ann. Mus. Bot. Lugd. Bat. III p. 103 (1867) ; Prol. Fl. Jap. II p. 267 (1867)-MAXIMOWICZ in Bull. Acad. Sci. St. Pétersb. 3 sér. XVIII p. 64 (1873), pro parte ; in

Mél. Biol. VIII p. 640 (1873), pro parte–FRANCHET & SAVATIER, Enum. Pl. Jap. I p. 454 (1875).–FRANCHET in Nouv. Arch. Mus. Paris sér. 2 VII p. 92 (1884); Pl. David. I p. 282 (1884)–ANDRÉ in Rev. Hort. LX p. 88 fig. 18–19 (1888)–KOEHNE, Deut. Dendrol. p. 70 (1893)–SKAN in Journ. Linn. Soc. XXVI p. 495 (1899), pro parte–PRITZEL in ENGLER, Bot. Jahrb. XXIX (DIELS, Fl. Centralchina) p. 273 (1900)–BEISSNER, SCHELLE, ZABEL, Handb. Laubholzbenn. p. 8 (1903)–SCHNEIDER, Illus. Handb. Laubholzk. I p. 75 (1904)–PAMPANINI in Nouv. Giorn. Bot. Ital. n. ser. XVII p. 249 (1910)–NAKAI in Journ. Coll. Sci. XXXI (Fl. Kor. II) p. 200 (1911), pro parte–DUNN & TUTCHER in Bull. Misc. Inform. Kew add. ser. X p. 251 (1912)–NAKAI, Veget. Isl. Quelpært p. 36 no. 481 (1914)–BEAN, Trees & Shrubs II p. 204 (1914)–NAKAI, Veget. Chirisan Mts p. 28 no. 119 (1915)–REHDER & WILSON in SARGENT, Pl. Wils. III pt. 1 p. 180 (1916)–MORI, Enum. Corean Pl. p. 113 (1922), pro parte–REHDER in Journ. Arnold Arb. IV p. 146 (1923)–MAKINO & NEMOTO, Fl. Jap. p. 1117 (1925), excl. var.–REHDER, Manual Cult. Trees p. 125 (1927)–MAKINO & NEMOTO, Fl. Jap. ed. 2 p. 178 (1931), excl. var.

Syn. *Fortunea chinensis* LINDLEY in Journ. Hort. Soc. London I p. 150 (1846)–NAUDIN in Rev. Hort. sér. 2, V p. 282 (1846)–WALPERS, Ann. I pt. 1 p. 202 (1848)

Platycarya strobulacea DIPPEL, Handb. Laubholzk. II p. 342 fig. 157 (1892).

Arborea usque 4 m. alta (in Japonia sæpe 5–6 m. attingit) ramosa; cortex cinereus longitudine irregulare fissus Juglandoides. Ramus biennis atro-fuscus minute lenticellatus. Gemmæ ovoideæ vel subglobosæ acutæ 3–7 mm. longæ 2–6 mm. latæ squamis dilatatis dorso minutissime ciliolatis. Rami hornotini juventute fusco-pilosi demum glabrescentes virides lenticellis angustis 5–7 mm. longis notati. Folia imparipinnata, axis primo fusco-pilosella demum glabrescentes; petioli 35–74 mm. longi basi tumidi primo fusco-pubescentes vel pilosi demum glabrescentes; pinnæ 3–9 jugæ oppositæ infimæ interdum alternæ laterales inæqualiter lanceolatæ sessiles, parte superiore quam inferior latiore 34–108 mm. longæ 12–31 mm. latæ, supra glabræ lucidusculæ virides infra pallidiores primo supra venas fusco-pilosellæ demum fere glabræ basi præter terminalem acutum vel obtusiusculum obliquæ, costæ pinnarum lateralium sæpe retrorso-arcuatæ, margine æqualiter vel subduplicato-incurvatoque serrulatæ. Spicæ in apice ramorum hornotinorum terminales corymbosæ, terminales fæmineæ vel basi fæmineæ, laterales omnes masculæ, axis fuscescenti-hispidulo-pubescens. Spicæ masculæ 45–70 mm. longæ ; bracteæ late ovatæ circ. 1 mm. longæ intus glabræ dorso basi pilosæ in acumine recurva 2,5–5 mm. longa 0,6–1 mm. lata subito contracta. Stamina 6–8, quorum 4–5 supra bractea posita, cetera supra axi spicæ posita; filamenta 0,2–0,3 mm. longa sub lente pilosella ; antheræ late ovatæ 0,5 mm. longæ biloculares laterali-dehiscentes flavidæ. Spica fæminea vel pars fæminea spicæ bisexuales 10–25 mm. longæ 5–7 mm. latæ; bracteæ ovatæ glabræ apice rigide acuminatæ 2,5–3 mm. longæ arcuato-ascendentes; bracteolæ binæ præter apicem ovarium adhærentes laterali-positæ oppositæ dorso alatæ 2 mm. longæ apice acutæ parte libera intus sulcatæ ; styli 2 sessiles intus stigmatosi sed pars stigmata paulo tortuoso-introrsa. Spicæ fructiferæ maturæ cum bracteis persistentibus 23–50 mm. longæ 22–30 mm. latæ ; bracteæ rigidæ elasticæ. Nux cum bracteolis persistentibus crustaceis alato-productis 4–6 mm. longa 3–6 mm. lata, ovario indurato spongioso. Semen ovatum testa fusca membranacea.

Nom. Jap. *Nogurumi, Nobunoki.*

Nom. Kor. *Kûl-nam, Kunam* (Quelpært). *Kurutai-nam, Kurpi-nam* (Keinan).

Hab.

Quelpært : in silvis Piento (E. TAQUET no. 3113) ; in torrentis Tolsoumi (E. TAQUET no. 4369) ; Piento (E. TAQUET no. 1192) ; in dumosis basi Hallasan (U. FAURIE no. 1542) ; in declivitate australe pede montis Hallasan (T. NAKAI no. 4891) ; sine loco speciali (T. ISHIDOYA no. 206).

Zennan : Muan Seikeimen (T. NAKAI no. 9376); monte Taitonzan (T. NAKAI no. 9373, 9374) ; insula Chito (T. NAKAI no. 9375) ; insula Daikokuzanto (T. ISHIDOYA & TEI no. 3786) ; Mte Chiisan (T. NAKAI no. 54) ; Mte Gesshutsuzan (TEI) ; Mte Mutôsan (S. FUKUBARA) ; Mte Hakuyôzan (S. Tate) ; Kôshin Mantokusan (T. SAWADA) ; Mte Taitonzan (S. FUKUBARA) ; Insula Hokitsutô (T. NAKAI) ; insula Baikatô (T. MIWA).

Keinan: Fusan Ryûtôzan (T. NAKAI); insula Kyosaitô (T. MORI no. 205); Mte Hakkôzan (T. SAWADA); Mte Seishûzan (T. SAWADA); Mte Kayasan (T. ISHIDOYA no. 5099).

Keihoku: Taikyû (T. NAKAI no. 7828).

Chûnan: Mte Keiryûzan (T. KONDÔ).

Chûhoku: Onjyô (T. NAKAI no. 7827).

Keiki: Jinsen (T. UCHIYAMA).

Distr. Hondo, Shikoku, Kiusiu, Tsusima, Iki, Oki, China (Kiangsu, Kiangsi, Honan, Hupeh, Chekiang, Yunnan, Kwangtung).

Platycarya strobilacea var. **coreana** MIQUEL in Ann. Mus. Bot. Lugd. Bat. III p. 103 (1867); Prol. Fl. Jap. p. 267 (1867).

Syn. *Platycarya strobilacea* (non SIEBOLD & ZUCCARINI) MAXIMOWICZ in Bull. Acad. Sci. St. Pétersb. 3 sér. XVIII, p. 64 (1873), pro parte; in Mél. Biol. VIII p. 640 (1873), pro parte-SKAN in Journ. Linn. Soc. XXVI p. 495 (1899), pro parte-PALIBIN in Acta Hort. Petrop. XVIII p. 47 (1900), pro parte-NAKAI in Journ. Coll. Sci. Tokyo XXXI (Fl. Kor. II) p. 200 (1911), pro parte-MORI, Enum. Cor. Pl. p. 113 (1922), pro parte.

Rami et folia juventute fusco-barbata. Axis inflorescentiæ etiam quam typo densius pubescens.

Nom. Jap. *Ke-Nogurumi.*

Hab.

in Archipelago Koreano (R. OLDHAM no. 653, typus in Herb. Lugd. Bat.).

Zennan: Insula Totsuzantô (T. NAKAI no. 10912).

Keinan: Gakenri insulæ Kyosaitô (T. NAKAI no. 10911).

Keihoku: Kôkô (T. NAKAI no. 4695).

Keiki: Mt. Kasan, Suigen (T. NAKAI no. 4771).

Planta endemica.

KANEHIRA and SASAKI reduced var. *Kawakamii* HAYATA to the type (Journal of the Society of Tropical Agriculture IV no. 3. p. 313, Oct. 1932). but so far as HAYATA's specimens concern variety *Kawakamii* is distinct from the type by having always narrower leaflets and shorter bracts in the male catkin.

第 II 亞科 **くるみ**亞科

雄花穗ハ前年ノ枝ノ上部ノ葉腋ニ生ジ下垂ス、雌花穗ハ若枝ノ先ニ出デ直立ス雄花ニハ花ノ基部ト全ク相癒合スル1個ノ苞トホボ左右ニ生ズル2個ノ小苞ト3個ノ花被トヲ有ス、花被ノ中1個ハ苞ト相對シ小苞ト共ニ僞花被ヲ作ス。雄蕋ハ不定數ニシテ葯間ハヨク發達ス、雌蕋ナシ。雌花ハ1苞ニ1個生ジ2個ノ小苞ハ左右ニ相對シテ出デ筒狀ニ相癒合ス。花被ハ4個其中外方ノ2個ハ苞ト相對ス。4個共相寄リテ筒狀ニ癒着シ子房トモ相癒合ス。心皮ハ2個苞ト相對ス、花柱ハ心皮ノ中肋部ヨリ生ズル故同ジク苞ト相對ス、核ノ隔壁ハ心皮ノ腹面中央線ヨリ隆起ス。

唯1屬くるみ屬ヲ以テ代表ス。

第 II 屬 **くるみ(胡桃)**屬

喬木ニシテ雌雄異花同株、葉ハ1年生奇數羽狀複葉、小葉ハ鋸齒アルモノト全緣ナルモノトアリ羽狀脈ヲ有ス。雄花穗ハ前年ノ枝ノ葉腋ヨリ出デ下垂シ全長ニ苞アリ。此各苞ニ各1個ノ雄花ヲ有ス、小苞2個側立、花被ハ3個其中1個ハ背側ニ出デ苞ト相對ス。雄蕋ハ多數束狀、葯ハ2室縱裂開シ葯間ハ抽出ス。雌花穗ハ若枝ノ先ニ出デ1-10個ノ花ヲ附ク、各花ノ基ニ各1個ノ苞アリ。小苞ハ2個筒狀ニ相癒合ス。花被ハ4個其中2個ハ腹背ニ位シ外側ニアリ側立內側ニアル他ノ2個ト共ニ筒狀ニ相癒合シ內面ハ子房壁ト相癒着ス、心皮ハ2個、花柱ハ2個心皮ノ中肋先端ニ位ス。子房ハ1室、卵子ハ1個直立ス、果實ハ核果、外果皮ハ內花被ト子房壁ノ外部トヨリ成リ多肉ニシテ裂開セズ、內果皮ハ子房ノ內壁ノ發達セルモノニシテ堅ク不規則ノ溝アリ、內面ハ心皮ノ中央基部ヨリ隆起セル不完全ノ隔壁ヲ有ス、胚ハ大型、子葉ハ厚ク折タヽミ幼根ハ上向。

學者ニ依リ種類ニ就テノ意見ヲ異ニシ未ダ眞ニ幾種アルヤヲ確定シ難キモ其數ハ少クモ10種以上多クモ45種ヲ出デズ、皆北半球ノ溫帶地方ニ產ス、朝鮮ニハ唯1種自生シ1種ハ早ク支那ヨリ輸入シテ多ク栽培ス。

第 I 節 **てうちぐるみ**節

小葉ハ 3-7 個、老成ノ枝ニ出ヅルモノハ全緣ニシテ無毛又ハ微毛アリ、葯ニ毛ナシ、雌花穗ニハ僅カニ1-3個ノ花ヲ附ク。

てうちぐるみ（朝鮮名ホトナム）之ニ屬ス、モト支那ノ原產ニシテ朝鮮ニアルハ皆栽植セルモノナリ。

第 II 節 **おにぐるみ**節

小葉ハ 7-13 個、常ニ鋸齒ト密毛アリ、葯ニ毛アリ、雌花穗ニハ 5-10 個ノ花ヲ附ク、まんしうぐるみ之ニ屬ス。

2. **まんしうぐるみ**

カライナム（平北）

（第 XVII, XVIII 圖）

喬木、枝ハ上方ニテ開ク、樹膚ハ灰色縱ニ裂隙アリ、萠枝ノ先端部ハ短絨毛アルカ又ハ無毛葉痕ノ上ニ突出セル絨毛ノ生ズル所アリ、葉ハ奇數羽狀複葉ニテ 7-11 個ノ羽片ヲ有シ葉柄ト葉軸トニハ短カキ微毛又ハ絨毛アリ、葉柄ノ長サハ 9-14 cm. 羽片ハ長サ 6-17 cm. 幅 2-7 cm. 楕圓形又ハ長楕圓形先端ハ漸次又ハ急ニ尖リ基脚ハ頂羽片ニテハ尖レド側羽片ニテハ斜ニ歪心臟形又ハ截形、羽狀脈アリ表面ハ中肋ト側主脈ノ基部ニ微毛アル外ハ皆無毛綠色平滑ナリ側主脈ハ兩側ニ各々 16-25 本アリ、葉裏ハ淡綠色微毛アルモノト絨毛アルモノトアリ緣ニハ一樣ノ鋸齒アリ、花枝ハ絨毛ニテ被ハレ葉ハ相接シテツク、葉ハ長サ 50-88mm ノ絨毛アル葉柄ヲ有ス、羽片ハ 5-7 對奇數羽狀ナリ、葉軸ニハ微毛又ハ絨毛アリ、羽片ハ長楕圓形又ハ帶披針長楕圓形又ハ帶卵楕圓形、又ハ楕圓形、最頂ノ羽片ハ最大ナルカ又ハ最小ニシテ之レハ個體又ハ枝ニ依リテ異ナル凡テノ羽片ニ鋸齒アリ側羽片ノ先端ハ漸尖又ハ急尖基脚ハ截形又ハ弱心臟形長サ 45-196 mm. 幅 22-65 mm. 表面ハ中肋ヲ除クノ外ハ無毛綠色平タシ裏面ハ淡綠色短カキ絨毛アリ、雄花穗ハ前年ノ枝ノ葉腋ヨリ 1-2 本宛腋生シ長サ 9-22 cm. 花軸ニハ微毛アリ、苞ハ水平ニ展開シ先端丸ク小苞ハ 2 個苞ノ先ノ側方ニ出デ幅廣ク下向綠色ナリ、花被ハ 3 個 1 個ハ苞ト相重ナリ下向他ノ 2 個ハ苞ノ基部ノ側方ニ出ヅ、雄蕋ハ 12 (13-14)個殆ンド無花絲花盤上又ハ花被ノ上ニ出ヅ、葯ハ長サ1 mm. 2 室、葯間ハ抽出シ或ハ尖リ或ハ凹入シ黑色微毛アリ、雌花穗ハ若枝ノ先ニ出デ 4-9 個ノ花ヲ附ク花軸ハ絨毛アリ、花ニハ各 1 個ノ長キ毛アル狹キ苞アリ、小苞ハ筒狀ニ相癒合シ先端ハ 2-4 齒アリ、長サ 5-6 mm. 內面ハ子房ト相癒合シ外面ニハ絨毛アリテ特ニ基部ニハ腺狀毛アリ、花被ハ 4 個披針形又ハ狹披針形綠色微毛アリ基脚ハ凡テ子房ニ癒着ス、花柱ハ

2 個紅色背面ニハ短カキ微毛アリ、柱頭ハ披針形先端ハ 2 叉ス、核果ハ卵形又ハ橢圓形又ハ球形綠色腺狀ノ絨毛アリ長サ 35-75 mm. 幅 30-46 mm. 核ハ球形、卵形又ハ橢圓形又ハ長橢圓形長サ 27-47 mm. 表面ニハ兩面共ニ 3 個ノ稜線アリテ表面ハ不規則ニ凹ム。

咸北、咸南、平北、平南、黃海、江原、京畿ノ山地森林中ニ生ズ。

(分布) 滿洲、烏蘇利、黑龍江省、支那 (河北、河南)。

Juglandaceæ Trib. 1. **Juglandeæ** Nakai.

Arbor monoica. Folia pinnata annua. Amenta mascula in axillis foliorum annotinorum axillaria pendula. Flos masculus cum bractea 1, bracteolis 2, tepalis 3, staminibus 10-14. Amenta fæminea in apice rami hornotini terminalia erecta. Flos fæmineus cum bractea 1, bracteolis 2-4 tubuloso-connatis, tepalis 4 ovarium adnatis. Carpella 2 dorsiventralia. Styli 2 carinati. Stigmata indivisa vel bifida.

Genus unicum *Juglans* huc pertinet.

Gn. 1. **Juglans** [Bauhinus, Pinax Theatri Bot. p. 416 (1623)-Raius, Hist. II p. 1376 (1688)-Linnæus, Gen. Pl. ed. 1 p. 291 no. 727 (1737)]-Linnæus, Sp. Pl. ed. 1 p. 997 (1753); Gen. Pl. ed. 5p. 431 no. 950 (1754)-Jussieu, Gen. Pl. p. 375 (1789)-Necker, Elem. Bot. III p. 253 (1790)-Gmelin, Syst. Nat. II p. 742 & 755 (1791)-Gærtner, Fruct. & Sem. Pl. II p. 50 t. 89 fig. 1 (1791)-Giseke, Prælect. p. 583 (1792)-Moench, Method. I p. 696 (1794)-Desfontaines, Fl. Atl. II. p. 351 (1798)-Ventenat, Tab. Règn. Vég. III p. 457 (1799)-J. St. Hilaire, Exposit. II p. 260 (1805)-Lamarck & de Candolle, Syn. Fl. Gall. p. 365 (1806)-Willdenow, Sp. Pl. IV pt. 1 p. 455 (1805)-Persoon, Syn. Pl. II pt. 2 p. 566 (1807)-Kunth in Ann. Sci. Nat. II p. 344 (1824)-Reichenbach, Fl. Germ. Excur. III p. 489 (1832)-Nees, Gen. Pl. Fl. Germ. III no. 237 (1835)-Spach, Hist. Vég. II p. 165 (1834)-Loudon, Arb. & Frutic. Brit. III p. 1421 (1838)-Endlicher, Gen. Pl. II p. 1126 no. 5890 (1840)-Petzold & Kirchner, Arb. Musc. p. 334 (1864)-C. de Candolle, Prodr. XVI pt. 2 p. 135 (1864)-Bentham & Hooker, Gen. Pl. III p. 398 (1880)-Lauhe, Deutsch. Dendrol. p. 302 (1880)-Baillon, Hist. XI p. 405 (1892)-Engler in Engler & Prantl, Nat. Pflanzenfam. III pt. 1 p. 24 (1887)-Dippel, Handb. II p. 317 (1892)-Koehne, Deutsch. Dendrol. p. 70 (1893)-Schneider, Illus.

Handb. I p. 84 (1904).

Syn. *Nux regia* [BRUNFELS, Herb. III p. 225 (1536)].

Nux ivglans [MATTHIOLI, Comm. p. 146 cum Icon. (1554)-LOBEL, Stirp. Advers. Nov. p. 416 (1570)-DALECHAMPS, Hist. Gen. Pl. I p. 320 cum fig. (1587)].

Nux [DODONÆUS, Nieuv. Herb. p. 731 (1578) cum fig.; Pempt. p. 803 (1588) cum fig.-PARKINSON, Theater Pl. p. 1413 cum fig. (1640) -TOURNEFORT, Instit. Rei Herb. p. 581 t. 346 (1700)-BOERHAAVE, Ind. Pl. II p. 175 (1720)]-DUHAMEL, Traité Arb. & Arbust. II p. 49 (1755)-Hill, Brit. Herb. p. 508 cum fig. (1756)-ADANSON, Fam. Pl. II p. 497 (1763).

Juglans (L.) NUTTALL apud MEISSNER, Pl. Vasc. Gen. I p. 74 (1836).

Arbores monoeicæ. Folia annua imparipinnata, foliolis serratis vel integris penninerviis. Amenta mascula ex axillis foliorum annotinorum evoluta sessilia pendula per totam longitudinem bracteata. Flos supra bractea unica; bracteolæ 2 laterales; tepala 3 quorum unicum dorsale cum bractea oppositum. Stamina numerosa fasciculata, antheris bilocularibus, longitudine dehiscentibus connectivo producto. Amenta fœminea in apice rami hornotini terminalia. Flos cum bractea 1, bracteolis 2 tubuloso-connatis, tepalis 4 quorum 2 dorsiventrales exteriora omnia basi quam bracteolæ altius connata et ovario adhærentibus. Carpella 2, stylis carinatis 2. Ovarium uniloculare. Ovulum solitarium orthotropum. Fructus drupaceus, exocarpium cum bracteolis et parte exteriore loculi ovarii constitutum carnosum indehiscens, endocarpium ex parte inferiore loculi ovarii evolutum durum irregulare furcatum intus cum septis ex lineis medianis carpellorum basale evolutum. Embryo magnus, cotyledonibus crassis plicatis, radicula supera.

Numero specierum incerta sed inter 10–45 in regionibus temperatis boreali-hemisphæricæ incolæ. In Korea species 1 spontanea et unica culta.

Juglans Sect. 1. **Dioscaryon** DODE in Bull. Soc. Dendrol. France No. 2, p. 72 (1906).

Foliola 3–7 ramorum adultorum integra glabra vel pilosella. Antheræ glabræ. Amenta fæminea cum floribus 1–3.

Huc pertinet *Juglans sinensis* DODE, quæ olim ex China introducta et in parte meridionale abunde culta.

Juglans Sect. 2. **Cardiocaryon** DODE, l. c. no. 11 p. 22 (1909).

Foliola 7–13 semper serrulata subtus pubescentia. Antheræ pubescentes. Amenta fæminea cum floribus vulgo 5–10.

Juglans mandshurica MAXIMOWICZ

(Tabula nostra XVII, XVIII)

Juglans mandshurica MAXIMOWICZ in Bull. Phys.-Math. Acad. Pétersb. XV p. 127 (1856); in Mél. Biol. II p. 417 (1856); in Mém. prés. Acad. Imp. Sci. St. Pétersb. div. sav. IX p. 76 no. 181 (1859); in Bull. Acad. Sci. St. Pétersb. XVIII p. 57 cum fig. fruct. (1873); in Mél. Biol. VIII p. 630 cum fig. fruct. (1873)–HANCE in TRIMEN, Journ. Bot. XIII p. 135 (1875)–FRANCHET in Nouv. Arch. Mus. Paris sér. 2, VII p. 92 (1884); Pl. Dav. I p. 282 (1884)–RICHARDS in Gard. Chron. 3 ser. IV p. 384 fig. 53 (1888)–HERDER in Acta Hort. Petrop. XII (Pl. Radd. V) p. 48 (1892). KORSCHINSKY in Acta Hort. Petrop. XII (Pl. Amur.) p. 321 (1892)–SKAN in Journ. Linn. Soc. XXVI p. 493 (1899), pro parte–REHDER in Bailey, Cyclop. Americ. Hort. II p. 846 fig. 1195 (1901).–KOMAROV in Acta Hort. Petrop XXII p. 9 (1903); Fl. Mansh. II p. 9. (1904)–NAKAI in Journ. Coll. Sci. Tokyo XXXI (Fl. Kor. II) p. 200 (1911); in Tokyo Bot. Mag. XXVI p. 43 (1912).–SIUZEV in Trav. Mus. Bot. Acad. Imp. Sci. St. Pétersb. IX p. 86 (1912)–MAYR, Fremd. Wald-u. Parkbäume p. 477 (1906)–REHDER in BAILEY, Stand. Cyclop. Hort. III p. 1723 fig. 2013 (1915)–NAKAI, Veget. Diamond Mts p. 169 (1918)-MORI, Enum. Corean Pl. p. 113 (1922)–REHDER, Manual Cult. Trees p. 129 (1927).

Syn. *Juglans regia* var. *octogona* CARRIÈRE in Rev. Hort. XXXIII, p. 429 (1861).

Juglans stenocarpa MAXIMOWICZ in Mém. prés. Acad. Imp. Sci. St. Pétersb. div. sav. IX (Prim. Fl. Amur.) p. 78 (1859); in Bull. Acad. Sci. St. Pétersb. XVIII p. 58 (1873); in Mél. Biol. VIII p. 632 cum fig. (1873)–HERDER in Acta Hort. Petrop. XII p. 48 (1892)–REHDER, Manual in nota sub *J. mandshurica* (1927).

Jnglans mandchurica MAXIMOWICZ apud C. DE CANDOLLE, Prodr. XVI pt. 2 p. 138 (1864).

Juglans mandschurica MAXIMOWICZ apud LAUHE, Deutsch. Dendrol. p. 305 (1880)–DIPPEL, Handb. Laubholzk. II p. 321 (1892) –KOEHNE, Deutsche Dendrol. p. 76 fig. 24 DD′ (1893)–BEISSNER, SCHELLE, ZABEL, Handb. Laubholzbenn. p. 12 (1903).

Arbor ramis apice sæpe late expansis. Cortex trunci cinereus longitudine fissus. Turio apice subvelutina—subglabra supra cicatricem petioli prominente-velutina—pilosa—glabra; folia 7–11 jugo imparipinnata, petioli et axis adpresse pilosella—velutina, petioli 9–14 cm. longi, foliola elliptica vel oblonga apice acuminata vel mucronata basi in terminale acuminata in lateralia obliqua inæqualia subcordata vel truncata 6–17 cm. longa 2–7 cm. lata, penninervia supra præter costam et bases venarum primariarum adpresse pilosa—velutina margine æqualiter serrulata. Rami floriferi hornotini velutini cum foliis confertis. Folia cum petiolis 50–88 mm. longis pubescentibus vel pilosis basi tumidis, 5–7 jugo-imparipinnata, axis pilosa vel velutina ; foliola oblonga vel lanceolato-oblonga vel ovato-elliptica vel elliptica vel inferiora sæpe ovato-elliptica, terminalia maxima vel minora utrinque acuminata, omnia serrulata, lateralia apice acuminata—mucronata basi obliqua, truncata vel subcordata, 45–196 mm. longa 22–65 mm. lata supra præter costam glabra viridia plana infra pallida vel adpresse velutina. Amenta mascula in axillis foliorum annotinorum axillaria 1–2 pendula 9–22 cm. longa, axis pilosella, bracteæ horizontali patentes apice muticæ, bracteolæ 2 circa apicem laterali deflexa 2 lateralia circa basin bracteæ posita ; stamina 12 (13–14) subsessilia supra torum vel supra basis tepalorum posita, antheræ 1 mm. longæ biloculares, connectivum productum acutum vel emarginatum nigrum pilosellum. Amenta fæminea in apice innovationum posita 4–9 flora ; axis velutina ; in quoque flore bractea 1 angusta villosa ; bracteolæ tubuloso-connatæ et ovarium adnatæ apice 2–4 dentatæ 5–6 mm. longæ velutinæ præcipue basi glanduloso-velutinæ ; tepala 4 lanceolata vel lineari-lanceolata viridia pilosa basi toto ovario sed quam bracteolæ altius connata; styli 2 rubri dorso adpresse piloselli ; stigma lanceolatum apice bifidum. Drupa ovoidea vel ellipsoidea vel sphærica viridis glanduloso-velutina 35–75 mm. longa 30–46 mm. lata. Nux rotundata vel ovata vel oblonga 27–47 mm. longa, facie tricostata irregulariter impressa.

Nom. Jap. *Manshû-gurumi.*

Nom. Kor. *Karai-nam.*

Hab. in

Kanhoku: Hojyô-dô (T. NAKAI no. 6928); inter Kôkôki & Yûki (T. NAKAI no. 1859); Mt. Mosanrei (T. NAKAI); Funei Fukio (TEI); Shuotsu (T. NAKAI no. 6879); Mt. Shayusan (TEI no. 938); Mt. Sôzan (TEI no. 666); Mt. Hichihôzan (T. KONDÔ no. 361).

Kannan: Mt. Shûaizan (S. FUKUBARA); Mt. Shisuizan (TEI).

Heihoku: secus vias Hekidan (T. NAKAI no. 1860); Mt. Hiraihô 900 m. (T. NAKAI no. 1861); Mt. Sûsekizan (S. FUKUBARA no. 1097); Shôdjô Shinsômen (T. SAWADA); Unzan Hokuchinmen (S. FUKUBARA); Kokuzan Taikyokumen (T. KONDO no. 42); Mt. Hakuhekizan (T. ISHIDOYA); Kôshô Nansha (S. GOTÔ).

Heinan: inter Shasô & Onsô (T. ISHIDOYA no. 4365).

Kôkai: Zuikô (T. NAKAI no. 2452); Kokuzan Katomen (Y. TAKAICHI); Mt. Metsuakusan (T. MURAMATSU).

Keiki: Mt. Kasan (T. NAKAI no. 4764); Mt. Kagakusan (T. SAWADA).

Kôgen: Mt. Setsugakusan (T. ISHIDOYA na. 6241); Mt. Godaisan (T. ISHIDOYA no. 6549); Rankoku (T. ISHIDOYA no. 1902, 1903); Kenfutsurô (T. NAKAI no. 14046).

Distr. Manshuria, Ussuri, Amur, Jehol, China (Chili, Honan)

S. KORSCHINSKY (l. c.), KOMAROV (l. c.) and SKVORTZOV (l. c.) took *Juglans stenocarpa* for a synonym of *Juglans mandshurica*, while Rehder (Manual p. 129) keep them distinct. *Juglans mandshurica* is too variable individually and the characteristics chosen by REHDER to separate two species are not available for wild forms. *J. mandshurica* in MIQUEL's Prolusio is *J. Sieboldiana* MAXIMOWICZ, and *J. mandshurica* of PRITZEL (in DIELS, Flora von Central-China) and SKAN (in Journal of the Linnæan Society XXVI) partly is *J. cathayensis* DODE.

(五) 朝鮮產胡桃科植物ノ和名、朝鮮名、學名ノ對稱

和名	朝鮮名	學名
のぐるみ	クルナム、クーナム(濟州島)、クルタイナムクルピナム(慶南)	*Platycarya strobilacea* SIEBOLD & ZUCCARINI
けのぐるみ		*Platycarya strobilacea* var. *coreana* MIQUEL
てうちぐるみ	ホトナム、ホトナモ	*Juglans sinensis* DODE
まんしうぐるみ	カライナム	*Juglans mandshurica* MAXIMOWICZ

(六) 朝鮮產胡桃科植物ノ分布

朝鮮ニ自生スル胡桃科植物ハ種類極メテ少ナク僅カニ2種1變種アルノミ其中1種まんしうぐるみハ北地ノ產ニシテ江原、京畿、黃海以北ノ各通ニアリテ北地主要林木ノ1ヲナス。其分布ノ概況ハ地圖ニ示スガ如シ、他ノ1種ノ變種卽チのぐるみトけのぐるみトハ南地性ノモノニシテ京畿、忠北、慶北以南濟州島迄モ分布ス其狀ハ下圖ニ示スガ如シ。

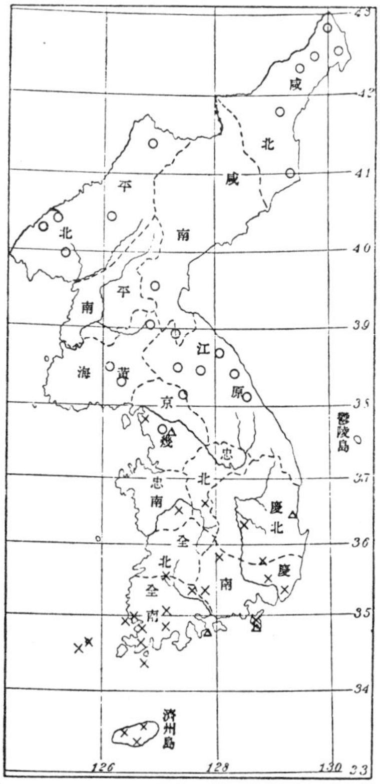

× のぐるみ *Platycarya strobilacea*
△ けのぐるみ *Platycarya strobilacea* v. *coreana*
○ まんしうぐるみ *Juglans mandshurica*

木蘭科

MAGNOLIACEAE

(一) 主要ナル引用書類

著者名　　書名

ADANSON, M.
1) *Anonæ*, in Familles des plantes II p. 359–365 (1763).

BAILEY, L. H.
2) Cyclopedia of American Horticulture II (1901). *Illicium* in p. 799; *Kadsura* in p. 852.
3) Standard Cyclopedia of Horticulture III (1915). *Illicium* in p. 1641; *Kadzura* in p. 1730.

BANKS, J.
4) *Kobus* & *Mokkwuren* 1.2, in Icones Selectæ Plantarum quas in Japonia collegit et delineavit Engelbertus Kæmpfer Pl. 42–44 (1791).

BARTLING, FR. TH.
5) *Magnoliaceæ*, in Ordines Naturales Plantarum p. 220, 248–249 (1830).

BAUHINUS, J.
6) *Zingi fructus stellatus sive Anisum Indicum*, in Historia Plantarum Liber IV p. 485–486 (1650).

BEAN, W. J.
7) Trees & Shrubs hardy in the British Isles (1914). *Illicium* in I p. 652–653; *Kadsura* in p. 678; *Magnolia* in II p. 65–76; *Schizandra* in II p. 503–504.

BEISSNER, L., SCHELLE, E., ZABEL, H.
8) *Magnoliaceæ*, in Handbuch der Laubholzbenennung p. 98–102 (1903).

BENTHAM, G. & HOOKER, J. D.
9) *Magnoliaceæ*, in Genera Plantarum I pt. 1 p. 16–20 (1862).

BLUME, C. L.
10) *Magnolia*, in Beschrijving van eenige Gewassen p. 140 (1822).

"
11) *Magnoliaceæ*, in Bijdragen tot de Flora van Nederlandsch Indiee I Stuk p. 7–10 (1825); *Sarcocarpon-Spærostema* in p. 21–25.

BLUME, C. L. & FISCHER, J. B.
12) *Schizandreæ*, in Flora Javæ nec non insularum adjascentium III p. 1–18. tab. I–V (1836).

DUNAL, M. F.
13) *Kadsura*, in Monographie de la Famille des *Anonacées* p. 57–58 (1817).

DIPPEL, L.
14) *Magnoliaceæ*, in Handbuch der Laubholzkunde III p. 141–159 (1893).

DON, G.
15) *Magnoliaceæ*, in A General System of Dichlamy-

deous Plants I p. 78-86 (1831); *Schizandriaceæ* in p. 101-102.

ENDLICHER, St. 16) Genera Plantarum II (1840); *Schizandraceæ* p. 835-836; *Magnoliaceæ* p. 836-839.

EICHLER, A. W. 17) Blütendiagramme II; *Magnoliaceæ* p. 148-152 fig. 57 (1875).

ELLIS, J. 18) *Illicium floridanum* in Philosophical Transaction LX p. 524-531 Pl. XII (1770).

FINET, A. & GAGNEPAIN, F. 19) *Magnoliacées* in Contributions a la Flore de l'Asie orientale fasc. II. in Mémoires de la Société botanique de Francc IV p. 23-54 Pl. IV-VIII (1905).

FRANCHET, A. & SAVATIER, L.
20) *Magnoliaceæ*, in Enumeratio Plantarum Japonicarum I pt. 1 p. 15-19 (1874),

GÆRTNER, J. 21) *Illicium*, in De Fructibus & Seminibus Plantarum I p. 338-339 Tab. LXIX fig. 6 (1780).

GRAY, A. 22) *Magnoliaceæ*, in Genera Floræ Americæ Boreali-orientalis Illustrata I p. 53-64 (1849).

" 23) *Magnoliaceæ*, in 'On the Botany of Japan, in Memoire of the American Academy of Arts and Sciences, new series VI p. 380 (1859).

GMELIN, J. F. 24) *Illicium-Michelia*, in Systema Naturæ II pt. 1. p. 867-868 no. 611-691 (1791).

GUILLEMIN, N. 25) *Schizandra* & *Schizandreæ*, in Dictionaire Classique d'histoire naturelle XV (Rua-S) p. 239 (1829).

HEMSLEY, W. B. 26) *Magnoliaceæ*, in The Journal of the Linnæan Society, Botany XXIII p. 23-25 (1886).

HOOKER, J. D. 27) *Magnolia parviflora*, in Botanical Magazine CXXI t. 7411 (1895).

HOOKER, J. D. & THOMSON, T.
28) *Magnoliaceæ* in The Flora of British India I p. 38-45 (1872).

DE CANDOLLE, A. P. 29) Regni Vegetabilis Systema Naturale I (1818); *Magnoliaceæ* p. 439-462; *Kadsura* p. 465-466; *Menispermeæ spuriæ* & *Schizandra* p. 544-545; *Tasmannia* p. 547-548.

" 30) Prodromus Systematis Naturalis Regni Vegetabilis I (1824); *Magnoliaceæ* p. 77-82; *Kadsura* p. 83; *Menispermaceæ* trib. *Schizandreæ* p. 104.

DE JUSSIEU, A. L. 31). *Magnoliæ*, in Genera Plantarum p. 280-281 (1789).

DE JUSSIEU, A. L. 32) *Kadsura*, in Annales du Muséum d'Histoire Naturelle XVI p. 540 (Sur quelques genres des plantes de LOUREIRO etc) (1810).

KÆMPFER, E. 33) *Somo, vulgo Skimmi*, in Amoenitatum Exoticarum p. 880-883, tab. in p. 881 (1712).

„ 34) *Futo Kadsura sive Sane Kadsura*, in Histoire du Japon I t. 42 (1729), II, p. 26 (1729).

KOCH, K. 35) Dendrologie I pt. 1 (1868); *Magnoliaceæ* p. 366-381; *Menispermaceæ* 1 Unterfam. *Schizandreæ* p. 385-387,

KOEHNE, E. 36) Deutsche Dendrologie (1893); *Magnoliaceæ* p. 144, 145-149 fig. 28.

LAUHE, W. 37) Deutsche Dendrologie (1880); *Magnoliaceæ* p. 376-381.

LINNÆUS, C. 38) Genera Plantarum ed. 1 (1737); *Magnolia* p. 162 no. 456.

„ 39) Genera Plantarum ed. V (1754); *Liriodendrum-Uvaria* p. 239-240.

„ 40) *Amentaceæ*, in Philosophia Botanica p. 28 (1751).

„ 41) Species Plantarum ed. 1 (1753), *Liriodendron-Uvaria* p. 535-536.

„ 42) *Badianifera*, in Materia Medica p. 180 (1749).

„ 43) *Illicium*, in Systema Vegetabilium ed. X p. 1050 (1759).

„ 44) Genera Plantarum ed. VI (1764); *Illicium* in p. 244; *Liriodendron-Uvaria* p. 278-279.

„ 45) Genera Plantarum ed. novissima (1767); *Illicium* in p. 244; *Liriodendrum-Uvaria* p. 278-279.

LINDLEY, J. 46) *Magnoliaceæ*, in An Introduction to the Natural System of Botany p. 24-25 (1830).

„ 47) A Natural System of Botany (1836); *Magnoliaceæ* in p. 16; *Winteraceæ* in p. 17; *Schizandreæ* in p. 19-20.

LOUDON, J. C. 48) Arboretum & Fruticetum Britannicum I (1838), *Winteraceæ* p. 256-259; *Magnoliaceæ* p. 259-291.

MAKINO, T. & NEMOTO, K. 49) Flora of Japan ed. 1 (1925); *Magnoliaceæ* in p. 937-942.

„ 50) Flora of Japan ed. 2 (1931), *Magnoliaceæ* in p. 353-361.

MATSUDA, S. 51) On the Anatomy of *Magnoliacæ*, in Journal of the

College of Science, Imperial University, Japan VI pt. 2 p. 115-149 Pl. II-V (1893).

MATSUMURA, J. 52) Index Plantarum Japonicarum II pt. 2 (1912), *Magnoliaceæ* in p. 93-97.

MAXIMOWICZ, C. J. 53) *Schizandraceæ* in Mémoires présentés a l'Académie impériale des sciences de St. Pétersbourg par divers savants, Tome IX p. 31-32 (1859).

„ 54) *Magnolia compressa—Magnolia hypoleuca β. concolor*, in Bulletin de l'Académie des Sciences de St. Pétersbourg XVIII p. 417-418 (1872).

„ 55) *Magnolia compressa—Magnolia hypoleuca β. concolor*, in Mélanges Biologiques VIII p. 506-510 (1872).

MAYR, H. 56) Fremdländische Wald-und Park-bäume für Europa (1906); *Liriodendron* p. 479-480 fig. 204; *Magnolia* in p. 480-484 fig. 205-207.

MEISSNER, C. F. 57) Plantarum Vascularum Genera secundum ordines naturales digesta eorumque differentiæ et affinitates tabulis diagnosticis expositæ; *Magnoliaceæ* in I p. 3 (1836), II p. 5 (1843); *Menispermaceæ* Trib. *Schizandraceæ* in I p. 5 (1836), II p. 7 (1843).

MICHAUX, A. 58) Flora Boreali-Americana ed. 1. Tome II, *Schizandra* in p. 218-219 tab. 47 (1803).

MILLAIS, J. G. 59) Magnolias 251 pages (1927).

MIQUEL, F. A. G. 60) Flora Indiæ Batavæ I pt. 2. (1859), *Magnoliaceæ* in p. 13-18, *Schizandreæ* in p. 18-20,

„ 61) *Magnoliaceæ*, in Annales Musei Botanici Lugduno-Batavi II p. 257-258 (1866).

MORI, T. 62) An Enumeration of Corean Plants (1922), *Magnoliaceæ* in p. 165-166.

NAKAI, T. 63) *Magnoliaceæ*, in Flora Koreana I p. 37-39 (1909).

„ 64) *Magnoliaceæ*, in Chosen Shokubutsu I p. 77-80 fig. 74-76 (1914).

„ 65) *Illicium religiosum*, in Tokyo Botanical Magazine XXXVI p. 119-120 (1922).

NICHOLSON, G. 66) The Illustrated Dictionary of Gardening; II (Nov. 1888), *Illicium* in p. 177, *Kadsura* in p. 214, *Magnolia* in p. 315-316; III (Dec. 1888), *Schizandra* in p. 383.

PARMENTIER, PAUL 67) Histoire des *Magnoliacées* in Bulletin Scientifique de la **France** et de la Belgique Tome XXVII p. 159-337 tab. VIII-XI (1896).

PERSOON, C. H. 68) Synopsis Plantarum II pt. 1 (1806), *Magnoliæ* in p. 92-94.

PETZOLD & KIRCHNER 69) Arboretum Muscaviense (1864), *Magnoliaceæ* in p. 113-119.

PLUMIER, P. C. 70) Nova Plantarum Americanarum Genera (1703), *Magnolia* in p. 38-39 t. 7.

PRANTL, K. 71) *Magnoliaceæ* in ENGLER & PRANTL, Die Natürliche Pflanzenflamilien III Abt. 2 p. 12-19 (1888).

REHDER, A. 72) *Magnolia* in BAILEY, Cyclopedia of American Horticulture II p. 964-968 (1901), Schizandra in IV p. 1625 (1902).

„ 73) *Magnolia* in BAILEY, Standard Cyclopedia of Horticulture IV p. 1964-1969 (1916); *Schizandra* in VI p. 3110-3111 (1917).

„ 74) *Magnoliaceæ*, in Journal of the Arnold Arboretum V p. 145-148 (1924).

„ 75) *Magnoliaceæ*, in Manual of Cultivated Trees and Shrubs p. 252-261 (1927).

REHDER, & WILSON, E. H. 76) *Magnoliaceæ*, in SARGENT, Plantæ Wilsonianæ I pt. 3 p. 391-418 (1913).

RUPRECHT, F. J. & MAXIMOWICZ, C. J.

77) *Maximowiczia*, in Bulletin de la Classe Physico-Mathématique de l'Académie Impériale des Sciences Tome XV p. 142 (1856)

„ 78) *Maximowiczia amurensis*, l. c. p. 124 cum tab. (1856).

„ 79) *Maximowiczia* in Mélanges Biologiques Tome II p. 439 cum tab. (1856).

„ 80) *Maximowiczia amurensis* in l. c. p. 412 (1856).

ST. HILAIRE, J. 81) Exposition des Familles Naturelles II, *Magnoliaceæ* in p. 74-76 t. 83 (1805),

SCHNEIDER, C. K. 82) Illustriertes Handbuch der Laubholzkunde I (1905), *Magnoliaceæ* in p. 328-342.

SIEBOLD, PH. FR. & ZUCCARINI, J. G.

83) *Magnoliaceæ* in Abhandlungen der II Classe der Kaiserlichen Academien der Wissenschaften zu Muenchen IV Abt. II p. 185-188 (1845); *Schizandraceæ* in p. 188.

SPACH, É. 84) Histoire Naturelle des Végétaux VII (1839), *Mag-*

noliaceæ in p. 427–492, *Menispermaceæ* Trib. *Schizandreæ* in VIII p. 6, 8–11 (1839).

THUNBERG, C. P. 85) Flora Japonica (1784), *Illicium-Uvaria* in p. 235–238

„ 86) *Magnolia tomentosa* in Icones Plantarum Japonicarum Decas V Pl. VIII (1805).

VENTENAT, E. P. 87) Tableau du règne végétale III (1799), *Tulipiferæ* in p. 68–75.

VITMAN, A. F. 88) Summa Plantarum III (1789), *Illicium-Michelia* in p. 336–338.

WILLDENOW, C. L. 89) *Magnolia* in Berlinische Baumzucht p. 188–190 (1784).

„ 90) Species Plantarum II pt. 2 (1799), *Illicium-Michelia* in p. 1254–1261.

„ 91) *Magnolia* in Die Wilde Baumzucht p. 229–231 (1811).

(二) 朝鮮產木蘭科植物研究ノ歷史

1898 年露國ノ J. PALIBIN 氏ハ Acta Horti Petropolitani XVIII 卷ニ *Magnolia obovata* THUNBERG, *Magnolia parviflora* SIEBOLD & ZUCCARINI おほやまれんげノ 2 種ガ朝鮮ニ產スル由ヲ報ゼシモ *Magnolia obovata* ハほほのきノ學名ニシテ朝鮮ニハナク氏ガ此學名ヲ當テタル標本ハしもくれん *Magnolia liliiflora* ニシテ共ハ朝鮮ニ栽培スルモノニテ朝鮮固有ノ植物ニ非ズ。

1903 年露國ノ V. KOMAROV 氏ハ Acta Horti Petropolitani XXII 卷ニはくもくれん *Magnolia conspicua* SALISBURY ガ北鮮ニ自生スル事ヲ記セシモ此ハおほやまれんげヲ誤認セシナリ。

1908 年著者ガ今川唯市氏ノ北鮮採收品ニ就テ植物學雜誌第 22 卷ニ記セシ中ニおほやまれんげアリ。

1909 年著者ノ Flora Koreana 第 1 卷ニハ木蘭科植物トシテおほやまれんげトてうせんごみし *Schizandra chinensis* ト *Magnolia obovata* トヲ記シアレドモ此 *Magnolia obovata* ハ其當時 PALIBIN 氏ノ書ニアリシヲ轉載セシモノニテしもくれんノ誤ナリ。

1911 年著者ノ Flora Koreana 第 II 卷ニハ北鮮產ノおほやまれんげヲ加ヘアリ、此ハ KOMAROV 氏ガ嘗テはくもくれんトシテ發表セシ標本ニ基ケルナリ。

1914年著者ノ濟州島植物調査書ニハしきみ *Illicium anisatum* L., さねかづら *Kadsura japonica* Juss., こぶし *Magnolia gracilis* SALISBURY, おほやまれんげ *Magnolia parviflora* S. & Z., てうせんごみし *Schizandra chinensis* ノ5種ヲ記セリ、但こぶしノ學名ハ *Magnolia kobus* トスベクてうせんごみしト誤認セシハまつぶさ *Schizandra nigra* ナリ。

同年同時ニ印刷サレシ著者ノ莞島植物調査書ニハ莞島ニさねかづらノ自生スル事ヲ記ス。

1915年版著者ノ智異山植物調査書ニハおほやまれんげトてうせんごみしトガ智異山彙ニ自生スル事ヲ報ジアリ。

1918年版著者ノ金剛山植物調査書ニハ同ジクおほやまれんげトてうせんごみしトガ金剛山彙ニ自生スル事ヲ記セリ。

1922年森爲三氏著朝鮮植物名彙ニハはくもくれん、しもくれん、おほやまれんげ、てうせんごみし、しきみガ朝鮮ニ產スル事ヲ記セドモはくもくれんハ KOMAROV 氏ノ誤認ヲ其儘寫セシニスギズ。

同年著者ハしきみガ珍島ニモ自生スル事ヲ植物學雜誌第36卷ニ記シ置ケリ。

1932年著者ハ光陵試驗林一班中ニおほやまれんげトてうせんごみしトガ光陵試驗林中ニ自生シ居ル事ヲ報ゼリ。

(三) 朝鮮產木蘭科植物ノ効用

てうせんごみしノ果實ハ之ヲ五味子(オーミジヤ)ト稱シ漢法ニハ主トシテ强精ニ用ヰ又逆セヲ下ゲ嘔氣、熱氣ヲ去ルニモ用フ。

まつぶさハ濟州島ニノミアリテ同ジク五味子ト稱スレド藥用ニ用ヰズ專ラ其實ヲ食用ニシ觀音寺ノ寺僧ハ其レヨリ果液ヲ採リ發酵セシメテ飮ム。

さねかづらハ極メテ稀ニ朝鮮紙ノ糊ニ用フルコトアレド內地ニテ以前髮ノくせ直シニ用ヰシ如キコトハナサズ。

おほやまれんげモこぶしモ觀賞用ニ用ヰルコトナク唯しもくれんハ古クヨリ支那ヨリ移シテ其花ヲ賞ス、南地性植物故京城ニアリテハ冬ハ溫突ニ圍ヒ又ハ暖キ南面ノ所ニ大切ニ植エ晩春初夏其花ヲ誇ル、支那ヨリ輸入ノ當初ハ觀賞藥用ヲ兼ネシヤモ知レザレドモ今ハ藥用トスルモノナシ、漢法ニハ其皮ヲ下熱利尿ニ用フ。

(四) 朝鮮產木蘭科植物ノ分類

木 蘭 科

喬木又ハ灌木又ハ纒攀性ノ木本ニシテ草本ハナシ。雌雄異株又ハ同株又ハ兩全花ヲ有ス。葉ハ互生有柄1年生又ハ2年生托葉アルモノトナキモノトアリ、葉身ハ羽狀脈ヲ有シ全縁又ハ鋸歯アリ、芽ノ鱗片ハ相重ナルモノト帽狀トナルアリ。花ハ頂生又ハ腋生、有柄又ハ無柄、花被ハ3數ニシテ2-8列ニ相重ナリテ生ズ。雄蕋ハ多數離生又ハ横ニ又ハ頭狀ニ相癒合シ葯ハ2室側開又ハ內開、葯間ハヨク發達ス。心皮ハ1-∞個單獨又ハ放射狀又ハ頭狀ニ排列シ離生又ハ稀ニ相癒合ス。柱頭ハ1個多數ノ裂葉ヲ有スルアリ無柄又ハ有柄、子房ハ無柄1室縫合線ニ倒生ノ1乃至數個ノ卵子ヲ附ク珠被ハ2重、花托ハ花後成長シ往々多肉トナリ球狀又ハ棒狀トナルアリ、果實ハ漿果又ハ蓇葖、種皮ハ海綿狀、殼狀又ハ軟ク或ハ僞果皮ヲ有ス、胚乳ハヨク發達シ胚ハ小サク倒生ナリ。

溫帶、暖帶、熱帶ニ亙リ8屬100餘種アリ、其中朝鮮ニハ4屬6種ノ自生アリ、分テ次ノ3族トス。

1 { 莖ハ纒攀性、芽ハ相重ナレル鱗片ニテ被ハル、葉ハ1年生又ハ1部ハ2年生、托葉ナシ、花ハ單性、兩全又ハ多性、花托ハ果實ニアリテハ多肉トナル。果實ハ漿果……………………まつぶさ族
莖ハ立チ纒攀スル事ナシ、花ハ兩全。……………………2

2 { 芽ハ帽狀ノ鱗片ニテ包マル。葉ハ1年生又ハ2年生托葉アリ、果實ハ多列ニ並ビ裂開スルモノトセザルモノトアリ種皮ハ多肉ナリ。……………………もくれん族
芽ハ相重ナレル鱗片ニテ被ハル、葉ハ2年生托葉ナシ。果實ハ單一又ハ放射狀ニ相並ブ裂開スルトセザルトアリ。種皮ハ堅ク光澤アリ。……………………しきみ族

Magnoliaceæ J. St. Hilaire, Exposit. Fam. Nat. II p. 74 (1805)–A. P. de Candolle, Syst. Nat. Veg. I p. 439 (1818)–Dumortier, Demonst. Bot. p. 63 (1822)–Bartling, Ord. Nat. Pl. p. 220 & 248 (1830)–G. Don, Gen. Hist. Dichl. Pl. I p. 78 (1831)–Lindley, Nat. Syst. Bot. p. 16 (1836)–Meissner, Pl. Vasc. Gen. I p. 3 (1836); II p. 5 (1843)–Loudon, Arb. & Frut. Brit. I p. 259 (1838).–Spach, Hist. Végét. VII p. 427 (1839)–Endlicher, Gen. Pl. II p. 836 (1840)–Blume, Fl. Jav. III Magnol. p. 1–40 t.

I–XII (1836)–AGARDH, Theor. p. 129 (1858)–MIQUEL, Fl. Ind. Bat. I pt. 2 p. 13 (1859)–BENTHAM & HOOKER, Gen. Pl. I pt. 16 (1862)–PRANTL in ENGLER & PRANTL, Nat. Pflanzenfam. III Abt. 2, p. 12 (1888)–KOORDERS, Excursionsfl. Java II p. 237 (1912).

Syn. *Coadunatæ*, LINNÆUS, Phil. Bot. p. 28 (1751), pro parte.

Anonæ ADANSON, Fam. Pl. II p. 359 (1763), pro parte.–DURANDE, Not. Élém. Bot. p. 283 (1781), pro parte.

Magnoliæ JUSSIEU, Gen. Pl. p. 280 (1789)–PERSOON, Syn. Pl. II pt. 1 p. 92 (1806), pro parte.

Tulipiferæ VENTENAT, Tab. Règn. Véget. III p. 68 (1799).

Anonaceæ A. P. DE CANDOLLE, Syst. I p. 463 (1818), pro parte.

Menispermeæ A. P. DE CANDOLLE, l. c. p. 509, pro parte.

Schizandriàceæ G. DON, l. c. p. 101.

Winteraceæ LINDLEY, l. c. p. 17–LOUDON, l. c. p. 256.

Schizandreæ BLUME apud LINDLEY, l. c. p. 19.

Schizandraceæ BLUME & FISCHER, Fl. Jav. III p. 1 (1836)–ENDLICHER, Gen. Pl. II p. 835–AGARDH, l. c. p. 138.

Menispermaceæ MEISSNER, l. c. II p. 6, pro parte.

Arbores, frutices, erecti vel volubiles, dioici vel monoeici vel polygami vel hermaphroditi. Folia alterna annua vel biennia stipullata vel exstipullata penninervia integra vel serrata. Squamæ gemmarum imbricatæ vel calyptriformes. Flores terminales vel laterales sessiles vel pedunculati. Tepala trimera 2–∞ serialia. Stamina numerosa libera vel connata, antheræ loculi connectivo laterali-affixæ introrsæ vel laterales. Carpella 1–∞, solitaria vel stellatim vel capitatim collocata libera rarius connata. Stigma 1 integrum vel lobulato-laceratum sessile vel stylosum. Ovarium sessile uniloculare ventre 1-oligo-ovulatum. Ovulum anatro pum dichlamydeum. Torus sæpe post anthesin elongatus vel capitatoincrassatus. Fructus baccatus vel capsularis dehiscens vel indehiscens, Semen cum testa spongiosa vel crustacea vel carnosa, albuminosa. Embryo minima.

Genera 8, species ultra 100 in regionibus temperatis, calidis et tropicis incola. In Korea species 6 generum 4 spontaneæ.

Caulis volubilis. Gemmæ squamis imbricatis obtectæ. Folia decidua vel sempervirentia exstipullata. Flores monoeici, hermaphro-

1 { diti, vel polygami. Torus in fructu incrassatus vel elongatus. Fructus baccatus. ....Trib. 1. *Schizandreæ*.
Caulis erectus non volubilis. Flores hermaphroditi. Fructus capsularis. ....2 }

2 { Gemmæ squamis calyptriformibus obtectæ. Folia decidua vel sempervirentia cum stipullis caducis. Carpella multiseriata dehiscentia vel indehiscentia. Testa seminum carnosa. ....Trib. 2. *Magnolieæ*.
Gemmæ squamis imbricatis obtectæ. Folia sempervirentia exstipullata. Carpella stellato-verticillata vel simplicia, dehiscentia vel indehiscentia. Testa seminum crustacea nitida. ....Trib. 3. *Winteriæ*. }

第 1 屬 **まつぶさ屬**

莖ハ木質纒卷性、葉ハ1年生又ハ2年生互生有柄托葉ナシ、花ハ單性若枝ノ基部ニ腋生シ 1–2 個宛出ヅ、帶黃色、白色又ハ紅色、雄花ハ相重ナリ內方程大サヲ減ズル花被ト 5–15 個ノ相癒合セル雄蕋トヲ有ス。雌花ハ相重ナレル花被ト頭狀ニ相重レル多數ノ心皮トヲ有ス。子房ニハ 2 個ノ卵子アリ。花托ハ花後成育シ或ハ長ク或ハ頭狀トナル。果實ハ漿果、紅色又ハ黑色、種皮ハ海綿狀又ハ堅シ。

亞細亞ノ東部ト熱帶地方及ビ北米ノ南部ニ亙リ 12 種アリ。其中1種ハ朝鮮半島ニ1種ハ濟州島ニモアリ。

{ 葉ハ卵形、果實ハ黑色白粉ヲ被ル。......................まつぶさ
葉ハ長橢圓形又ハ卵形又ハ橢圓形、果實ハ紅色。...てうせんごみし }

1. **まつぶさ**

オーミジャ (濟州島)

(第 XIX 圖)

樹皮ハ始メ紅褐色後灰褐色トナリ老木ニテハ木栓質ヨク發達ス。芽ハ披針形又ハ卵形長サ 2–7 mm. 褐色ノ多數ノ鱗片ニテ被ハル。葉柄ハ長サ 7–25 mm. 無毛基部ハ幅廣シ、葉身ハ廣卵形又ハ圓卵形又ハ卵形長サ 27–60 mm. 幅 22–44 mm. ヤヽ厚ク毛ナシ、基脚ハ丸キカ又ハ截形先端ハ急ニトガリ緣ニハ疎ニ腺狀ノ突起アリ、表面ハ綠色裏面ハ淡綠色又白味アリ、未ダ濟州島產ノモノヽ花ヲ見ズ、果梗ハ長サ 50–62 mm. 幅 1–

2 mm. 中央部最モ細シ、果托ハ長サ 42–48 mm. 幅 2–3 mm. 漿果ハ始メ紅味ヲ帶ビ始メ後ニ黑熟シ白粉ヲ被リ食シ得、果托上ニ互生シ徑 8–10 mm. 種子ハ各果ニ 1–2 個アリ。

濟州島ノ樹林ニ自生ス。

(分布) 本島、四國、九州。

2. **てうせんごみし** (朝鮮五味子)

オーミジヤ (全鮮)

(第 XX 圖)

雌雄異株、莖ハ纏卷シ樹膚ハ褐色、葉ハ長枝ニアリテハ相隔リテ互生スレドモ短枝ニアリテハ密生ス。葉柄ハ緑色又ハ帶紅色長サ 15–35 mm. 葉身ハ橢圓形又ハ廣橢圓形又ハ廣倒卵形又ハ殆ンド丸ク基脚ハ急尖、尖鋭又ハ漸尖先端ハ急ニトガル緣ニハ疎ニ腺狀ノ鋸齒アリ表面ハ緑色裏面ハ淡緑色ニシテ葉脈上ニ長キ毛アリ、(但シ全ク毛ナキ變種モアリ)、長サ 20–123 mm. 幅 11–92 mm. 花ハ花枝ノ下ニアル鱗片葉ニ腋生ス、花梗ハ獨生分岐セズ長サ 14–28 mm. 無毛纖弱ナレドモ雌花ノ花梗ハ雄花ノ花梗ヨリモ太シ、雄花ハ 6–8 個ノ淡黃色長橢圓形ノ花被ヲ有ス、花被ノ長サハ 5–10 mm. 幅 2,5–4 mm. 雄蕋ハ 5 個長サ 2,5–3 mm. ニシテ柱狀ニ相癒着シ葯間ハ大ナリ、葯室ハ 2 個葯間ノ側方ニ縱ニ附着ス。雌花ハ 6–9 個ノ花被ヲ有ス。花被ハ長橢圓形又ハ橢圓形長サ 7–10 mm. 幅 4–5 mm. 淡黃色、雄蕋ナシ、心皮ハ多數頭狀ニ相重ナリ 2 室、柱頭ハ斜ニ附キ形ハ種々アリ、花托ハ花後急ニ伸長シ果實ニアリテハ長サ 25–82 mm. 幅 2–3,5 mm. 漿果ハ紅色又ハ暗血色球形又ハ倒卵球形長サ 6–12 mm. 食シ得ズ、種子ハ各果ニ 1–2 個。

咸南、咸北、平北、平南、江原、京畿、慶南、慶北、全北、全南ノ山地樹林ニ生ズ。未ダ黃海、忠北、忠南ニテ採ラザレドモ產スルナルベシ。

一種葉裏ニ全ク毛ナキモノアリ、之ヲ**いぬてうせんごみし**ト謂フ、咸南、平北、黃海、京畿ニテ發見ス。

Magnoliaceæ Trib. **Schizandreæ** A. Gray, Gen. N. America. I p. 54 (1849)–Bentham & Hooker, Gen. Pl. I pt. 1 p. 17 (1862)–Fichler, Blutendiagr. II p. 151 (1875)–Prantl in Engler & Prantl, Nat. Pflanzenfam. III Abt. 2 p. 17 (1888)–Koorders, Excursionsfl. Java II p. 238 (1912). Syn. *Menispermeæ* Trib. II *Spuriæ* A. P. de Candolle, Syst. I p. 543 (1818).

Anonaceæ §1. *Anonaceæ* A.P.DE CANDOLLE, Prodr. I p. 83 (1824), pro parte.

Menispermeæ Trib. III. *Schizandreæ* A.P.DE CANDOLLE, Prodr. I p. 104 (1824).

Schizandreæ GUILLEMIN in Dict. Class. d'hist. nat. XV. p. 239 (1829).

Schizandriaceæ G. DON, Gen. Hist. Dichl. Pl. I p. 101 (1831).

Menispermaceæ Trib. I. *Schizandraceæ* MEISSNER, Pl. Vasc. Gen. I p. 5 (1836); II p. 7 (1843).

Schizandraceæ BLUME & FISCHER, Fl. Jav. III p. 1 (1836).–WALPERS, Ann. IV p. 78 (1857).

Schizandreæ BLUME apud LINDLEY, Nat. Syst. Bot. p. 19 (1836)–MIQUEL, Fl. Ind. Bat. I pt. 2 p. 18 (1859).

Menispermaceæ Trib. *Schizandreæ* BLUME apud SPACH, Hist. Vêget. VIII p. 6 (1839).

Caulis lignosus volubilis. Gemmæ squamis imbricatis obtectæ. Folia decidua vel sempervirentia exstipullata. Flores monoeici, hermaphroditi vel polygami. Torus in fructu incrassatus vel valde elongatus. Fructus baccatus.

Genera 2 in Korea indigena, qua in sequenti modo distinguenda.

Vulgo monoeici. Torus in fructu valde elongatus. .... *Schizandra*
Vulgo polygamo-dioici. Torus in fructu capitatus......... *Kadsura*

Gn. 1. **Schizandra** MICHAUX, Fl. Bor.-Americanæ II p. 218 t. 47 (1803)–A.P.DE CANDOLLE, Syst. I p. 544 (1818); Prodr. I p. 104 (1824)–G. DON, Gen. Hist. Dichl. Pl. I p. 101 (1831)–SPACH, Hist. Vég. VIII p. 10 (1839)–A. GRAY, Gen. Illus. I p. 57 t. 22 (1849) ex errore typograph. t. 27.–ENDLICHER, Gen. Pl. II p. 836 (1840)–MEISSNER, Pl. Vasc. Gen. I p. 5 (1836) II p. 7 (1843)–BENTHAM & HOOKER, Gen. Pl. I pt. I p 19 (1862)–PRANTL in ENGLER & PRANTL, Nat. Pflanzenfam. III Abt. 2 p. 18 (1888)–DIPPEL, Handb, Laubholzk. III p. 156 (1893).–SCHNEIDER, Illus. Handb. I p. 341 (1905)–KOORDERS, Excursionsfl. Java II p. 242 (1912).

Syn. *Sphærostema* BLUME, Bijidr. p. 22 (1825); Fl. Jav. III t. 3, 4, 5 (1836) –MEISSNER, Pl. Vasc. Gen. II p. (1843).

Sphærostemma G. Don, l. c.

Maximowiczia Ruprecht in Bull. Phys.-Math. Acad. Imp. St. Pétersb. XV. p. 142 cum fig (1856); in Mél. Biol. II p. 439 cum tab. (1856)-Maximowicz in Mém. prés. Acad. Imp. St. Pétersb. div. sav. IX p. 31 (1859).

Maximovitzia Bentham & Hooker, Gen. Pl. I p. 19 (1862).

Caulis volubilis. Folia annua vel biennia alterma petiolata exstipullata, Flores monœci in parte inferiore innovationum axillares solitarii vel bini, flavidi, albi, vel rubri. Flores masculi tepalis imbricatis interioribus majoribus petaloideis, staminibus 5–15 monadelphis, loculis antherarum binis. Flores fœminei tepalis imbricatis, carpellis multis capitato-imbricatis, ovario 2-ovulato, uniloculare vel biloculare. Torus in fructu carnosus elongatus vel globosus. Carpella in maturitate baccata rubra vel nigra. Testa seminum pulposa vel crustacea.

Species 12 in Asia orientali, tropici et in America boreali crescent, quæ in sequentibus sectionibus dividuendæ.

Dioicus. Folia decidua, Sepala nulla. Petala 6–9 flavida. Stamina monadelpha columnale connata. Ovarium biloculare. Ovula in quoque loculo 1 ab apice pendula. .... Sect. *Maximowiczia.*

Monoeicus. Folia decidua. Sepala 3 viridia decidua. Petala 6 coccinea. Stamina 5 monadelpha. Ovarium uniloculare. Ovula 2 ventralia pendula. .... Sect. *Eu-Schizandra.*

Monoeicus vel dioicus. Folia sempervirentia. Sepala 3 viridia. Petala 6 rubra. Stamina numerosa imbricatim capitato-connata. Ovarium 1-loculare 2-ovulatum, ovulis ventralibus pendulis. .... Sect. *Sphærostema.*

Plantæ Koreanæ generis *Schizandræ* omnes sectione *Maximowiczia* sunt.

Folia late-ovata plana. Fructus niger pruinosus. .... *S. nigra.*
Folia elliptica vel oblonga venis primariis impressis. Frucus ruber. .... *S. chinensis.*

1. **Schizandra nigra** Maximowicz

(Tabula nostra XIX)

Schizandra nigra Maximowicz in Bull. Acad. Sci. St. Pétersb. XVII

p. 144 (1872); in Mél. Biol. VIII p. 370 (1872)–FRANCHET & SAVATIER, Enum. Pl. Jap. I pt. p. 18 (1874)–MATSUMURA, Nippon Shokubutsumeii p. 174 (1884); Shokubutsu Meii p. 267 (1895)–REHDER in BAILEY, Cyclop. Americ. Hort. IV p. 1625 (1901).–BEISSNER, SCHELLE & ZABEL, Handb. Laubholzbenn. p. 102 (1903).–SCHNEIDER, Illus. Handb. I p. 341 (1905)–FINET & GAGNEPAIN, Contrib. Fl. Asie orient. II p. 50 (1905)–MATSUMURA, Ind. Pl. Jap. II pt. 2 p. 97 (1912), pro parte–REHDER in BAILEY, Stand. Cyclop. Hort. VI p. 3110 (1917)–MORI, Enum. Corean Pl. p. 166 (1922)–MAKINO & NEMOTO, Fl. Jap. ed. 1 p. 942 (1925); ed. 2 p. 358 (1931).

Syn. *Schizandra chinensis* (non BAILLON) MATSUMURA, Cat. Pl. Herb. Imp. Univ. p. 8 (1886)–NAKAI, Veget. Isl. Quelpært, p. 47 no. 644 (1914).

Cortex rubro-fuscus demum cinereo-fuscescens, in vetusto suberosus. Caulis usque 20–30 cm. latus. Gemmæ lanceolatæ vel ovatæ 2–7 mm. longæ squamis fuscis multis imbricatis. Petioli 7–25 mm. longi glaberrimi basi dilatati. Lamina foliorum late-ovata vel rotundato-ovata vel ovata 27–60 mm. longa 22–44 mm. lata chartacea glaberrima basi rotundata vel subtruncata apice mucronata margine remote repando-glanduloso-punctato-denticulata supra viridia infra pallida vel albescentia non glauca. Flores in nostris speciminibus Koreanis ignoti. Pedunculi fructiferi 50–62 mm. longi 1–2 mm. lati medio angustissimi. Discus fructifer nutans 42–48 mm. longus 2–3 mm. latus. Drupa sphærica primo rubicunda demum nigricans pruinosa edulis supra discum alternatim disposita 8–10 mm. lata. Semina in quaque drupa 1–2.

Nom. Jap. *Matsubusa*.

Nom. Quelpærtense: *Ohmidja*.

Hab.

Quelpært: in dumosis (U. FAURIE no. 1678, 1682); in sepibus Hallaisan 1300 m. (E. TAQUET no. 340); in silvis Yengsil 1000 m. (E. TAQUET no. 4108); in silvis lateralis montis Hallasan (T. NAKAI no. 4946); in valle sub templum Kwannonji (T. NAKAI no. 4948); in silvis Hallasan (T. NAKAI no. 872, 873, 874).

Distr. Hondo, Shikoku, Kiusiu.

In Hondo, one more undescribed species exists which is distinguished from *Schizandra nigra* by having grayish bark and the leaves niveo-glaucous on the undersurface. This should be called as *Schizandra discolor* NAKAI.

Schizandra discolor NAKAI, sp. nov.

Syn. *Schizandra nigra* (non MAXIMOWICZ) MATSUMURA, Ind. Pl. Jap. II pt. 2 p. 97 (1912), pro parte,

Cortex cinereus. Folia apice ramorum abbreviatorum conferta. Petioli 7–37 mm. longi. Lamina foliorum 20–95 mm. longa 15–66 mm. lata rotundato-elliptica utrinque mucronata supra viridis infra nivea margine integra vel remote glanduloso-punctata. Flores ignoti. Pedunculi fructiferi 36–52 mm. longi. Discus 37–50 mm. longus. Bacca nigra sphærica diametro 8–12 mm.

Nom. Jap. *Urajiro-matsubusa*

Hab. in Hondo.

Prov. Aki: in silvis insulæ Miyajima (B. HAYATA, typus in Herb. Imp. Univ. Tokyo).

Prov. Idzu: insula Hatsidjô (T. NAKAI).

Prov. Mutsu: oppido Okunai (N. KINASHI).

2. Schizandra chinensis (TURCZANINOV) BAILLON

(Tabula nostra XX)

Schizandra chinensis (TURCZANINOV) BAILLON, Hist. Pl. I p. 148 (1868)–FRANCHET & SAVATIER, Enum. Pl. Jap. I pt. 1 p. 17 (1874)–FRANCHET in Nouv. Arch. Mus. Paris 2 sér. V p. 176 (1882); Pl. David. I p. 24 (1884)–MATSUMURA, Nippon Shokubutsumeii p. 174 (1884)–HEMSLEY in Journ. Linn. Soc. XXIII p. 25 (1886), pro parte–NICHOLSON, Illus. Dict. Gard. III p. 383 (1888)–PRANTL in ENGLER & PRANTL, Nat. Pflanzenfam. III Abt. 2 p. 18 (1891)–KOEHNE, Deutsch. Dendrol. p. 149 fig. 28 A–H (1893)–MATSUMURA, Shokubutsu Meii p. 267 (1895)–REHDER in BAILEY, Cyclop. Americ. Hort. IV p. 1625 (1901)–BEISSNER, SCHELLE & ZABEL, Handb. Laubholzbenn. p. 102 (1903)–KOMAROV. Fl. Mansh. II p. 221 (1904)–FINET & GAGNEPAIN, Contrib. Fl. Asie-orient. II p. 49 (1905), pro parte–Schneider, Illus. Handb. Laubholzk. I p. 341 fig. 218 a, 219 a–i (1905)–NAKAI, Fl. Kor. I p. 38 (1909)–BEAN, Trees & Shrubs. II p. 504

(1914)–NAKAI, Veget. Chirisan Mts p. 33 no. 202 (1915)–MIYABE & MIYAKE, Fl. Saghaline p. 25 (1915)–REHDER in BAILEY, Stand. Cyclop. VI p. 3110 (1917)–NAKAI, Veget. Diamond Mts p. 173 no. 276 (1918).–MORI, Enum. Corean Pl. p. 165 (1922)–REHDER in Journ. Arnold Arboret. V p. 147 (1924)–MAKINO & NEMOTO, Fl. Jap. p. 942 (1925)–REHDER, Manual p. 260 (1927)–MAKINO & NEMOTO, Fl. Jap. ed. 2 p. 358 (1931)–NAKAI in Koryô Shikenrin Ippan p. 35 no. 288 (1932).

Syn. *Kadsura chinensis* TURCZANINOV in Bull. Soc. Imp. Natural. Mosc. VII p. 149 (1837).

Sphærostemma japonica SIEBOLD & ZUCCARINI in Abh. Akad. Wiss. Muench. IV Abt. 2 p. 188 (1845)–A. GRAY in Narratives Capt. PERRY's Exped. II appendix p. 380 (1857).

Maximowiczia chinensis RUPRECHT in Maxim. Amur. no. 1 ex MAXIMOWICZ in Bull. Phys.–Math. Acad. Sci. St. Pétersb. XV p. 259 in textu (1857)–MAXIMOWICZ, Prim. Fl. Amur. p. 31 (1859).

Maximowiczia amurensis RUPRECHT in MAX. Amur. n. 1 ex MAXIMOWICZ in Mél. Biol. II p. 515 (1857).

Sphærostema japonicum A. GRAY in Mem. Americ. Acad. Arts & Sci. new. ser. VI p. 380 (1859).

Schizandra chinensis (*Kàdsura*) TURCZ. apud KOCH, Dendrol. I pt 1 p. 386 (1868)–DIPPEL, Handb. Laubholzk. III p. 156 fig. 82 (1893).

Schizandra japonica A. GRAY apud HANCE in TRIMEN, Journ. Bot. XVIII p. 258 (1880).

Dioicus. Caulis volubilis, cortice fusco. Folia in ramis elongatis remote alterna in ramis abbreviatis conferta. Petioli virides vel erubescentes 15–35 mm. longi. Lamina foliorum elliptica vel late elliptica vel late obovata vel fere orbiculata basi mucronata vel acuta vel attenuata apice acuminata vel mucronato-acuminata margine grosse glanduloso-dentata supra viridia luciduscula infra pallida supra venas multicellulato-hirtella vel papillosa, sed in varietate glaberrima 20–123 mm. longa 11–92 mm. lata. Flores in basi innovationum ad squamas axillares. Pedunculi solitarii indivisi 14–28 mm. longi glaberrimi graciles sed florum fæmineorum masculis robustiores. Flores masculi: **tepala** flavida 6–8 oblonga pellucido-punctulata 5–10 mm. longa 2,5–4 mm. lata; stamina 5, 2,5–3 mm. longa in columna connata, connectivum magnum, loculi antherarum 2 connectivo laterali longitudine adnati. Flores fœminei : tepala 6–9 oblonga vel elliptica 7–10 mm. longa 4-5 mm. lata flavida; stamina nulla; carpella ∞ capitato-imbricata 2-locularia; stigmata obliqua forma varia; discus post anthesin subito elongatus in fructu 25–82 mm. longus 2–3,5 mm. latus. Bacca rubra demum atro-sanguinea sphærica vel rotundato-obovata 6–12 mm. longa inedulis. Semina in quoque fructu 1–2 reniformia.

var. **typica** NAKAI.

Folia subtus supra venas hirtella.

Nom. Jap. *Chôsen-gomishi.*

Nom. Jap. *Ô-mi-dja.*

Hab.

Kanhoku : Taitôsuikoku (T. NAKAI no. 7056); Mt. Sôzan (TEI); Mt. Hichihôzan (C. KONDO no. 413); Shôzandô (TEI no. 516); Mt. Shayusan (TEI no. 1001).

Kannan : Inter San-yô et Kôkô (T. NAKAI no. 2019); Genzan (T. NAKAI); Shinkô Gensen men (T. ISHIDOYA no. 5541); Eikô Tomohô (TEI).

Heihoku : Neihen (H. IMAI no. 206) ; Kôgen (T. NAKAI no. 2020) ; Mt. Hakutôzan tractus Sosan (S. FUKUBARA no. 1092) ; Shôdjo Shinsômen (T. SAWADA); Mt. Yakusan tractus Neihen (T. ISHIDOYA no. 1528); Unzan Hokuchinmen (S. FUKUBARA no. 1914).

Heinan : Djônandô (T. MORI); Yôtoku (T. NAKAI no. 12341); Mt. Kenzanrei (T. ISHIDOYA no. 4285); Mt. Rôrinsan (K. OKAMOTO) ; Kaisen Kokusen (S. KOBAYASHI) ; Tokusen Taikyokumen (C. KONDO no. 98).

Kôgen : Makkiri (T. NAKAI no. 5447) ; Mt. Kongôsan (T. UCHIYAMA) ; ibidem (U. FAURIE no. 538) ; Mt. Taikisan (S. FUKUBARA); Mt. Godaisan (T. ISHIDOYA no. 6587) ; Mt. Setsugakusan (T. ISHIDOYA no. 6339).

Keiki : Mt. Hokkanzan (T. MORI no. 85) ; Kôryô (T. NAKAI no. 2023, 14530) ; Kanhokudo (S. KOBAYASHI); Mt. Kagakusan (T. SAWADA).

Zenhoku : Mt. Tokuyûzan (S. FUKUBARA).

Keihoku : Mt. Zitsugetsusan (T. SAWADA) ; Mt. Yûrei (T. ISHIDOYA no. 5567).

Zennan: Mt. Chiisan (T. NAKAI no. 107, 402); ibidem (T. ISHIDOYA); Mt. Mutôsan (S. FUKUBARA).

Distr. China (Chili), Manshuria, Amur, Ussuri, Hondô, Yeso & Sachalin.

Schizandra chinensis var. **glabrata** NAKAI ex MORI, Enum. Corean Pl. p. 166 (1922), nom. nud.

Folia subtus ab initio glaberrima.

Nom. Jap. *Inu-chôsen-gomishi.*

Nom. Kor. *Ô-mi-dja.*

Hab.

Kannan: Kankô Tokusanmen (KIN SEI KWAN).

Heihoku: Mt. Hakuhekizan (T. ISHIDOYA, typus in Herb. Imp. Univ. Tokyo).

Kôkai: Mt. Kugetsusan (TEI).

Keiki: Mt. Kôkyôzan, Suigen (H. UEKI no. 523); Shikô Kangakusan (T. ISHIDOYA no. 3185).

第 2 屬 **さねかづら**屬

莖ハ木質纏卷ス、葉ハ有柄互生有鋸齒又ハ全縁常綠又ハ半常綠、花ハ兩全又ハ多性若枝ノ下方ニ腋生ス。1 花梗ニ 1 乃至數個ノ花ヲ附ク、萼ハ 2-4 個落ツ、花瓣ハ 6-∞ 相重ナル。雄蕋ハ數列ニ並ビ單體、葯間ハ幅頗ル廣ク側方ニ葯室附着ス、心皮ハ多數頭狀ニ集合シ各室ニ 2-3 個ノ卵子ヲ有ス、花托ハ果實ニアリテハ多肉トナリ頭狀、果實ハ漿果球形又ハ卵形、種子ハ漿質ノ果肉ニ包マル。

東亞特產ノ屬ニシテ 9 種アリ、其中 1 種ハ朝鮮ニモアリ。

3. **さねかづら 一名 びなんかづら**

プスン。 プスミ (濟州島)

(第 XXI 圖)

莖ハ纏卷シ太キ部分ハ直徑 15 mm. ニ達ス。若枝ハ始メ光澤アリ後褐色トナリ多數ノ皮目ノ點アリ、葉ハ 1 年生又ハ 2 年生平滑、長楕圓形又ハ倒卵形又ハ楕圓形長サ 31-104 mm. 幅 12-50 mm. 表面ハ光澤アリ裏面ハ淡ク光澤ナク油點アリ、先端ハ細マリテ最先端ニ至リテ丸シ基ハ或ハトガリ或ハ丸ク縁ハ全縁又ハ大形ノ腺狀鋸齒アリ。葉柄ハ長サ 7-20 mm. 花ハ若枝ノ基部ニ腋生シ 1 個宛出ヅ、兩全又ハ單性、花梗ハ長サ

17–62 mm. 鱗片狀ノ小サキ苞ヲ 2–3 個宛ツク、萼ハ通例 3 (稀ニ 2–4) 個花後落チ幅廣シ、花瓣ハ通例 6 (或ハ 7–8) 個淡黃色、雄蕋ハ 40–50 個頭狀ニ集マリテ單體トナル。花絲ハ基部相寄リテ倒圓錐形ノ筒ヲ作ル、葯間ハ幅廣シ、葯ハ 2 室、葯室ハ葯間ノ側方ニツク、心皮ハ中央ニ頭狀ニ集合シ柱頭ハ紅色ナリ、花托ハ成熟スレバ多肉トナリ球形ヲナシ其表面ニ紅色ノ漿果ヲ附ク。

濟州島、全南（大黑山島、巨文島、佐治島、珍島、莞島、鳥島、月出山、大芚山、萬德山）慶南（巨濟島）ニ產ス。

（分布）本島、四國、九州、對馬。

Gn. II. **Kadsura** Kæmpfer ex Jussieu in Ann. Mus. Paris XVI p. 340 (1810)–Dunal, Monogr. Anonac. p. 57 (1817)–A. P. de Candolle, Syst. I p. 465 (1818) ; Prodr. I p. 83 (1824)-G. Don, Gen. Hist. Dichl. Pl. I p. 101 (1831)–Blume, Fl. Jav. III p. 7 (1836)–Endlicher, Gen. Pl. II p. 835 (1840)–Spach, Hist. Vég. VIII p. 8 (1839) in Ann. Sci. Nat. IV p. 78 (1857)–Siebold & Zuccarini, Fl. Jap. I p. 40 t. 17 (1835)–Miquel, Fl. Ind. Bat. I pt. 2 p. 18 (1859)–Meissner, Pl. Vasc. Gen. I p. 5 (1836) ; II p. 7 (1843)–Bentham & Hooker, Gen. Pl. I pt. 1 p. 20 (1862)–Prantl in Engler & Prantl, Nat. Pflanzenfam. III Abt. 2, p. 18 (1888)–Dippel, Handb. Laubholzk. III p. 157 (1893)–Koehne, Deutsch. Dendrol. p. 149 (1893)–Schneider, Illus. Handb. I p. 341 (1905)–Koorders, Excursionsfl. Java II p. 242 (1912).–Bailey, Stand. Cyclop. Hort. III p. 1731 (1915).

Syn. *Cadsura* Jussieu apud Sprengel, Syst. Veget. II p. 642 (1825).

Sarcocarpon Blume, Bijdr. p. 21 (1825)–Meissner, l. c. p. 7.

Sarcocarpum Blume apud G. Don, l. c. p. 101.

Caulis lignosus volubilis. Folia petiolata alterna serrata vel integra sempervirentia vel partim decidua. Flores hermaphroditi vel polygamo-dioici in axillis innovationum axillares. Pedunculi 1–multiflori. Sepala 2–4 decidua. Petala 6–∞ imbricata. Stamina multiserialia monadelpha, connectivo latissimo loculis antherarum adnatis. Carpella ∞ capitata, 2–3 ovulata. Torus in fructu succosus globosus facie polygono-areosus. Fructus baccatus globosus vel obovoideus. Semen in pulpa immersa.

Species 9 in Asia trop. et orient. indigenæ, quarum unica in Korea australi nec non in Quelpært incola.

3. **Kadsura japonica** (LINNÆUS) DUNAL

(Tabula nostra XXI)

Kadsura japonica (LINNÆUS) DUNAL, Monogr. Fam. Anonac. p. 57 (1817)-A. P. DE CANDOLLE, Syst. Veg. I p. 466 (1818); Prodr. I p. 83 (1824) -G. DON, Gen. Hist. Dichl. Pl. I p. 102 (1831)-SIEBOLD & ZUCCARINI, Fl. Jap. I p. 40 t. 17 (1835)-SPACH, Hist. Véget. VIII p. 9 (1839)-WALPERS, Repert. I p. 92 (1842)-SIEBOLD & ZUCCARINI in Abh. Muench. Akad. IV Abt. 2 p. 188 (1845)-KOCH, Dendrol. I pt. 1 p. 387 (1868)-FRANCHET & SAVATIER, Enum. Pl. Jap. I p. 18 (1874)-MATSUMURA, Nippon Shokubutsu Meii p. 103 (1884); Cat. Pl. Herb. Imp. Univ. p. 8 (1886)-NICHOLSON, Illus. Dict. Gard. II p. 214 (1888)-PRANTL in ENGLER & PRANTL, Nat. Pflanzenfam. III Abt. 2 p 18 (1891)-KOEHNE, Deutsch. Dendrol. p. 149 fig. 28 *j*-*q*. (1893)-DIPPEL, Handb. Laubholzk. III p. 157 (1893)-MATSUMURA, Shokubutsu Meii p. 157 (1895)-BAILEY, Cyclop. Americ. Hort. II p. 853 (1901) -BEISSNER, SCHELLE & ZABEL, Handb. Laubholzbenn. p. 102 (1903)-SCHNEIDER, Illus. Handb. Laubholzk. I p. 341 fig. 218 c. 219 *k*-*μ* (1905)-MATSUMURA, Ind. Pl. Jap. II pt. 2 p. 93 (1912)-NAKAI, Veget. Isl. Quelpært p. 47 no. 641 (1914); Chosen Shokubutsu I p. 81 (1914).-BEAN, Trees & Shrubs I p. 678 (1914)-BAILEY, Stand. Cyclop. III p. 1731 (1915)-MORI, Enum. Corean Pl. p. 165 (1922)-REHDER, Manual p. 260 (1927)-MAKINO & NEMOTO, Fl. Jap. p. 938 (1925); ed. 2 p. 334 (1931).-HANDEL-MAZZETTI in Beihefte Bot. Centralb. XLVIII Abt. 2 p. 301 (1931).

Syn. *Futo Kadsura, sive Sane Kadsura, aliis Orenj Kadsura* KÆMPFER, Amoenit. Exot. p. 476 fig. in p. 478 (1712).

Uvaria japonica LINNÆUS, Sp. Pl. ed. 1 p. 536 (1753); ed. 2, I p. 756 (1762); Syst. Nat. ed. 13 p. 374 (1770)-HOUTTUYN, Nat. Hist. III p. 81 (1774); Pflanzensyst. II p. 87 (1777)-LAMARCK, Encyclop. I p. 597 (1783)-THUNBERG, in Nova Acta Reg. Soc. Upsal. IV p. 32 (1783); Fl. Jap. p. 237 (1784)-WILLDENOW, Sp. Pl. II pt. 2 p. 1263 (1799).-PERSOON, Syn. Pl. II pt. 1 p. 94 (1806).

Uraria japonica MURRAY, Syst. Veget. ed. 13 p. 423 (1774); ed. 14 p. 423 (1784).

Cadsura japonica SPRENGEL, Syst. Veget. II p. 642 (1825).

Caulis volubilis uspue 15 mm. latus. Rami hornotini primo lucidi rubro-virides demum fuscati cum lenticellis minutis punctulati. Folia annua vel biennia glaberrima oblonga vel obovata vel elliptica 31–104 mm. longa 12–15 mm. lata supra nitida infra pallida pellucido-punctulata vulgo plus minus falcata apice acuminato-obtusiuscula basi acuta vel obtusa vel attenuata margine integerrima vel grosse glanduloso-dentata, petioli 7–20 mm. longi. Flores in parte inferiore innovationum axillares solitarii hermaphroditi vel monœici. Pedunculi basi squamis multis imbricatis obtecti 17–62mm. longi cum bracteis squamatis parvis 2–3. Sepala 3 (2–4) post anthesin decidua chartacea dilatata. Petala 6 (7–8) flavida. Stamina 40–50 multiseriatim capitato-connata. Filamenta basi tubum obconicum formantia. Connectivum latissimum. Antheræ laterali affixæ longitudine biloculares. Carpella in medio capitato-imbricata. Stigmata rubescentia. Discus in maturitate globosus polygono-areolatus, in medio areæ bacca obovato-sphærica rubra sita. Semina nitida reniformia 5 mm. longa.

Nom. Jap. *Sane-Kadsura*, *Binan Kadsura*.

Nom. Quelpærtense : *Pusun*, *Pusumi*.

Hab.

Quelpært : in dumosis (U. FAURIE no. 1679, 1680); in silvis (E. TAQUET no. 165); in silvis Hongno (E. TAQUET no. 2592); pede montis Hallasan (T. ISHIDOYA no. 261); Saishû (T. NAKAI no. 4945); Mt. Porioron (T. NAKAI no. 4947); Ryûtanri (T. NAKAI no. 861).

Zennan: Mt. Mongansan insulæ Daikokuzantô (T. ISHIDOYA et TEI no. 3476); Insula Nishidjima (T. NAKAI no. 11192); Sajitô (T. NAKAI no. 9675); Mt. Sensatsuzan insulæ Chitô (T. NAKAI no. 9676); Insula Wangto (T. NAKAI no. 565); ibidem (T. ISHIDOYA no. 1523, 1524); Mt. Gesshutsuzan (TEI); Mt. Taitonzan (S. FUKUBARA); Mt. Mantokusan (T. SAWADA); Insula Chôtô (T. NAKAI no. 9675).

Keinan : Gakenri insula Kyosaitô (T. NAKAI no. 11193);

Distr. Hondo, Shikoku, Kiusiu, Tsusima.

第3屬 しきみ屬

小喬木又ハ灌木、常綠、香氣アリ、芽ニハ鱗片アリ、葉ハ互生、有柄、托葉ナシ。花ハ腋生有柄、萼片ハ3–6個相重ナリ、花瓣ハ12–15個、雄蕋ハ短ク數多シ、葯室ハ葯間ノ側方ニツク、心皮ニハ唯1個ノ卵子アリ、種子ハ光澤ニ富ム。

日本、支那、臺灣、交趾支那、東印度ニ亙リ 11 種アリ、其中1種ハ朝鮮ニモ自生ス。

4. しきみ

パルゲック(濟州島)、チョールクプリ(莞島)

(第 XXII 圖)

小喬木高サ4米突ニ達シ分岐多シ(內地ニアリテハ一層大キクナル)、葉ハ互生2年生長橢圓形又ハ倒披針形表面ハ綠色光澤ニ富ミ裏面ハ淡綠色光澤ナシ、先端ハ次第ニ細マリ最先端ニ至リテ丸シ基脚ハ長サ 6–10 mm ノ葉柄ニ向ヒテトガル朝鮮產ノ標本ニテハ長サ 38–91 mm. 幅 12–33 mm. アリ、花ハ前年ノ葉ノ葉腋ニ生ジ春開キ蕾ニテハ球形ナリ、有柄又ハ殆ンド無柄、花梗ニハ多數ノ早落性ノ苞アリ、萼片ハ6個外方ノ苞ヨリ漸次移行ス、花瓣ハ 12 個3列披針形淡黃色長サ 10–12 mm. 雄蕋ハ 18–21 個 6–7 列ニ並ブ、花絲ハ幅廣ク短シ、葯間モ廣ク葯室ハ其側方ニ附着ス、心皮ハ 6–9 個、蓇葖ハ放射狀ニ排列ス、種子ハ光澤ニ富ミ褐色長サ 6–7 mm.

濟州島、珍島、莞島ニ產ス。

(分布) 本島、四國、九州。

Magnoliaceæ Trib. II **Wintereæ** R. Brown in litt. ex A. P. de Candolle, Syst. I p. 548 (1818)–Meissner, Pl. Vasc. Gen. I p. 3 (1836) ; II p. 5 (1843)–A. Gray, Gen. I p. 54 (1849)- Bentham & Hooker, Gen. Pl. I pt. I p. 17 (1862)–Eichler, Blütendiagr. II p. 150 (1875).

Syn. *Magnoliaceæ* Trib. I. *Illicieæ* A. P. de Candolle, Prodr. I p. 77(1824)–G. Don, Gen. Hist. Dichl. Pl. I p. 78 (1831)–Endlicher, Gen. Pl. II p. 838 (1840)-Prantl in Engler & Prantl, Nat. Pflanzenfam. III Abt. 2 p. 18 (1888).

Magnoliaceæ B. *Illiciea* Bartling, Ord. Nat. Pl. p. 249 (1830).

Winteraceæ Lindley, Nat. Syst. Bot. p. 17 (1836)–Loudon, Arb. & Frut. Brit. I p. 256 (1838).

Magnoliaceæ Sect. *Illicineæ* Spach, Hist. Végét. VII p. 433, 439 (1839).

Magnoliaceæ Unterfam. *Illicieæ* DIPPEL, Handb. Laubholzk. III p. 157 (1893).

Arbores vel frutices erecti. Gemmæ squamis imbricatis obtectæ. Folia biennia exstipullata. Carpella simplicia vel stellato-verticillata, dehiscentia. Testa seminum crustacea nitida.

Genera 3, quorum unicum *Illicium* in Korea indigenum.

Gn. III. **Illicium** LINNÆUS, Syst. Nat. ed. X. II p. 1050 (1759); ed. X reform. II p. 1050 (1760); Gen. Pl ed. 6 p. 244 no. 611 (1764); ed. nov. p. 244 no. 611 (1767); Syst. Nat. ed. 13. p. 335 (1770)-LAMARCK, Encyclop. I p. 351 (1783)-VITMAN, Summa Pl. III p. 336 (1789)-JUSSIEU, Gen. Pl. p. 280 (1789)-NECKER, Elem. Bot. II p. 287 (1790)-GMELIN, Syst. Nat. II pt. 1. p. 867 (1791)-VENTENAT, Tab. Règn. Vég. III p. 70 (1799)-J. ST. HILAIRE, Exposit. II p 75 (1805)-PERSOON Syn. Pl. II p. 93 (1806).-A.P. DE CANDOLLE, Syst. p. 440 (1818); Prodr. I p. 70 (1824)-G. DON, Gen. Hist. Dichl. Pl. I p. 78 (1831)-MEISSNER, Pl. Vasc. Gen. I p. 3 (1836); II p. 5 (1843).-LOUDON, Arb. & Frut. Brit. I p. 256 (1838)-SPACH, Hist. Véget. VII p. 439 (1839)-ENDLICHER, Gen. Pl. II p. 839 (1840)-BENTHAM & HOOKER, Gen. Pl. I pt. 1 p. 18 (1862)-PRANTL in ENGLER & PRANTL, Nat. Pflanzenfam. III Abt. 2 p. 18 (1888).-DIPPEL, Handb. III p. 157 (1893).-KOORDERS, Excursionsfl. Java II p. 244 (1912).

Syn. *Skimmi* [KÆMPFER, Amœnit. Exot. p. 880 tab. in p. 881 (1712)]-ADANSON, Fam. Pl. II. p. 364 (1763).

Badianifera LINNÆUS, Materia Medica p. 180 (1749).

Arborea vel frutices sempervirentes aromatici. Gemmæ squamis imbricatis. Folia alterna petiolata exstipullata. Flores axillares plus minus pedunculati. Sepala 3 vel 6 imbricata. Petala 12–15 imbricata. Stamina brevia numerosa, antheris lateralibus. Carpella stellata 1–ovulata, Semina nitida.

Species 11 in Japonia, Korea, China, Formosa, Indo-China, India boreali incolæ, quarum unica etiam in Korea australi spontanea.

4. **Illicium anisatum** LINNÆUS.

(Tabula nostra XXII)

Illicium anisatum LINNÆUS, Syst. Nat. ed. 10 pt. 2 p. 1050 (1759), pro omnino ; Sp. Pl. ed. 2 A p. 664 (1762), excl. pl. Chinensem; Syst. Nat. ed. 13 III p. 335 (1770), pro parte–HOUTTUYN, Nat. Hist. II p. 520 (1774)–MURRAY, Syst. Veg. ed. 13 p. 422 (1774), excl. syn. *Anisum stellatum*-HOUTTUYN, Pflanzensyst. II p. 64 (1777), excl. Pl. Sinensem et syn. *Anisum stellatum, A. peregrinum, A. philippinarum insularum* etc.–LAMARCK, Encyclop. I p. 351 (1783)–MURRAY, Syst. Veg. ed. 14 p. 507 (1784), excl. syn. *A. stellatum*–THUNBERG, Fl. Jap. p. 235 (1784)–GÆRTNER, Fruct. & Sem. Pl. I p. 338 t. LXIX fig. 6 (1788), excl. syn. *Zingi*–GMELIN, Syst. Nat. II pt 1 p. 867 (1791)–LAMARCK, Illus. t. 493 (1791)–VITMAN, Summa Pl. II pt. 1 p. 867 (1791)–PERSOON. Syst. Veget. ed. 15 p. 543 (1797), excl. syn. *Anisum stellatum*.–WILLDENOW, Sp. Pl. II pt. 2 p. 1254 (1799), excl. Pl. Chin. et syn. LOUREIRO-DU MONT DE COURSET, Bot. Cult. ed. 1. III p. 86 (1802)–BOSC in Nouv. Dict. Hist. Nat. II p. 470 (1803)–PERSOON, Syn. Pl. II pt. 1 p. 93 (1806), excl. pl. Chin.–A.P. DE CANDOLLE, Syst. Nat. Reg. Veg. I p. 441 (1818), excl. pl. Chin. & syn. *Anisum* & *Zingi*–STEUDEL, Nom. Bot. ed. 1 p. 429 (1821)–A. P. DE CANDOLLE, Prodr. I p. 77 (1824), excl. pl. Chin.–SPRENGEL, Syst. II p. 643 (1825), excl. pl. Chin. – G. DON, Gen. Hist. Dichl. Pl. I p. 79 (1831), excl. pl. Chin.–FORTUNE, Narrat. Journey China & Japan p. 46 (1863)–FRANCHET & SAVATIER, ENUM. Pl. Jap. I pt. 1 p. 15 (1874)–NICHOLSON, Illus. Dict. Gard. II p. 177 (1888), excl. pl. Chin.–YATABE, Nihon Shokubutsu Hen I p. 68 fig. 70 (1900).–BAILEY, Cyclop. American Hort. I p. 799 (1901)-SHIRASAWA, Icon. II Pl. 17 fig. 6–17 (1909).–NAKAI, Veget. Isl. Quelpaert p. 47 no. 640 (1914); Chosen Shokubutsu I p. 78 (1914)–BAILEY, Stand. Cyclop. Hort. III p. 1641 (1915)–MORI, Enum. Corean Pl. p. 165 (1922)–MAKINO & NEMOTO, Fl. Jap. ed. 1 p. 938 (1925).

Syn. *Somo, vulgo Skimmi, Fanna Skimmi & Fana Shiba etc.* KÆMPFER, Amoenit. Exot. p. 880 fig. in p. 881 (1712).

Illicium religiosum SIEBOLD & ZUCCARINI, Fl. Jap. I p. 5 t. 1 (1835) ; in Ann. Sci. Nat. 2 sér. V p. 77 (1836)–SPACH, Hist. Végét. VII p. 440 (1839)–W. J. HOOKER in Bot. Mag. LIX t. 3965 (1843)–A. GRAY in Narratives Capt. PERRY's Exped. II appendix p. 307 (1857)–PRANTL in ENGLER & PRANTL, Nat. Pflanzenfam. III Abt. 2 p. 18 (1891)-DIPPEL, Handb. Laubholzk. III p. 158 fig. 83 (1893)–

YATABE, Nihon Shokubutsu Hen I p. 68 fig. 70 (1900)-BEISSNER, SCHELLE & ZABEL, Handb. Laubholzbenn. p. 102 (1903)-KOORDERS, Exkurs. Fl. Java II p. 244 (1912)-BEAN, Trees & Shrubs I p. 653 (1914)-NAKAI in Tokyo Bot. Mag. XXXVI p. 119 (1922)-MAKINO & NEMOTO, Fl. Jap. ed. 2 p. 354 (1931).

Arborea usque 4 metralis alta ramosissima. Folia alterna biennia, oblonga vel oblanceolata supra nitida viridia infra opaca pallida apice attenuato-obtusa basi in petiolem 6–10 mm. longum acuminata in speciminibus Koreanis 38–91 mm. longa 12–33 mm. lata. Flores in axillis foliorum annotinorum axillares verno patentes, in alabastro globosi pedunculati vel subsessiles, pedunculis bracteis multis imbricatis deciduis obtectis. Sepala 6 ex bracteis sensim transeuntia. Petala 12 triserialia ex sepala sensim transeuntia lanceolata flavidula patentia 10–22 mm. longa. Stamina 18–21, 6–7 serialia; filamenta dilatata brevia; connectivum bene evolutum; antheræ laterali adnatæ. Capella 6–7 conniventia. Follicula stellata. Semina nitida 6–7 mm. longa fusca.

Nom. Jap. *Shikimi*.

Nom. Kor. *Parugæk* (Quelpært), *Chôrukupuri* (Wangtô).

Hab.

Quelpært: secus torrentes Yelloi (U. FAURIE no. 166); in silvis Poptjyongi (E. TAQUET no. 2594); in silvis secus torrentes Yelloi 400 m. (E. TAQUET no. 538); secus torrentes Mokatji 400 m. (E. TAQUET no. 539).

Zennan: Mt. Nyokisan insulæ Chinto (T. NAKAI no. 9674).

Illicium anisatum L. was described being based on the descriptions and figures in KÆMPFER: Amoenitatum Exoticarum. So, it is a book species as *Camellia japonica*, *Ficus pumila* etc. The name of *Illicium anisatum* should be refered to the Japanese species. LINNÆUS got a Chinese specimen after he published the tenth edition of Systema Naturæ. He thought that Chinese plant is conspecific with the Japanese and added China as the habitat of *Illicium anisatum* in the second edition of Species Plantarum. Many later botanists overlooked the tenth edition of Systema Naturæ and attributed the technical term of *Illicium anisatum* to the Chinese plant, and gave new name *Illicium religiosum* to the Japanese plant.

第 4 屬 **もくれん(木蘭)** 屬

喬木又ハ灌木直立有毛香氣アリ、芽ノ鱗片ハ托葉狀ニ相癒合シテ帽狀ニ芽ヲ包ム。葉ハ有柄、1年生又ハ2年生或ハ薄ク軟カク或ハ剛シ、花ハ頂生單一、無柄又ハ有柄、直立又ハ下垂ス、蕚片ハ3個、花瓣ハ 6-12個 2-4 列ニ並ビ大型ニシテ美シ、雄蕋ハ極メテ多數ニシテ多列ニ並ビ葯ハ內向又ハ側開、葯間ハヨク發達ス、心皮ハ多數長橢圓形又ハ圓錐狀ニ相重ナリ各2個ノ卵子ヲ有ス、花柱ハ或ハナク或ハ短シ、果實ハ成熟スレバ背面ニ於テ裂開シ中ヨリ朱色又ハ紅朱色ノ種子ヲ出ス。外種皮ハ肉質美シク內種皮ハ堅シ、胚乳多シ。

亞細亞ノ東部又ハ熱帶地方、北米ノ南部墨士哥ニ約25種ヲ產ス、朝鮮ニハ其中2種ノ自生アリ尙ホ1種ハ古來栽培ス。其區別左ノ如シ。

1 { 灌木、枝ハ擴ガル、花ハ若枝ノ先端ニツキ長キ花梗ヲ具ヘ下向ス。雄蕋ハ內向、果實ハ相重ナリテ集團ス。........おほやまれんげ
　 { 喬木直立ス、花ハ古枝ノ先又ハ極メテ短カキ若枝ノ先ニ出デ無柄又ハ極メテ短カキ花梗ヲツケテ直立ス。雄蕋ハ側開。...........2

2 { 花ハ葉ニ先チテ出デ白シ、果實ハ長キ屈曲セル果托上ニ連珠狀ニツク。....................こぶし
　 { 花ハ葉ト共ニ出デ紫色ナリ。果實ハ相重ナリテ生ズ。..しもくれん

5. **おほやまれんげ**

ハンバルコルナム(全南)、ハンパクコツナム(朝鮮)

(第 XXIII 圖)

灌木高サ 2-6 m. 基ヨリ簇生シテ開出ス。皮ハ灰褐色、芽ニハ1個ノ鱗片アリ、1年生ノ枝ハ基部ハ絹毛アレドモ上方程無毛トナル、葉ハ1年生葉柄ハ長サ 6-57 mm. 絹毛アリ、葉身ハ倒卵橢圓形又ハ倒卵形長サ 29-162 mm. 幅 22-102 mm. 表面ハ綠色無毛裏面ハ淡白キカ又ハ白粉ヲ被リ葉脈上ニ絹毛アリ、花ハ1年生ノ枝ノ先端ニツキ下垂シテ開キ長サ 40-70 mm. ノ花梗ヲ有ス。花梗ニ絹毛アリ、蕚片ハ3個橢圓形ニシテ內凹白色又ハ外側ニ紫色ヲ帶ブ、花瓣ハ6個白色倒卵形內凹長サ 4-6 mm. 幅 25-35 mm. 雄蕋ハ多數相重ナリ葯間ハ帶紅紫色又ハ黑紅色、葯ハ內開、心皮ハ長橢圓形綠色卵形ニ相重ナル、花柱ハ內側ニテ柱頭トナル、花托ハ果實ニアリテハ木質トナル。

咸南ノ西部、平北、平南、江原、黃海、京畿、忠北、忠南、慶北、慶南、

全北、全南、濟州島ニ產ス。

分布、本島ノ中部西部、四國、九州、支那(山東)。

一種葉ニ白キ美シキ斑アルモノアリ、之ヲ**斑入おほやまれんげ**ト謂フ。智異山彙七佛主山ニテ著者自ラ採レリ。

6. こ ぶ し

サインカンナム (濟州島)

(第 XXIV 圖)

喬木、樹膚ハ灰色、芽ハ長橢圓形始メ毛アレドモ後無毛トナル。葉ハ1年生、葉柄ハ長サ 5–25 mm. 始メ微毛アレドモ後無毛トナリ表面ニ溝アリ、葉身ハ倒卵形又ハ長橢圓形長サ 42–147 mm. 幅 22–79 mm. 表面ハ綠色短カキ毛散生スレドモ早ク之ヲ失フ、裏面ハ微毛アレドモ間モナク無毛トナル緣ハ全緣基脚ハ楔形先端ハ急尖、側脈ハ兩側ニ 9–12 本宛アリ、葉ハ始メ軟ケレドモ後ヤヽ厚ク固クナル、花ハ前年ノ小枝ノ先ニ出デ葉ニ先チテ開キ始メ 2 個ノ鱗片ニテ被ハル、蕚片ハ 3 個外ニ卷キ長サ 10–15 mm. 幅 2–4 mm. 花瓣ハ 6 個白色倒卵長橢圓形長サ 45–76 mm. 幅 23–32 mm. 厚シ、雄蕋ハ多數花絲ハ長サ 1–1,5 mm. 葯ハ側方ニツキ葯間ハ抽出ス、花柱ハ長サ 1,5–2 mm. 內面ハ粗糙ニテ柱頭トナル、心皮ハ多數相集マリテ長橢圓形ヲナス、花托ハ果實ニアリテハ伸長シ概ネ屈曲シ果實ハ連珠狀ニツク。

濟州島漢拏山ノ樹林ニ生ジモトハ相當ノ大木アリシモ現時ハ殆ンドナシ。

(分布) 北海道、本島、四國、九州。

7. し も く れ ん

モクニヨン (朝鮮)

(第 XXV 圖)

喬木、枝ハ黑褐色、芽ハ長橢圓形微毛アル 2 個ノ鱗片ニテ包マル、葉ハ 1 年生、葉柄ニハ微毛アルモ後無毛トナリ長サ 7–10 mm. 葉身ハ倒卵形長サ 33–174 mm. 幅 14–77 mm. 始メ短カキ微毛アレドモ早ク無毛トナル、花ハ極メテ短カキ若枝ノ先ニ出デ殆ンド無柄、蕚ハ綠紫色外ニ卷キ又ハ横ニ展開シ長サ 8–92 mm. 幅 2–9 mm. 花瓣ハ立チ大キク美シク長サ 50–125 mm. 幅 15–46 mm. 外側ハ濃紫色內側ハ淡紫色ナリ、雄蕋ハ多數相重ナリテ出デ葯ハ側ニツク。

朝鮮ニハ古ク支那ヨリ輸入シテ栽植スレドモ自生ナシ。

(分布) 支那 (江蘇、四川、湖北)。

Magnoliaceæ Trib. 3. **Magnolieæ** A. P. DE CANDOLLE, Prodr. I p. 79 (1824)- G. DON. Gen. Hist. Dichl. Pl. I p. 80 (1831)-ENDLICHER, Gen. Pl. II p. 837 (1840)-MEISSNER, Pl. Vasc. Gen. I p. 3 (1736); II p. 5 (1843)-A. GRAY, Gen. I. p. 54 (1849)-MIQUEL, Fl. Ind. Bat. I pt. 2 p. 13 (1859)-BENTHAM & HOOKER, Gen. Pl. I pt. 1 p. 17 (1862)-EICHLER, Blütendiagr. II p. 148 (1875)-PRANTL in ENGLER & PRANTL, Nat. Pflanzenfam. III Abt. 2 p. 16 (1888).

Syn. *Magnoliaceæ* A. *Magnolica* BARTLING, Ord. Nat. Pl. p. 249 (1830).
Magnoliaceæ Sect. *Magnolineæ* SPACH, Hist. Véget. VII p. 433, 446 (1839).

Arbores vel frutices erecti. Gemmæ squamis calyptriformibus 1–2 obtectæ. Folia annua vel biennia cum stipulis caducis. Flores hermaphroditi. Carpella multiserialia dehiscentia vel indehiscentia. Exocarpium carnosum. Albumen copiosum.

Genera 4 quorum unicum *Magnolia* in Korea indigenum.

Gn. IV. **Magnolia** PLUMIER, Nov. Pl. Gen. Amer. p. 38. t. 7. (1703)-LINNÆUS, Reg. Veg. sub. IV (1735); Gen. Pl. ed. 1 p. 162 n. 456 (1737); Hort. Cliffort. p. 222 (1737); Gen. Pl. ed. 2 p. 195 no. 546 (1743); ed. 5 p. 140 no. 610 (1754); ed. 6 p. 278 no. 690 (1764)-ADANSON, Fam. Pl. II p. 364 (1763)-GÆRTNER, Fruct. Sem. Pl. I p. 343 Tab. 70 (1788),-VITMAN, Summa Pl. III p. 337 (1789)-JUSSIEU, Gen. Pl. p. 281 (1789)-NECKER, Elem. Bot. II p. 287 (1790)-GMELIN, Syst. Nat. I pt. 1 p. 869 (1791)-VENTENAT, Tab. Règn. Vég. III p. 72 (1899)-BLUME, Besch. Gew. p. 140 (1822) -PERSOON, Syn. Pl. II pt. 1 p. 63 (1806)-J. ST. HILAIRE, Exposit. Fam. Nat. II p. 75 (1805)-A. P. DE CANDOLLE. Syst. I p. 449 (1818), pro parte; Prodr. I p. 79 (1824), pro parte -G. DON, Gen. Hist. Dichl. Pl. I p. 82 (1831)-MEISSNER, Pl. Vasc. Gen. I p. 3 (1836); II p. 7 (1843).-SPACH, Hist. Vég. II p. 468 (1839)-A. GRAY, Gen. I p. 59 Pl. 23–24 (1849)-BENTHAM & HOOKER, Gen. Pl. I pt. 1 p. 18 (1862)-LAUHE, Deutsch. Dendrol. p. 376 (1880)-ENDLICHER, Gen. Pl. II p. 837 (1840)-PRANTL in ENGLER & PRANTL,

Nat. Pflanzenfam. III Abt. 2 p. 16 (1888)-DIPPEL, Handb. Laubholzk. III p. 141 (1893).

Syn. *Gwillimia* ROTTLER ex A. P. DE CANDOLLE, Syst. I p. 455 (1818).

Yulania SPACH, Hist. Végét. VII p. 462 (1839).

Buergeria SIEBOLD & ZUCCARINI in Abh. Akad. Wiss. Muench. IV Abt. 2. p. 186 (1845).

Arbores vel frutices erecti pilosi aromatici. Gemmæ squamis stipulari-conduplicatis vel calyptriformibus 1–2 obtectæ. Folia petiolata annua vel biennia herbacea, chartacea vel coriacea. Flores terminales solitarii, sessiles vel pedunculati, erecti vel cernui. Sepala 3. Petala 6–12, 2–4 serialia speciosa, imbricata. Stamina ∞ multiserialia antheris introrsis vel lateralibus, connectivo bene evoluto. Carpella ∞ aggregatim vel imbricatim conica vel oblonga 2–ovulata. Styli O vel breves. Carpella matura dorsali-dehiscentia. Semina funiculis filiformibus pendula, testa exteriore carnosa, interiore crustacea. Albumen copiosum oleosum.

Species circ. 25 in Asia orient. & trop., regio australi Americæ sept. et Mexico incolæ. In Korea 2 spontaneæ et unica culta, quæ in sectionibus duabus distinguendæ.

Magnolia Sect. **Gwillimia** A. P. DE CANDOLLE, Reg. Veg. Syst. Nat. I p. 455 (1818), pro parte.

Syn. *Magnolia* Sect. II. *Gwillimia* ROTTLER apud A. P. DE CANDOLLE, Prodr. I p. 81 (1824), pro parte -G. DON, Gen. Hist. Dichl. Pl. I p. 83 (1831), pro parte -LOUDON, Arb. & Frutic. Brit. I p. 278 (1838), pro omnino.

Yulania SPACH, Hist. Végét. VII p. 462 (1839).

Folia annua. Squamæ gemmarum 2. Flores in apice rami annotini vel hornotini brevis terminales sessiles vel subsessiles, præcoces vel subcætanei. Antheræ laterales. Carpella in fructu imbricata vel interrupta.

Flores præcoces candidi. Carpella cum toro elongato submoniliforme disposita. .... *M. kobus*

Flores subcætanei atro-purpurei. Carpella imbricata. .... *M. liliiflora* (Planta culta).

Magnolia Sect. **Oyama** NAKAI, Sect. nov.

Frutex. Folia annua. Squama gemmarum 1. Flores in apice innovationum terminales longe pedunculati cernui, sed fructus elongatione gemmæ terminalis lateralis. Antheræ introrsæ. Carpella imbricata.

Huc ducenda *M. parviflora.*

5. **Magnolia parviflora** SIEBOLD & ZUCCARINI.

(Tabula nostra XXIII)

Magnolia parviflora SIEBOLD & ZUCCARINI(1) in Abh. Acad. Wiss. Muench. IV Abt. 2 p. 187 (1845)-MIQUEL in Ann. Mus. Bot. Lugd. Bat. II p. 258 (1866); Prol. Fl. Jap. p. 146 (1866)-MAXIMOWICZ in Bull. Acad. Sci. St. Pétersb. XVII p. 418 (1872); in Mél. Biol. VIII p. 509 (1872)-FRANCHET & SAVATIER, Enum. Pl. Jap. I pt. 1. p. 16 (1874)-MATSUMURA, Nippon Shokubutsu meii p. 118 (1884); Cat. Pl. Herb. Imp. Univ. p. 8 (1886)-MAKINO in Tokyo Bot. Mag. II p. [251] (1888)-NICHOLSON, Illus. Dict. Gard. II p. 316 (1888)-DIPPEL, Handb. Laubholzk. III p. 153 (1893) -MATSUMURA, Shokubutsu Meii p. 181 (1895)-J. D. HOOKER in Bot. Mag. CXXI t. 7411 (1895)-YATABE, Nihon Shokubutsu Hen I p. 73 fig. 98 (1900) -BEISSNER, SCHELLE & ZABEL, Handb. Laubholzbenn. p. 99 (1903)-GILG & LŒSNER in Beihefte Bot. Jahrb. XXXIV no. 75 p. 75 (1904)-SCHNEIDER, Illus. Handb. Laubholzk. I p. 331 fig. 209 g. (1905)-NAKAI in Tokyo Bot. Mag. XXII p. 77 (1908); Fl. Kor. I p. 38 (1909)-HENRY in ELWES & HENRY, Trees & Shrubs Great. Brit. & Irel. VI p. 1598 (1912)-REHDER & WILSON in SARGENT, Pl. Wils. I pt. 3 p. 406 (1913)-BEAN, Trees & Shrubs II p. 72 (1914)-NAKAI, Veget. Isl. Quelpært p. 47 no. 642 (1914); Veget. Mt. Chirisan p. 33 no. 201 (1915)-REHDER in BAILEY, Stand. Cyclop. Hort. IV p. 1967 (1916).-NAKAI, Veget. Diamond Mts p. 173 no. 275 (1918)-LŒSNER in Beihefte Bot. Centralb. XXXVII Abt. 2. p. 124 (1920)-MILLAIS, Magnolias p. 68, 191 cum phot. (1927)-REHDER, Manual Cult. Trees & Shrub. p. 255 (1927)-NAKAI in Kôryô Shikenrin Ippan p. 35 no. 287 (1932).

Syn. *Oyama-renge* I. ITO, Zôho Chikinshô V fol. 10 verso fig. in folio 7 (1710).

Gyokulankwa vel *Oyama-renge* SHIMADA, Kwa-I, Arbores III fol.

(1) *Magnolia parviflora* BLUME, Bijdragen I p. 9 (1825) preceeds twenty five years to *Magnolia parviflora* S. & L., but the former is merely a synonym of *Michelia fuscata* (ANDREWS) BLUME and so the latter name is still useful according to the International Rules of Nomenclature.

8 cum Icon. (1765).

Ôyama-renge IWASAKI, Honzo Dzufu LXXXII fol. 9–10 (1828).

Magnolia Sieboldii KOCH, Hort. Dendrol. IV no. II (1853).

Magnolia Oyama KORT. in Rev. Hort. Belg. XXXI p. 258 (1905).

Magnolia verecunda KOIDZUMI in Tokyo Bot. Mag. XL p. 339 (1926)–MAKINO & NEMOTO, Fl. Jap. ed. 2 p. 357 (1931).

Frutex 2–6 m. altus e basi cæspitoso-diffusus. Cortex cinereo-fuscus. Gemmæ uniperulatæ. Rami hornotini basi sericei ad apicem glabrescentes. Folia annua; petioli 6–57 mm. longi sericei, lamina obovato-elliptica vel obovata 29–162 mm. longa 22–102 mm. lata supra viridis glabra subtus albescens vel glaucina supra venas sericea. Flores in apice rami hornotini terminales nutantes; pedunculi 40–70 mm. longi sericei; sepala 3 elliptica concava alba vel extus purpurascentia; petala 6 alba obovata incurva 4–6 cm. longa 25–35 mm. lata. Stamina numerosa imbricata; connectivum rubro-purpureum vel atro-rubrum; antheræ introrsæ. Carpella oblonga viridia ovato-imbricata. Styli intus stigmatosi. Fructus lignosus.

Nom. Jap. *Oyama-renge.*

Nom. Kor. *Hanpak-kot-nam, Hanbal-ko-nam.*

Hab.

Kannan: Mt. Shûaizan (S. FUKUBARA); Mt. Shisuizan (TEI).

Heihoku: Mt. Hakuhekisan (T. ISHIDOYA no. 1522); Mt. Kongôsan, Gishû (T. ISHIDOYA no. 3212): Shôdjo Taisômen (T. ISHIDOYA no. 1519); Mt. Hakutôzan, Sosan (S. FUKUBARA no. 1090); Hekidô Shôseimen (T. SAWADA); Shôdjô Yûmen (T. SAWADA); Unzan (H. IMAI no. 163); inter Sakushû et Shôdjô (T. NAKAI no. 2021); Kôkai Kôseimen (T. NAKAI no. 2022).

Heinan: Yôtoku (T. NAKAI no. 12341); Mt. Kakatsurei (T. MORI); Mt. Rôrinsan (K. OKAMOTO); ibidem (IWASAKI); Neien Kôzanmen (T. ISHIDOYA no. 4287); Mt. Kenzanrei (J. ISHIDOYA no. 4286); Tokusen Taikyokumen (C. KONDÔ no. 96).

Kôkai: Mt. Kugetsusan (TEI); Mt. Chôdjusan (TEI); ibidem (R. K. SMITH no. 692); Insula Taiseitô (T. NAKAI no. 12806); Chôzankan (T. NAKAI no. 12807).

Kôgen: Rankoku (T. ISHIDOYA no. 1516); Mt. Kongosan (T. UCHIYAMA); ibidem (U. FAURIE no. 536); ibidem (T. NAKAI no. 5448); ibidem (T. ISHIDOYA no. 1520); ibidem (TEI); Shunsen (legitor?); Mt. Godaisan (T. ISHIDOYA no. 6586); Mt. Taikisan (S. FUKUBARA); Mt. Chigakusan (TEI).

Keiki: Mt. Tenmasan (T. ASAKAWA); ibidem (T. ISHIDOYA no. 1517, 1518); Mt. Hokkanzan (T. NAKAI no. 7724, 7725); ibidem (T. ISHIDOYA no. 2606, 2607); Mt. Kangakusan (AN-KI-SHU); Mt. Kagakusan (T. SAWADA); Mt. Ryûmonzan (T. SAWADA).

Chûhoku: Mt. Zokurisan (S. FUKUBARA).

Chûnan: Mt. Keiryûzan (C. KONDÔ).

Keihoku: Mt. Kôsokurei, Hôka (T. ISHIDOYA no. 5566); Mt. Yurei (T. ISHIDOYA no. 5568); Mt. Zitsugetsusan (T. SAWADA); Mt. Chôrei (T. UCHIYAMA).

Zenhoku: Mt. Tokuyuzan (S. FUKUBARA).

Keinan: Mt. Kayasan (T. ISHIDOYA no. 5078); Mt. Kachisan (T. SAWADA).

Zennan: Mt. Taitonzen (T. NAKAI no. 9679); Mt. Chiisan (T. NAKAI no. 97); Mt. Nyokisan insulæ Chintô (T. NAKAI no. 9677).

Quelpært: in silvis Hallasan 600 m. (E. TAQUET no. 167, 541, 2596, 2599); in silvis Hallasan 1500 m. (T. ISHIDOYA no. 202, 1521).

Distr. Hondo media et occid., Shikoku, Kiusiu, China (Shantung).

Magnolia parviflora forma **variegata** NAKAI, nov. f.

Folia albo-variegata.

Nom. Jap. *Fuiri-Ôyama-renge.*

Hab.

Keinan: Mt. Chiisan (T. NAKAI).

6. Magnolia kobus A. P. DE CANDOLLE.

(Tabula nostra XXIV)

Magnolia kobus A. P. DE CANDOLLE, Reg. Veg. Syst. Nat. I p. 456 (1818), confr. descript. Kæmpferiana et BANKS Icon. tantum-STEUDEL, Nom. Bot. ed. I p. 501 (1821), excl. syn.-A. P. DE CANDOLLE, Prodr. I p. 81 (1824), confr. BANKS Icon.-G. DON. Hist. Dichl. Pl. 83 (1831), confr. BANKS Icon.

-MIQUEL in Ann. Mus. Bot. Lugd. Bat. II p. 258 (1866), excl. syn., Prol. p. 146 (1866), excl. syn.-KIRCHNER, Arb. Musc. p. 115 (1864)-MAXIMOWICZ. in Bull. Acad. Sci. St. Pétersb. XVII p. 417 (1872), pro parte; in Mél. Biol. VIII p. 507 (1872), pro parte-FRANCHET & SAVATIER, Enum. Pl. Jap. I pt. 1, p. 16 (1874), excl. syn. Kwa-wi etc.-MATSUMURA, Nippon Shokubutsumeii p. 118 (1884); Cat. Pl. Herb. Imp. Univ. p. 7 (1886); Shokubutsu Meii p. 181 (1895)-KŒHNE, Deutsch. Dendrol. p. 145 (1893)-SHIRASAWA, Icon. I t. 59 fig. 1–12 (1900)-YATABE, Nihon Shokubutsu Hen I p. 71 fig. 73 (1900)-REHDER in BAILEY, Cyclop. American Hort. II p. 966 (1901)-GRÆBNER in Mitt. Deutsch. Dendrol. Gesells. XIV p. 36 (1905)-BEISSNER, SCHELLE & ZABEL, Handb. Laubholzbenn. p. 98 (1908), excl. syn.-SCHNEIDER, Illus. Handb. Lauholzk. I p. 330 fig. 207 *a–g*, 209 *c–d* (1905)-FINET & GAGNEPAIN in Bull. Soc. Bot. France LII Mém. IV p. 38 (1905)-SARGENT, Trees & Shrubs I p. 57. Pl. 126 (1906)-MATSUMURA, Ind. Pl. Jap. II pt. 2 p. 95 (1912)-BEAN in Bot. Mag. CXXXVIII t. 8428 (1912)-HENRY in ELWES & HENRY, Trees & Shrubs Great Brit. & Ireland VI p. 1594 (1920) -REHDER & WILSON in SARGENT, Pl. Wils. I p. 408 (1913)-NAKAI, Chosen Shokubutsu I p. 79 (1914)-BEAN, Trees & Shrubs II p. 71 (1914)-REHDER in BAILEY, Stand. Cyclop. IV p. 1968 (1916)-GRÆBNER in Mitt. Deutsch. Dendrol. Gesells, no. 29 p. 73 (1920)-MAKINO & Nemoto, Fl. Jap. p. 939. (1925)-REHDER, Manual p. 256 (1927)-MILLAIS, Magnolias p. 64, 155 cum phot. (1927)-REHDER in Mitt. Deut. Dendrol. Gesells. no. 42 p. 41 (1930).

Syn. *Kobushi* KAIBARA, Yamato Honzo Kômoku XII fol. II verso (1709). -I. Ito, Zôho Chikinshô V fol. 10 (1710).

Sini & Confusi, vulgo Kobus, al. Side Kobusi KÆMPFER, Amœnit. Exot. V p. 845 (1712), excl. *Side Kobushi.*

Magnolia glauca (non LINNÆUS) in THUNBERG in Nov. Acta Reg. Soc. Sci. Upsal. IV p. 34 (1784), pro parte, excl. specimen.

Magnolia glauca α.) flore albo THUNBERG, Fl. Jap. p. 236 (1784), excl. specimen.[1]

---

(1) A part of *Magnolia glauca* THUNB. is *Magnolia tomentosa* THUNB. pro parte or *Magnolia stellata* MAXIMOWICZ, the specimen of which is preserved in Uppsala University and which was figured by THUNBERG in his Icones under the name of *Magnolia tomentosa*. The other part of *Magnolia glauca* or *M. tomentosa* is, as his specimen proves, *Edgeworthia papyrifera* SIEB. & ZUCC.

Kobus BANKS, Icon. t. 42 (1791).

Magnolia gracilis (non SALISBURY) LOUDON, Arb. & Frut. Brit. I p. 283 (1838)-NAKAI, Veget. Isl. Quelpært p. 47 no. 642 (1914) -MORI, Enum. Corean Pl. 165 (1922).

Yulania Kobus SPACH, Hist. Vég. VII p. 467 (1839).

Buergeria obovata SIEBOLD & ZUCCARINI in Abh. Acad. Wiss. Muench. IV Abt. 2 p. 187 (1845), pro pærte.

Talauma ? Sieboldii MIQUEL in Ann. Mus. Bot. Lugd. Bat. II p. 257 (1866), pro parte; Prol. p. 145 (1866), pro parte; Cat. Mus. Bot. Lugd. Bat. p. 4 (1870), pro parte.

Magnolia Thurberi PARSONS(1) in Garden XIII p. 572 (1878), sine descript.

Magnolia Thurberi Hort. ex Hand-List of Trees & Shrubs. Kew Gard. I p. 17 (1894); ed. 2. p. 15 (1902), pro synonymo *M. Kobus*.

Magnolia kobushi MAYR, Fremdl. Wald. u. Parkbäume Eur. p. 484 fig. 207 (1906), excl. syn.

Magnolia præcocissima KOIDZUMI in Tokyo Bot. Mag. XLIII p. 386 (1929)-HONDA in HONDA & SAKISAKA, Syst. Pl. Jap. p. 199 fig. 123 (1930)-MAKINO & NEMOTO, Fl. Jap. ed. 2 p. 356 (1931).

Arbor. Cortex cinereus. Gemmæ oblongæ primo apice pilosæ demum glabrescentes. Folia annua; petioli 5–25 mm. longi primo pilosi demum glabrescentes supra canaliculati; lamina obovata vel oblonga 42–147 mm. longa 22–79 mm. lata supra viridis adpresse sparse pilosella mox glabrescens infra pilosella mox glabrescens margine integerrima basi cuneata apice mucronata, venis lateralibus utrinque 9–12, primo herbacea demum chartacea. Flores in apice ramulorum annotinorum terminales solitarii præcoces cum gemmis 2; sepala 3 angusta recurva 10–15 mm. longa 2–4

(1) As REHDER gave the note in Mitteilungen der Deutschen Dendrologischen Gesellschaft no. 42 p. 41 (1930), *Magnolia Kobus* of A. P. DE CANDOLLE was described principally basing on the plate 42 in BANKS' Icones which was formerly drawn by ENGELBERT KÆMPFER during his sojourn in Japan. Hence, there is no need of altering the name to *Magnolia Thurneri*, *Magnolia kobushi* or *Magnolia præcocissima*. MAYR was right in using *kobushi* instead of *Kobus* for the Japanese name of this species, but the changing the scientific name to *Magnolia kobushi* contradicts to the International Rules of Nomenclature.

mm. lata; petala 6 alba obovato-oblonga 45–76 mm. longa 23–32 mm. lata; stamina numerosa; filamenta 1–1,5 mm. longa; antheræ laterales; connectivum apiculatum; styli 1,5–2 mm. longi intus stigmatosi; carpella ∞ imbricato-oblonga. Torus in fructu elongatus plus minus curvatus 30–40 mm. longus inquo carpella moniliforme disposita.

Nom. Jap. *Kobushi.*

Nom. Kor. *Sainkangnam.*

Hab.

Quelpært: Mt. Hallasan 1000 m. (T. ISHIDOYA no. 178); in dumosis circa templum Kwannonji (T. NAKAI no. 1070); in silvis lateralis borealis montis Hallasan (T. NAKAI no. 4949); in silvis Hoatien 400 m. (E. TAQUET no. 5363); in silvis Mokan 5?0 m. (E. TAQUET no.541).

Distr. Yeso austr., Hondo, Shikoku, Kiusiu.

7. **Magnolia liliiflora** DESROUSSEUX.

(Tabula nostra XXV)

Magnolia liliiflora DESROUSSEUX in LAMARCK, Encyclop. III p. 675 (1791)–DU TOUR in Nouv. Dict. Hist. Nat. XIII p. 520 (1803)–REHDER & WILSON in SARGENT, Pl. Wils. I pt. 3 p. 402 (1913)–REHDER in BAILEY, Stand. Cyclop. IV p. 1968 (1916); in Journ. Arnold Arboret. V p. 146 (1924)–MORI, Enum. Corean Pl. p. 165 (1922)–MAKINO & NEMOTO, Fl. Jap. ed, I p. 940 (1925); ed. 2 p. 356 (1931)–MILLAIS, Magnolias p. 65, 164 (1927).

Syn. *Mokurenge* vel *Kirenge* I. ITO, Zôho Chikinshô V fol. 10 verso (1710).

Mokkwuren. Frutex Tulipifer etc. KÆMPFER, Amœnit. Exot. p. 845 (1712).

Magnolia glauca L. *β.* THUNBERG in Nova Acta Reg. Soc. Sci. Upsal. IV p. 34 (1783).

Magnolia glauca L. *β. flore magno atro-purpureo* THUNBERG, Fl. Jap. p. 236 (1784) pro descript.

Mokkwuren 2 BANKS, Icon. t. 44 (1791).

Magnolia purpurea CURTIS in Bot. Mag. XI t. 390 (1797)–ANDREWS, Bot. Reposit. V Pl. 324 (1804)–LOUDON, Arb. & Frutic. Brit. I p. 282 fig. 36 (1838).

Magnolia hirsuta THUNBERG, Mus. Upsal. XVI p. 137 (1794), nom. nud., Pl. Jap. Nov. Spec. p. 8 (1828), nom. nud.

Magnolia discolor VENTENAT, Jard. Malmaison t. 24 (1803)–DU MONT DE COURSET, Bot. Cult. ed. 2 V p. 131 (1811), excl. syn. *M. denudata.*

Magnolia gracilis SALISBURY, Parad. Lond. II p. 87 t. 87 (1807) –SPRENGEL, Syst. Veget. II p. 643 (1825).

Magnolia Kobus A. P. DE CANDOLLE, Syst. I p. 456 (1818), confr. *M. gracilis;* Prodr. I p. 81 (1824), pro *M. gracile* –STEUDEL, Nom. Bot. ed. 1, I p. 501 (1821), excl. syn. *M. glauca* et *M. tomentosa*–G. DON, Gen. Hist. Dichl. Pl. I p. 83 (1831), pro *M. gracilis.*

Magnolia obovata γ. M. liliiflora DESROUS. apud A. P. DE CANDOLLE, Syst. I p. 457 (1818)–STEUDEL, Nomencl. Bot. ed. 1, I p. 504 (1821) –A. P. DE CANDOLLE, Prodr. I p. 81 (1824) –G. DON, l. c.

Shimokuren KIYOWARA, Sômoku Seifu III fol. 20 cum fig. (1827).

Yulania japonica SPACH *α. purpurea* SPACH, Hist. Vêget. VII p. 466 (1839), excl. syn.

Buergeria obovata SIEBOLD & ZUCCARINI in Abh. Acad. Wiss. Muench. IV. Abt. 2 p. 187 (1845), pro parte –A. GRAY in Narratives Capt. PERRY's Exped. China-sea & Japan II. appendix p. 307 (1857).

Talauma ? Sieboldii MIQUEL in Ann. Mus. Bot. Lugd. Bat. II p. 257 (1866), pro parte; Prol. p. 145 (1866), pro parte; Cat. Mus. Bot. Lugd. Bat. p. 4 (1870), pro parte.

Magnolia obovata (non THUNBERG) KOCH, Dendrol. I p. 377 (1868)–PETZOLD & KIRCHNER, Arboret. Musc. p. 116 (1864)–MAXIMOWICZ in Mél. Biol. VIII p. 508 (1873)–LAUHE, Deutsch. Dendrol. p. 378 (1880)–MATSUMURA, Nippon Shokubutsu Meii p. 118 (1884); Cat. Pl. Herb. Imp.Univ. p. 1 (1886) –FORBES & HEMSLEY in Journ. Linn. Soc. XXIII p. 23 (1886) –PRANTL in ENGLER & PRANTL, Nat. Pflanzenfam. III Abt. 2 p. 16 (1891)–DIPPEL, Handb. Laubholzk. III p. 151 (1893)–KŒHNE, Deutsche Dendrol. p. 145 (1893)

-MATSUMURA, Shokubutsu Meii p. 181 (1895)-PALIBIN in Acta Hort. Petrop. XVIII p. 19 (1898)-YATABE, Nihon Shokubutsu Hen I p. 69 fig. 71 (1900)-REHDER in BAILEY, Cyclop. American Hort. II p. 966 (1901)-BEISSNER, SCHELLE & ZABEL, Handb. Laubholzbenn. p. 98 (1903)-GILG & LŒSEER in ENGLER, Bot. Jahrb. XXXIV, Beiheft no. 75 p. 35 (1904)-NAKAI, Fl. Kor. I p. 38 (1909)-MATSUMURA, Ind. Pl. Jap. II pt. 2 p. 95 (1912)-LŒSNER in Beihefte Bot. Centralb. XXXVII pt. 2 p. 124 (1920).

Magnolia denudata var. *liliiflora* SCHNEIDER, Illus. Handb. Laubholzk. I p. 330 (1905).

Magnolia denudata (non DESROUSSEUX) NAKAI, Chosen Shokubutsu I p. 79 fig. 74 (1914)-MORI, Enum. Corean Pl. p. 165 (1922).

Arbor. Rami atro-fusci. Gemmæ pilosæ oblongæ 2-perulatæ. Folia annua; petioli piloselli demum glabrescentes 7–10 mm. longi; lamina obovata 33–174 mm. longa 14–77 mm. lata primo adpresse-pilosella mox glabrescens. Flores in apice ramuli hornotini brevis terminales subsessiles; sepala 8–92 mm. longa 2–9 mm. lata viridi-purpurea recurva vel patentia; petala speciosa 50–125 mm. longa 15–46 mm. lata ascendenti-recurva extus intense purpurea intus purpurascentia; stamina numerosa; antheræ laterales. Fructus in specimibus Koreanis ignotus.

Nom. Jap. *Shimokuren.*

In Korea culta.

Patria: China (Kiang-su, Hupeh, Szechuan).

(五) 朝鮮產木蘭科植物ノ和名、朝鮮名、學名ノ對稱表

和名	朝鮮名	學名
まつぶさ	オーミジヤ（濟州島）	*Schizandra nigra* MAXIMOWICZ
てうせんごみし	オーミジヤ	*Schizandra chinensis* BAILLON var. *typica* NAKAI
いぬてうせんごみし	オーミジヤ	*Schizandra chinensis* BAILLON var. *glabrata* NAKAI
さねかづら、びなんかづら	プスン、プスミ	*Kadsura japonica* DUNAL
しきみ	パルゲツク（濟州島） チョールクプリ（莞島）	*Illicium anisatum* LINNÆUS
おほやまれんげ	ハンバルコルナム(全南) ハンパクコツナム(全鮮)	*Magnolia parviflora* SIEBOLD & ZUCCARINI
班入おほやまれんげ		*Magnolia parviflora* forma VARIEGATA NAKAI
こぶし	サインカンナム	*Magnolia kobus* A. P. DE CANDOLLE
しもくれん	モクニヨン	*Magnolia liliiflora* DESROUSSEAUX.

(六) 朝鮮產木蘭科植物ノ分布

おほやまれんげハ鬱陵島ト咸北トヲ除ク外ハ全道ノ山地ニ生ズ。朝鮮ハ實ニ本樹ノ中心產地ナリ、朝鮮外ニハ山東半島ト九州ノ北部、四國、紀伊、大和ヲ經テ信濃ノ松本方面ニ迄分布スレドモ其產額ハ到底朝鮮ニ及バズ朝鮮ノ中央脊陵山脈ニテハ往々純群落ヲナス所サヘアリ。

こぶしハ濟州島漢拏山ノ斜面ニ自生ス、本植物ハ日本植物ニシテ朝鮮側迄分布スルモノ故濟州島ハ實ニ本植物分布ノ最西端ナリ、內地ニアリテハ北海道ノ南部、本島、四國、九州ニアリ就中本島ノ中部、北部ニ多シ。

さねかづらハ濟州島、大黑山島、巨文島、鳥島、佐治島、甫吉島、莞島、珍島、巨濟島ノ如キ島々ニ產シ朝鮮半島ニテハ全南ノ最南部ニ位スル大芚山、月出山、萬德山ニ自生ス。本種モ亦日本產植物ニシテ其朝鮮ニアルハ分布ノ西端ナリ、內地ニアリテハ對島、九州、四國、本島ニアリ。

まつぶさモ濟州島ニノミ產ス、本種モ亦日本植物ニシテ濟州島ハ實ニ本植物分布ノ最西端ナリ、さねかづら、こぶしト同ジク鳥ガ其種子ヲ內地側ヨリ運ビシモノナラン。

てうせんごみしハ濟州島ヲ除ク外ハ全道ニ分布ス、本種ハ朝鮮ニアル木蘭科植物中最モ分布ノ廣キ種ニシテ西ハ支那ノ河北省ヨリ始マリ滿

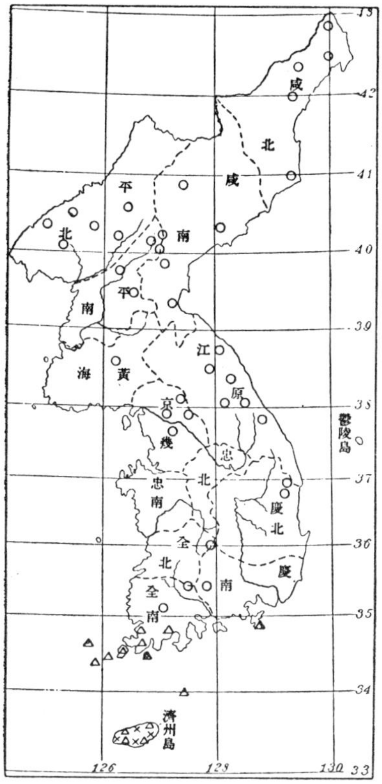

×ま　つ　ぶ　さ *Schizandra nigra*
○てうせんごみし *Schizandra chinensis*
△さ ね か づ ら *Kadsura japonica*

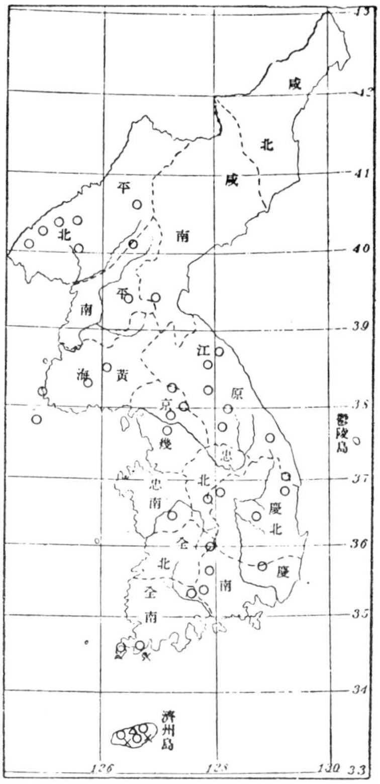

×し　　き　　み *Illicium anisatum*
○おほやまれんげ *Magnolia parviflora*
△こ　　ぶ　　し *Magnolia kobus*

洲國、烏蘇利、樺太、北海道ヲ經テ本島ノ北部中部ニモアリ、本種ノ葉裏ニ毛ナキいぬてうせんごみしハ朝鮮ノ特産變種ニシテ未ダ朝鮮以外ニ分布スルヲ知ラズ。

第 I 圖 Tabula I

や だ け

Pseudosasa japonica MAKINO

A. 稈ヨリ稈鞘ヲ除去シ枝ノ打方ヲ露出ス（自然大）

B. 2年生ノ稈ノ枝ト葉（自然大）

C. 4年生ノ稈ノ枝ト葉（自然大）

A. Vaginæ culmorum et ramorum ex culmo seductæ et modum ramificationis exposit. (mag. nat.)

B. Rami et folia culmorum biennium (mag. nat.)

C. Rami et folia culmorum quadriennium (mag. nat.)

第 II 圖 Tabula II

や だ け

Pseudosasa japonica MAKINO

A.	花序ヲ附クル枝 (自然大)	A.	Ramus cum inflorescentia (mag. nat.)
B.	花枝ノ 1 部ヲ廓大ス	B.	Pars rami inflorescentiæ aucta.
C.	內外穎ヲ除去シテ花ノ內部ヲ示ス (6 倍大)	C.	Glumas seductæ et interiorem floris exposit. (×6)
D.	下方ノ苞ヲ側方ヨリ見ル (5 倍大)	D.	Bractea inferior, laterali visa (×5)
D_1.	同上ヲ背面ヨリ見ル (5 倍大)	D_1.	Ditto, dorsali visa (×5)
E.	上方ノ苞ヲ側方ヨリ見ル (5 倍大)	E.	Bractea superior, laterali visa (×5)
E_1.	同上ヲ背面ヨリ見ル (5 倍大)	E_1.	Ditto, dorsali visa (×5)
F.	外穎ヲ側方ヨリ見ル (3 倍大)	F.	Gluma exterior, laterali visa (×3)
F_1.	同上ヲ背面ヨリ見ル (3 倍大)	F_1.	Ditto, dorsali visa (×3)
G.	內穎ヲ側方ヨリ見ル (3 倍大)	G.	Gluma interior, laterali visa (×3)
G_1.	同上ヲ背面ヨリ見ル (3 倍大)	G_1.	Ditto, dorsali visa (×3)
G_2.	同上ヲ腹面ヨリ見ル (3 倍大)	G_2.	Ditto, ventrali visa (×3)
G_3.	同上ノ橫斷模型	G_3.	Diagramma sectionis glumæ interioris
H.	花穎ヲ側方ヨリ見ル (6 倍大)	H.	Palea, laterali visa (×6)
H_1.	花穎ヲ背面ヨリ見ル (6 倍大)	H_1.	Palea, dorsali visa (×6)
I.	雌蕋 (6 倍大)	I.	Pistillum (×6)
K.	葯ヲ內側ヨリ見ル (6 倍大)	K.	Anthera ventrali visa (×6)

第 IV 圖 Tabula IV

高 麗 す ず

Sasamorpha chiisanensis NAKAI

A. 花序ヲ附クル枝（自然大）	A. Rami cum inflorescentia (mag. nat.)
B. 發育ヨキ花序（自然大）	B. Inflorescentia bene evoluta (mag. nat.)
B_1. 花軸ノ 1 部ト花 (×3)	B_1. Flos cum rachi (×3)
C. 下方ノ苞ヲ側方ヨリ見ル (×4)	C. Bractea inferior, laterali visa (×4)
C_1. 同上ヲ背面ヨリ見ル (×4)	C_1. Ditto. dorsali visa (×4)
D. 上方ノ苞ヲ側方ヨリ見ル (×4)	D. Bractea superior, laterali visa (×4)
D_1. 同上ヲ背面ヨリ見ル (×4)	D_1. Ditto, dorsali visa (×4)
E. 外穎ヲ側方ヨリ見ル (×3)	E. Gluma exterior, laterali visa (×3)
E_1. 同上ヲ背面ヨリ見ル (×3)	E_1. Ditto, dorsali visa (×3)
F. 內穎ヲ側方ヨリ見ル (×3)	F. Gluma interior, laterali visa (×3)
F_1. 同上ヲ背面ヨリ見ル (×9)	F_1. Ditto, dorsali visa (×3).
F_2. 同上ヲ腹面ヨリ見ル (×3)	F_2. Ditto, ventrali visa (×3)
F_3. 同上ノ横斷模型圖	F_3. Diagramma sectionis glumæ interioris.
G. 花穎ヲ側方ヨリ見ル (×6)	G. Palea, laterali visa (×6)
G_1. 同上ヲ背面ヨリ見ル (×6)	G_1. Ditto, dorsali visa (×6)
H. 內外穎ヲ除去シテ花ノ內部ヲ示ス (×6)	H. Glumæ seductæ et interior floris exposita.
I. 雄蕋ヲ腹面ヨリ見ル (×6)	I. Stamen, ventrali visum (×6)
I_1. 同上ヲ背面ヨリ見ル (×6)	I_1. Ditto, dorsali visum (×6)
K. 雌蕋 (×6)	K. Pistillum (×6)

第 V 圖 Tabula V

ぢ だ け

Sasamorpha purpurascens NAKAI var. *borealis* NAKAI

A. 地下莖ノ 1 部 (自然大)	A. Pars rhizomatis (×1)
B. 3 年生ノ稈ノ 1 部 (,,)	B. Pars culmi triennis (×1)
C. 1 年生ノ稈ノ先ニ葉ヲ附ク (,,)	C. Apex culmi annui cum foliis (×1)
D. 初年度ノ節 (×6)	D. Nodus hornotinus (×6)
E. 葉ト花序トヲ附クル 5 年生ノ稈 (自然大)	E. Culmus 5-ennis cum folio et inflorescentiis (×1)
F. 下方ノ苞ノ側面觀 (×3)	F. Bractea inferior, laterali visa (×3)
F_1. 同上ヲ擴ゲテ背面ヨリ見ル (×3)	F_1. Ditto extensa et dorsali visa (×3)
G. 上方ノ苞ノ側面觀 (×3)	G. Bractea superior, laterali visa (×3)
G_1. 同上ヲ擴ゲテ背面ヨリ見ル (×3)	G_1. Ditto extensa et dorsali visa (×3)
H. 外穎ノ側面觀 (×3)	H. Gluma exterior, laterali visa (×3)
H_1. 同上ヲ擴ゲテ背面ヨリ見ル (×3)	H_1. Ditto extensa et dorsali visa (×3)
I. 內穎ノ側面觀 (×3)	I. Gluma interior, laterali visa (×3)
I_1. 內穎ノ腹面觀 (×3)	I_1. Ditto, ventrali visa (×3)
I_2. 內穎ノ背面觀 (×3)	I_2. Ditto, dorsali visa (×3)
I_3. 內穎ノ橫斷模型	I_3. Diagramma sectionis glumæ interioris.
K. 花穎ノ側面觀 (×6)	K. Palea, laterali visa (×6)
K_1. 同上ノ背面觀 (×6)	K_1. Ditto, dorsali visa (×6)
L. 雄蕊ノ腹面觀 (×6)	L. Stamen, ventrali visum (×6)
L_1. 同上ノ背面觀 (×6)	L_1. Ditto, dorsali visum (×6)
M. 雌蕊 (×6)	M. Pistillum (×6)
N. 內外穎ヲ除去シタル花 (×6)	N. Flos, cum glumis seductis (×6)

第 VI 圖 Tabula VI

かはたけ（めだけ）

Pleioblastus Simonii NAKAI

A.	稈ノ１部（自然大）	A.	Pars culmi (×1)
B.	枝ノ出デタル節ヨリ籜ヲ除去シテ枝ノ出方ヲ見ル（自然大）	B.	Cum vaginis seductis modum ramificationis exposit (×1)
C.	葉ヲ附クル稈ノ１部（自然大）	C.	Pars culmi cum foliis (×1)
D.	肩ノ毛ト舌狀體トヲ廓大ス	D.	Setæ orales et ligula, auctæ.
E.	花序（自然大）	E.	Inflorescentia (×1)
F.	花ト花軸ノ１部	F.	Flos et pars rachis (×1)
G.	下方ノ苞ヲ側方ヨリ見ル (×3)	G.	Bractea inferior, laterali visa (×3)
G_1.	同上ヲ背面ヨリ見ル (×3)	G_1.	Ditto, dorsali visa (×3)
H.	上方ノ苞ヲ側方ヨリ見ル (×3)	H.	Bractea superior, laterali visa (×3)
H_1.	同上ヲ背面ヨリ見ル (×3)	H_1.	Ditto, dorsali visa (×3)
I.	外穎ヲ側方ヨリ見ル (×3)	I.	Gluma exterior, laterali visa (×3)
I_1.	同上ヲ背面ヨリ見ル (×3)	I_1.	Ditto, dorsali visa (×3)
K.	內穎ヲ側方ヨリ見ル (×3)	K.	Gluma interior, laterali visa (×3)
K_1.	同上ヲ腹面ヨリ見ル (×3)	K_1.	Ditto, ventrali visa (×3)
K_2.	同上ヲ背面ヨリ見ル (×3)	K_2.	Ditto, dorsali visa (×3)
L.	花穎ヲ側面ヨリ見ル (×6)	L.	Palea, laterali visa (×6)
L_1.	同上ヲ背面ヨリ見ル (×6)	L_1.	Ditto, dorsali visa (×6)
M.	雄蕋ヲ腹面ヨリ見ル (×6)	M.	Stamen, ventrali visum (×6)
M_1.	同上ヲ背面ヨリ見ル (×6)	M_1.	Ditto, dorsali visum (×6)
N.	雌蕋 (×6)	N.	Pistillum (×6)

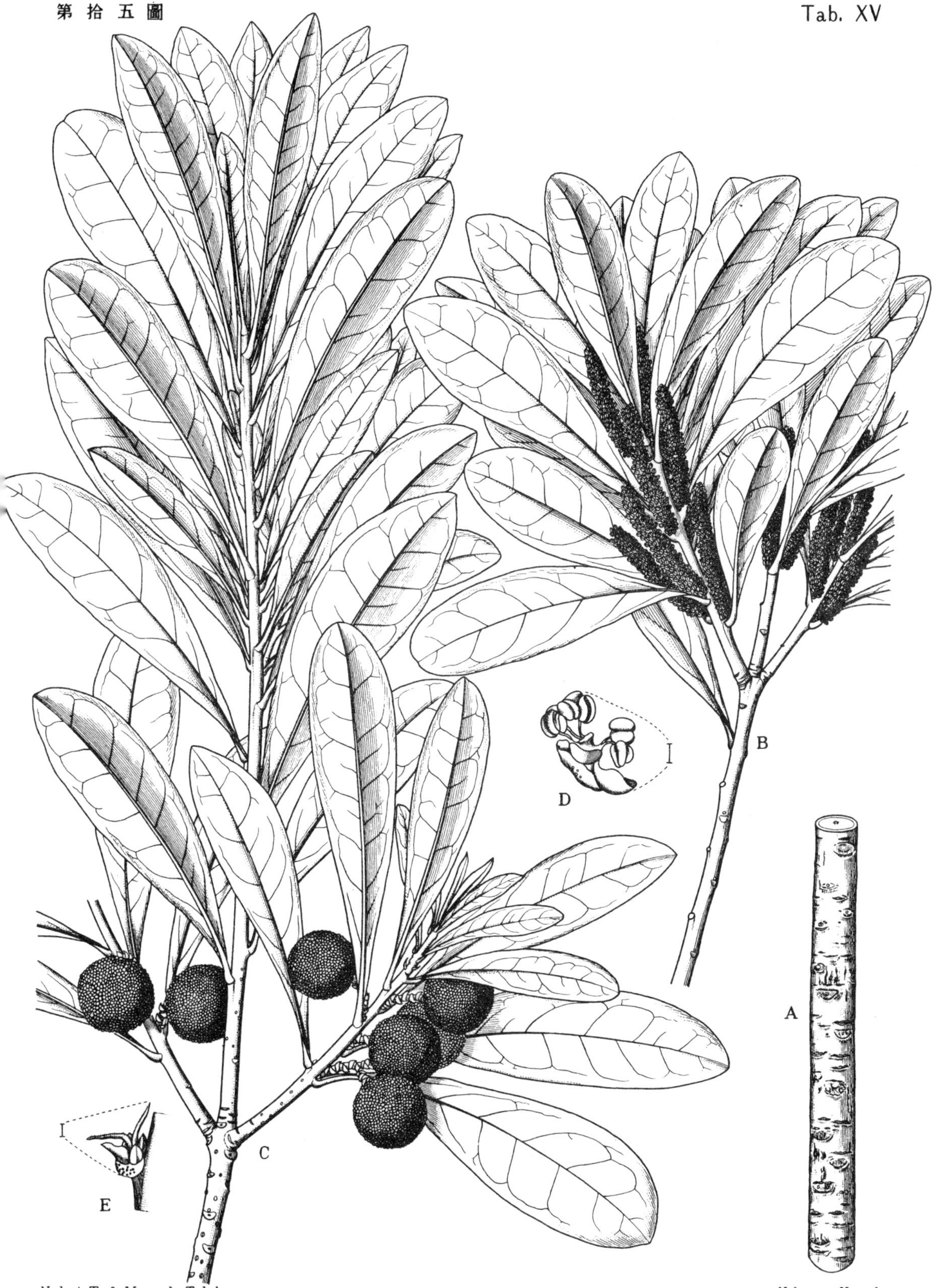

Nakai T. & Yamada T. del.

Nakazawa K. sculp.

第 XVI 圖 Tabula XVI

の ぐ る み

Platycarya strobilacea SIEBOLD & ZUCCARINI

A. 花序ヲ附クル枝 (×1)

B. 果序ヲ附クル枝 (×1)

C. 雄花 (×18)

D. 雌花ヲ背面ヨリ見ル (×18)

E. 雌花ヲ腹面ヨリ見ル (×18)

F. 果實 (約2倍大)

A. Ramus cum foliis et inflorescentia (×1)

B. Ramus cum foliis et infructescentia (×1)

C. Flos masculus (×18)

D. Flos fæmineus, dorsali visus (×18)

E. Idem, ventrali visus (×18)

F. Fructus, subduplo auctus.

第 XVII 圖 Tabula XVII

まんしうぐるみ

Juglans mandshurica MAXIMOWICZ

A. 未ダ開カザル葉ト蕾トヲ附クル枝 (×1)

B. 葉ト花序トヲ附クル枝 (×1)

C. 羽片ヲ裏ヨリ見ル (×1)

D. 葉ト果序トヲ附クル枝 (×1)

E. 果序 (×1)

F. 雄花 (×5)

G. 雄花ヲ背面ヨリ見ル (×5)

H. 雄蕋 (×6)

I. 雌花 (廓大)

K. 核 (×1)

L. 核ノ内面 (×1)

A. Ramus cum foliis etiamnunc conduplicatis et alabastris (×1)

B. Ramus cum foliis et inflorescentiis (×1)

C. Foliolum infra visum (×1)

D. Ramus cum foliis et infructescentia (×1)

E. Infrutescens (×1)

F. Flos masculus (×5)

G. Flos masculus, dorsali visus (×5)

H. Variæ formæ staminum (×6)

I. Flos fæmineus, auctus.

K. Nux (×1)

L. Interior nucis (×1)